GÜNTER WELS

EDELWEISS

Roman

GEGRÜNDET
1999

Günter Wels

EDELWEISS

Roman

Czernin Verlag, Wien

Gedruckt mit Unterstützung der Kulturabteilung des Landes Oberösterreich und der Stadt Wien, MA7 / Literaturförderung

Wels, Günter: Edelweiß / Günter Wels
Wien: Czernin Verlag 2018
ISBN: 978-3-7076-0645-4

Satz, Umschlaggestaltung: Mirjam Riepl
Autorenfoto: Elisabeth Novy
Druck: Finidr
ISBN Print: 978-3-7076-0645-4

»Wir haben den Schmerz errechnet, den der Henker
jedem Zoll unseres Körpers abgewinnen könnte;
dann gingen wir hin, gepressten Herzens,
und standen dagegen.«

René Char »Hypnos«

PROLOG

Am letzten Tag seines Lebens, einem Donnerstag, stand Ludwig Esch wie jeden Morgen um 4.30 Uhr auf. Noch im Halbdunkel wusch er sich am steinernen Brunnen vor dem Gehöft Gesicht und Hände, dann löffelte er mit dem Natmessnig-Bauern und dem zweiten Knecht, einem SSler aus der Königsberger oder Danziger Gegend, die dampfende Milchsuppe, die die Bäuerin ihnen in einer gusseisernen Kasserolle auf den Tisch gestellt hatte. Nach dem Frühstück machte sich Esch an die Stallarbeit. Der Bauer und der SSler spannten den Wagen an und fuhren nach V. hinunter, um auf dem dortigen Wochenmarkt eineinhalb Zentner Äpfel und ein paar Steigen Kartoffeln und Gemüse unters Volk zu bringen.

Esch melkte wie jeden Morgen die Kühe und mistete den Stall aus, dann schleppte er die Milchkannen zur Molkereisammelstelle an der Landstraße nach F. und rauchte, an das wurmstichige Holzgestell gelehnt, eine Selbstgedrehte, bevor er ohne Hast zum Hof zurückkehrte. Als er sich ans Holzhacken machte, begann Liesl, die älteste Tochter, die Lebensmittel für die Hamsterer herzurichten, die in ein, zwei Stunden die Feldberger Wiese heraufgestapft kommen würden, um Butter, Brot und Erdäpfel gegen Bettwäsche, Zigaretten, Tafelbesteck, Teppiche, Schmuck und andere Wertgegenstände einzutauschen.

Um halb neun beobachtete Esch, wie sich auf der von Streuobstwiesen gesäumten Schotterstraße aus nordöstlicher Richtung einige alliierte Militärjeeps dem Hof des Natmessnig-Bauern näherten. Wollten die zu ihm? Er rammte die Axt in den Hackstock und wartete ab, von einem unguten

Vorgefühl erfüllt, bis sich die Militärfahrzeuge unter der abgeblühten Linde auf dem Scheunenvorplatz einbremsten. Britische Soldaten sprangen aus den Jeeps.

Ein groß gewachsener Captain trat mit forschem Schritt auf ihn zu. »Sie sind der ehemalige Wehrmachtsangehörige Ludwig Esch?«

»Ja, worum geht es?«

»Ich muss Sie bitten mitzukommen.«

»Aber … warum denn?«

»Die Militärstaatsanwaltschaft in K. erwägt, Anklage gegen Sie zu erheben.« Der Tommy sprach Deutsch mit einem osteuropäischen, vielleicht polnischen, vielleicht ukrainischen Akzent. Das machte die Sache nicht besser.

»Anklage?«, wiederholte Esch. »Was für eine Anklage? Da muss ein Missverständnis …« Sein Blick irrlichterte zu den Militärfahrzeugen hinüber, und während ihm der Captain erklärte, dass er dem Militärstaatsanwalt in K. wegen Verstößen gegen die Haager Landkriegsordnung vorgeführt werden solle, erkannte Esch die beiden Gestalten, die an einem der Jeeps lehnten und seelenruhig ihre Zigaretten rauchten. Die Männer – beide in Zivil –, warfen halb spöttische, halb gehässige Blicke zu ihm herüber.

In diesem Augenblick wurde dem ehemaligen Oberleutnant Ludwig Esch klar, dass er sich weitere Fragen nach dem Grund seiner Verhaftung ersparen konnte.

»Wir haben nicht ewig Zeit. Steigen Sie bitte in den Wagen!« Der Ton des Captains wurde schärfer.

»Ich protestiere. Ich habe ehrenhaft in der deutschen Armee gedient, und bei allem Respekt verweise ich darauf, dass ich …«

»Reißen Sie sich zusammen, Mann! Und steigen Sie in den Jeep, sonst wird's hier richtig ungemütlich!«

Jetzt trat die Bäuerin aus dem Haus, der Drei- und der Fünfjährige klammerten sich mit ängstlichen Mienen an ihre Kittelschürze. »Was ist da los?« Die Hausherrin, eine energische Frau aus dem Oberen Drautal, drückte die Kinder gegen ihre Hüften und legte beschützend die Hände um die Schultern der Kleinen.

»Entschuldigen Sie bitte die Unannehmlichkeiten«, sagte der Captain. »Wir haben Auftrag, den Herrn Oberleutnant hier zur Militärstaatsanwaltschaft nach K. zu bringen.«

»Aber die Arbeit am Hof ... Mein Mann und ich ... wir haben 65 Joch zu bewirtschaften. Das schaffen wir nicht allein. Was hat er denn angestellt?«

Der Captain zuckte die Achseln. »Bedaure, darüber darf ich keine Auskunft geben.«

»Lassen Sie mich wenigstens ein paar Sachen zusammenpacken«, bat Esch.

»Von mir aus. Ich gebe Ihnen zwei Minuten. Corporal Axelrod, begleiten Sie den Mann!«

Eschs Herz schlug bis zum Hals, als er die Gesindekammer betrat, um ein paar Toilettesachen und etwas Wäsche in einen Pappendeckelkoffer zu stopfen. Corporal Axelrod, die MP im Anschlag, ließ ihn keine Sekunde aus den Augen. Esch überlegte kurz, durchs offene Fenster zu hechten und einen Spurt in das westlich des Hofs gelegene Waldstück zu versuchen, aber er wusste: Ein solcher Fluchtversuch war aussichtslos. Er würde ihm ein paar Kugeln in den Rücken eintragen, sonst nichts.

Als er vor dem Corporal das Gebäude verließ und sich auf die Rückbank des Führungsjeeps zwängte, hatte er sich mit seinem Schicksal abgefunden. Er machte sich zwar fast in die Hosen vor Angst, das ließ sich nicht leugnen, aber er riss sich zusammen. Ein deutscher Offizier, das hatten sie ihm im Fahnenjunker-Lehrgang eingeschärft, bewährte sich vor allem in der Beherrschung seiner Gefühle. Den Triumph, vor den Tommies hier zu buckeln, wollte er den beiden Saukerlen da drüben, die ihn bei der Militärpolizei verpfiffen hatten, nicht gönnen.

Kaum war die aus drei oder vier Fahrzeugen bestehende Kolonne auf die Landstraße eingebogen, warf der neben ihm sitzende Corporal auch schon eine Decke über seinen Kopf. Ludwig Esch spürte, wie sein Körper mit rabiatem Griff auf dem Rücksitz fixiert wurde, eine Stimme wies ihn an, nur ja keinen Mucks von sich zu geben. Die Fahrt ging in forschem Tempo über eine kurvenreiche, hügelige und nicht allzu lange Strecke.

Nach etwa zwanzig Minuten waren sie am Ziel.

»Los, raus aus dem Wagen!«, schnauzte der Fahrer, während der Motor abgestellt wurde und ringsum Türenschlagen zu hören war. Jemand zog ihm die Decke vom Kopf, er wurde aus dem Wagen gestoßen. Esch rieb sich die Augen, als er, die Mündung von Axelrods Repetiergewehr im Rücken, über einen morastigen Waldweg getrieben wurde. »Da hinein!« Die Hütte, in die man ihn schubste, war halb verfallen, ein seit Jahren nicht mehr benützter Holzfäller-Unterstand.

»Nehmt mir wenigstens die Handschellen ab!«, bat Esch, aber niemand kümmerte sich um das, was er sagte. Sie drückten ihn auf einen Schemel, und während sich die Uniformierten um ihn versammelten, zwei oder drei sitzend, die anderen stehend, erkannte er, dass sie eine Art Gerichtstag über ihn halten wollten. Die beiden Männer in Zivil machten die Ankläger, der Captain gab den Richter, die anderen waren so etwas wie Schöffen – wenn man derart hochtrabende Wörter für das Schmierentheater, das hier abgezogen wurde, überhaupt verwenden wollte.

Esch gab sich keinen Illusionen über den Ausgang des Ganzen hin. Er protestierte pflichtschuldig gegen das lachhafte Schauspiel, das man da inszenierte, der Effekt war natürlich gleich null. Als sie ihm den Vorfall in Bayern vorhielten, begann er herumzuschreien wie im Kino, er erkenne das Possenspiel hier nicht an, er verlange ein anständiges Verfahren, er habe das Recht auf einen Anwalt und so weiter. Seine Einwände beeindruckten sie ebenso wenig, wie sie ihn an ihrer Stelle beeindruckt hätten. Erstaunlicherweise wussten sie auch über die Sache mit dem Pelzhändler Bescheid – die hatte er schon fast vergessen. Was ihm im Zusammenhang mit der sogenannten »Reichskristallnacht« noch deutlich vor Augen stand, war der kriecherische Blick des Hundes im Garten des Pelzhändlers, bevor Sturmführer Kogler dem Vieh eine Kugel zwischen die Augen gejagt hatte. Von den Geiselerschießungen in Charkow und Saporoshje wussten sie nichts, ebenso wenig vom Scharmützel in diesem verwanzten polnischen Dorf, das er und seine Kameraden im Winter 1943 abgezogen hatten. Es gab überhaupt eine Menge Dinge, von denen sie keine Ahnung hatten. Das änderte am Ausgang des Verfahrens allerdings nicht das Geringste. Was ihm das Genick brach – einzig und allein – war die Anwesenheit seiner ehemaligen Kameraden.

Als man ihnen das Wort erteilte, sagten die beiden Männer aus, was sie auszusagen hatten. Esch wusste wenig Stichhaltiges zu erwidern.

Nach ein paar Minuten hatte das Schauspiel ein Ende. Der Captain sprach das Urteil, das von Anfang an festgestanden war, sie bugsierten ihn mit ein paar Remplern vor die Tür und nahmen ihm die Handschellen ab.

Während sie ihn weiter in den Wald hinein trieben, hundert oder hunderfünfzig Meter, frischte der Wind ein wenig auf. Blätter und feine Äste wirbelten durch die Luft – ein eindrucksvolles Naturschauspiel. Esch stolperte über Astgestrüpp und lose Steine, während Axelrod ihn aufforderte, schneller zu gehen. Oberleutnant Ludwig Esch dachte an seine Frau und die Kinder, während er beklommenen Herzens ins Waldesinnere vorstieß. Erika hatte nicht viel von ihm gehabt in den letzten Jahren: ein paar Fronturlaube, eine dreitägige Reise nach München samt Besuch im »Haus der Kunst«, zuletzt sein 35. Geburtstag, den sie bei Hirschbraten und Kartoffelknödeln im »Goldenen Anker« gefeiert hatten. Andererseits – er hatte auch gute Zeiten erlebt mit seiner Frau, vor dem Krieg vor allem: Die Skitouren mit dem Turnerbund fielen ihm ein, die Bergwanderungen im Gesäuse und den Hohen Tauern, die ausgelassenen Kartenspielabende bei den Schwiegereltern. Bärbel, seine Neunjährige, würde nächstes Jahr aufs Gymnasium kommen, sie wollte Kinderärztin werden, wie sie ihm in einem der letzten Feldpostbriefe verraten hatte, die noch durchgekommen waren, und Horst träumte von einer Karriere als Polarforscher …

Das war das Schwerste, dachte er: die Kinder nicht mehr wiederzusehen. Horst und Bärbel würden ohne ihn groß werden müssen, da ließ sich nichts mehr machen. Was ihm eine gewisse Beruhigung war: Eschs Vater hatte zu Kriegsbeginn versprochen, dass er Erika und den Kindern unter die Arme greifen würde, falls ihm im Felde etwas zustoßen würde. Und sie waren ja noch auf dem Felde, gewissermaßen, auch wenn der Krieg längst zu Ende war.

Am Rande einer Wiese machten sie halt. Ein idyllisches Fleckchen Erde. Das Licht der Vormittagssonne, mit Kraft durch die Baumkronen brechend, malte goldene Flecken auf den Waldboden.

Einer der Männer warf ihm eine Schaufel vor die Füße. »Graben!«

Esch bückte sich und nahm den Spaten, er rammte ihn mit einem kräftigen Stiefeltritt ins Erdreich. Die Erde war schwer und feucht. Eine mühselige Arbeit. Die Briten und seine Ankläger standen ein paar Meter abseits und schauten mit ausdruckslosen Mienen zu, wie er eine Schaufel Erde nach der anderen aus der Grube warf. Esch hatte eine Scheißangst, daran gab es nichts zu deuteln. Er versuchte sich zu beruhigen, während er seine Arbeit so gemächlich wie möglich zu Ende brachte. Der Tod war nichts, sagte er sich, das man fürchten musste. In dreißig, vierzig Minuten würde er nicht mehr am Leben sein; die Natur würde ihn in sich aufnehmen, wie sie alles in sich aufnahm. Von der Warte der Natur aus betrachtet, war das, was ihm geschah, eine Bagatelle. Milliarden vor ihm waren diesen Weg schon gegangen. Und sie hatten es alle hinbekommen. Was kam schließlich, nüchtern besehen, auf ihn zu? Ein Schuss und dann ewiges Dunkel. Das war wirklich nichts, vor dem man Angst haben musste.

»So, das war's«, sagte er, und warf die Schaufel aus der Grube.

Die beiden Ankläger wechselten ein paar Worte und nickten einander zu, dann traten sie an den Rand des Erdlochs. Esch wischte sich mit einem Stofftaschentuch den Schweiß von der Stirn. »Tut mir einen Gefallen«, sagte er, während er das Taschentuch mit einer achtlosen Bewegung zu Boden fallen ließ. »Macht schnell!«

WIEN, 18. APRIL 2011

Am Montag vor Ostern, sie brachte gerade Ordnung in das Regal mit den Lyrikbänden, erhielt die Buchhändlerin Christine Maurer einen Anruf von der unfallchirurgischen Ambulanz des Allgemeinen Krankenhauses. Ihr Vater sei in seiner Wohnung gestürzt und habe sich Verletzungen am Kopf und an der Schulter zugezogen, erklärte die Klinikangestellte in einem Tonfall, der zwischen Empathie und professioneller Sachlichkeit schwankte; die Verletzungen seien nicht lebensgefährlich, das habe eine computertomographische Untersuchung ergeben, aber angesichts des Alters des Patienten – Christines Vater war 86 – konnte man nicht mit Bestimmtheit sagen, wie sich die Dinge weiter entwickeln würden.

»Wohin soll ich kommen?«, fragte Christine. Sie staunte über die Ruhe in ihrer Stimme.

»Ihr Vater ist vor ein paar Minuten auf die Bettenstation des grünen Trakts verlegt worden«, erklärte die Klinikangestellte. »Sie können ihn dort jederzeit besuchen. Am besten, Sie erkundigen sich beim Portier nach seiner Zimmernummer.«

Christine legte auf. Ein leichtes Schwindelgefühl erfasste sie. Sie stützte sich an der Kassentheke ab. Für ein paar Sekunden schloss sie die Augen.

Das Verhältnis zu ihrem Vater war über Jahrzehnte hinweg nicht gut gewesen. Erst vor zehn, fünfzehn Jahren war es nach jahrelangem Schweigen wieder zu einer Art Annäherung gekommen. Christine hatte dem »alten Maurer«, wie er im volkswirtschaftlichen Institut genannt wurde, vor allem in jüngeren Jahren vorgeworfen, dass sie, wenn es um die Prioritäten in seinem Leben ging, allenfalls als Randfigur in

Erscheinung trat. Neben seinen weit gespannten Interessen und den Frauengeschichten, in die er sich mit unermüdlicher Vitalität verstrickte, war in den entscheidenden Phasen ihrer Entwicklung zu wenig Zeit für seine Tochter übriggeblieben, so zumindest empfand sie es.

Heute war Christine erwachsen genug, um sich einzugestehen: Ihr Vater hatte auch seine einnehmenden Seiten, was ohnehin immer alle gesehen hatten – alle außer ihr. Er mochte ein Egozentriker sein, ein leichtblütiger Epikureer, der vor allem sein eigenes Wohlergehen im Blick hatte, aber er war eben auch charmant und unternehmungslustig und auf humorvolle Weise empathiefähig, wodurch auch für sie immer wieder ein paar Brocken Liebe abgefallen waren. In den letzten Jahren waren sich Christine und Carl Maurer wieder ein gutes Stück näher gekommen. Es gab gemeinsame Wanderungen und Wochenendausflüge nach Budapest oder ins Friaul. Einige ihrer Freundinnen beneideten sie, ausgesprochen oder unausgesprochen, sogar um die herzliche, von gegenseitiger Wertschätzung getragene Beziehung, die seit einiger Zeit mit ihrem Vater bestand.

»Ich muß ins Krankenhaus«, sagte sie mit erschöpfter Stimme.

»Was Ernstes?« Gaby, Christines Angestellte, sah vom Heftordner mit den Lieferscheinen auf.

»Weiß nicht, vielleicht. Mein Vater ist gestürzt, daheim in seiner Wohnung.«

»Was ist passiert?«

»Wie's aussieht, hat er sich am Kopf verletzt.«

»Oh.«

»Es hätte schlimmer kommen können – sagen die vom Krankenhaus.« Christine verstaute ihre Geldbörse in der Handtasche und griff nach dem Trenchcoat am Garderobeständer, den sie sich letzte Woche als Belohnung für das Inangriffnehmen ihrer Einkommensteuererklärung gekauft hatte. »Machst du die Nachbestellungen fertig?«

»Klar.«

»Und denk bitte dran, die Boxen mit den Remittenden aus dem Lager zu holen. Die Auslieferung soll sie morgen früh mitnehmen.«

»Mach ich.«

Christine hätte nicht gewusst, wie sie die Buchhandlung ohne Gaby hätte führen können. Zum einen war die Arbeit mit dem Lehrmädchen allein nicht zu bewältigen, zum anderen tat ihr die geschäftige Unbeschwertheit gut, die ihre Angestellte verbreitete. Gabys heiterer Pragmatismus hatte sie in letzter Zeit aus mancher melancholischen Verschattung gerissen. Auch bei der Kundschaft war die junge Frau beliebt, weshalb Christine ihr letzten Sommer eine kleine Gehaltserhöhung bewilligt hatte (die sie sich im Grunde nicht leisten konnte).

Sie schlüpfte in den Trenchcoat, schlang sich den Gürtel um die Taille und knöpfte ihn zu. »Mein Vater ist ein zäher Knochen«, sagte sie. »In zwei, drei Wochen ist er wieder auf den Beinen.«

»Bestimmt!«

»Aber sicher«, sagte Christine – obwohl sie keineswegs sicher war. Sie kramte den Autoschlüssel aus der Handtasche und verließ das Geschäft.

Im Nachmittagsverkehr kam sie nur langsam vorwärts. Der Unfall ihres Vaters fügte sich in eine Reihe unerfreulicher Ereignisse, die ihr während der letzten Monate zu schaffen gemacht hatten. Da waren zum einen gesundheitliche Probleme – chronische Rückenschmerzen vor allem –, da war zum anderen aber auch die Sorge um das Geschäft: Erst letzten Freitag hatte sie einen mit Bangen erwarteten Termin beim Kundenbetreuer ihrer Hausbank absolviert, einem zuvorkommenden, älteren Herren, mit dem sie über einen Überbrückungskredit in beachtlicher Höhe verhandelt hatte. Die Umsätze der Buchhandlung waren rückläufig, nicht dramatisch, aber konstant, was mit der Konkurrenz durch den Internethandel zu tun hatte, aber auch – so kam ihr vor – mit der wachsenden Leseunlust einer jüngeren Generation, die den Verlockungen digitaler Gimmicks den Vorzug vor dem Genuss altmodischerer Vergnügungen zu geben schien. Was ihr aber am meisten Kopfzerbrechen bereitete, war Timo, ihr unausgeglichener, orientierungslos durch sein Studierendenleben tappender neunzehnjähriger Sohn. Als Alleinerzieherin neigte Christine mehr als andere Mütter dazu, die Verantwortung für gewisse unliebsame Entwicklungen bei sich allein zu suchen, was lächerlich war, denn Holger, Timos Vater, stand in dieser Hinsicht mindestens so sehr in der Pflicht wie sie, aber Holger hatte sich seit Ewigkeiten nicht mehr um Timo gekümmert, nicht wirklich. Ein paar weihnachtliche Überweisungen, das ja, dann und wann ein Geburtstagsgeschenk, einmal sogar ein Vater-Sohn-Urlaub auf einem dalmatinischen Campingplatz, aber darüber hinaus war Holger – sie machte sich da keine Illusionen – ein Totalausfall, erst recht, seit er Anfang der 2000er-Jahre aus Wien weggezogen war. Die Uni Bielefeld hatte ihm eine Soziologie-Professur angeboten, eine W2-Stelle, ein Angebot, das er nicht ausschlagen hatte können. Nach Holgers Wegzug war der Kontakt zu seinem Sohn – in den ersten Jahren noch mühsam aufrechterhalten – so gut wie völlig abgerissen. Eine Zeit lang, ein-, zweimal jährlich, hatten die beiden noch telefoniert, bis Timo die Telefonate zu verweigern begann. Seither beschränkte sich Christines Kontakt zum Vater ihres Sohnes auf die Internet-Recherchen, die sie an unerfüllten Abenden – die es gottlob selten gab – anstellte: Vor einiger Zeit hatte Holger geheiratet, wie sie auf Facebook herausfand, anscheinend hatte er auch Kinder mit der neuen Frau – und die W2-Stelle, die er innehatte, war auf W3 aufgestockt worden. Nicht dass sie neidisch gewesen wäre, sie vergönnte ihm sein neues Lebensglück von Herzen. Was ihr umso leichter fiel, als er jeden Monatsersten zuverlässig 800 Euro auf ihr chronisch überzogenes Girokonto überwies. Wenigstens das.

Im Grunde waren Holger und sie nie wirklich ein Paar gewesen. Sie hatte ihn Anfang der Neunziger auf einer Vernissage kennengelernt. Holger war zu jener Zeit Assistent am soziologischen Institut gewesen, ein groß gewachsener, leidlich gut aussehender Norddeutscher mit weichem, schwarzem Haar, der auf sperrige Art brillant wirkte. Drei, vier Mal waren sie miteinander im Bett gewesen, dann war Christine auch schon schwanger gewesen. Holger war gegen das Kind, er wäre noch nicht so weit, seine Habilitationsarbeit befinde sich erst im Anfangsstadium, das Übliche. Außerdem schien er neben ihr noch ein paar andere Geschichten laufen zu haben. Es hatte ein paar unschöne Szenen gegeben, und dann – in der achten oder neunten Schwangerschaftswoche – war ihre »Beziehung« auch schon wieder auseinandergegangen.

Christine hatte Timo allein großgezogen, mithilfe wechselnder Au-Pair-Mädchen und langmütiger Nachhilfelehrer, die ihn unter Mühen zur Maturareife geboxt hatten. Seit vergangenem Herbst studierte Christines Sohn Philosophie, eine Verlegenheitswahl, denn im Grunde hatte er – wie die meisten seiner Freunde – keine Ahnung, was er später einmal machen sollte. Das alles wäre noch gegangen, fand Christine, was sie aber wirklich irritierte, waren Timos politische

Aktivitäten. Vor einigen Wochen hatte ihr eine Freundin ein E-Mail geschickt, zwei Zeilen mit einem youtube-Link: »Nicht erschrecken, Tinchen, aber der Fünfte von links, ist das nicht der Herr Sohn?« Christine hatte den Link angeklickt und war auf ein verwackeltes Video gestoßen. Es dokumentierte die Störaktion einer rechtsradikalen Gruppierung namens »Sezessionistische Front«, die wenige Tage zuvor eine Aufführung von Hans Henny Jahns »Medea« im »Odeon« gesprengt hatte. In diesem Video sah man drei, vier Schauspieler und eineinhalb Dutzend Asylwerber, die sich an einer unübersichtlichen und etwas wirren Szene erprobten; das Ganze war ein Inklusionsprojekt, bei dem Flüchtlinge aus Syrien, Afghanistan und Somalia zusammen mit professionellen Schauspielern auf der Bühne standen. Die Qualität des Videos war schlecht, man sah wenig und verstand kaum etwas von der Chorszene, die die Ankunft Jasons und Medeas in Korinth darstellen sollte, wie es schien. Von einer Sekunde auf die andere brach ein Tumult aus. Die Saaltür wurde aufgerissen, und man sah, wie mit Trillerpfeifen bewaffnete junge Menschen den Saal stürmten. »Unser Protest richtet sich nicht gegen die Menschen auf der Bühne, sondern gegen euch«, brüllte einer der Aktivisten, ein bärtiger Nerd mit Kapuzenpulli, ins Megaphon. Die Störer begannen Parolen gegen die »Muslimisierung Europas« zu rufen, der Rest ging in tumultuösem Buh-Geschrei unter. Unter den zehn oder zwölf Störern war, wenn man ein bisschen in die Szene hineinzoomte, Christines Sohn Timo zu erkennen. Er gehörte nicht zu den Anführern, das war deutlich zu sehen, Timo schien die Aktion sogar ein bisschen peinlich zu sein, er wirkte eingeschüchtert und ein klein wenig hilflos, wie er da vor den Asylwerbern halbherzig mit einer gelb-schwarzen »Sezessionisten«-Fahne herumfuchtelte. Aber es gab keinen

Zweifel: Er war es, und er gehörte zu den Schreiern, die mit ihrem »Protest-Happening« im In- und Ausland einiges Aufsehen erregt hatten. In den sozialen Medien brodelte es vor Empörung, die Zeitungen diskutierten das Phänomen eines »'68 von rechts«, und auch das öffentlich-rechtliche Fernsehen machte die Aktion zum Thema. Christine erinnerte sich an ein Interview mit dem Rädelsführer der Sezessionisten, einem Arztsohn aus Wiener Neustadt, der sich, vor einer schmucken Bücherwand posierend, ganz als wohlerzogener junger Mann von nebenan gab. Die »Sezessionisten« seien eine zivilgesellschaftliche Bewegung, erklärte er in formvollendetem Upper-Class-Deutsch, eine NGO, die sich der Migrations-Lobby und dem von dieser Lobby angestrebten großen Bevölkerungsaustausch entgegenstemme.

Christine hatte ihren Sohn zur Rede gestellt, bei ihrem nächsten Treffen in der Pizzeria, in der sie sich alle zwei bis drei Wochen zum Abendessen trafen. Einer seiner WG-Kumpel habe ihn vor ein paar Monaten zum ersten Mal zu einer Versammlung der »Sezessionisten« mitgenommen, erklärte Timo. Er hätte keine besonderen Erwartungen mit seinem Besuch verknüpft, aber dann habe er festgestellt, dass Harald Landsberg, der Initiator der Gruppe, interessante Vorträge und Diskussionsabende organisiere, außerdem habe Landsberg, ein brillanter Kopf seiner Meinung nach, kürzlich einen Studienkreis eingerichtet, in dem sie gemeinsam Carl Schmitts »Theorie des Partisanen« läsen, aber auch Heidegger und Moeller van den Bruck und andere Autoren, die vom liberalen Establishment mit dem Bannfluch des politisch Inkorrekten belegt worden seien – genau das ziehe ihn übrigens an.

»Moeller van den Bruck und Heidegger … Herrgott, das sind doch Faschisten!«, entgegnete Christine.

»Faschismus«, sagte Timo mit maliziösem Lächeln. »Da ist es wieder, das Totschlagwort, mit dem ihr alles diskreditiert, was nicht in euer Friede-Freude-Eierkuchen-Weltbild passt. Aber so einfach sind die Dinge nicht, Mama. Es ist nicht alles gleich Faschismus, was sich der Traditionsvergessenheit der Moderne entgegenstellt.«

»Oh, entschuldige bitte«, sagte Christine, »ich nehme das F-Wort zurück. Ihr seid keine Faschisten, natürlich nicht. Du wirst mir sicher gleich erklären, was ihr in Wirklichkeit seid.«

»Du willst das echt hören?«

»Aber natürlich!« Christine bemühte sich, ein interessiertes Gesicht aufzusetzen. Gaby, ihre Angestellte, hatte ihr noch am Nachmittag eingeschärft, dass sie ihrem Sohn auf keinen Fall Vorwürfe machen dürfe, das würde bloß seinen Oppositionsgeist wecken und bringe rein gar nichts. Wenn sie Timo erreichen wolle, so Gaby, müsse sie ihm vor allem zuhören. Ihn zu verstehen versuchen. Sich mit seinen Motiven auseinandersetzen.

Und so stocherte Christine mit mäßigem Appetit in ihrem Jakobsmuschel-Risotto und ließ sich von ihrem Sohn einen Vortrag über die philosophischen Grundlagen des Sezessionismus halten. Timo verbreitete sich über »Multikulti-Träumer« und »One-World-Globalisten«, die es darauf anlegten, die Völker von ihren Lebensgrundlagen abzuschneiden; er setzte ihr das Konzept des sogenannten »Ethnopluralismus« auseinander, das französische Denker wie Alain de Benoist entwickelt hätten, und er erklärte in wohlgesetzten Worten, warum die Sezessionisten und ihre Bundesgenossen in anderen Ländern die kulturelle Hegemonie zurückerobern müssten, die das »wertkonservative Europa« seit dem Annus horribilis 1968 Stück für Stück an die liberalistische Linke verloren hätte.

Christines Laune sank und sank, während sie ihrem Sohn zuhörte. Was sich da hinter vornehm klingenden Fremdwörtern wie »Ethnogonie« und »Metapolitik« verbarg, war ihrer Meinung nach nichts anderes als jenes rassistisch-völkische Weltanschauungsgemisch, aus dem schon die Nazis ihre völkermörderische Suppe gekocht hatten.

»Also, ich kann mit dem nichts anfangen, was du mir da auftischst«, sagte sie. »Außerdem halte ich es für gefährlich.«

»Inwiefern?«

»Na ja, die Theorien, die euch dein Freund da aufs Auge drückt: Für mich ist das eine Mischung aus Goebbels und Gramsci, garniert mit ein bisschen Alternativ-Sprech. Du solltest die Finger davon lassen.«

»Träum weiter, Mama.«

»Und auf gar keinen Fall sollte dein Großvater etwas von deinen politischen Eskapaden erfahren, sonst trifft ihn der Schlag.«

»Du musst ihm ja nichts erzählen. Ich glaube auch nicht, dass er sich rasend dafür interessiert, was ich mache.«

»Da irrst du dich, mein Lieber, dein Großvater interessiert sich *sehr* für das, was du tust.«

»Na ja, wenn du es sagst …« Timo warf die Serviette auf den Teller. Er zermalmte ein gelangweiltes Gähnen zwischen den Zähnen.

»Sein Enkel als fahnenschwingender Dreiviertelnazi – das wäre für deinen Großvater jedenfalls schwer zu verkraften«, sagte Christine. »Und ich kann es ihm nicht verdenken: Er war im Zweiten Weltkrieg *nicht* im Widerstand gegen Hitler, damit du dich heute mit geschniegelten Jung-Nazis gemein machst.«

»Mein Gott, Mama, pack die Nazikeule endlich wieder ein! Wir lehnen den Nationalsozialismus und seine Methoden kategorisch ab, das habe ich dir heute Abend schon zwei- oder dreimal erklärt, oder nicht?«

»Das kannst du deiner Urstrumpftante erzählen.«

»Wieso triffst du dich überhaupt mit mir, wenn du …?«

»Außerdem musst du mir noch etwas erklären«, unterbrach ihn Christine, die sich entgegen ihren Vorsätzen langsam doch in Rage zu reden begann: »Ich kann nicht verstehen, warum ihr einen solchen Hass auf die armen Flüchtlinge habt. Wie kann man diesen bedauernswerten Menschen, die vor Krieg und Verfolgung geflohen sind, bloß einen solchen Schrecken einjagen, noch dazu auf offener Bühne? Ich finde das schäbig.«

»Es geht doch nicht um die Flüchtlinge, Mama. Das sind arme Teufel, das ist ja klar. Wir polemisieren nicht gegen Menschen, das ist nicht unser Stil, wir polemisieren gegen die ultraliberalen globalen Eliten, die Millionen Armutsflüchtlinge aus Schwarzafrika und dem Nahen Osten auf die Wanderschaft schicken. Gegen diese Ultraliberalisten, die Europa mit Armutsmigranten überfluten, richtet sich unser Protest.«

»Und was haben die ›globalen Eliten‹ davon, dass sie Europa mit Zuwanderern überfluten?«, fragte Christine. »Das ist doch glatter Unsinn, was du mir da erzählst.«

Während Timo ihr eine, wie sie fand, reichlich verworrene Verschwörungstheorie über den Zusammenhang von Völkervermischung und neoliberaler Globalisierung auftischte, hatte sie Gelegenheit, ihren Sohn etwas gründlicher in Augenschein zu nehmen. Timo wirkte blass, seine Wangen waren sanft verschattet, die Augen gerötet, als fände er zu wenig Schlaf. Zugleich spürte sie eine unbestimmte Traurigkeit von ihm ausgehen, eine melancholische Bedrücktheit, die nicht so recht zu den forschen politischen Diagnosen passte, die er von sich gab.

Sie hatte den Impuls, ihren Sohn in den Arm zu nehmen, aber sie würde den Teufel tun und ihn das merken lassen. Sie hätte sich ja doch nur eine Abfuhr geholt.

Sie schaltete den Blinker ein und bog auf den Währinger Gürtel ab. Zur Sorge um ihren Sohn kam nun also die Sorge um ihren Vater. Nicht dass man bei einem 86-Jährigen nicht irgendwann mit gesundheitlichen Problemen hätte rechnen müssen, aber da sich Carl Maurer – von Jugend an ein enthusiastischer Bergsteiger und Skifahrer – einiges auf seine robuste Konstitution zugute hielt, hatte sich Christine in den letzten Jahren eingeredet, dass die Beschwerden des Alters ihn womöglich später heimsuchen würden als andere. In gewissem Sinne war das ja auch der Fall gewesen, aber jetzt waren diese Beschwerden doch auch bei ihm angekommen.

Das Allgemeine Krankenhaus war eine Stadt in der Stadt. Im Eingangsbereich gab es zwei Bankfilialen, eine Blumenboutique, einen Bäcker, eine Zeitschriftenhandlung und eine Cafeteria. Christine tauchte ein ins Menschengewimmel, das an diesem Aprilnachmittag noch dichter zu sein schien als sonst. Ein Greis mit rollendem Infusionsgalgen schlurfte an ihr vorbei in Richtung Raucherecke, Ärztinnen und Rotkreuzsanitäter hatten Besorgungen zu machen, Reinigungskräfte, Taxifahrer, Menschen in Rollstühlen und bosnische, türkische und tschetschenische Großmütter mit Scharen von Enkelkindern strömten ihr entgegen.

Christine trat vor den Portierschalter und erkundigte sich, in welchem Zimmer ihr Vater lag.

»Maurer, Maurer …« Der Mann tippte etwas in seinen Computer: »Da haben wir ihn: Carl Maurer … Grüner Bettentrakt. Station 19c.«

In einer überfüllten Liftkabine fuhr sie in den neunzehnten Stock. Oben angekommen, passierte sie die gläserne Doppeltür zur unfallchirurgischen Station. Ihre Schuhsohlen quietschten auf dem frisch gebohnerten Linoleumboden. Im Dienstzimmer saßen einige Schwestern um einen Tisch und tranken Kaffee, eine Ärztin war mit dem Ausfüllen von Patientenblättern beschäftigt. Die Tür stand offen. »Bitte entschuldigen Sie«, sagte Christine. »Man hat mich angerufen, wegen meines Vaters.«

»Dann sind Sie wohl Frau Maurer.« Die Ärztin, eine zierliche, südländisch wirkende Frau mit Halbrandbrille und hochgestecktem Haar, schob die Patientenblätter beiseite und stand auf. Sie sei Dr. Kamalzadeh, sagte sie lächelnd, während sie Christine die Hand reichte. Schwer vorstellbar, dachte Christine, dass Dr. Kamalzadeh sich ihren Lebensunterhalt als Unfallchirurgin verdiente, dass diese graziöse Erscheinung Tage und Nächte damit verbrachte, in gleißendem OP-Licht abgerissene Gliedmaßen an Rümpfe zu nähen oder zertrümmerte Knochen zusammenzunageln. »Ihr Vater liegt auf Zimmer 23«, sagte Dr. Kamalzadeh. »Ich bringe Sie zu ihm.«

Sie gingen den Stationsgang entlang. An den Wänden hingen abstrakte Litographien von bescheidenem künstlerischem Wert.

»Wie geht es ihm?«, fragte Christine.

»Ihr Vater hat einen Schädelbruch erlitten«, sagte Dr. Kamalzadeh, »eine frontobasale Fraktur im Stirnhöhlen-Bereich. Der linke Oberarmknochen ist auch gebrochen. Zudem hat er eine Platzwunde über dem rechten Auge und ein paar böse blaue Flecken im Gesicht. Nicht erschrecken, wenn Sie ihn sehen.«

»Meinen Sie, er wird wieder … gesund?«

»Wir tun unser Bestes.«

Dr. Kamalzadeh öffnete die Tür zu Nummer 23 und ließ Christine den Vortritt. Die Vorhänge waren zugezogen, Christines Augen brauchten ein paar Sekunden, bis sie sich ans Halbdunkel gewöhnt hatten. Nur eines der beiden Betten im Raum war belegt. Christine erschrak trotz Dr. Kamalzadehs Vorwarnung, als sie ihren Vater sah: Ein unförmiger Bluterguss verunstaltete sein Gesicht, die Platzwunde über dem Auge hatte man genäht, der rechte Arm des alten Mannes war mit einem Schulterverband am Oberkörper fixiert.

»Papa«, flüsterte sie mit sanfter Stimme, während sie ans Bett trat. »Was machst du für Sachen, Papa?«

Er schlief. In der faltigen, von bläulich-violetten Adern durchzogenen Beuge seines rechten Arms steckte eine Kanüle.

»Du hast mich ganz schön erschreckt, Papa, das ist dir doch hoffentlich klar.«

Ihr Blick fiel auf ein halbes Dutzend Elektroden, die man mit transparenten Pflastern unter dem verrutschten Klinikhemdchen, das er trug, befestigt hatte. Auf dem Monitor neben dem Bett sprangen mintgrüne Linien auf und ab. Seine Herzfrequenz schien normal, soweit sie das beurteilen konnte.

Christine setzte sich auf den Sessel neben dem Bett. Sie nahm die dünne, mit Leberflecken gesprenkelte Hand ihres Vaters und drückte sie vorsichtig, um den intravenösen Schlauch in der Armbeuge nicht zu verrücken. Für einen Augenblick schien es, als wollte ihr Vater etwas sagen, es war aber bloß ein leises, kaum merkliches Murmeln, das ihm über die Lippen kam.

»Ich lasse Sie jetzt allein«, sagte Dr. Kamalzadeh. »Wenn Sie etwas brauchen: Ich bin vorne im Schwesternzimmer.«

»Vielen Dank.«

Christine streichelte die Hand ihres Vaters. Sie redete mit ruhiger Stimme auf ihn ein, ohne zu wissen, ob das, was sie sagte, in sein Bewußtsein drang. Er werde schon wieder auf die Beine kommen, sagte sie, die Ärztin wirke engagiert und kompetent, er sei hier in den besten Händen. Was man eben so sagt.

Im Frühjahr 1961, nach seiner Rückkehr aus Paris, wo er eine Zeit lang als wirtschaftspolitischer Referent der OEEC, der Vorgängerorganisation der OECD, gearbeitet hatte, hatte ihr Vater begonnen, sie jeden Sonntagnachmittag in der Gemeindewohnung am Matzleinsdorfer Platz abzuholen, in der sie seit der Scheidung zusammen mit ihrer Mutter lebte. Die Nachmittage mit dem Vater waren, so sehr sich Christine auch Woche für Woche darauf gefreut hatte, eigentlich immer eine Enttäuschung gewesen. In der Regel gingen sie zusammen in der Prater Hauptallee oder im Stadtpark spazieren, der in Fachkreisen bereits renommierte Wirtschaftswissenschafter und das Fräulein Tochter; und während er sie pflichtschuldig ausfragte nach der Schule und ihren Freundinnen und ob sie auch immer brav lerne, wurde sie das Gefühl nicht los, dass ihr bewunderter Vater sich auf kaum verhohlene Weise langweilte, dass er lieber auf seinen heiß geliebten Bergen herumgekraxelt wäre, auf der Rax oder dem Schneeberg, oder dass er es zumindest vorgezogen hätte, zu Hause über seinen Büchern zu brüten, als mit seiner spröden und bestimmt nicht einfachen Tochter um den Ententeich im Stadtpark zu promenieren.

Einige Male, sie erinnerte sich deutlich, waren sie nach dem Spazierengehen ins Kino gegangen, »Ich und die Kuh« mit Fernandel oder »Conny und Peter machen Musik« im »Rochus«, aber ihr Vater fadisierte sich bei diesen Filmen, die er minderwertig fand, wie er sagte, während er ihr andere, die ihn mehr interessiert hätten – Filme von Buñuel oder Antonioni –, nicht zumuten wollte. Und so gingen sie nach ihren Spaziergängen in der Regel ins »Café Goldegg« in der Nähe seiner Wohnung, wo sich Christine heiße Schokolade und ein Stück Kuchen bestellen durfte, während der Vater sich in die Sonntagsausgaben von »Presse« und »Arbeiterzeitung« vertiefte. Wie die meisten Cafés der 60er-Jahre, so erinnerte sich Christine, war auch das »Goldegg« jener Zeit bevorzugt von vertrockneten Kommerzialräten und griesgrämigen, alten Kriegerwitwen mit cremefarbenen Hütchen und kleinen, kläffenden Hunden bevölkert.

Gegen halb drei schaute in der Regel einer von Vaters Freunden vorbei, Peppi Gelber von den »Sozialistischen Freiheitskämpfern« oder der Marehardt Rudi, ein ruhiger, melancholischer Esperantist aus Hernals, der Virginias rauchte und, wenn es sich einrichten ließ – es ließ sich eigentlich immer einrichten –, ein, zwei Partien Schach gegen ihren Vater zu spielen pflegte. Christine saß unterdessen daneben und langweilte sich.

»Komm, lies ein paar Zeitschriften!«, sagte der Vater.

Sie war ein folgsames Mädchen, und so stand sie auf und holte sich den »Wiener Samstag« oder ein paar in rote Umschläge gehüllte Lesezirkel-Illustrierte vom Zeitungstisch, um sich in Berichte über Gagarins Weltraumflug oder die Amerika-Reise Farah Dibas zu vertiefen. Als sie mit den Zeitschriften durch war, versuchte sie das Kreuzworträtsel in der »Arbeiterzeitung« zu lösen, was ihr natürlich nicht leichtfiel, schließlich war sie ein zehn- oder elfjähriges Kind, auf vielen Gebieten unwissend, als sie mit dem Kreuzworträtsel-Lösen anfing. Aber sie wurde von Mal zu Mal besser. Wusste sie etwas nicht, fragte sie den Vater, der die Antworten, sofern er sie parat hatte, geistesabwesend vor sich hingrummelte, ohne von seinem Schachspiel hochzuschauen.

Mit der Zeit wurde sie immer versierter beim Rätsellösen, erst recht, als sie sich von der Mutter zu irgendeinem Feiertag ein Rätsel-Lexikon schenken ließ, »Buhls große Kreuzworträtsel-Enzyklopädie«, deren Antworten sie auswendig lernte. Eine Zeit lang steigerte sie sich in eine regelrechte Kreuzworträtsel-Manie hinein, sie setzte ihren ganzen vorzugsschülerinnenhaften Ehrgeiz daran, eine Denksport-Kanone zu werden, eine kleine Wiener Rätsel-Queen.

»Schau, wie gescheit das Mädel schon ist«, sagte der Vater eines Nachmittags zum Marehardt Rudi, als sie ihm das erste vollständig gelöste Rätsel in der AZ unter die Nase hielt.

Er hatte recht. Sie war gescheit. Aber was half ihr das Gescheitsein, wenn ihr Vater sie nicht sah?

So kam ihr das damals vor.

Später war die Sache mit dem Gesehenwerden besser geworden. Er hatte ihr das Gefühl zu geben vermocht, dass er sich für sie interessierte. Wenn auch nicht ganz so oft, wie sie sich das gewünscht hätte.

Aber das war lange her. Sie war darüber hinweg.

Christine ließ die Hand ihres Vaters los, dann stand sie auf und ging ans Fenster, um den Vorhang ein Stück zur Seite zu schieben. Der Aprilnachmittag da draußen hätte lichterfüllter, freundlicher nicht sein können. Hinter den Backsteintürmen der Neuottakringer Kirche erhoben sich, perspektivisch auf trügerische Weise nahe gerückt, die östlichen Ausläufer des Wienerwalds.

Christine drehte sich um. Ihr Vater gab ein leises Stöhnen von sich, dann öffnete er die Augen.

Sie trat an sein Bett. »Hallo, Papa«, sagte sie. »Ich bin gleich hergefahren, als ich von deinem ... Unfall erfahren habe.« Christine drückte die Hand des alten Mannes. Sie kam ihr warm vor, diese Hand, aber es war kein Gefühl in ihr, keine Antwort.

»Du musst dich ... um den Hund kümmern«, sagte er mit schwacher Stimme. »Frau Tichy ... Der Hund ist bei Frau Tichy.«

Christine erschrak. An den Hund hatte sie noch keine Sekunde gedacht. Bobby war ein gutmütiger, nicht ganz unanstrengender Drahthaar-Foxterrier, den sich ihr Vater nach dem Tod von Marjorie, seiner zweiten Frau, zugelegt hatte. Dass sie das Tier zu sich nehmen sollte, machte Christine keine Freude. Sie war nicht eingerichtet auf einen Hund.

»Ich weiß«, sagte ihr Vater, dem das Sprechen schwerfiel, »ich sollte dich ... mit so etwas nicht behelligen ...«

»Kein Problem, Papa«, sagte sie. »Wirklich kein Problem. Ich nehme Bobby zu mir – bis du wieder auf dem Damm bist.«

Nach und nach – durch geduldiges Nachfragen – bekam sie heraus, was zu Mittag passiert war. Er sei gerade an seinem Schreibtisch gesessen, erzählte der Vater, wobei er hörbar Schwierigkeiten hatte, bei der Sache zu bleiben und den Faden nicht zu verlieren, er habe sich ein altes Manuskript vornehmen wollen, eine Arbeit aus den Sechzigerjahren, die er seinerzeit nicht veröffentlicht hatte und die er sich noch einmal anschauen wollte, und plötzlich, als er vom Schreibtisch aufstand, um Teewasser in der Küche aufzusetzen, sei ihm schwarz vor Augen geworden, und dann könne er sich an nichts mehr erinnern.

Christine sah, dass es ihm schwerfiel zu sprechen. Zugleich, das war deutlich zu spüren, wollte er seine Geschichte unbedingt loswerden.

Bobby sei es gewesen, flüsterte der alte Mann, der ihn aus seiner Ohnmacht geholt habe. Der Hund habe ihn mit der Schnauze angestupst, immer und immer wieder, und dann sei er irgendwann doch wieder wach geworden. Trotz der Schmerzen in Kopf und Schulter habe er sich zu Frau Tichy, der Nachbarin, hinüberschleppen können, und die habe den Samariterbund verständigt.

»Da hat sich Bobby aber eine Belohnung verdient«, sagte Christine mit schwachem Lächeln. »Ich werde Hühnerherzen für ihn besorgen.«

»Ja, Hühnerherzen mag er für … sein Leben gern, für Hühnerherzen läßt er … alles andere stehen.«

Ihr Vater schloss die Augen. Für ein, zwei Minuten schien er wegzudämmern, dann war er plötzlich wieder da. Er wollte offensichtlich noch etwas los werden. Die Versicherungsunterlagen, sagte er, die Papiere von der »Wiener Städtischen«, die er zu Hause aufbewahre, die brauche er unbedingt. Er habe vor Jahrzehnten eine Zusatzversicherung abgeschlossen, es wäre schade, die verfallen zu lassen.

»Wo sind diese Unterlagen?«

»In der Dokumentenmappe im Schrank … Du weißt, welchen Schrank ich meine: den amerikanischen … hinten beim Schreibtisch, den … mit dem geschliffenen Glas.«

Christine versprach, die Dokumente zu holen. Sie drückte ihrem Vater einen Kuss auf die Stirn und versprach, morgen wieder zu kommen.

Im Eingangsbereich der Klinik kramte sie ihr Handy hervor. Sie ließ sich auf einer der Bänke nieder und rief Timo an. »Störe ich?«

»Nein.«

»Ihr pöbelt nicht gerade kleine Kopftuchmädchen an oder etwas in der Art?«

»Du bist heute wieder wahnsinnig witzig, Mama.«

»Entschuldige, ist mir so rausgerutscht.«

»Was ist los? Warum rufst du an?«

»Hör zu, Timo, dein Opa liegt im Spital. Er ist gestürzt … in seiner Wohnung … Er hat eine Schädelfraktur, und auch sonst … Es geht ihm nicht besonders. Er würde sich freuen, glaube ich, wenn du ihn besuchst.«

Am anderen Ende der Leitung war es still. Dann sagte Timo: »Klar, ja, ich … schau bei ihm vorbei. Wo liegt er?«

Braver Bub, dachte sie. Es ging ihrem Sohn also nahe, was mit seinem Großvater geschah. Sie nahm es als gutes Zeichen.

DAS ROTE BUCH

An einem frostklaren Januartag des Jahres 1945 trat Friedrich Mahr in der Nähe der elsässischen Ortschaft R. zu den Amerikanern über. Die Panzerschlacht im Hagenauer Forst war mit dem überstürzten Rückzug der deutschen Verbände zu Ende gegangen, Mahr nützte das Durcheinander der abebbenden Kampfhandlungen, um sich unbemerkt von den letzten, versprengten Resten seiner Einheit zurückfallen zu lassen. Er schlug sich ins winterkahle Buschwerk und kauerte, zitternd vor Anspannung und Kälte, am Rand eines vereisten Geschützkraters, bis sich der Gefechtslärm in Richtung B. hinunter verlagert hatte. Als das Trommeln der Artilleriegeschütze nur noch als fernes Gedröhn zu hören war, kroch er aus seinem Versteck und arbeitete sich, zwischen Panzerwracks und schwelenden Baumstümpfen Deckung suchend, einen halben oder dreiviertel Kilometer westwärts. In der Nähe eines von Geschosseinschlägen zerfetzten Jungwalds watete er durch einen halb zugefrorenen Bach, fluchend, weil ihm das Wasser schmatzend über die Stiefelschäfte schwappte. Als er nach einigen Schritten wieder festen Boden unter den Füßen gewann, kletterte er über die Böschung und schlug sich durch das Unterholz mehrere hundert Meter in Richtung Hinterland durch. Als er hinter sich Stimmen hörte, Kommandos und Flüche – »Himmel noch mal, was für ein Sauhaufen … Mensch, halt die Fresse« –, warf er sich in eine Mulde und presste seinen Körper gegen den hart gefrorenen Waldboden.

Wenig später, es hatte bereits zu dämmern begonnen, robbte er aus seinem Versteck hervor. Mit kältesteifen Gliedern stolperte er über den harschigen Schnee in Richtung Westen, bis er sich am Rande einer Fichtenschonung einer amerikanischen Patrouille gegenübersah. Er warf das Gewehr zu Boden und hob – »I surrender« – die Hände über den Kopf.

Auf der Ladefläche eines von schneidenden Böen umwehten Dodge wurde er, von zwei GIs bewacht, ins frontnahe Kriegsgefangenenlager 455 gebracht, einen zitadellenartigen Komplex aus der Zeit Napoleons III., den die Wehrmacht bis vor Kurzem noch als Infanterie-Garnison genutzt hatte. Es handelte sich um eine gewaltige Kasernenanlage mit unterirdischen Bunkern und Magazinen, bombensicheren Kasematten, einem halben Dutzend Mannschaftsgebäuden und einigen kleineren Wohngebäuden für die Offiziere. Zurzeit waren hier fünfzehntausend deutsche Kriegsgefangene untergebracht.

Vom ersten Tag seiner Einberufung an hatte Mahr mit dem Gedanken an Fahnenflucht gespielt. Das sagte er auch den beiden Offizieren, die ihm in einem spartanisch eingerichteten, von einem bullernden Koksofen beheizten Vernehmungszimmer gegenübersaßen. Mahrs Mantel dampfte, als er das Soldbuch über den Vernehmungstisch schob.

Zunächst fragten sie ihn in Sachen Ausrüstung und Kampfkraft seiner Truppe aus, auch für die deutsche Nachschublage interessierten sie sich. Zu guter Letzt – da dauerte das Verhör schon eine oder eineinhalb Stunden –, wechselten sie zum Thema Politik über, um ihm auch diesbezüglich auf den Zahn zu fühlen.

Er lehne den Nationalsozialismus aus weltanschaulichen Gründen ab, erklärte Mahr in sachlichen Worten, er stamme aus antifaschistischem Elternhaus und habe sich in seiner Heimatstadt Wien, solange das ohne Gefahr für Leib und Leben möglich gewesen war, in der Jugendbewegung der »Revolutionären Sozialisten« engagiert.

»Sie sind aus politischen Gründen desertiert?«, fragte einer der beiden Offiziere. Der Mann – ein Captain mit melancholischen, von schlaffen Tränensäcken akzentuierten Gesichtszügen – sprach Deutsch mit schwäbischem oder badischem Akzent, so genau konnte Mahr das nicht auseinanderhalten. Ein Emigrant also, ein Flüchtling aus Nazi-Deutschland. Kein Amerikaner aus Illinois oder Nebraska hätte auf diese Weise Deutsch gesprochen.

Mahr nickte. Ja, das könnte man sagen: Für seine Desertion seien politische Gründe maßgeblich gewesen.

Der zweite Mann, ein Staff Sergeant mit rötlichblondem Haar, blätterte mit routiniertem Interesse in Mahrs Soldbuch. Er studierte die Einträge, die das militärische Wirken des Wehrmachtsangehörigen Friedrich Mahr in den letzten dreizehn Monaten dokumentierten. Im Umschlag steckten einige Lebensmittelmarken und mehrere Fotografien. Der Staff Sergeant nahm die Bilder zur Hand und betrachtete sie. »Wer ist das?«, fragte er, auf das Porträt eines alten, weißhaarigen Mannes zeigend, der in einem Anzug aus robustem Tweed hinter einem ausladenden Schreibtisch saß und in das Studium eines Folianten vertieft war.

»Mein Vater.«

»Und die beiden?« Der Staff Sergeant warf ein hochformatiges Schwarz-Weiß-Foto mit gezackten Rändern auf den Tisch. Die Aufnahme zeigte ein lachendes Paar, Mann und Frau, junge Leute in Skipullovern, Arm in Arm vor einer verschneiten Berghütte stehend.

»Das Foto habe *ich* geknipst«, sagte Mahr. »Das sind meine Geschwister, Victor und Hilde. Victor ist im Sommer '42 im Osten gefallen.«

»Tut mir leid, das zu hören«, sagte der sommersprossige Staff Sergeant. Mahr glaubte einen sarkastischen Unterton herauszuhören, aber vielleicht irrte er sich. Der Staff Sergeant steckte die Fotografien zurück in den Umschlag.

»Sie möchten also in die Armee der Vereinigten Staaten eintreten?«, fragte der Captain, während er sich von seinem Kameraden das Soldbuch hinüberreichen ließ.

»Ja.«

»In diesem Fall können wir nicht viel für Sie tun. Gemäß der Genfer Konvention ist es uns nicht erlaubt, solche Verhandlungen mit Ihnen zu führen und Sie in amerikanischer Uniform wieder ins Feld zu schicken, das wissen Sie?«

»Ich denke schon, Sir, ja, das ist mir bekannt.«

Der Captain blätterte das Soldbuch durch. »Sollten Sie allerdings darauf bestehen, gegen Hitler zu kämpfen, gibt es vielleicht ... doch eine Möglichkeit.« Der Captain klappte das Soldbuch zu und warf es mit einer nachlässigen Gebärde auf den Tisch.

»Was für eine Möglichkeit wäre das, wenn ich fragen darf, Sir?«

Der Captain beugte sich zum Staff Sergeant hinüber und flüsterte ihm etwas ins Ohr. Der Staff Sergeant nickte.

»Die Siebte Armee«, erklärte der Captain, »hat in ihren Reihen ein besonderes Detachment. Ich will da jetzt nicht allzu sehr ins Detail gehen. Gut möglich, dass die Jungs dort Verwendung für Sie haben.«

»Das wäre großartig«, sagte Mahr. »Ich wäre Ihnen sehr verbunden, wenn Sie da etwas in die Wege leiten könnten.«

»Wir werden sehen, was sich machen lässt. Aber ich kann Ihnen nichts versprechen, Herr Gefreiter.«

Zwei Tage später wurde er erneut zum Verhör geholt. Diesmal behandelten ihn die Offiziere etwas zuvorkommender als bei der ersten Einvernahme. Sie boten ihm Zigaretten an und fragten ihn dies und das – ein vorsichtiges Abtasten, so kam es Mahr vor.

»Aus welchem Grund wollen Sie für die amerikanischen Streitkräfte arbeiten?«, fragte der Captain.

Er habe bereits seit dem sogenannten »Anschluss« den Wunsch, erklärte Mahr, an der Befreiung seiner Heimat vom Hitlerfaschismus mitzuwirken. Seit er sich erinnern könne, sei seine Familie gegen die faschistische Gefahr eingetreten, gegen den grünen Faschismus der österreichischen Heimwehren ebenso wie gegen den Faschismus Hitlers und Mussolinis. Das hänge auch mit der parteipolitischen Orientierung seiner Familie zusammen. Sein Vater sei zwischen 1921 und 1934 offizieller Rechtsvertreter der »Sozialdemokratischen Arbeiterpartei Österreichs« gewesen, Parteianwalt, wenn man so wolle, einer von dreien, er habe mehrere viel beachtete Prozesse geführt und grundlegende, auch in internationalen Zeitschriften diskutierte Arbeiten zu rechtswissenschaftlichen Problemstellungen publiziert, vor allem zu Fragen des Verfassungsrechts. Älteren Juristen sei der Name Rudolf Mahr auch außerhalb des »Deutschen Reichs« bis heute ein Begriff, obwohl sein Vater von den Nazis unmittelbar nach dem »Anschluss« mit einem strengen Berufsverbot belegt worden war. Man könnte gern Erkundigungen einziehen, falls die Herren seine Angaben in Zweifel ziehen würden.

Die Offiziere schienen von Mahrs Ausführungen nicht weiter beeindruckt. »Darf ich einmal Ihre Erkennungsmarke sehen?«, fragte der Staff Sergeant. Sein Deutsch war ausgezeichnet, obwohl sein Akzent, im Gegensatz zu dem des Captains, einen leichten Yankee-Einschlag aufwies. In den kommenden Wochen sollte es Mahr so gut wie ausschließlich mit Amerikanern zu tun bekommen, die perfekt oder annähernd perfekt Deutsch sprachen, offenbar hatte die Army keine Probleme, einschlägig ausgebildete Leute zu rekrutieren.

Mahr nahm die Kette mit der Erkennungsmarke vom Hals und reichte sie über den Tisch.

»Eure Erkennungsmarken sind praktischer als unsere«, brummte der Staff Sergeant, während er die eingestanzten Angaben auf dem blechernen Oval mit denen im Soldbuch verglich.

»Wie meinen Sie das?«

»Sie lassen sich in zwei Teile brechen. Genial.«

»Ach, das meinen Sie.«

Der Offizier untersuchte Mahrs Marke.

»Wirklich ausgesprochen praktisch. Wenn Sie gefallen wären, Herr Gefreiter, hätte man die eine Hälfte nach Hause geschickt, und die andere hätte man zusammen mit Ihnen irgendwo begraben. Intelligenteres Modell als unseres, viel intelligenter. Wir müssen zwei Marken tragen … Wenigstens in dem Punkt seid ihr uns voraus.«

Er gab Mahr die Marke zurück.

»Sie sind also Angehöriger des 35. Panzergrenadier-Regiments«, sagte der Captain. »Wo genau waren Sie während der letzten Monate im Einsatz?«

»Bis November in der Saarpfalz, Maginot-Linie, dann an der Vogesenfront … Steht das nicht ohnehin alles im Soldbuch?«

»Wir stellen hier die Fragen«, knurrte der Captain.

Mahr presste die Lippen zusammen.

»Warum sind Sie nicht früher auf die Idee gekommen, die Seiten zu wechseln?«

»Weil sich keine Gelegenheit dazu ergeben hat.«

Sie konfrontierten ihn mit einer Reihe weiterer Fragen, die Mahr so präzise wie möglich beantwortete, dann wurde er zurück in den Fünfundzwanzig-Mann-Schlafsaal gebracht, in dem man ihn unmittelbar nach seiner Einlieferung untergebracht hatte. Bevor ihn ein riesenhafter *Private* aus dem

Verhörzimmer eskortierte, gab ihm der Captain noch einen Rat mit auf den Weg: Er sollte den anderen Gefangenen nichts von seiner Desertion erzählen, sofern ihm sein Leben lieb sei. Erst letzte Woche seien zwei Fahnenflüchtige aus dem Rheinland von ihren Kameraden wegen »Feigheit vor dem Feind« exekutiert – besser gesagt: zu Tode geprügelt – worden. Der amerikanische Lagerkommandant habe nach diesem Vorfall zwar hart durchgegriffen, aber man könnte nicht ausschließen, dass sich Geschehnisse dieser Art wiederholten. Mahr beschloss, sich an den Ratschlag zu halten.

Nach einigen Tagen wurde ein weiterer Offizier zum Verhör zugezogen, ein selbstbewusster First Lieutenant mit sportlichem Habitus und kantigen Gesichtszügen. Irgendetwas am Auftreten dieses Mannes – ein Hauch von Lässigkeit und unmilitärischer Zwanglosigkeit, umgab ihn – verriet Mahr, dass es sich um keinen gewöhnlichen Armeeangehörigen handelte.

Der Captain, den Mahr von den früheren Befragungen kannte, eröffnete das Gespräch: »Sie haben bei unseren letzten Gesprächen den Wunsch geäußert, an der Befreiung Ihrer Heimat vom Hitler-Faschismus mitzuwirken?«

»Das ist richtig.«

»Welche Art von Tätigkeit schwebt Ihnen da vor? Haben Sie bestimmte Vorstellungen?«

»Ich weiß nicht«, sagte Mahr. »Kommt darauf an, was Sie … wo Sie mich einsetzen würden.«

»Es gäbe da – rein theoretisch – eine Reihe von Möglichkeiten«, sagte der sportlich wirkende First Lieutenant, der sich mit einem sanft ironischen Lächeln ins Gespräch einbrachte. »Sie könnten deutsche Radiosender abhören, wenn Sie Lust dazu haben – mögen Sie Marika Rökk? Diese Frau hat Paprika im Arsch, finden Sie nicht? Oder sie greifen unseren

Leuten beim Verfassen von Flugblättern unter die Arme, das wäre auch eine Option. Die Army braucht aber auch tüchtige Dolmetscher, da ist der Bedarf fast unerschöpflich.«

»Ich hätte eher an … na ja, was … klassisch Militärisches gedacht«, sagte Mahr.

»Sie wollen es wissen?« Der First Lieutenant notierte etwas auf seinem Notizblock. Nachdem er einen Blick mit dem Captain gewechselt hatte, begann er Mahr in ein längeres Gespräch über seine Familiengeschichte zu verwickeln, auch die Mahr'schen Erfahrungen in der Wehrmacht und seine politische Orientierung kamen zur Sprache.

Was er zu hören bekam, schien den First Lieutenant zufriedenzustellen.

»Ich spreche ganz offen mit Ihnen«, sagte der First Lieutenant bei einem der nächsten Verhöre. »Wir haben einen gewissen Bedarf an Männern mit deutscher Muttersprache, die bereit sind, mit dem Fallschirm über dem Deutschen Reich abzuspringen und dort … kundschafterliche Aktivitäten in Angriff zu nehmen.«

Mahr schaute den Mann aufmerksam an.

»Könnten Sie sich vorstellen, so etwas …?«

»Durchaus«, sagte Mahr.

»Dass eine solche Mission mit einem gewissen Risiko verbunden wäre – das ist Ihnen bewusst?«

»Selbstverständlich.«

»Ich korrigiere, Herr Gefreiter: Ein solcher Einsatz ist mit einem *beträchtlichen* Risiko verbunden.«

Mahr lächelte, während er ohne weiteres Nachdenken nickte.

Der Captain stand auf und ging zum Ofen, er öffnete die Feuerungstür und legte ein, zwei Schaufeln Koks nach.

Während er sich am Lüftungstürchen zu schaffen machte, sagte der First Lieutenant, wieder an Mahr gewandt: »Eine Sache bereitet uns allerdings noch Kopfzerbrechen, Herr Gefreiter. Sie können sich wahrscheinlich denken, was.«

»Ehrlich gesagt … keine Ahnung.«

»Woher können wir wissen …«, der First Lieutenant faltete die Hände vor sich auf dem Tisch. »Woher können wir wissen, dass wir Ihnen vertrauen können?«

Mahr zuckte die Achseln. »Ich gebe Ihnen mein Wort. Genügt das nicht?«

»Leider nein«, sagte der Mann. Er schob einen Bleistiftstummel und ein Stück Papier über den Tisch »Schreiben Sie uns bitte den Namen und die Adresse Ihres Vaters auf.«

Mahr nahm den Stift und schrieb: »Dr. Rudolf Mahr, Wien 18, Sternwartestraße 86.«

Der First Lieutenant griff sich den Zettel, warf einen Blick darauf und faltete das Papier sorgfältig zusammen. »Wir werden Ihre Angaben überprüfen«, sagte er, während er den Zettel in seiner Uniformjacke verschwinden ließ. »Das kann eine Zeit lang dauern. Bis dahin werden Sie von den anderen Gefangenen separiert. Sie dürfen mit niemandem über unsere Unterhaltung sprechen, hören Sie, mit niemandem, auch nicht mit Angehörigen der amerikanischen Streitkräfte. Haben Sie mich verstanden?«

»Jawohl!«

»Sehr schön.«

Der Captain rief nach einer Ordonnanz. Ein blutjunger Unteroffizier betrat den Raum. »Führen Sie den Gefangenen in seine Zelle.«

Mahr ließ sich abführen. In der Tür blieb er noch einmal stehen. »Ihre Nachforschungen werden meinen Vater doch nicht gefährden?«

»Keine Sorge«, sagte der First Lieutenant. »Unsere Leute verstehen ihr Handwerk. Darauf können Sie sich verlassen.«

Mahr stand am Gitterfenster und schaute auf den Exerzierplatz hinunter. Im halb gefrorenen Morast des Zitadellenhofs vertraten sich einige Hundert ehemalige Kameraden die Beine, Panzergrenadiere, Infanteristen, Artilleristen in feldgrauen Wehrmachtsmänteln, etwas abseits von den anderen ein Grüppchen SS-Männer. SSler, so hatte Mahr gehört, wurden von den Alliierten angeblich auf der Stelle erschossen. Schien auch nur ein Gerücht zu sein, wie so vieles, was man sich erzählte. In lockeren Grüppchen spazierten die Soldaten herum, ein paar Infanteristen brachen in schallendes Gelächter aus, offenbar wurden da und dort schon wieder Witze gerissen.

Mahr löste sich vom Fenster und ging in der Zelle auf und ab, zweimal, dreimal, dann streckte er sich, den zusammengerollten Wehrmachtsmantel unter seinen Kopf schiebend, auf der Holzpritsche aus. Die Zelle war annehmbar. Unter dem Fenster stand der Blecheimer für die Notdurft, ein winziger Ofen in der Ecke gab genügend Hitze ab, um den Raum einigermaßen warm zu halten. Auch einen Wasserkrug und eine Waschschüssel hatte man ihm in die Zelle gestellt.

Mahr dachte an seinen Vater.

Wien war in den vergangenen Monaten zum Ziel massiver Bombardements geworden, wie er in einer der letzten an die Front gelangten Zeitungen gelesen hatte. Mahr hoffte, dass das Quartier um den Türkenschanzpark, in dem der Vater seit viereinhalb Jahrzehnten in einem geräumigen, mit Orientteppichen und Büchern vollgestopften Gründerzeithaus lebte, von den Bombardierungen verschont geblieben war.

Und seine Schwester? Die war, wie der Vater in einem seiner letzten Briefe geschrieben hatte, mit den Kindern aufs Land evakuiert worden, in die Gegend um Kirchberg am Wechsel, wo sie bei Bauern untergekommen waren, wie es schien.

Während Mahr auf seiner Pritsche lag und an die von Mauerrissen überzogene Decke starrte, kamen ihm die Sonntagnachmittage seiner Kindheit in den Sinn, die Gesellschaften im Garten hinter dem Haus, zu denen sein Vater bis zu seiner kurzzeitigen Verhaftung im Februar '34 im Zweiwochen-Rhythmus geladen hatte. Diese Zusammenkünfte wurden vom Freundeskreis der Familie ebenso gern besucht wie von den in Wien lebenden Teilen der Verwandtschaft (es gab auch Tanten und Onkel in Mähren und im ungarischen Teil der einstigen Monarchie, die kamen seltener zu Besuch, in der Regel nur zu runden Geburtstagen des Vaters oder ähnlichen Anlässen).

Dass sich die Nachmittagseinladungen im Hause Mahr so großer Beliebtheit erfreuten, hatte nicht so sehr mit den weitverzweigten Verbindungen seines Vaters zu tun, sondern, wie Mahrs Bruder Victor des Öfteren scherzhaft festgestellt hatte, vor allem auch mit den böhmischen Spezialitäten, die Haushälterin Zilli bei diesen Gelegenheiten aufzutischen pflegte: mit all den flaumigen Liwanzen und Golatschen, die Zilli auf den mit weißen Tischtüchern belegten Tischen im Garten anrichtete. Die Kinder machten sich über die Köstlichkeiten mit Heißhunger her, während die Erwachsenen es in der Regel gemächlicher angingen. Nach dem Essen spielte Fritz, wie Mahr damals genannt wurde, mit seinen Cousins Diabolo oder Crocket, manchmal gab er sich auch zusammen mit den Kleineren den Freuden des Hufeisenwerfens hin. Neben »Anmäuerln« und dem sogenannten »Fangerlspielen« war Hufeisenwerfen eines der beliebteren Spiele seiner Kinderzeit. Die Regeln waren einfach: Man schleuderte ein Eisen aus fünfzehn Metern Entfernung in Richtung eines in die Erde gerammten Metallstocks – wer dem Stock am nächsten kam, hatte gewonnen.

Ihres zwanglos-geselligen Charakters wegen lockten die Sonntagsgesellschaften dann und wann auch prominentere Gäste in die Mahr'sche Villa: Die Parlamentsabgeordnete Adelheid Popp war zuweilen zu Gast, auch der Wiener Finanzstadtrat Breitner und der eine oder andere mit seinem Vater befreundete Redakteur der »Arbeiterzeitung«. Zwei- oder dreimal hatte auch Otto Bauer persönlich vorbeigeschaut, der von seinen Bewunderern verehrte und von seinen Gegnern mit grimmigem Hass verfolgte Führer der österreichischen Sozialdemokratie. Mahr erinnerte sich an den Politiker – der auch in der »Sozialistischen Arbeiter-Internationale« eine zentrale Rolle gespielt hatte – als einen blassen und etwas fahrigen, unentwegt Zigaretten rauchenden Menschen, der mit aufgekrempelten Ärmeln unter dem Quittenbaum saß und leidenschaftliche Diskussionen mit einigen Abgeordneten des Wiener Landtags führte. Nicht dass Mahr mit sieben oder acht genau verstanden hätte, wer die illustren Gäste seines Vaters waren und welche Rolle sie in der nationalen wie der internationalen Politik spielten, aber dass »Onkel Hugo«, der Finanzstadtrat, und vor allem Otto Bauer keine Sonntagnachmittagsbesucher alltäglichen Zuschnitts waren, hatte sich auch ihm erschlossen.

Eines Nachmittags hatte sich Mahr mit seiner Cousine Edith und einer Gruppe anderer Kinder in einen der Nachbargärten geschlichen – den weitläufigen Garten des Sodafabrikanten M., der sich rund um eine repräsentative Jugendstilvilla erstreckte. Sie hatten keinen nennenswerten Schaden angerichtet, das Einzige, was man ihnen allenfalls vorwerfen konnte, war, dass sie den M.'schen Kirschbaum um ein bis eineinhalb Kilo fleischige, schwarze Kirschen erleichtert hatten. Wenige Minuten, nachdem sie den Rückzug angetreten hatten, war auch bereits der Hausmeister der M.'schen Villa am Gartentor der Mahrs aufgetaucht und hatte sich bei Zilli über die »Gfraster« beschwert, die sich an anderer Leute Eigentum vergriffen. Mahr hatte die Szene zusammen mit seiner Cousine vom offenen Fenster seines Zimmers aus verfolgt. Der Hausmeister, ein Choleriker klassisch wienerischer Prägung, hatte seiner Empörung Luft gemacht, indem er lautstark auf Zilli eingeschimpft hatte: Herr Dr. Mahr müsse mit einer Besitzstörungsklage rechnen, drohte er, wenn die Judenbagage da hinten im Garten nicht besser auf ihre Bälger achtgäbe.

Ein Schlüsselbund klirrte am Gang vor der Zellentür. Die Tür wurde aufgeschlossen, ein untersetzter Corporal erschien und schob Mahr das Abendessen in die Zelle: eine Schüssel Bohnensuppe, einen Kanten Brot und ein Stück Speck. Mahr bedankte sich und machte sich mit Heißhunger über das Nachtmahl her. Er hatte keinen Grund sich zu beschweren, dachte er, auch nicht in Sachen Verpflegung. Durchs geschlossene Zellenfenster hörte er das Geräusch von Lkw-Motoren, erregte Stimmen, das Schlagen von Autotüren. Er trat ans Fenster und schaute hinunter: ein neuer Gefangenentransport war angekommen.

Am nächsten Morgen, als ihm der diensthabende Aufseher das Frühstück brachte, bat er um Bücher. Er würde sich in der Quarantäne sonst zu Tode langweilen, erklärte er in nachdrücklichem Tonfall. Überraschenderweise brachten ihm seine Bewacher schon am Nachmittag einen Karton voller Bücher in die Zelle, zerlesene Romanübersetzungen von Autoren, deren Namen ihm nichts sagten: Joel Chandler Harris, Philip Gibbs, Louis Bromfield. Ganz oben in den Karton hatte man eine Uralt-Ausgabe von »David Copperfield« gepackt. Mahr fragte sich, woher in Teufels Namen sie das Zeug hatten.

Er machte es sich auf der Pritsche bequem und verbrachte die nächsten Tage mit Lesen. Nachdem er sich durch alle Romane geschmökert hatte – »David Copperfield« las er zweimal –, brachte man ihm auch noch eine zerfledderte Ausgabe von Ernie Pyles »Here is Your War« und ein paar ältere Nummern von »Stars and Stripes«. So ließ sich das Gefängnisleben einigermaßen aushalten.

Einmal täglich durfte er, isoliert von den anderen, einen fünfzehnminütigen Spaziergang im Freien absolvieren. Während er seine Schritte über den Innenhof setzte, hatte er jedes Mal von Neuem das Gefühl, ein paar Dutzend Augenpaare würden ihn durch die Kasernenhoffenster beobachten, und obwohl er wusste, dass er sich das nur einbildete, glaubte er die feindseligen Blicke der einstigen Kameraden zu spüren, für die er ein Verräter war, ein ehrloser Lump, der das Vaterland verraten hatte und seine Kameraden gleich mit dazu.

An einem kalten Freitagmorgen – das Thermometer zeigte achtzehn Grad unter null – wurde er aus seiner Zelle geholt und ins Operationsbüro geführt. Dort erwarteten ihn der Captain und der First Lieutenant. Mahr setzte sich. Hinter dem Schreibtisch hing eine riesige, mit Fähnchen und Stecknadeln gespickte Karte des »Deutschen Reichs«, die dort beim letzten Mal noch nicht geprangt hatte.

»Ich mache es kurz«, sagte der First Lieutenant. »Unsere Leute haben Ihre Angaben überprüft: Es gibt keine Einwände gegen Ihre Verpflichtung.«

»Das freut mich!«, sagte Mahr.

»Mich auch«, sagte der First Lieutenant mit einem verkniffenen Lächeln, das Mahr schon während ihrer letzten Unterredung aufgefallen war.

Der First Lieutenant schob eine Packung »Camel« über den Tisch, Mahr fingerte eine Zigarette aus dem Päckchen, sein Gegenüber gab ihm Feuer. »Schön, dann sind wir im Geschäft.«

Jetzt war es an Mahr, ein verkniffenes Lächeln aufzusetzen. »Wie haben Sie das gemacht, das mit der Überprüfung?«

»Sagen Sie jetzt nicht, dass Sie darauf eine ernsthafte Antwort erwarten.«

»Okay, einen Versuch war's wert.«

Mahr sollte erst einige Monate später erfahren, wie das OSS bei der Zuverlässigkeits-Überprüfung vorgegangen war. Der Dienst unterhielt ein Büro in Bern, von dort aus wurden regelmäßig als Priester verkleidete OSS-Agenten, die unbehelligt zwischen der Schweiz und dem »Deutschen Reich« hin und her reisen konnten, in Marsch gesetzt, um Informationen auf Feindgebiet einzuholen. Wenige Tage nachdem Mahr den amerikanischen Verhör-Offizieren seine Dienste angeboten hatte, läutete ein katholischer Geistlicher bei seinem Vater in Wien-Währing und überbrachte dem alten Mann eine Tafel Schweizer Schokolade und die Grüße seines Sohnes. Bei einer Tasse Ersatzkaffee bestätigte Rudolf Mahr die Angaben seines Sohnes, und so konnten die OSS-Leute wenig später ein chiffriertes Telegramm von der Schweiz aus ins Elsass absetzen, in dem Friedrich Mahr für vertrauenswürdig erklärt wurde.

»Sehr schön. Dann gehören Sie ab jetzt zur Familie«, sagte der First Lieutenant. »Willkommen an Bord, Gefreiter!«

»Danke, Sir.«

Der First Lieutenant spielte mit der Zigarettenschachtel in seiner Hand. »Wir haben das letzte Mal darüber gesprochen«, fuhr er fort, »dass Sie im Fall des Falles bereit wären, mit dem Fallschirm über deutschem Reichsgebiet abzuspringen. Haben Sie Ihre Meinung dazu inzwischen geändert?«

Mahr schüttelte den Kopf. Nein, habe er nicht.

»Freut mich, das zu hören. Ich kenne da ein paar Leute, denen Sie mit dieser Antwort eine Riesenfreude machen.«

Am Nachmittag des 5. Februar verließ Mahr das Kriegsgefangenenlager 455. Soeben war ein neuer Gefangenentransport im Lager eingetroffen, drei-, vierhundert verfrorene Gestalten, auf dreckverschmierte Lastwägen gepfercht. Schweigend kletterten die Landser von den Ladeflächen. Für einen Augenblick hatte Mahr das Gefühl, sie zu beneiden. Für diese Artilleristen, Panzerschützen, Kanoniere war der Krieg zu Ende. So viel Verdruss sie in den nächsten Monaten auch erwartete – überfüllte Quartiere, Langeweile, Ungeziefer, Kälte –, ihr Leben mussten sie, im Gegensatz zu ihm, nicht mehr aufs Spiel setzen. Sie bekamen zu essen, sie hatten ein Dach über dem Kopf, und sie mussten sich keine feindlichen Kugeln mehr um die Ohren pfeifen lassen.

»Wir sollten uns ein bisschen beeilen«, sagte der Offizier, der Mahr über den Parkplatz zum Wagen eskortierte, einem beschlagnahmten *Simca* mit weißem US-Nummernschild. »Wir haben noch ein paar Stunden Fahrt vor uns.«

Der Offizier nahm den Gruß eines schmächtigen Corporals entgegen, der vor dem *Simca* auf sie wartete: ihr Chauffeur. Der Corporal öffnete den Kofferraum, Mahr verstaute seine bescheidenen Habseligkeiten, dann musste er auf Anweisung des Offiziers auf den rissigen Ledersitzen im Fond des *Simca* Platz nehmen. Die beiden Amerikaner saßen vorne. Der Fahrer ließ den Motor an, er legte den Gang ein und gab Gas.

»Wohin geht's?«, fragte Mahr.

»Kein Kommentar.«

»Verstehe.«

Der Posten am Lagertor warf einen Blick in die Papiere, die ihm der Offizier durchs Fenster reichte, er salutierte und winkte sie durch. Der Schlagbaum hob sich, sie passierten die Ausfahrt und fuhren, nachdem sie eine von Artilleriegranaten verwüstete Kleinstadt hinter sich gelassen hatten, zwischen schneebedeckten Alleebäumen und mit glitzerndem Raureif überpuderten Feldern dahin. Am Straßenrand bemerkte Mahr liegen gebliebene 247er-Spähwägen und einige ausgebrannte Panzer. Nach einem nur wenig zerstörten Dorf mit malerischer Wehrkirche und winzigen Fachwerkhäusern folgte ein ausgedehntes, von Geschosseinschlägen devastiertes Stück Buchenwald.

»Wir werden in den nächsten Wochen viel miteinander zu tun haben«, sagte der Offizier, während er sich zu Mahr umdrehte. »Ich heiße Ray.«

»Meinen Namen kennen Sie ja«, sagte Mahr. »Meine Freunde nennen mich Fritz.«

»Vergessen Sie Fritz«, sagte Ray. »Fritz existiert nicht mehr.«

»Nein?«

»Sie dürfen sich einen Decknamen aussuchen.«

»Tatsächlich? Einen Decknamen?«

»Ja, irgendwas Nettes.«

Mahr überlegte. Ihm fiel nichts Rechtes ein.

»Nehmen Sie etwas Österreichisches!«, schlug Ray vor. »Wie wär's mit ›Edelweiß‹?«

»Edelweiß?«, sagte Mahr mit einem Achselzucken, während sie an einem zerschossenen Bahnwärterhäuschen vorbeifuhren. »Na ja, warum nicht? ›Edelweiß‹ ist okay. Ich mag die Berge.«

Es war dunkel geworden. Ab und zu kamen ihnen Kübelwägen und Jeeps in Tarnfarben entgegen, manchmal auch Zivilfahrzeuge, samt und sonders ohne Licht. Verdunklungsvorschrift. Nach einer Weile, sie hatten Mahrs Schätzung nach hundert, vielleicht hundertzwanzig Kilometer hinter sich gebracht, zweigten sie von der Landstraße ab, der Wagen rollte noch ein paar holprige Meter über einen geschotterten Feldweg, der Fahrer hielt, Ray stieg aus, öffnete die rechte Hintertür und setzte sich neben Mahr auf die Rückbank.

»Was ist los?«

»Tut mir leid, Gefreiter. Ich muß Ihnen die Augen verbinden.« Ray zog ein Taschentuch aus der Uniformjacke.

»Sie nehmen mich auf den Arm?«, protestierte Mahr.

»Das Ganze ist nicht ohne Theatralik, das gebe ich zu«, sagte Ray, während er Mahr das Taschentuch um die Augen band. »Aber es nützt nichts: Vorschrift ist Vorschrift.« Ray nestelte an Mahrs Hinterkopf herum und versah das Taschentuch mit einem strammen Knoten, Mahr fügte sich und ließ sich in die Rückbank fallen. Ray machte es sich an seiner Seite bequem.

Der Chauffeur gab Gas, sie fuhren weiter über eine rumpelige, von Schlaglöchern durchzogene Schotterpiste. Das Gerüttel war lästig und auf Dauer schwer erträglich. Mahr wurde übel. Er versuchte an etwas Angenehmes zu denken, an die Bergwanderungen auf den Schneeberg, die er in zwei, drei Jahren wieder unternehmen würde, wenn er Glück hatte, oder an die Sommernachmittage, die er mit seinen Freunden im »Donaustrandbad Kuchelau« verbringen würde – sofern es das »Donaustrandbad Kuchelau« überhaupt noch gab. Mahr fühlte ein melancholisches Ziehen in der Magengegend, wenn er an die Badeanstalt unweit des Kahlenbergerdorfs dachte, in der sich seine Geschwister vor dem »Anschluss« regelmäßig mit Ruth Schlesinger und Luki Landwehr und einigen anderen Genossen der »Revolutionären Sozialisten Jugend« getroffen hatten. Auf den Holzpritschen des »Donaustrandbads Kuchelau« hatten sie Streuzettel- und Flugblatttexte entworfen und den Vertrieb der illegalen »Arbeiterzeitung« in zwei oder drei der größeren Floridsdorfer Gemeindebauten organisiert. Mahr hatte das eine oder andere Mal mitgehen dürfen ins Bad, aber wenn die Größeren im Flüsterton über ihre regimefeindlichen Aktivitäten zu sprechen begannen, hatten sie ihn stets weggeschickt: Er solle mit den anderen Buben Fußballspielen oder im Ufergras nach Fröschen suchen, wurde ihm befohlen.

Nach einer lang gezogenen Linkskurve drosselte der *Simca* das Tempo, sie rollten noch ein paar Meter bergab, dann brachte der Fahrer den Wagen zum Stehen. Sie stiegen aus. Ray nahm Mahr das Taschentuch ab: »So, Edelweiß, wir sind da.«

»Das merke ich.« Mahr hätte sich am liebsten übergeben, so übel war ihm von dem ruppigen Gerumpel der letzten zwanzig Minuten. Er machte ein paar Schritte, atmete durch, spürte, wie ihm ein kalter Wind in den Mantelkragen fuhr. Vor ihnen lag ein heruntergekommenes Schloss, ein ehemaliger Herrensitz im Renaissance-Stil, mit zwei Arkadenflügeln und einer Freitreppe und einigen schadhaften Türmchen, durch deren zerbrochene Fenster der Wind zu pfeifen schien.

»Herrgott, hab ich Hunger«, stöhnte Ray, während er sich mit den Händen seinen Hintern massierte. »Holen Sie Ihren Krempel aus dem Kofferraum, Edelweiß! Wir sollten uns ranhalten, sonst kriegen wir heute nichts mehr zwischen die Zähne.«

Sie betraten das Schloss durch eine der abenteuerlich verzogenen Seitentüren. Im Inneren des Gebäudes war es stockdunkel. »Wieder mal kein Strom«, seufzte Ray, während er vor Mahr und dem Fahrer über alte, wurmzerfressene Dielenbretter ins Schlossinnere vorstapfte. Im Schein seiner Militärtaschenlampe tasteten sie sich über eine geländerlose Wendeltreppe in den ersten Stock. Dort waren mehrere Schreibstuben oder etwas in der Art untergebracht. Der Fahrer salutierte und tauchte in einem der Korridore unter, Ray bat Mahr in eines der Zimmer beim Stiegenaufgang.

»Alles ein bisschen improvisiert«, sagte er, während er einen wachsverkrusteten Leuchter zur Hand nahm und mit einem Sturmfeuerzeug drei halb heruntergebrannte Kerzen entzündete. Mahr ließ sich in einen Louis-XVI.-Stuhl fallen und schaute mit schläfrigem Interesse zu, wie sich Ray an einem der Schreibtische zu schaffen machte. Nach einigem Stöbern kramte sein Verbindungsoffizier ein Blatt Papier hervor. »Hier, Ihr Vertrag«, sagte er. Er drückte Mahr den Zettel in die Hand. Mahr nahm das Papier und las im Schein des Kerzenleuchters, den ihm Ray über die Schulter hielt, einen englischen Text, den er nur bruchstückhaft verstand. »Auf der Rückseite finden Sie die Übersetzung«, sagte Ray. Mahr drehte den Vertrag um und fand eine in lupenreinem Bürokratendeutsch verfasste Erklärung, die er sorgfältig studierte. Demnach verpflichtete er sich gegenüber der Nachrichtendienstabteilung der »United States Army« zur Erfüllung aller ihm erteilten Aufträge und zur strikten Geheimhaltung sämtlicher ihm aus seiner Anstellung zugewachsenen Kenntnisse. Außerdem erklärte er, dass er den Vertrag freiwillig und ohne Zwang abschließe.

Ray angelte einen Füller aus der Brusttasche seiner Uniformjacke und schraubte die Verschlusskappe ab. »Sie können sich's noch mal überlegen …«

»Ich hab's mir lange genug überlegt«, sagte Mahr. Er nahm den Füller und unterschrieb. Auch Ray setzte seinen Namenszug unter den Vertragstext, dann bat er Mahr, am unteren Rand des Dokuments seinen Fingerabdruck anzubringen. »Reine Routine.«

Ray nahm das Schriftstück, faltete es zusammen und legte es gemeinsam mit Mahrs Soldbuch und den Familienfotos in eine Aktenmappe aus bräunlichem Karton. Dann schloss er die Unterlagen in einem Stahlschrank neben dem Schreibtisch ein. »Hier bleiben Ihre Sachen bis zum Kriegsende verwahrt«, sagte er. »Und jetzt darf ich Sie Ihrem Ausbildner vorstellen.«

Sie tasteten sich durch lange, verwinkelte Korridore in einen anderen Flügel des Schlosses vor – einen belebteren Flügel, in dem es Mannschaftsräume, Magazine und verschiedene Arten von Werkstätten zu geben schien. Ray führte Mahr über eine Steintreppe in den ersten Stock, dort klopfte er an eine mit abgesplitterten Ornamenten versehene Eichentür. Er öffnete die Tür und ließ Mahr den Vortritt in einen hallenartigen Raum – eine Art Speisesaal. An einer langen Tafel, beleuchtet von Petroleumlämpchen, saßen an die zwanzig Männer beim Abendessen. Ein hünenhafter Mensch in der Uniform eines Infanterie-Oberleutnants schien den Vorsitz innezuhaben, zumindest saß er an der Frontseite des Tisches. Er stand auf und kam auf sie zu. Er schüttelte Mahr die Hand und legte den Arm um Rays Schulter. »Ihr kommt spät«, sagte er. »Wir haben uns schon Sorgen gemacht.«

»Dazu gab's keinen Anlass«, sagte Ray.

»Angenehme Fahrt gehabt?«

»Ging so. Darf ich dir Edelweiß vorstellen? Edelweiß, das ist First Lieutenant Swartz.«

»Willkommen im Schloss«, sagte der Hüne. Er hakte sich bei Mahr unter und schob ihn ein bisschen nach vor. »Alle mal herhören, Leute ...!« Der First Lieutenant hob die Hand. »Wir haben hier einen Neuen: Edelweiß. Gerade im Schloss angekommen. Ich weiß, dass ihr ein eisenharter Haufen seid. Trotzdem: Seid nett zu ihm. Edelweiß, das sind deine künftigen Kameraden.«

Mahr deutete einen Gruß in den Saal hinein an. Verhaltenes Gebrummel. Zwei oder drei von den Männern, die ihm in amerikanischen Arbeitsuniformen gegenübersaßen, grinsten ihm aufmunternd zu, einige starrten gleichgültig zu ihm herüber. Die Atmosphäre war nicht besonders herzlich, eine aggressive Befangenheit lag in der Luft, eine Befangenheit, die mit ihrer aller Status zu tun hatte. Aus militärischer Sicht haftete dem, was sie taten oder sich zu tun anschickten, etwas Unehrenhaftes an. Offiziell wurden sie von den Amerikanern »Agenten« genannt – ihre inoffizielle Bezeichnung lautete: »Joes« – aber dabei handelte es sich um beschönigende Titulierungen. Im Grunde waren sie Spione, das sprach allerdings niemand offen aus. Spion zu sein war mit einem Makel behaftet, auch wenn man, wie die meisten im Saal, davon überzeugt war, einer gerechten Sache zu dienen.

Swartz führte Mahr an die Tafel, er stellte ihm der Reihe nach *Habicht, Neptun, Berthold, Willi, Ludwig, Greif* und die anderen vor, deren Namen – oder besser: Decknamen – sich Mahr auf die Schnelle nicht merken konnte, dann wies Swartz auf einen freien Sessel zwischen Willi und einem Mann mit grauem, penibel gestutztem Bärtchen. »Landsleute von dir«, sagte er. »Und jetzt hau rein!«

Mahr setzte sich zu den beiden Österreichern und schöpfte aus der roten Kasserolle lauwarme Suppe auf seinen Teller. Dann begann er zu essen. Während er Löffel um Löffel in sich hineinschob, lauschte er den Gesprächen bei Tisch, ohne selbst etwas zur Unterhaltung beizutragen. Später, als eine ältere Frau auf einem rumpelnden Wagen den Hauptgang servierte, Kohlrouladen mit Nudeln, kam er doch mit Willi, dem leutseligeren der beiden Tischgenossen, ins Gespräch. Willi war Eisenbahner, ein Lokführer aus Attnang-Puchheim, wie Mahr erfuhr, ein drahtiger, athletischer Bursche von Anfang, Mitte zwanzig, ein Bergsteigertyp wie Mahr, mit einer schrägen, blauroten Narbe auf Wange und Kinn. »Verdank' ich einem alliierten Schrapnell«, erklärte er, als er bemerkte, dass Mahr, ohne es zu wollen, eine Sekunde zu lang auf die Narbe gestarrt hatte. »Kessel von Falaise. Meine Einheit ist gerade noch rausgekommen, bevor die Kanadier die Stadt eingenommen haben.«

Wenige Wochen nachdem er dem Kessel von Falaise entronnen war, erzählte Willi, habe er in der östlichen Normandie die Seiten gewechselt; über Vermittlung einer ihm persönlich bekannten Genossin sei er in die französische Widerstandsbewegung eingetreten. Einige Wochen später habe er sich auch schon an einem Attentatsversuch auf SS-Brigadeführer K. in Neuilly beteiligt. Nach einigen Irr- und Umwegen war er dann vor ein paar Tagen hier im Camp gelandet.

Willi war Kommunist, wenige Tage nach dem Anschluss Österreichs ans Dritte Reich, im März '38, hatte er sich einer illegalen Widerstandsgruppe in Attnang-Puchheim angeschlossen, einem Eisenbahnerort am Eingang des Salzkammerguts. Willi träumte von einem kommunistischen Österreich nach sowjetischem Vorbild. Er war zwar etwas dogmatisch in seinen Ansichten (am »Reform-Kapitalisten

Roosevelt« ließ er kein gutes Haar), aber Mahr fand ihn seiner burschikosen Natürlichkeit wegen ausgesprochen sympathisch.

Etwas anders verhielt es sich mit Sigmund, dem Tischnachbarn zu seiner Rechten. Vor dem Krieg hatte Sigmund als Jurist in einer Grazer Rechtsanwaltskanzlei gearbeitet. »Auch von der Rotfront-Abteilung, wie die meisten da am Tisch?« fragte er.

Mahr schüttelte den Kopf. Rotfront? Nein. In ein paar Sätzen legte er seinen politischen Standpunkt dar, ohne allzu viel von seiner Identität preiszugeben. Dass sein Vater und seine Geschwister sich in der Sozialdemokratischen Arbeiterpartei und später – während der Dollfuß-Diktatur – bei den »Revolutionären Sozialisten« engagiert hatten, erwähnte er aber doch.

Er gebe es gleich zu, sein politischer Hintergrund passe nicht so recht zur Volksfront-Idylle hier am Tisch, sagte Sigmund. Er komme eher von der nationalen Seite.

»Nationale Seite?«, wiederholte Mahr. »Was soll das heißen?«

Sein Wertegerüst habe sich im »Allgemeinen Deutschen Turnverein« ausgebildet, erklärte Sigmund, später bei den »Cherusken« in Graz, auf deren Paukboden er so manche Mensur gefochten habe. In seiner Familie habe man seit jeher großdeutsch gedacht – er scheue sich nicht, das einzugestehen.

»Soll heißen: Seine Alten sind Nazis«, sagte Willi.

»Stimmt das?« Mahr sah den Juristen stirnrunzelnd an.

Sigmund nickte.

»Und du? Du bist auch ein Nazi?«

»Ich *war* einer.«

»Was machst du dann hier?«

Soweit er wisse, sei es niemandem untersagt, durch Erfahrung klüger zu werden, erklärte Sigmund. Begeistert vom Nationalsozialismus und seinen Idealen, habe er sich zu Beginn des Kriegs freiwillig zu den Panzertruppen gemeldet. Während des Polenfeldzugs seien ihm aber zunehmend Zweifel an der Rechtmäßigkeit dieses Kriegs gekommen, Zweifel, die sich in Russland noch verstärkt hätten. Die deutsche Seite habe sich – vor allem während des Russland-Feldzugs – zu Untaten hinreißen lassen, die in seinen Augen durch nichts zu rechtfertigen seien. Was er an der Ostfront gesehen habe, habe ihn in seinem ablehnenden Urteil gegenüber der SS und den sogenannten »Sondereinsatzgruppen« bestärkt. Ob Hitler davon wisse, welche Verbrechen in seinem Namen begangen würden, oder nicht, spiele in diesem Zusammenhang gar keine Rolle. Es sei ein Unrechtskrieg, der da geführt würde, das stehe für ihn heute fest. Die amerikanischen Anwerbe-Offiziere hätten ihn deshalb nicht lange überreden müssen, sich freiwillig zur Spezialeinheit zu melden, für die sie alle arbeiteten.

»Die meisten Männer hier am Tisch sind Deserteure«, sagte Mahr. »Du auch?«

Sigmund schüttelte den Kopf: »Da irrst du dich. Die meisten sind Kriegsgefangene, ganz normale Kriegsgefangene, die von den Amerikanern mehr oder weniger intensiv dazu überredet worden sind, sich den Alliierten als Kundschafter zur Verfügung zu stellen.«

Mahr fragte, wo Sigmund in Gefangenschaft geraten war.

Seine Einheit sei Anfang Jänner als Teil der 245. Infanterie-Division bis zur nord-elsässischen Ortschaft G. vorgestoßen, berichtete Sigmund. Dort habe ihn Major Gross, ein Mann, zu dem sie seiner soldatischen Integrität wegen alle aufgeblickt hätten, zum Spähtruppführer ernannt. Bei Nacht und Nebel habe er sich mit seinen Leuten unbemerkt hinter die amerikanischen Linien vorgearbeitet. Ihr Auftrag sei es gewesen, die Position der feindlichen Artilleriestellungen auszukundschaften. Leider seien sie am Ortsrand von S. in ein Scharmützel mit einer amerikanischen Patrouille verwickelt worden. Dabei seien zwei Kameraden gefallen, na ja, und den Rest könnten sie sich denken.

Während die alte elsässische Dame – offenbar eine ihrer Gastgeberinnen – mehrere Weckgläser Apfelkompott auf den Tisch wuchtete und einer der Männer mit dem Austeilen des Nachtischs begann, überlegte Mahr, ob er Sigmunds Erzählungen glaubhaft fand. Ein Nazi als Überläufer, gab es so etwas überhaupt? Andererseits, die Amerikaner hatten den Mann bestimmt überprüft, wie sie ihn selbst und die anderen überprüft hatten. Sie mussten gute Gründe haben, Sigmund zur Ausbildung hierher zu schicken.

»Abenteuerliche Geschichte«, sagte Mahr.

Ein verkniffenes Lächeln erschien auf Sigmunds Lippen. »Wie sagt der Evangelist? Im Himmelreich herrscht mehr Freude über *einen* reuigen Sünder als über neunundneunzig Gerechte.«

»Auch wieder wahr«, sagte Mahr.

Am nächsten Morgen, pünktlich um neun, begann der Unterricht. Swartz hatte im ehemaligen Herrenzimmer eine Art Klassenraum eingerichtet. Auf dem vom Scheuern ausgebleichten Sternparkett in der Mitte des Raums stand ein eichener Esstisch, um den sich eineinhalb Dutzend »Joes« scharten. Swartz teilte Schreibblöcke aus, er hatte auch ein paar Kreiden und eine morsche, auf wackligen Beinen stehende Schultafel aufgetrieben. Von neun bis zehn stand Englisch auf dem Stundenplan. Es war ein simples, elementares Schulenglisch mit zahlreichen Exkursen ins Militärische, das Swartz ihnen einzupauken versuchte. Er schrieb in Blockbuchstaben das Wort »PARACHUTE« auf die Tafel, daneben kritzelte er in Schreibschrift die deutsche Übersetzung: »Fallschirm«.

»Wichtiges Wort«, sagte er: »Mit dem Fallschirm werdet ihr hinter den feindlichen Linien abspringen. Merkt euch das gut: PARACHUTE. Jemand von euch Erfahrung damit?«

Einer hob die Hand.

»Einer bloß? Dachte, es wären mehr. Heute Nachmittag beginnen wir mit der praktischen Ausbildung, da könnt ihr euch mit der Funktionsweise der Dinger vertraut machen.«

Jonathan R. Swartz kam aus Richmond/Virginia. Er war der Sohn deutscher Einwanderer und hatte vor dem Krieg eine gut gehende Heizstoffhandlung in einem der Vororte Richmonds gegründet und im März '41, kurz vor Kriegseintritt der Vereinigten Staaten, gewinnbringend verkauft, wie Mahr am Nachmittag während einer mit Swartz verbrachten Zigarettenpause erfuhr. Jonathan R. Swartz war ein umsichtiger Organisator, binnen weniger Wochen hatte er im Schloss einen improvisierten Schulungsbetrieb aufgebaut, der sich sehen lassen konnte. Die Ausbildner kamen zum Teil aus S. und aus P., einige sogar aus dem G2-Hauptquartier in Lunéville. Offenbar versprachen sich die Amerikaner eine Menge von den »Joes«, sonst hätten sie nicht einen derart aufwendigen Schulungsbetrieb aufgezogen.

Nach der Englischstunde machte ein vierschrötiger Staff Sergeant sie mit den verschiedenen Waffensystemen und taktischen Zeichen auf deutscher Seite vertraut. Es war erstaunlich, wie wenig sie darüber wussten. Sie kannten gerade einmal die taktischen Zeichen ihrer eigenen Einheiten, sonst hatten sie im Grunde keine Ahnung. Der Staff Sergeant erklärte ihnen, dass ein gestreiftes Dreieck auf einem Pfosten ein »Divisionshauptquartier« bezeichnete und ein Quadrat einen »Regimentsstab«, dass ein nach links geneigtes Parallelogramm Panzertruppen symbolisierte und ein kleines schwarzes Dreieck Gebirgseinheiten. »Es genügt nicht, dass ihr den Mumm habt, hinter der Front abzuspringen«, erklärte er, »ihr müsst auch korrekt melden, was ihr ausgekundschaftet habt, sonst richtet ihr mehr Schaden an, als ihr nützt. Wenn ihr statt einer feindlichen Brigade ein Regiment meldet, statt einer 12,8-cm- eine 5-cm-Pakbatterie, kann das katastrophale Folgen haben. Fehlinformationen dieser Art kosten Ausrüstung und gut ausgebildete Männer.«

Ein anderer Instrukteur setzte ihnen die Organisation des deutschen Heeres auseinander, wieder ein anderer – sie nannten ihn »Scotty« – erklärte ihnen, was es mit dem Fahndungsbuch der Gestapo auf sich hatte. Scotty hielt ein zwei Wochen altes Originalexemplar in Händen, ein beigefarbenes Büchlein im A5-Format. »Das Fahndungsbuch wird jeden Dienstag neu herausgegeben, da stehen die Namen aller der Gestapo namentlich bekannten Agenten drin, auch die von Regimegegnern und zur Fahndung ausgeschriebenen Deserteure. Jede Dienststelle im Deutschen Reich verfügt über so ein Buch. Euer Name sollte da besser nicht drinstehen. Ist euch wohl klar, oder?«

Mahr malte sich aus, was die Verhör-Schergen des Sicherheitsdiensts mit ihm anstellen würden, wenn er ihnen in die Hände fallen sollte. Es kursierten die wildesten Gerüchte über die Verhörmethoden der deutschen Behörden, er hatte von Prügelorgien mit Ochsenziemern und elektrischen Polen gehört, die an Händen und Füßen angebracht wurden, von ausgerissenen Zehennägeln und gequetschten Hoden. Zudem galt im Machtbereich des Dritten Reichs das Prinzip der Sippenhaftung. Brachte die Gestapo einen »Vaterlandsverräter« nicht in ihre Gewalt, vergriff sie sich an seiner Frau, seinen Eltern, seinen Kindern – so zumindest lautete die Drohung. Um sich nicht verrückt zu machen, redete Mahr sich immer wieder ein, dass die Deutschen von seiner Desertion ja nichts wussten. Für sie war er vermisst oder gefallen.

Allerdings war er nicht sicher, ob sie das tatsächlich glaubten.

Nach dem Ende des Vormittagsunterrichts löschte Swartz alle Aufschriften von der Schultafel, obwohl Mathilde und Louise, die matronenhaften elsässischen Schwestern, die für die Verpflegung zuständig waren, den Unterrichtsraum ohnehin nicht betreten durften. Mathilde und Louise zauberten aus den dürftigen Zutaten, die ihnen die Verpflegungskompanie in S. zweimal die Woche zuwies, deftige Suppen und Eintöpfe aller Art sowie, als Festmahl für besondere Anlässe, nahrhafte Tartes, die sie mit Speck oder Kartoffeln, aber auch mit Mostäpfeln und festen, säuerlich schmeckenden Birnen veredelten. Heute gab es fetten, in Margarine schwimmenden Zwiebelkuchen mit Räucherspeck. Also, er für seine Person könnte es im Schloss noch ein paar Monate aushalten, schmatzte Willi, während er sich ein Stück Tarte zwischen die Backen stopfte. Nicht einmal seine Mutter in Attnang würde einen solchen Mürbteig zusammenbringen, und das heiße etwas, denn die Mürbteigkrapfen seiner Mutter seien in der ganzen Siedlung berühmt gewesen.

»Mensch, merkst du nicht, dass du zu viel quatschst?«, knurrte Habicht, ein gedrungener Norddeutscher, der ihnen schon seit Längerem mit seiner schlechten Laune auf die Nerven ging.

Die siebzehn Männer, die unter der Oberhoheit von First Lieutenant Swartz im Schloss ausgebildet wurden, teilten sich in vierzehn Reichsdeutsche und drei Österreicher. Sie kamen aus Dresden, Mannheim, Stade, Breslau, Graz oder Wien und hatten in ihrem früheren Leben als Kraftfahrer, Fleischhauer, Maurer, Dachdecker oder Lohnverrechner gearbeitet, auch ein Medizinstudent und ein Festkörperphysiker gehörten mit zur Truppe. Die meisten waren einfache Wehrmachtssoldaten gewesen, es gab allerdings auch einen Marineartilleristen, zwei Flieger und einen ehemaligen Angehörigen der Waffen-SS. Juden waren ihrer Ausbildungseinheit nicht zugeordnet – aus einem einzigen Grund: Die Wehrmacht nahm grundsätzlich keine Juden auf, und sie sollten glaubhafte Wehrmachtssoldaten abgeben während ihres Einsatzes (in Mahrs Stammbaum verbarg sich allerdings irgendwo ein jüdischer Urgroßonkel, aber das galt auch nach den Maßstäben der »Nürnberger Gesetze« als nicht weiter bedenklich). Politisch waren sie ein bunter Haufen: ein halbes Dutzend Kommunisten, vier oder fünf Sozialdemokraten, zwei Anhänger des katholischen Zentrums und einige Nicht-Organisierte. Zwischen Sozialdemokraten und Kommunisten kam es immer wieder zu Reibereien, der Graben zwischen den Ideologien war auch im Schloss nicht leicht zu überbrücken. Swartz griff vermittelnd ein, wann immer er etwas von den Spannungen mitbekam: Sie sollten sich gefälligst zusammenreißen und Europa vom Hitlerismus befreien, meinte er, ihre Konflikte könnten sie dann immer noch austragen.

Am Nachmittag begann die praktische Ausbildung, irgendwo in den Wäldern der Umgebung. Sie wirkten wie eine x-beliebige Truppe in einer x-beliebigen Armee, aber in einigen

Punkten unterschieden sie sich doch von anderen, weniger »speziellen« Einheiten. Zunächst einmal trugen Deutsche wie Amerikaner die gleichen Uniformen, eine einfache, feldgraue Montur ohne Rangabzeichen. Darüber hinaus kannten die Joes einander nur unter ihren Decknamen, auch den amerikanischen Ausbildnern waren ausschließlich die Tarnnamen bekannt. Sonst war die Ausbildung, die sie im Schnelldurchgang durchliefen, im Wesentlichen dieselbe, die auch normale Fallschirmjäger durchlaufen mussten.

Auf einer kleinen, von Fichten umstandenen Lichtung, einen Kilometer vom Schloss entfernt, hatte Swartz einen Übungsplatz für Fallschirmabsprünge einrichten lassen. Zwei Posten bewachten die Stelle Tag und Nacht, um sie vor den Blicken Unberufener zu schützen. Mahr wurde wie die anderen – bewaffnet mit einer ungeladenen Kurzwaffe – durch ein Loch in einem Bretterboden gestoßen, er flog zweieinhalb Meter und landete in einer Sandgrube. Ein armseliger Ersatz für einen echten Sprung. Bis auf Berthold war kein Einziger von ihnen jemals mit einem Fallschirm abgesprungen, ja, die meisten hatten bis jetzt noch nicht einmal ein Flugzeug von innen gesehen. Zwei von der 82. Luftlandedivision abkommandierte amerikanische Feldwebel – jeder von ihnen kam auf etwa zweitausend Absprünge – leiteten die Ausbildung. Sie erklärten den Joes, wie sie den Fallschirm anzulegen und das Flugzeug zu besteigen hatten, was beim Absprung zu beachten war und wie sie den Schirm nach erfolgreicher Landung zu verstecken hatten. Ein Infanterie-Captain unterwies sie in den gebräuchlichsten Nahkampf-Techniken, zwei Funkoffiziere weihten sie in einer improvisierten Funkerschule in die Mysterien militärischer Nachrichtenübermittlung ein. Innerhalb weniger Wochen lernten sie nicht nur Morsen und das Lesen von

Schaltplänen, sondern auch Chiffrieren und Dechiffrieren, außerdem wurde ihnen beigebracht, wie sie einfache Reparaturen an den Geräten selbst durchführen konnten.

Mahr erwies sich als äußerst geschickt in diesen Dingen – dabei kam ihm zugute, dass er bis zum Verbot der Zeitschrift 1938 Abonnent der »Radiowelt« gewesen war. Zusammen mit Kurt Sykora, einem seiner Freunde, hatte er sich während der Gymnasialzeit als enthusiastischer Radiobastler betätigt, vom primitiven Detektorempfänger bis zum anspruchsvollen Röhrengerät: An den langen, verregneten Nachmittagen ihrer Schulzeit – und deren hatte es viele gegeben – hatten Sykora und er die kniffligsten Apparaturen zerlegt und mit unermüdlicher Leidenschaft immer wieder von Neuem zusammengebaut.

Abends im Bett, wenn der Wind an den Fensterläden rüttelte und Willi neben ihm leise schnarchte, lag Mahr oft schlaflos auf der klumpigen Matratze, die ihm der Zeugmeister zugewiesen hatte. Während der Wochen im elsässischen Schloss, er wusste nicht warum, wandten sich seine Gedanken öfter als sonst seiner toten Mutter zu. Er hatte kaum Erinnerungen an die Frau, die ihn geboren hatte, aber die, die er hatte, waren von peinigender Intensität: die nervöse, insektenhafte Wuseligkeit, die sie an den Tag gelegt hatte, wenn Besuch kam oder sonst etwas Unvorhergesehenes geschah, die plötzlichen Anfälle von Erschöpfung, die sie alle zwei bis drei Wochen und später in kürzeren Abständen überkommen waren, die Migräneattacken, die sie oft tagelang ins verdunkelte Schlafzimmer gezwungen hatten, das melancholische Lächeln, mit dem sie seine kindlichen Aufmerksamkeiten quittiert hatte, die gestotterten Muttertagsgedichte und die welken Sträuße selbst gepflückter Blumen, die er ihr zu besonderen Anlässen mit freudestrahlender Miene überreicht hatte. Er sah sie auch in heiteren Momenten vor sich: während einer sommerlichen Bootspartie auf dem Wolfgangsee, beim Spazierengehen im Prater oder zu Weihnachten, wenn sie zusammen mit ihm, ihrem Jüngsten, einen Ausflug auf den Christkindlmarkt machte, während der Vater und die Großen zu Hause den Christbaum schmückten …

Am 17. Februar 1931 – Mahr war wenige Monate zuvor eingeschult worden – hatte sich seine Mutter das Leben genommen. Sie hatte gewartet, bis sie allein zu Hause war, dann hatte sie drei Dutzend Schlaftabletten geschluckt, Fenster und Türen der Küche mit Handtüchern abgedichtet, den Gashahn aufgedreht und den Kopf ins Backrohr gelegt.

Zilli hatte sie am Nachmittag gefunden.

Der Tag ihrer Einäscherung war der bis dahin schlimmste Tag in Mahrs Leben gewesen: das wenige Schritte neben dem Zentralfriedhof gelegene Krematorium mit seiner düsteren Aura, die schluchzenden Tanten hinter schwarzen Schleiern, der offene Sarg, in dem seine Mutter lag – das wächserne Gesicht auf dem gesteppten schwarzen Kissen, Tante Hilda, die ihn zwang, die Lippen der Toten zu küssen, obwohl er sich sträubte … und das Entsetzen, das ihn schließlich erfüllte, als der Sarg mit kurzen, harten Hammerschlägen verschlossen wurde …

Der Tod seiner Mutter hatte ihn zermalmt. Nichts war danach je wieder so wie vorher. Der Vater und seine Geschwister hatten sich zwar, so gut es ging, bemüht, ihm eine unbeschwerte Kindheit zu ermöglichen, aber der Tod der Mutter überschattete sein Leben und die Atmosphäre im Haus noch auf Jahre hinaus. Die Zeit nach der Einäscherung Erna Mahrs war ein Albtraum, auch abseits der politischen Ereignisse, ein Albtraum, der von Friedrich als umso bedrückender empfunden wurde, als sein Vater und die Geschwister über den Verlust, der sie getroffen hatte, kaum noch ein Wort verloren.

Nach mehrwöchigem, oft strapaziösem Training, das sie mit zusammengebissenen Zähnen hinter sich brachten, war ihre Ausbildung abgeschlossen. Während Ray und Swartz bereits einen weiteren Lehrgang mit frisch rekrutierten Agenten starteten, begann für Mahr und die anderen beiden Österreicher die Zeit des Wartens. Es war klar, dass sie zu einem Dreier-Kommando zusammengefasst und in ihrer alten Heimat eingesetzt werden sollten, Swartz hatte etwas in dieser Art angedeutet, aber die maßgeblichen Stellen im Nachrichtendienst schienen im Moment nicht so recht zu wissen, was sie mit ihnen anfangen sollten.

Dabei gab es eine Menge wichtige Fragen, für deren Beantwortung sich das OSS interessierte, wie sich deutlich zeigte. Die Joes waren dazu ausgebildet, diese Fragen so rasch und umfassend wie möglich zu beantworten. Alle zwei, drei Tage wurde ein Kommando losgeschickt, das die gewünschten Informationen beschaffen sollte. Die Größe der Kommandos divergierte zwischen einem und drei Mann, je nach Umfang und Komplexität der zu erfüllenden Aufgabe. Sobald ein Operationsdatum fixiert war, befiel die für die Aktion ausgewählten Männer eine begreifliche Nervosität. Sie wurden stiller und stiller – nicht alle, aber die meisten –, die Scherze lagen nicht mehr ganz so locker auf der Zunge, sie wirkten geistesabwesender, reservierter, und während des Abschiedsessens vor dem Aufbruch sprachen sie so gut wie überhaupt nicht mehr. Manche Kommandos kamen nach Ostfrankreich zurück, vor allem die in Frontnähe eingesetzten, von anderen hörte man nie wieder ein Wort. Darüber wurde allerdings nicht gesprochen. Über gescheiterte Einsätze zu sprechen, das hatte Swartz ihnen eingeschärft, brachte Unglück.

Eines Abends, nachdem sie das dritte Kommando innerhalb einer Woche verabschiedet hatten, vertraten sich Mahr und Willi bei einem Spaziergang vorm Schloss die Beine. Es war stockdunkel. Dichter, weißlicher Nebel verschluckte das Licht, das aus drei, vier schwach beleuchteten Fenstern im Westtrakt ins Freie sickerte. Zwischen Mahr und Willi hatte sich in den letzten Wochen eine Freundschaft entwickelt, die über die Rituale und Routinen militärischer Kameradschaft deutlich hinausging. Zu Willi hatte Mahr, anders als zu Sigmund, auf Anhieb einen Draht gefunden. Willi war kein Intellektueller, das nicht, man konnte mit ihm nicht über die Kritik der Hegel'schen Rechtsphilosophie oder die Glücksdefinitionen der »Nikomachischen Ethik« reden, aber darauf kam es nicht an. Was Mahr an seinem Beinahe-Jahrgangskollegen schätzte – Willi war eineinhalb Jahre jünger –, waren seine Geradlinigkeit und die entwaffnende Natürlichkeit seines Charakters, Willi war uneitel und frei von jeder Verbissenheit, er besaß Humor und reagierte schlagfertig, wenn ihn die Kameraden – wie es immer wieder geschah – wegen seiner Liebe zu Pflanzen und Tieren oder seines oberösterreichischen Dialekts aufzogen.

Willi und Mahr unterhielten sich über die Kriegslage. Die Rote Armee, das hatten sie in den Mittagsnachrichten auf Radio London gehört, hatte Warschau befreit und war in Richtung Oder vorgestoßen. Willi äußerte sich zuversichtlich, dass der Krieg in ein paar Wochen zu Ende sein könnte. Mahr hatte da seine Zweifel: Die Rote Armee stünde achtzig Kilometer vor Berlin, das schon, aber Hitler und seine Generäle würden alles, was noch kriechen könne, in die Schlacht werfen, um einen russischen Vorstoß auf die deutsche Hauptstadt zu unterbinden. Außerdem kamen die Alliierten an der Westfront nicht voran: Die Deutschen hätten sich nach dem Scheitern der Ardennen-Offensive am Rheinufer eingebunkert und machten von ihren Stellungen aus den Briten und Amerikanern das Leben schwer.

Mahr blieb stehen und riss mit zitternden Fingern ein Streichholz an. Er hielt den flammenden Schwefelkopf an die Zigarette, knisternd glühte die Spitze auf.

»Hast du für mich auch eine?«, fragte Willi.

Mahr klopfte eine Zigarette aus dem Päckchen und gab dem Kameraden Feuer, dann setzten sie ihren Spaziergang um den gefrorenen Schlossteich fort. Willi erzählte von den sogenannten »Funkspielen«, die die Gestapo mit gefangenen Fallschirmagenten aufzog, wann immer sich die Gelegenheit dazu bot – einer der Joes im Schloss hatte davon berichtet. Um ihr Leben zu retten, erklärten sich viele Gefangene dazu bereit, bei einem solchen Funkspiel mitzumachen, das ihr Leben, wenn sie Glück hatten, um ein paar Wochen verlängerte: Sie schickten falsche, von der Gestapo fingierte Funksprüche an die alliierten Kommandozentralen – im vereinbarten Schlüssel natürlich, damit die Auftraggeber keinen Verdacht schöpften –, sie gaben falsche oder verwirrende Meldungen durch oder baten um Verstärkung durch neue Kommandos. Landeten die neuen Agenten dann mit ihren Fallschirmen des Nachts irgendwo auf einer Waldlichtung, wurden sie bereits von der Gestapo erwartet.

»Es hilft dir einen Dreck, wenn du dich auf ein Funkspiel einlässt«, sagte Willi. »Du endest mit einer Kugel im Kopf, so oder so.«

Mahr spürte ein unbehagliches Frösteln in seinen Gliedern, während er den Mantelkragen hochschlug. Vom Osten her blies ein scharfer, schneidender Wind über die verschneiten Felder.

»Deshalb gibt's nur eins«, fuhr Willi fort, »wenn du geschnappt wirst: die Zyankalikapsel.«

»Was für eine Zyankalikapsel?«

»Die geben uns doch Gift mit, wenn wir abspringen, weißt du das nicht? In einer Gummikapsel, die sie dir um den Hals hängen. Sobald es gefährlich wird, schiebst du dir die Kapsel in den Mund. Solange du das Ding nicht zerbeißt, passiert dir gar nichts, die Gummihülle schützt dich vor dem Gift. Je nachdem, wie sich die Dinge entwickeln, kannst du dich dann immer noch entscheiden, ob du auf die Kapsel beißt oder nicht.«

Mahr stieß einen stumpfen Seufzer aus.

»Du kannst die Kapsel aber auch einfach nur runterschlucken«, erklärte Willi, »ohne den Gummi zu zerbeißen: Dann passiert nichts, angeblich, dann scheißt du das Ding einen Tag später wieder aus.« Willi lachte. »Man kann die Kapsel dann jederzeit wieder verwenden, wenn einem danach sein sollte.«

Der gefrorene Boden knirschte unter ihren Stiefeln. Mahr sah, wie hinter einem der Fenster im zweiten Stock des Schlosses ein Licht anging. Während der letzten Minuten hatte sich der Nebel verzogen, ein eisiger Wind fegte kleinkörnigen Schnee gegen ihre Beine. Während sie die fünfte oder sechste Runde um den Schlossteich drehten, erzählten sie sich von ihren Erlebnissen in der Wehrmacht. Willi wollte wissen, was *das Schlimmste* gewesen sei, das Mahr seit seiner Einberufung erlebt hatte.

»Das Schlimmste?« Mahr warf den Zigarettenstummel in den Schnee und trat ihn mit der Stiefelspitze aus. »Das Schlimmste war eine Geiselerschießung in einem Dorf in der Nähe von Amiens. Chantville hieß das Kaff. Damals wimmelte es in der Gegend dort von Widerstandsleuten. Es gab kaum noch Männer im Dorf. Die waren alle beim *Maquis*. Eines Abends – es war saukalt – verlässt ein Unteroffizier namens Schmitz das Wirtshaus am Dorfrand, sternhagelvoll, offenbar wollte er gerade in die Hecken hinter der Kaschemme pinkeln. In diesem Augenblick wird er von hinten erschossen, zwei Schüsse in den Rücken, einer in den Kopf. War nicht schade um den Kerl, ein Mordsnazi, einer von der primitiven Sorte, und ein Säufer dazu. Der Bataillonskommandant, Stuckert hieß er, schäumte vor Wut. Am nächsten Morgen ließ Stuckert einen Jagdtrupp zusammenstellen, der die Umgebung des Dorfes nach Partisanen durchkämmen sollte. Der Auftrag war klar: So viele *Maquisards* wie möglich festnehmen. Ich konnte mich um den Auftrag schrauben, hab den Tag mit Wachdienst verbracht. Am Nachmittag kehrt der Jagdtrupp mit vierundzwanzig Gefangenen zurück, alles »Terroristen«, wie Stuckert in einer Ansprache an die Truppe verkündet. Der Befehl: alle Vierundzwanzig hinrichten, noch am selben Abend. Es gibt kein Standgericht, keine Untersuchung, nichts. Abends um sechs tritt das Bataillon am Dorfanger an, die Kompaniekommandeure stellen ein Exekutionskommando zusammen. Stuckert lässt die gesamte Dorfbevölkerung zusammentreiben, dreihundertfünfzig Leute, Frauen, Greise, Kinder, vom Vierjährigen bis zur 90-jährigen Großmutter des Dorfgeistlichen. Und dann beginnt das schauerliche Schauspiel. Die Todeskandidaten stehen keine zwanzig Meter von uns entfernt, unweit eines Grabens, den die armen Schweine am Nachmittag selbst haben ausheben müssen. Während die verschiedenen Kompanien zum offenen Viereck aufmarschieren, habe ich Zeit, mir die Männer anzuschauen. Sehr kriegerisch sehen sie nicht aus. Die meisten haben die Köpfe gesenkt, man hat ihnen die Handgelenke mit Kabeldraht auf dem Rücken zusammengeschnürt. Da und dort entdeckt man Widersetzlichkeit und aggressiven Trotz in den Gesichtern, die meisten aber scheinen ihr Schicksal mit gottergebenem Fatalismus zu erwarten. Junge Burschen von siebzehn, achtzehn Jahren stehen da neben grauhaarigen Männern von Anfang sechzig, einfache Bauern neben ein paar blassen Intelligenzlern in abgewetzten Anzügen. Das Bataillon nimmt Aufstellung, die Gefangenen werden mit Kolbenpüffen und Fußtritten in vier Gruppen eingeteilt. Dann treibt man die erste Gruppe an den Rand des Grabens. Sechs Mann sind es, darunter ein schmächtiger, junger Kerl, ein halbes Kind noch. Wenn du mich fragst: Der war noch keine siebzehn. Das Exekutionspeloton bezieht Position. Wir warten auf die Verlesung eines Urteils, irgendeiner Begründung, warum die armen Kerle da vorne den Tod verdient haben, aber mit so etwas hält sich der Kommandant gar nicht erst auf. Er wirft sich in Positur und hält eine knappe, forsche Rede. Ein deutscher Soldat sei heimtückisch ermordet worden, als für die Sicherheit des Gebiets verantwortlicher Kommandeur sehe er sich zu harten Sühnemaßnahmen gezwungen. Die bewaffneten Banditen, die seine Männer am heutigen Tage in den Wäldern der Umgebung aufgegriffen hätten, müssten sterben. Der Bevölkerung von Chantville sollte damit vor Augen geführt werden, wie es denen erginge, die mit Angriffen auf die deutsche Wehrmacht Unglück über sich und ihre Angehörigen und das ganze Dorf brächten. Der Bataillonskommandant spricht noch ein paar grundsätzliche Sätze über das Prinzip von Befehl und Gehorsam, das auch zwischen Besatzungsmacht und der Bevölkerung in den besetzten Territorien Geltung habe, dann tritt er zwei

Schritte zurück und gibt ein Zeichen, dass die Exekution beginnen kann.

Die sechs Männer am Grabenrand haben sich alles mit gesenkten Köpfen angehört. Jetzt warten sie schicksalsergeben auf das, was weiter geschieht. Man hört ein herzzerreißendes Schluchzen, da und dort weint eine Frau, sonst ist es still. Kein Protestgeschrei, keine Parolen, die pathetisch in Gewehrmündungen gebrüllt werden, kein »Vive la France«, schon gar kein »Es lebe Stalin« oder etwas in der Art, sowas gibt's wahrscheinlich nur in Romanen. Es ist beklemmend still. Nach ein paar Sekunden kracht die erste Salve, die sechs fallen in die Grube. Kaum ist das geschehen, springen auch schon zwei Feldgendarmen an den Grabenrand, Pistole in der Faust, und töten die, deren Glieder noch zucken. Die Feldgendarmen gehen mit nüchterner Brutalität ans Werk. Einen jungen Kerl, dessen Körper von Todeskrämpfen geschüttelt wird, rollen sie mit Fußtritten in Bauchlage und schießen ihm eine Kugel in den Kopf.

Mit ausdruckslosen Gesichtern haben die wartenden Delinquenten das Geschehen verfolgt. Jetzt stolpert das nächste Grüppchen an den Grabenrand. Einer scheint so etwas wie Gebete zu murmeln, ein anderer hat Zuckungen im Gesicht, deren er nicht Herr werden kann, die Männer starren in die Gewehrmündungen, dann krachen die Schüsse, und noch einmal die gleiche Prozedur, und dann beginnt das grausige Schauspiel noch einmal von vorn, und noch einmal … An diesem Abend habe ich beschlossen, stiften zu gehen, endgültig. Allerdings hat's noch eine Weile gedauert, bis sich eine Gelegenheit dazu ergeben hat.«

Hinter den Fenstern im Westtrakt gingen jetzt immer mehr Lichter an. Offenbar machten sich die Kameraden zum Bettgehen bereit. Er habe ähnliche Dinge erlebt, sagte Willi, in einer Kleinstadt in der Nähe von Évreux, wo er Anfang '44 für ein paar Monate stationiert gewesen war. Nach einem Sprengstoffanschlag auf ein Umspannwerk habe der Kommandant auf dem Kirchplatz des Orts zwölf Männer verhaften lassen, irgendwelche Passanten, die zufällig des Weges gekommen waren. Die Männer seien vor dem Rathaus aufgehängt worden, zur Abschreckung, damit die Résistance-Kämpfer in den Wäldern nicht noch einmal auf »dumme Gedanken« kämen.

Willi blieb stehen und hob den Blick. »Horch!« Mahr schaute zum Himmel und lauschte. Auch er vernahm das entfernte Dröhnen von Bombern, irgendwo im Norden, es mussten Hunderte Flugzeuge sein, die sich zum Nachtangriff auf Deutschland formierten. In einigen Stunden würden sie ihre Fracht über deutschen Städten abladen.

Am nächsten Tag, einem Sonntag, baute Willi ein Futterhäuschen für die Vögel der Gegend, es bekümmerte ihn, dass sie wegen des anhaltenden Frosts kaum mehr etwas zu fressen fanden, wie er sagte. Willi hämmerte und sägte den ganzen Vormittag, während Mahr mit Sigmund und ein paar Kameraden im Aufenthaltsraum »Siebzehn und vier« spielte. Hier in der Gegend scheine es mehr Rotschwänze zu geben als bei ihm zu Hause, sagte Willi, als er für ein paar Minuten zu ihnen ins geheizte Zimmer kam, um sich die rotgefrorenen Hände aufzuwärmen, sonst seien die Vogelarten, denen man hier in Ostfrankreich begegne, mehr oder weniger die gleichen wie daheim. Sie rissen den einen oder anderen Witz über sein Interesse an Vögeln, was allerlei Gelegenheiten zu mehrdeutigen Wortspielen bot, aber dann halfen sie ihm doch beim Aufstellen des Futterhäuschens im Schlossgarten, unweit des Schießplatzes. Willi rammte einen Holzpflock in die gefrorene Erde, und Mahr half ihm, das Fundament des Futterhäuschens auf den wuchtigen Pfahl zu nageln.

»Na bitte, sieht doch gar nicht schlecht aus«, sagte Willi. »Jetzt muss ich nur noch das nötige Futter organisieren.«

»Das wirst du den elsässischen Schwestern schon abschwatzen«, sagte Mahr.

»Im Grunde ist es eine hundsmäßige Verschwendung, was du da treibst«, motzte Sigmund. »Die Heimat hungert, und du verfütterst wertvolle Broteinheiten an die Vögel.«

»Was geht's dich an?«, maulte Willi zurück.

»Von dem, was du an die Viecher verschwendest, könnte man …«

Willi unterbrach ihn: »Dich hat niemand um deine Meinung gefragt. Tu mir den Gefallen und kümmer' dich um deinen eigenen Dreck!«

Eines Nachmittags – der Schnee begann allmählich zu schmelzen – hielt Ray mit quietschenden Reifen vor dem Schlossportal. »Leute, ich hab einen Job für euch«, grinste er, während er mit einem schwungvollen Satz aus dem Jeep sprang. Er bat Mahr, die beiden anderen zusammenzutrommeln, dann sollten sie sich in Swartz' Büro verfügen.

Zehn Minuten später – sie hatten sich um Swartz' Schreibtisch versammelt – riss Ray ein feldgraues Kuvert mit der Stampiglie des Armeehauptquartiers und dem mit der Schreibmaschine getippten Vermerk »Streng geheim« auf.

»Jetzt wird's spannend«, murmelte Willi, der sich eben von einer Erkältung wieder einigermaßen erholt hatte. Ray las ihnen den Befehl der Nachrichtenabteilung vor. Sie sollten eine Funkzentrale im bayerisch-österreichischen Grenzgebiet in der Nähe der Stadt Salzburg einrichten und dort Informationen über die sogenannte »Alpenfestung«

zusammentragen, an deren Ausbau die deutsche Führung unbestätigten Berichten zufolge arbeitete. Standen hinter der »Alpenfestung« ernst zu nehmende Planungen, oder war das Ganze lediglich ein Bluff, wie manche in den amerikanischen Planungsstäben vermuteten? Und wenn es kein Bluff war, wie weit war der Ausbau des Reduits allenfalls schon gediehen? Wo vor allem befanden sich die unterirdischen Produktionsanlagen, die für den deutschen Nachschub mit Panzern, Artilleriewaffen und anderem Gerät sorgen sollten? Das waren die Fragen – wichtige Fragen –, zu deren Aufklärung sie einen Beitrag leisten sollten.

Ray ließ sich gegen die Stuhllehne sinken und klopfte mit dem abgebissenen Mundstück seiner Pfeife auf das Papier. »Glückwunsch, Leute, das nenne ich mal einen richtigen Auftrag.«

»Alpenfestung«, sagte Willi, während er über die Narbe auf seinem Kinn strich. »Das muss irgendwo bei mir daheim sein.«

Goebbels und Himmler hätten die Errichtung einer gewaltigen Festung in den österreichischen Alpen in Auftrag gegeben, erklärte Ray, zumindest gebe es Gerüchte in dieser Richtung. Auch die »Times« und der »Daily Telegraph« hätten entsprechende Berichte gebracht, keine großen Berichte, aber immerhin Berichte, die auffallend genug waren, um General Eisenhower darauf aufmerksam zu machen, und jetzt wollten die Jungs von der Nachrichtenabteilung mehr über die Sache wissen.

Ray stopfte seine Pfeife mit einem metallenen Stopfer und entzündete den Tabak mit vernehmlichem Paffen von Neuem. Dann setzte er ihnen die strategischen Hintergründe auseinander. In Eisenhowers Stab gehe man davon aus, dass sich die NS-Führung zusammen mit eineinhalb

Dutzend SS- und Wehrmachts-Divisionen so lange in der ominösen Alpenfestung verschanzen wollte, bis ein von den Deutschen für unvermeidbar gehaltener Krieg zwischen den Westalliierten und der Sowjetunion ausbrechen würde. Und wenn dieser Krieg beginne, erklärte Ray, was seiner Ansicht nach nicht der Fall sein werde, aber die Deutschen glaubten eben daran, wenn also dieser Krieg beginne, wollten sich die Deutschen dem Westen als Bündnispartner andienen, um doch noch als eine Art Sieger aus dem Krieg hervorzugehen.

»Eisenhower wäre schön blöd, wenn er sich auf so was einließe«, sagte Willi.

Er sehe das genauso, erklärte Ray: Im alliierten Oberkommando sei niemand scharf darauf, nach dem Krieg gegen Hitler auch noch einen gegen die Sowjetunion vom Zaun zu brechen, aber für die Deutschen sei dieses Szenario die letzte Hoffnung, an die sie sich noch klammerten.

»Hitler hat natürlich keine Chance, in diesem Krieg noch irgendetwas zu gewinnen«, warf Swartz ein, »aber so eine Festung … Ein paar Hunderttausend Tote mehr würde das schon bedeuten.«

»Ich glaube nicht an diese Festung«, sagte Mahr. »Das Dritte Reich hat nicht mehr die Ressourcen, ein solches Projekt auf die Beine zu stellen.«

»Ob es die Ressourcen dazu hat oder nicht – das sollt ihr ja gerade herausfinden.« Ray klopfte seine Pfeife umständlich an einem Aschenbecher aus. »Ihr werdet natürlich Kontakte knüpfen müssen vor Ort. Dabei werden wir euch so gut es geht unter die Arme greifen.«

»Wie wollt ihr das machen?«, fragte Mahr.

»Ich kann nicht ausschließen«, sagte Ray mit dünnem Lächeln, »dass wir den einen oder anderen Vertrauensmann in Salzburg haben.«

»Verstehe.«

Ray stand auf und ging zu einem der Aktenschränke hinter dem Schreibtisch. »Und jetzt suchen wir einen schönen Landeplatz für euch aus. Das Problem ist die Reichweite unserer B-26. Weiter als tausend Meilen fliegen die Dinger nicht. Mal sehen, ob sich das bis Salzburg ausgeht.«

»Aber locker«, warf Sigmund ein. »Bis Salzburg sind es höchstens sechs- oder siebenhundert Kilometer.

Ray breitete einige deutsche Generalstabskarten auf dem Tisch aus. Sie beugten sich über die abgegriffenen Kartenbögen, um sie in Ruhe zu studieren. Ray brauchte eine Zeit lang, bis er einen geeigneten Landeplatz ausfindig gemacht hatte. Eine Waldlichtung in der Nähe der Ortschaft Großgmain schien der geeignete Ort zu sein, etwa zehn Kilometer von Salzburg entfernt. Das war ein Punkt, den die B-26-Maschinen vom Flugplatz in Dijon aus problemlos erreichen konnten. Sie mussten sich des Startfelds in Dijon bedienen, weil das Straßburger Rollfeld »vernarbt war wie eine Talschlucht in den Rockies«, wie Swartz sich ausdrückte.

Jetzt wurde es ernst. Am nächsten Tag begann die Dokumentenmacher-Abteilung im Dachgeschoss mit der Herstellung ihrer Papiere. Die Abteilung verfügte über erstklassige Experten auf diesem Gebiet. Die Jungs verstanden sich auf die passgenaue Fertigung von Soldbüchern, Marschbefehlen, Fahrkarten und Lebensmittelmarken ebenso wie auf das Stanzen der blechernen Erkennungsmarken, die der deutsche Landser um den Hals trug. Darüber hinaus verfügte die Abteilung über ein reiches Repertoire an Gummistempeln, samt und sonders mit dem hakenkreuztragenden Adler versehen, dem Hoheitszeichen des Dritten Reichs, in der Dienststelle allgemein »der Vogel« genannt.

Kurz vor dem Mittagessen mussten Willi, Mahr und Sigmund zum Fototermin anrücken. Einer der Dokumentenmacher knipste sie der Reihe nach mit einer Vorkriegs-Leica, dann wurden die Fotos entwickelt und mittels spezieller Chemikalien »auf alt« getrimmt, bevor sie ins Soldbuch geklebt wurden. Zwei ehemalige Schreiber einer deutschen Artilleriekompanie fälschten die Unterschriften von fiktiven Kompaniechefs, Stabsärzten und Zahlmeistern, und ein ehemaliger Adjutant des Divisionskommandanten von Dincklage prüfte nach, ob die Lebensmittelmarken und die Seife korrekt eingetragen waren: Das war von nicht unerheblicher Bedeutung, denn einem Wehrmachtssoldaten mit zu viel Seife im Tornister drohte Arrest und einem, der zu viele Lebensmittelmarken mit sich führte, der Tod.

Von zentraler Bedeutung war die Legende, die Ray sich für jeden von ihnen ausgedacht hatte; genau genommen verpasste er ihnen sogar jeweils zwei Legenden, für den Fall, dass sie mit der ersten auffliegen sollten. Die zweite Identität war selbst den Kampfgefährten nicht bekannt, und das aus gutem Grund: Sollte einer von ihnen in die Hände der Gestapo fallen, konnte er die Tarnung der Kameraden auch beim schärfsten Verhör nicht preisgeben. Die Dienststellen-Fachleute präparierten die Tornister der künftigen Agenten, um die Ersatzpapiere fachgerecht zu verstecken. Im Handtuch- und Leibwäschefach war ein Geheimdepot eingelassen, man hätte den Rucksack schon penibelst auseinanderschneiden müssen, um die Zweitpapiere im Sicherheitsfach zu entdecken.

Mahrs Dokumente lauteten auf den Namen Ernst Beck, wohnhaft in der Bahngasse 3 in Wiener Neustadt, einem Straßenzug, der bei einem der letzten Bombenangriffe auf Wiener Neustadt vollständig zerstört worden war, wie aus den Luftaufnahmen der »US-Army Air Forces« unzweideutig hervorging, wodurch es den deutschen Behörden erheblich erschwert wurde, Nachforschungen über seine Identität und seinen Wohnort anzustellen. Die Anschrift hatte aber noch einen weiteren Vorzug: Mahr kannte sich in Wiener Neustadt bestens aus, hatte er doch bei seiner Schwester, die mit einem Ingenieur der dortigen Flugzeugwerke verheiratet war, in den Sommern '37 und '38 einige Ferienwochen in der Stadt verbracht. Falls er befragt werden sollte, konnte er also plausible Auskünfte über seinen Wohnort geben, was von nicht geringer Bedeutung war.

Besondere Sorgfalt wurde auf ihre Marschbefehle verwendet. Mahr und seine Kameraden, so wollte es die Legende, waren aus dem Reservelazarett in Bad Reichenhall entlassen worden und befanden sich auf dem Rückweg in die für sie zuständige Kaserne des Ersatzheeres; das bedeutete: in die Kaserne Krems, wo sie in den Reihen des Pionier-Ersatz-Bataillons 86 wieder einrückend gemacht werden sollten.

»Ihr müsst einen plausiblen Grund angeben können, warum ihr so weit von der Front entfernt unterwegs seid«, sagte Ray, während er dem Dokumentenmacher über die Schulter schaute. »Da ist das Lazarett in Bad Reichenhall eine gute Wahl.«

Der Dokumentenmacher spannte einen Marschbefehl in die Schreibmaschine und begann mit großer Sorgfalt die von Ray notierten Angaben abzutippen.

»Die Frage, die euch am öftesten gestellt werden wird«, erklärte Ray, »ist die, wo ihr zuletzt übernachtet habt. Am ersten Tag gebt ihr einfach das Lazarett an, später werdet ihr ohnehin in Soldatenheimen übernachten, da sollte es keine Probleme geben. Fragen?«

Der Dokumentenmacher zog den Marschbefehl mit einem ratternden Geräusch aus der Walze. Er schien zufrieden. Das Datum hatte er offengelassen.

»Hast du dir schon überlegt, wer das Kommando übernehmen wird?«, fragte Sigmund.

Ray nahm den Marschbefehl und überflog ihn. »Ja. Ich hab darüber nachgedacht«, sagte er, ohne den Blick vom Papier zu heben. »Edelweiß wird das Kommando übernehmen.«

Sigmund sackte in sich zusammen. Von einer Sekunde auf die andere lag eine Atmosphäre frostiger Anspannung in der Luft. »Nicht dein Ernst«, sagte er. »Ich habe eigentlich damit gerechnet, dass …«

»Ich weiß, womit du gerechnet hast. Aber es ändert nichts daran, Edelweiß macht den Job, und damit hat sich die Sache.«

»Aber ich …«

»Ich wünsche keine Diskussion zu diesem Thema«, sagte Ray in scharfem Ton. »Edelweiß wird das Kommando übernehmen. Das ist mein letztes Wort.«

Sigmund stand auf, sein Gesicht war voll mühsam zurückgehaltener Wut. »Bei allem Respekt: Ich bin zehn Jahre älter als Edelweiß. Ich habe ein abgeschlossenes Studium, und ich habe im Vergleich zu ihm die dreifache Kampferfahrung. Du glaubst doch nicht, dass ich mich von einem … Milchbart kommandieren lasse?«

Mahr stieß sich vom Schreibtisch ab und machte ein, zwei Schritte auf Sigmund zu: »Pass auf, was du sagst.«

Ray ging dazwischen. »Reißt euch zusammen. Beide!«

»Ist ja schon gut«, keuchte Sigmund.

»Edelweiß wird das Kommando übernehmen«, wiederholte Ray mit ruhiger Stimme. »Und du wirst dich fügen, Sigmund. Hast du mich verstanden?«

Sigmund presste die Lippen zusammen.

»Bei allem Respekt vor deinen soldatischen Fähigkeiten«, sagte Ray, an Sigmund gewandt. »Die im Planungsstab haben keine Sekunde daran gedacht, das Kommando einem ehemaligen Nationalsozialisten zu übertragen. Das leuchtet dir doch ein, oder nicht?«

Sigmund war blass wie eine Wachsmatrize. »Ach, macht doch, was ihr wollt!« Er stürzte aus dem Zimmer und knallte die Tür hinter sich zu.

Ihr Einsatz verzögerte sich, immer und immer wieder. Erst gab es Wetterprobleme, dann hatte die Luftwaffenbasis in Harrington zu wenig Flugzeuge zur Verfügung. Am 2. April war es dann endlich so weit: In zwei Tagen, so setzte Ray ihnen auseinander, sollten sie von Dijon aus zu ihrem Nachtflug nach Deutschland starten. Mahr war nervös, als er dem Verpflegungsoffizier beim Packen eines voluminösen Abwurfkanisters zuschaute, den sie mit auf ihre Mission nehmen sollten. Außer Lebensmitteln und Munition enthielt der Container einen Satz Wanderkarten für die Gaue *Salzburg* und *Oberbayern* sowie 5000 Reichsmark in bar, neun Stück Seife, drei Füllfederhalter, drei eiserne Rationen, einen Hartspiritus-Kocher, Sanitätsmaterial, einige Feuerzeuge, drei abschirmbare dreifarbige Taschenlampen, mit denen man Flugzeuge orientieren konnte, und drei Zivilanzüge aus abgetragenem Flanell. Eine auf längere Dauer berechnete Mission wie die ihre konnte einen Wechsel von Uniform auf Zivil nötig machen. Am späteren Nachmittag wurde Mahr von einem der Offiziere noch einmal über alle den Funk betreffenden Eventualitäten instruiert. Ray hatte ihn nicht nur zum Kommandanten, sondern auch zum Funker der Gruppe bestimmt. Nach der Landung in der Nähe von Salzburg sollten Mahr und die Kameraden an geeigneter Stelle eine Funkstation einrichten, im Keller eines zerbombten Hauses oder einer verlassenen Scheune, irgendwo, wo sie vor Entdeckung so sicher wie möglich waren. Mahr kam die Aufgabe zu, zweimal täglich zu bestimmten Sende- und Empfangszeiten die Stellung am Gerät zu halten. Unangekündigte Sprüche durften keinesfalls angenommen werden. Außerdem sollte er so oft es ging den Standort wechseln, um eine Peilung der Funkstation zu unterbinden. Es war von zentraler Bedeutung, schärfte der Funkoffizier ihm ein, immer wieder sichere Verstecke für den kleinen, quadratischen Sendekasten und die Kristalle zu finden.

»Der gefährlichste Abschnitt eures Einsatzes wird der Transport des Funkgeräts vom Absprungort zum Versteck sein«, sagte der Offizier, während er das Gerät, ein brandneues J/E-Fabrikat, in einen Lederkoffer packte. Gerieten sie in die Fänge der Feldgendarmerie oder der Gestapo, sprach ihnen das Funkgerät das Todesurteil. Für diesen Fall bekämen sie die Giftkapsel mit, von der in der Ausbildung ja bereits die Rede gewesen sei, erklärte der Offizier.

In der Nacht auf den 3. April verließen sie das Schloss. Sie waren zu fünft: Sigmund, Mahr und Willi sowie Ray und ein rothaariger Fahrer namens Timothy. Der Flughafen von Dijon lag etwa zweihundert Kilometer vom Schloss entfernt. Sie hatten zwei Autos zur Verfügung, einen beschlagnahmten *Berliet Dauphine* und einen alten Befehlswagen, den Ray irgendwo aufgetrieben hatte, weiß der Himmel wo, ein gepanzertes Fahrzeug mit massiven Pneus, denen auch die schlechten, mit hastig zugeschütteten Granatlöchern übersäten französischen Straßen nichts anhaben konnten, wie Timothy, der Fahrer, behauptete.

Sie waren gerade dabei, das Gepäck in den Kofferräumen zu verstauen, als Swartz aus dem Schloss stiefelte. »Ohne Abschied kommt ihr mir nicht davon, Jungs«, grummelte er. Er hielt eine kurze improvisierte Rede. »Herrschaften, ich danke euch für die Einsatzbereitschaft, die ihr in den letzten Wochen an den Tag gelegt habt. Ich weiß, dass ich euch tüchtig rangenommen habe, aber das war notwendig, denn auf euch wartet nun ein gefährlicher Einsatz, wie ihr alle wisst. Und nun genug der Worte, ich will Taten sehen. In diesem Sinne: Hals- und Beinbruch!«

Mahr war gerührt. Er spürte fast so etwas wie ein sentimentales Bibbern unter dem Adamsapfel. Er sah zu, wie Swartz sich mit Händedruck von Willi und Sigmund verabschiedete, dann streckte der Ausbildner seine Pranke auch ihm entgegen. »Take care of yourself, Edelweiß. Und schreib' mir eine Karte, wenn du wieder in Wien bist!«

»Mach' ich, First Lieutenant.«

»Das will ich hoffen! Und jetzt zwitschert ab, sonst fliegt die B-26 ohne euch.«

Sie machten, dass sie in die Wagen kamen. Mahr ließ sich neben Sigmund auf die Rückbank des *Berliet* fallen. Die ausgeleierten Sprungfedern bohrten sich auf unangenehme Weise in seinen Hintern. Sigmund ließ einen müden Witz über die Polsterung vom Stapel, Mahr verzog das Gesicht zu einem schlaffen Grinsen.

»Herrschaften, ihr kennt die Prozedur«, ließ sich Ray vom Fahrersitz aus vernehmen. »Augen verbinden!«

»Das darf doch nicht wahr sein«, stöhnte Mahr. Aber Ray kannte kein Pardon, und so mussten Sigmund und er sich wie auf der Herfahrt ein Tuch vor die Augen binden lassen, zumindest für die ersten zwanzig Minuten der Fahrt.

Eine Stunde später – Mahr hatte die Binde längst in der Manteltasche verschwinden lassen – schrak er aus einem leichten, dösigen Schlaf. Der Fahrer manövrierte den Wagen über eine löchrige Landstraße, die sich zwischen dichten Nadelwäldern einen Gebirgskamm hinaufwand. Das mussten die Vogesen sein. Das Scheinwerferlicht fiel auf weiß getünchte Bauernhäuser und verdunkelte Gasthöfe, ein Jeep mit lose flatterndem Zeltdach kam ihnen entgegen, wenige Hundert Meter weiter ein französisches Zivilfahrzeug. Kaum Verkehr. Sigmund schnarchte leise, jedes Mal, wenn der Wagen unsanft über ein Schlagloch bretterte, sackte der Kopf des Kameraden ein Stück weiter auf die Brust hinab.

Sie rumpelten über Pontonbrücken und durch verlassene, von Artilleriefeuer verheerte Dörfer, dann und wann fuhren sie an ausgebrannten Panzerwracks vorbei – verkohlte *Jagdpanther*, die langsam zu rosten begannen. Kommunikationsleitungen lagen in wirren Knäueln am Straßenrand, alter, schlaffer Stacheldraht kräuselte sich auf Wiesen und Weiden. Zwei- oder dreimal machten sie Halt, um ihre Papiere von amerikanischen oder französischen Kontrollposten abstempeln zu lassen. Es gab keine Probleme.

Als sie die Vogesen hinter sich gelassen hatten, änderte sich die Architektur. Die verputzten Fassaden wichen Mauern aus massivem Stein, die Dächer waren nicht mehr mit rötlichen Ziegeln, sondern mit grau glänzendem Schiefer gedeckt.

»Hey, du bist wach«, murmelte Ray, während er Mahr durch den Rückspiegel musterte. Ein müdes Lächeln lag auf seinen Lippen. »Ich an deiner Stelle würde zusehen, dass ich noch ein bisschen Schlaf kriege. Kann nicht schaden, wenn du ausgeschlafen bist, wenn du morgen früh springst.«

Mahr schob die kalten Hände in die Manteltaschen. Er schloss die Augen und versuchte sich vom einschläfernden Gebrumm des Motors ins Reich der Träume tragen zu lassen. Aber es klappte nicht. Er war zu angespannt.

Mit acht oder neun war er mit Vorliebe unter dem Esszimmertisch des elterlichen Hauses gelegen, um in andächtiger Konzentration die Maserung der Eichenholzplatten der Tischunterseite zu studieren. An den langen, einsamen Nachmittagen seiner Kindheit gab es für ihn kaum etwas Schöneres, als die Räume der väterlichen Bibliothek zu durchstreifen. Er erinnerte sich an die langen Regalreihen, die für ihn von einem besonderen Glanz umgeben waren. Wenn er die Glastüren mit den fein ziselierten Gravuren entlangstrich, schweifte sein Blick über die Goldprägungen auf den ledernen Buchrücken: Goethe, Stifter, Grillparzer, Heine; sein Vater war ein passionierter Leser, und ein hingebungsvoller Büchersammler. Schiller und Goethe besaß er in vollständigen Werkausgaben zu zehn beziehungsweise vierzig Bänden, beide in den Erstfassungen des Cotta-Verlags, dazu kamen Lichtenberg, Lessing, Shakespeare und natürlich die Klassiker der sozialkritischen Literatur: Dickens, Gorki, Zola und Victor Hugo. In der Regalwand neben dem Kamin standen Dutzende rechtswissenschaftlicher Folianten, daneben der Große Brockhaus und die gesammelten Schriften Kautskys, Lasalles, Kants, Spinozas. Darüber hinaus war sein Vater Abonnent der »Fackel« und des »Kampf«, des theoretischen Organs der österreichischen Sozialdemokratie. Einige Ausgaben der kleinen, sandfarbenen »Kampf»-Heftchen lagen auf dem Teetisch zwischen den Lederfauteuils, in denen der Vater nach dem Abendessen mitunter saß und ein Glas Cognac oder Tokajer trank, während er, Virginier paffend, in den Abendzeitungen blätterte oder mit Victor, Mahrs größerem Bruder, eine Partie Schach spielte.

Am liebsten hatte Mahr die schönen Jules-Verne-Ausgaben mit Benetts Kupferstichen, die neben den Romanen von H. G. Wells und Anatole France standen. Aber auch die geschichtswissenschaftlichen Bücher des Vaters waren nicht zu verachten, Mahr liebte vor allem die Stiche und farbigen Abbildungen, mit denen einige der in schwarzes Vachetteleder gebundenen Folianten versehen waren: Maria Theresia in pompösem Rokoko-Ornat, Luther vor dem Reichstag in Worms, Napoleon, der sich die Krone des *empereurs* aufs Haupt drückt. Jeder einzelnen dieser Farbabbildungen war ein dünnes Blatt Seidenpapier vorgebunden, das man behutsam umschlagen musste, bevor man das Bild in gebotener Andacht betrachten konnte. Mahr liebte den Moment des Umblätterns, wenn man durch das knisternde Seidenpapier hindurch schon die Umrisse der nächsten Abbildung erahnen konnte. Minutenlang ergötzte er sich an den farbigen Bildern, und während die Stadt draußen unter der Wirtschaftskrise stöhnte, während Zehntausende vor den Arbeitsämtern Schlange standen und die Anhänger der verfeindeten politischen Parteien draußen auf den Straßen immer wieder mit Sesselbeinen, Holzlatten und Schusswaffen aufeinander losgingen, träumte er sich zurück in die Zeiten Magellans und Bartolomeu Diaz', oder er kämpfte an der Seite Florian Geyers und der fränkischen Bauern gegen frühneuzeitliche Bischöfe und liederliche katholische Kurfürsten.

Jeden Montag- und jeden Donnerstagabend ging er zu den Heimtreffen der »Kinderfreunde«, zusammen mit Max, einem Nachbarsbuben, dort spielte er mit Gleichaltrigen, darunter Kinder aus der Arbeiterschicht, die vom nahe gelegenen »Karl-Marx-Hof« herüberkamen, was seinem Vater wichtig war. »Fühl dich nie als etwas Besseres. Es ist reiner Zufall, dass du in einen gewissen Wohlstand hineingeboren bist, sonst nichts.« Im Sommer nahm er an den Zeltlagern der »Kinderfreunde« und der »Roten Falken« teil, solange diese Organisationen noch nicht verboten waren. Die Lieder, die sie am Lagerfeuer oder auf ihren Wanderungen gesungen hatten, konnte er noch heute auswendig: »Flattert der Wimpel, erklingt hell ein Lied, dann gehen wir Falken auf Fahrt …«

Fünfundzwanzig Kilometer vor Dijon, das hatte Ray ihnen schon vor der Abfahrt angekündigt, legten sie eine Rast ein. In einem ehemaligen Gutshof am Rand der Landstraße hatte das OSS einen geheimen Dienststellenposten eingerichtet. Hier sollten sie die letzten Instruktionen vor dem Start erhalten, hierher würden sie auch zurückgebracht werden, wenn der Flug abgebrochen oder wegen Schlechtwetters verschoben werden musste. Der Gutshof lag in der Nähe eines Dorfs, eine Natursteinmauer von zweieinhalb Metern Höhe grenzte das Grundstück gegen die Felder des Umlands ab. Ray ließ den *Berliet* durch ein doppelflügeliges, mit schmiedeeisernen Blättern verziertes Tor rollen, der Befehlswagen folgte, sie hielten vor dem Hauptportal, wo sie bereits von einem Spezialisten des militärischen Nachrichtendienstes erwartet wurden.

Mahr stieg aus dem *Berliet* und machte ein paar Schritte, um nach der viereinhalbstündigen Fahrt die steifen Gelenke zu lockern. Willi sprang aus dem zweiten Wagen, reckte stöhnend die Arme über den Kopf und ließ sich über die mangelhafte Federung amerikanischer Militärfahrzeuge aus. Ein paar Meter vom Gebäude entfernt lag ein Teich, welke Blätter trieben auf dem Wasser.

Sie sollten eintreten und sich's gemütlich machen, hieß sie der Leutnant des Nachrichtendienstes willkommen, man habe ein Frühstück für sie vorbereitet.

Sie wurden in ein geräumiges Speisezimmer geführt, wo sie sich ohne weitere Diskussionen über den heißen Tee und die Schinken-Sandwiches hermachten, die man auf dem Esstisch für sie angerichtet hatte. Dann durften sie sich im ehemaligen Herrenzimmer ausruhen, einem mit Seidentapisserien ausgeschlagenen Kaminzimmer von verschlissener Eleganz.

Mahr streckte sich auf einem der Sofas aus, die sich um einen Couchtisch gruppierten, Willi tat es ihm gleich. Ray machte sich am Radio zu schaffen, einem französischen »Radialva«-Gerät, das auf einer ramponierten Empire-Kommode thronte, er drehte am Sendersuchknopf und brachte nach einigem Suchen Radio London herein. Die letzten Takte einer Swing-Nummer verhallten, dann erklang das Pausenzeichen – der Schlag von Big Ben –, anschließend kamen Nachrichten. Die 1. US-Armee hatte die deutsche Heeresgruppe B im Verein mit der 9. Armee in der Nähe von Lippstadt vollständig eingekesselt, berichtete ein Sprecher in wohltemperiertem Upperclass-Englisch, Stoßkeile der britischen und amerikanischen Streitkräfte stießen nun zügig nach Nord- und Mitteldeutschland vor. Im Osten rückte die zweite weißrussische Front unter Marschall Rokossowski auf die Seelower Höhen vor, die letzte Barriere vor der Reichshauptstadt. Im Süden hatte die Rote Armee die Städte Pressburg und Wiener Neustadt genommen, die Schlacht um Wien stünde unmittelbar bevor.

Dass der Krieg nun auch seine ostösterreichische Heimat erreicht hatte, erfüllte Mahr mit gemischten Gefühlen. Einerseits fand er es ermutigend, dass die Russen knapp vor Wien standen, das Ende der Hitlerei schien damit wieder ein Stück näher gerückt zu sein, andererseits machte er sich Sorgen um seine Familie, vor allem um seinen Vater. Niemand konnte vorhersehen, wie rücksichtslos die Schlacht um Wien geführt werden würde, es konnte Wochen dauern, bis die Russen die

»Perle des Reichs« unter ihre Kontrolle gebracht hatten. Die Opfer würden gewaltig sein, sofern nicht ein Wunder geschah und die Stadt den Siegern kampflos übergeben würde. Aber darauf schien nichts hinzudeuten.

Am Nachmittag ging Mahr mit Ray noch einmal seine Legende durch. Ray saß hinter einem der Dienststellen-Schreibtische und blätterte in Mahrs gefälschten Unterlagen. »Name?«

»Gefreiter Ernst Beck.«

»Wo haben Sie die letzte Nacht verbracht?«

»Im Reservelazarett Nummer eins in Bad Reichenhall.«

»Wann wurden Sie entlassen, Gefreiter Beck?«

»Heute früh.«

»Wie hieß der Arzt, der Sie zuletzt behandelt hat?«

»Dr. Weiss. Ich hatte Pneumonie.«

»Und wohin sind Sie unterwegs?«

»In die Kaserne des Pionier-Ersatz-Bataillons 86 in Krems, Herr Oberleutnant.«

»Alles klar.« Ray warf die Mappe mit den Unterlagen auf den Tisch. »Und jetzt noch mal zur Absprungstelle.« Mahrs Ausbildner nahm eine Landkarte und entfaltete sie. Er schlug mit der Pfeifenspitze auf einen bestimmten Punkt im Zentrum einer sanftgrün schraffierten Fläche. »Wir werden euch hier absetzen, genau hier, in der Nähe des Weilers Hinterreit, unweit des Flusses Saalach. Nachdem ihr abgesprungen seid, lasst ihr die Fallschirme verschwinden und versteckt das Funkgerät und den Abwurfcontainer, dann macht ihr euch ein Bild von der Lage. Nach Salzburg sind es etwa fünfzehn Kilometer.«

»Alles klar.«

»Und dann geht ihr weiter vor wie besprochen: Ihr versucht, mit den verschiedensten Leuten ins Gespräch zu kommen ohne aufzufallen, in Kantinen, Autobussen, Wirtshäusern, Zügen. Ihr redet mit Kellnerinnen, Förstern, Postbeamten, Busfahrern, Marktfrauen, mit jedem, der euch etwas erzählen könnte. Dabei müsst ihr aufpassen wie die Schießhunde, das ist klar. Haltet euch von Uniformierten fern. Und kein Wort über Politik, verstanden?«

Mahr nickte.

»Und jetzt nenne ich dir eine Adresse in Salzburg. Die sucht ihr auf, wenn ihr getrennt werdet oder sonst etwas Unvorhergesehenes passiert. Präg sie dir gut ein, Edelweiß: Neutorstraße 68. Hast du mich verstanden? Neutorstraße Nummer 68. Dort befindet sich eine Uhrmacherwerkstätte, der Besitzer heißt Altrichter ... Rudolf Altrichter: Der Mann arbeitet mit uns zusammen.«

Mahr pfiff durch die Zähne. Er hätte nicht gedacht, dass der Arm der amerikanischen Geheimdienste bis in die Salzburger Uhrmacherzunft hineinreiche – Respekt.

Ray lächelte. »Der Arm des OSS reicht um einiges weiter, als du dir vorstellen kannst, mein Lieber. Bevor ihr mit Altrichter Kontakt aufnehmt, müsst ihr euch natürlich vergewissern, dass die Luft rein ist. Ihr geht dabei vor wie folgt: Vor Altrichters Geschäft befindet sich eine Bushaltestelle, dort gibt's eine hölzerne Wartebank. Wenn du herausfinden möchtest, ob du Kontakt zu Altrichter aufnehmen kannst oder nicht, setzt du dich auf die Bank und tust, als würdest du auf den O-Bus warten. Du setzt dich an den äußersten rechten Rand der Bank und tastest die Unterseite ab. Wenn du dort drei Reißnägel ertasten kannst, ist alles gut. Dann darfst du davon ausgehen, dass die Luft rein ist. Wenn du weniger Reißnägel ertastest oder gar keinen, hast du auf der Stelle zu verschwinden. Verstehst du, Edelweiß? Weniger als drei Nägel bedeutet: nichts wie weg.«

Abends um sechs – das gehörte mit zum Ritual – zauberte der Koch ein dreigängiges Abschiedsessen auf den Tisch. Nach einer Erbsensuppe gab es Entenbraten mit Kohl und Kartoffeln und als Dessert Schokoladen-Pudding, der zwar etwas labberig, aber trotzdem genießbar war. Während des Essens über den bevorstehenden Einsatz zu sprechen, war tabu, wie Ray ihnen eingeschärft hatte, und so begann Sigmund von seinen Erfolgen als Statist in der Grazer Oper zu erzählen, wo er während seiner Studentenzeit in Wagners »Ring« brilliert hatte, wie er behauptete, als athletischer Lanzenträger im Gefolge der Fruchtbarkeitsgöttin Freia. Mahr steuerte diverse Anekdoten aus seiner Familiengeschichte bei, und Willi erzählte von den Tricks, mit denen er sich als Soldat vor Wehrmachtseinsätzen gedrückt habe. »Ich kenne da ein paar Linke, die funktionieren immer«, sagte er mit Bekennerstolz in der Stimme. »Wenn du Senf mit Mehl und Essig mischst und dir das Zeug auf die Knie schmierst, schwellen dir die Gelenke an, dass du vor Schmerzen schreist. Bringt eine Woche Krankenrevier. Und wenn du einen Tschick in Haaröl tauchst ...«, Willi hielt eine angebrochene Zigarettenpackung hoch, »... gibt das einen erstklassigen Hautausschlag. Kein Doktor kann dir sagen, wo der herkommt. Du kannst auch Hahnenfußblätter zerquetschen und dir die Masse auf die Unterschenkel schmieren. Nach ein paar Tagen kriegst du eine Entzündung, die sich gewaschen hat. Der Arzt wird eine Blutvergiftung feststellen und Krankheitsurlaub bewilligen. Da gibt's einen Haufen Petite, die man drehen kann.«

»Und darauf bist du stolz?« Sigmund warf die Fleischgabel auf den Teller und bedachte Willi mit einem wütenden Blick. »Du magst mich vielleicht für altmodisch halten, aber wer so etwas macht, entschuldige, für mich ist das ein Kameradenschwein.«

Willi hatte den Entenflügel auf seinem Teller bis auf den Knochen abgenagt. Er wischte sich den Mund mit einer Serviette ab. »Lass mich im Kraut!«, knurrte er.

»Meine Herren«, beschwichtigte Ray, »Ihr werdet in einigen Stunden über feindlichem Gebiet abspringen. Ich hoffe, euch ist klar, was das bedeutet. Streit in der Gruppe ist das Letzte, was wir jetzt brauchen können.«

»Ich streite ja gar nicht«, sagte Willi.

»Und ich behaupte, dass ...«

»Ruhe, verdammt noch mal!«, brüllte Ray. »Wenn hier nicht augenblicklich Ruhe einkehrt, breche ich das Unternehmen ab. Habe ich mich klar und deutlich ausgedrückt?«

Nach dem Essen legten sie sich eine Stunde aufs Ohr, dann wurden sie für ihren Einsatz eingekleidet. Ein Staff Sergeant der Dienststelle führte sie in ein hofseitig gelegenes Zimmer und schloss die Fensterläden. Dann reichte er Mahr und den beiden anderen die Wehrmachtsuniformen, die sie während des Einsatzes tragen sollten. Mit routinierten Bewegungen schlüpfte Mahr in die Kleidung. Er betrachtete sich im Spiegel. Der Staff Sergeant rückte das Verwundetenabzeichen über der linken Brust zurecht, er prüfte den Sitz des EK II und der Nahkampfspange auf der linken Außentasche des Uniformrocks, zupfte ein bisschen am Kragenspiegel herum, dann reichte er Mahr die Feldmütze.

Mahr prüfte, ob Kokarde und Reichsadler fest genug saßen, dann setzte er sich das Schiffchen vorschriftsmäßig auf den Kopf. Der Staff Sergeant füllte die Feldflasche mit deutschem Weinbrand, in die Umschlagtasche von Mahrs Soldbuch steckte er ein paar extra Lebensmittelmarken. In den Rucksack stopfte er noch eine rote, runde Dose Wehrmachtsschokolade sowie zwei Wurst- und Käsebrote, für die der Dienststellenkoch das dunkelste französische Brot verwendet hatte, das er hatte auftreiben können.

Mahr befestigte Kochgeschirr, Feldflasche und Gasmaske am Koppel. Der Staff Sergeant reichte ihm einen Leuchtkompass und eine Packung Tabletten, in der sich zur Hälfte Aspirin und zur anderen Hälfte Benzedrine befand, ein Aufputschmittel, das den Soldaten der amerikanischen Streitkräfte für kritische Situationen ausgehändigt wurde, Situationen, in denen sie wach und belastbar bleiben sollten. Sie erhielten auch Armbanduhren mit Leuchtzifferblatt, erstklassige Geräte aus Schweizer Fabrikation; die Experten der Dienststelle hatten die Uhren mit Kratzern und kleinen Schrammen versehen, damit sie älter aussahen.

Als Waffe wurde ihnen der reguläre Karabiner der deutschen Wehrmacht ausgehändigt, eine vier Kilo schwere Mehrladerbüchse der Marke »Mauser«. Für den Absprung mussten sie zusätzlich noch einen Overall tragen, die sogenannte »Kombination«, die ihnen über die Uniform gezogen wurde. In der rechten Hosentasche der »Kombination« steckte ein 45er-Colt, geladen, damit sie sich während der Landung verteidigen konnten. Ray ermahnte sie, den Colt sofort nach dem Absprung zusammen mit der Fallschirmausrüstung in einem sicheren Versteck verschwinden zu lassen, die amerikanische Marke würde sie im Fall des Falles unfehlbar verraten. Dann bekam Mahr von einem Funkoffizier seinen persönlichen Koffer ausgehändigt. Er enthielt das Funkgerät samt Empfänger und Powerstation, einen Handkurbelgenerator zum Aufladen der Batterien sowie eine Antenne. Am Ende überreichte ihm der Staff Sergeant eine Schnur mit einem Beutelchen. Es enthielt die Zyankalitablette. »Für den Fall, dass dir irgendwo eine Gestapomarke entgegenblinkt«, sagte der Staff Sergeant trocken. »Häng dir das Ding um den Hals. Über die Handhabung seid ihr informiert worden, nehme ich an.«

Um elf Uhr abends war der Zeitpunkt zur Abfahrt gekommen. Der *Berliet* und der gepanzerte Befehlswagen warteten mit laufenden Motoren vor der Auffahrt. Timothy warf eine Wolldecke über den Abwurfkanister auf der Rückbank des Befehlswagens, dann verteilten sie sich auf die Autos. Zwei Dienststellenleute, die ihnen unmittelbar vor dem Abflug die Fallschirme anlegen sollten, folgten ihnen in einem dritten Fahrzeug.

Auf der Landstraße nach Dijon herrschte kaum Verkehr. Mahr sah Alleebäume und die unscharfen, dunklen Linien von Hecken und Sträuchern am Straßenrand. Dann und wann ein Ortsschild oder eine baufällige Scheune. Er döste ein.

Als der *Berliet* bremste, schreckte er auf. »Sind wir schon da?« Der Flughafen lag hinter einem übermannshohen Stacheldrahtzaun. Ray kurbelte das Fenster hinunter, ein Militärpolizist steckte den Kopf in den Wagen und sagte: »Windsack.«

»Dieselmotor«, vervollständigte Ray die Parole.

Der Posten machte ein Zeichen. Sie durften weiterfahren.

Der Flughafen war hell erleuchtet, die Verdunklung war schon vor einigen Wochen aufgehoben worden, wie ihnen Ray erklärte. Die Flugzeughallen waren bei den Kämpfen im Spätsommer '44 vollständig zerstört worden. Aus diesem Grund standen die Maschinen – Mahrs Schätzung nach waren es an die drei Dutzend – auch nachts über im Freien. Die Verwaltungsgebäude waren weitgehend intakt geblieben. Sie parkten vor einem dieser Gebäude, einem Zweckbau aus rußigem Klinker, Ray führte die Joes in ein ebenerdig gelegenes Dienstzimmer, das den OSS-Leuten von der Lufttransportbefehlsstelle zur Verfügung gestellt worden war. Hier wurden ihnen die Fallschirme angelegt. Mithilfe der beiden Dienststellenleute streifte sich Mahr die Gurte über, dann schloss er mit einem gedämpften Klick das Drehschloss des Zweiunddreißiger-Schirms.

»Passt wie angegossen«, sagte Ray, der prüfend über die Gurte strich. »Wirst butterweich landen.«

Mahr machte ein paar Schritte, um seine Beweglichkeit zu testen. Sie war in äußerstem Maße eingeschränkt. Dann trat er ans offene Fenster und schaute hinaus. Die B-26, die sie nach Deutschland fliegen sollte, stand auf dem Vorfeld und ließ die Motoren warmlaufen. Die Propeller rotierten stockend, die Aluminiumhaut der zweimotorigen Maschine glänzte silbern im Licht der Scheinwerfer.

»Perfektes Flugwetter«, sagte Timothy, während er Mahr aufmunternd auf die Schulter klopfte. »Gute Sicht und keine Wolken.«

Mahr hob den Blick. Das Wetter hätte tatsächlich nicht besser sein können: Die flimmernde Pracht eines blauschwarzen, mit glitzernden Pünktchen übersäten Sternenhimmels wölbte sich über der Asphaltbahn.

WIEN, 18. APRIL 2011

Krähenschwärme kreisten über dem Belvedere-Garten, als Christine von der Prinz-Eugen-Straße kommend in die Karolinengasse einbog. Sie fand einen Parkplatz direkt vor dem Wohnhaus ihres Vaters. Sie stieg aus, versperrte den Wagen und betrat das von einem Paar verwitternder Sandstein-Löwen bewachte Gründerzeitgebäude, in dessen oberster Etage Carl Maurer seit mehr als einem halben Jahrhundert lebte. Sie fuhr mit dem Lift, einer rumpeligen Holzkabine aus den Zwanzigerjahren, in den dritten Stock und läutete bei Frau Tichy.

Ein Hund begann hinter der Wohnungstür zu kläffen: Bobby. Christine holte eine in knisterndes Seidenpapier geschlagene Pralinenschachtel aus der Handtasche und strich sich den Mantel zurecht. Der Schlüssel im Schloss wurde gedreht, die Nachbarin öffnete. Sie habe sich schon gedacht, dass es Christine sei, die da läute, sagte Frau Tichy, während sie mit einem liebenswürdigen Lächeln die Pralinen in Empfang nahm. Frau Tichy, pensionierte Direktorin eines innenstädtischen Gymnasiums, war eine freundliche, ältere Dame. Wie es dem Herrn Professor gehe, fragte sie, während sie die Besucherin in die Wohnung bat.

Christine erzählte vom Zustand ihres Vaters und von der Bitte, des alten Mannes, sie möge den Hund zu sich nehmen. Frau Tichy erbot sich, Bobby bei sich zu behalten, Christine hätte gewiss genügend zu tun in ihrem Geschäft, sagte sie, ihr verstorbener Mann und sie hätten früher auch immer Hunde gehabt, Irish Setter zumeist, mit denen sie ausgedehnte Sonntagsnachmittags-Wanderungen im Wienerwald unternommen hätten, ach, wie lange das nun schon wieder her sei!

»Vielen Dank, Frau Tichy«, sagte Christine, »aber ich nehme Bobby lieber zu mir. Ich hab's doch dem Vater versprochen.« Der Hund rieb seine Schnauze an einem von Christines Hosenbeinen und hinterließ ein paar glitzernde Tropfen Sabber auf dem grauen Baumwoll-Leinenstoff.

Christine verabschiedete sich von Frau Tichy und versprach, sie über den Gesundheitszustand ihres Vaters auf dem Laufenden zu halten. Die Nachbarin öffnete die Tür, Bobby schoss ins Stiegenhaus und begann an der gegenüberliegenden Wohnungstür zu kratzen, Frau Tichy gab Christine die Hand und zog sich in ihre Wohnung zurück, Bobby machte kehrt und wieselte nervös um Christines Beine. Sie bekam den Hund am Halsband zu fassen und ließ sich von ihm zur väterlichen Wohnung hinüberzerren. Sie musste in ihrer mit Krimskrams vollgestopften Handtasche längere Zeit nach dem Wohnungsschlüssel suchen. Endlich fand sie ihn. Sie sperrte auf und betrat die Wohnung. Auf der Suche nach seinem Herrchen rannte der Hund in rasendem Tempo durch sämtliche Räume, Christine hinterher. Als er auch die entlegensten Winkel der Wohnung erkundet hatte, verzog er sich mit melancholischem Jaulen in seinen Schlafkorb im Vorzimmer. Er verbarg die Schnauze unter der Vorderpfote und schaute Christine aus großen, deprimierten Foxterrieraugen an.

Sie ging in die Küche. Hier deutete nichts auf einen Unfall hin. Vermutlich hatte Frau Tichy die Spuren, wenn es denn welche gegeben hatte, mit der ihr eigenen Gründlichkeit beseitigt. Christine öffnete den Kühlschrank, inspizierte den Inhalt des Eiskastens (Milch, ein paar Blätter Schinken, ein angebrochenes Achtel Butter), warf einen Blick auf den Esstisch, auf dem die »Süddeutsche« vom Wochenende und ein mit farbigen Notizzetteln gespicktes wirtschaftswissenschaftliches Magazin in englischer Sprache lagen.

Sie ging ins Arbeitszimmer. Hier waren drei von vier Wänden mit Bücherregalen vollgestellt. An der einzig freien Wand stand ein alter Schreibtisch. Die Papierstöße, die sich darauf stapelten, hatte ihr Vater mit gusseisernen Briefbeschwerern fixiert. Über dem Schreibtisch verstaubten Medaillen in größerer Zahl, sie erinnerten an vergangene Triumphe auf der Skipiste. Daneben hing, in verglastem Rahmen, eine Ehrenurkunde jener Partei, der ihr Vater seit Jahrzehnten mit eisernem Starrsinn die Treue hielt, obwohl sie ihn seit Jahrzehnten enttäuschte: Unter einem stilisierten Parteiemblem bedankten sich der Bundes-, der Landes- und die Bezirksvorsitzende mit ihrer Unterschrift für die 60-jährige loyale Mitgliedschaft des Genossen Carl Maurer.

Auf einem Teetischchen neben dem Schreibtisch lagen einige der Bücher, die ihr Vater gerade durcharbeitete: Tony Judts »Geschichte Europas«, »Das imperiale Zeitalter« von Eric J. Hobsbawm, ein paar abgegriffene Edition-Suhrkamp-Bändchen aus den Sechzigern, Gedichte von Coleridge und Tennyson in zerfasernden Originaleditionen aus den 1880er-Jahren. Ganz oben auf dem Stapel lag »Jenseits von Schuld und Sühne« in der Klett-Cotta-Ausgabe von 1966. Sie schlug den Band auf, las die Widmung auf dem Vorsatzblatt: »Für Carl. In Freundschaft – Jean Améry«. Darunter stand: »Bad Goisern, 16. August 1967«, eine Eintragung, die sie um ein halbes Jahrhundert zurückversetzte. Sommer für Sommer war sie zusammen mit ihrem Vater für zwei Wochen nach Bad Goisern gefahren; sie hatten sich immer in derselben Pension am Ufer des Goiserer Mühlbachs einquartiert, einem schmucken Privatquartier mit Pelargonien auf dem Balkon und einer mit ausgestopften Birkhähnen und Unmengen von Rehgeweihen vollgestopften Zirbenholzstube, in der ihnen die Zimmerwirtin Morgen für Morgen, bevor sie zu ihren Wanderungen aufbrachen, das Frühstück herrichtete. Sie erinnerte sich an Touren auf die Hütteneckalm und Kletterpartien auf den Predigtstuhl, an den Geruch von modrigem, feuchtem Holz in Frau Eggers Gemischtwarenladen im Goiserer Ortszentrum, an Vaters Besuche bei Jean Améry, der mit seiner Frau im Kurhotel am Ortsrand logierte (Améry und ihr Vater hatten sich Ende der 50er-Jahre über die Vermittlung eines gemeinsamen Freundes kennengelernt), sie erinnerte sich an endlose Kaffeejausen bei Onkel Kurt und Tante Grete, einem Eisenbahner-Ehepaar, mit dem der Vater seit undenklichen Zeiten befreundet gewesen war.

Sie schlug das Améry-Buch zu und legte es auf den Stapel zurück. Auf einem Beistelltisch lag eine Lupe mit gummiertem Griff, daneben stand Vaters Schreibmaschine, eine uralte *Contessa* mit schwarz-rotem Farbband, auf dieser Maschine hatte er vor Jahrzehnten seine wirtschaftspolitischen Expertisen für die OECD getippt. Den Gebrauch von Computern verweigerte ihr Vater strikt. Alle paar Monate hatte Christine ihn von den Vorzügen der elektronischen Textverarbeitung zu überzeugen versucht. Vergeblich. Noch lieber als auf seiner Schreibmaschine schrieb der alte Mann allerdings mit der Hand. Er pflegte seine Texte zunächst mit einem Montblanc-Füller zu Papier zu bringen, ehe er sich an die Schreibmaschine setzte, um in wendiger Zweifingertechnik eine Reinschrift des jeweiligen Manuskripts anzufertigen.

Christines Blick fiel auf ein großformatiges, mit der Ziffer Eins versehenes Notizbuch mit rotem Einband, das aufgeschlagen auf dem Schreibtisch lag, daneben einige weitere nummerierte Bücher in Grün, Violett und Blau sowie Vaters Füllfeder, unverschlossen. Das musste das Manuskript sein, von dem er im Spital gesprochen hatte. Christine schraubte den Füller zu und warf einen Blick in das rote Buch. »Ihr müsst einen plausiblen Grund angeben können, warum ihr so weit von der Front entfernt unterwegs seid«, stand da in Vaters nachlässiger, nicht immer leicht zu entziffernder Handschrift. »Da ist das Lazarett in Bad Reichenhall eine gute Wahl ...«

Sie nahm das Buch und blätterte es durch. Eine Kriegsgeschichte, wie es schien. Von einem »First Lieutenant« war die Rede, von Pak-Batterien, Staff Sergeants, gefälschten Marschbefehlen und deutschen Feldgendarmen. Was, um Himmels Willen, war das? Ihr Vater hatte als junger Mann in der deutschen Wehrmacht gedient, das wusste sie. Im Frühjahr '45 war er desertiert und zu den Amerikanern übergelaufen, auch davon hatte er mitunter gesprochen. Seine Freundschaft zu Onkel Kurt datierte aus dieser Zeit. Die beiden waren in alliierten Diensten mit dem Fallschirm über deutschem Reichsgebiet abgesprungen, davon war dann und wann die Rede gewesen bei den nachmittäglichen Kaffeejausen in der Wohnstube von Onkel Kurt und Tante Grete in Goisern. Hatte das etwas mit diesen Texten zu tun? Handelte es sich um so etwas wie autobiographische Aufzeichnungen?

Das mit blauen Zeilenlinien versehene Papier war leicht verfärbt und an den Rändern angegilbt. Die Aufzeichnungen mussten aus den Fünfziger- oder Sechzigerjahren stammen. Christine konnte sich nicht erinnern, dass ihr Vater jemals davon gesprochen hätte. Sie zögerte, dann griff sie sich die Notizbücher und packte sie in ihre Handtasche. Am Abend würde sie sich Zeit nehmen und die Bücher gründlicher studieren.

Bobby strich ihr mit schwermütigem Jaulen um die Beine, als sie im Schrank neben dem Schreibtisch nach den Versicherungsunterlagen zu suchen begann. Sie fand die Papiere in einer Dokumentenmappe zwischen alten Meldezetteln und abgelaufenen Kreditverträgen. Christine steckte die Unterlagen zu den Notizbüchern in die Handtasche. Dann holte sie eine von Vaters Reisetaschen aus dem Kabinett. Sie verstaute ein paar in der Küche aufgespürte Dosen Hundefutter, eine Schachtel »Frolic« und einen blank polierten Edelstahlnapf darin, dann nahm sie Bobby an die Leine und verließ, nachdem sie die Warmwassertherme abgeschaltet und das Licht in sämtlichen Räumen gelöscht hatte, die Wohnung.

Ein schmutzig grauer Februarnachmittag auf dem Höhepunkt der sogenannten »Wirtschaftswunderzeit«. Die Mutter hatte Christine wie jeden Nachmittag aus dem Kinderhort abgeholt und war mit ihr, nach einem Einkauf im »Konsum« und beim Fleischhauermeister Kratochwil, in die neue Achtzig-Quadratmeter-Wohnung im sechsten Stock des Matzleinsdorfer Hochhauses gefahren. Dank seiner politischen Verbindungen hatte ihr Vater der Familie einen Mietvertrag für eine der begehrten Neubauwohnungen sichern können. Der Matzleinsdorfer Wohnturm, zwanzig Stockwerke hoch und in sämtlichen Wohnungen mit Zentralheizung und modernen Müllschluckern versehen, war erst vor Kurzem eröffnet worden. Ein Prestige-Projekt des kommunalen Wohnbaus. Die Prominentendichte unter den Mietern war hoch, auch wegen des Restaurants mit extravaganter Aussichtsterrasse im obersten Stockwerk. Neben Busfahrern, Stadtgärtnern, Straßenbahnschaffnern, Rathauswachebeamten und anderen Gemeindebediensteten hatten sich auch bekannte Parteifunktionäre und Gewerkschaftssekretäre, aber auch der eine oder andere Journalist, darunter der Chefredakteur des »Kurier«, im Matzleinsdorfer Wohnturm eingemietet.

Christine war sechseinhalb und eine gute Schülerin. Sie saß am Küchentisch und übte das Schreiben mit Tinte und Papier, nachdem sie das Buchstabieren bisher ausschließlich auf kleinen Schiefertafeln erprobt hatte. Ihre Buchstabenkenntnis bot keinen Anlass zur Beanstandung, wie die Lehrerin ihrer Mutter versichert hatte, aber das Schreiben mit der Feder fiel ihr schwer. Sie verwendete eine kratzige, in einem hölzernen Halter fixierte Stahlfeder, die sie, die Lippen zusammengepresst, immer wieder ins Tintenglas tauchte. Einen Satz nach dem anderen brachte sie so zu Papier. »Susi und Edi gehen in die Schule.« »Roberts Roller ist rot.« »Karl isst Kirschkuchen.« Sie gab sich Mühe. Aber nie war ihr Strich so gleichmäßig und gewandt, wie er ihrer Meinung nach sein sollte. Immer war etwas Unrundes und Ungelenkes, ja, etwas Hässliches in den Buchstaben. Eineinhalb Meter von ihr entfernt wusch ihre Mutter das Geschirr ab, wobei sie in einem fort vor sich hin jammerte: über ihre Chefin im Kindergarten, die den Kindern zu viel durchgehen ließ, über die Verkäuferin im »Konsum«, die den Käse nicht genau abwog, über Christines Vater, der morgen schon wieder zu irgendeiner Dienstreise aufbrechen würde, weiß der Himmel, wohin diesmal.

Die Ehe ihrer Eltern war nicht glücklich, das spürte Christine, obwohl sie mit ihren sechseinhalb Jahren keine Worte für das hatte, was sie spürte.

Endlich kam ihr Vater nach Hause. Er arbeitete als Redakteur der Zeitschrift »Arbeit und Wirtschaft« und hatte zwei, drei Abendtermine pro Woche wahrzunehmen. So gesehen war es etwas Besonderes, dass er an diesem Tag schon so zeitig daheim erschien. Christine sprang auf, als sie den Schlüssel in der Tür hörte. Sie stürmte ins Vorzimmer. »Papa, da bist du ja!«, rief sie, während sie seine Oberschenkel umarmte. »Weißt du was, ich kann schon mit der Feder schreiben!«

»Wunderbar«, murmelte er geistesabwesend. An diesem Abend machte er ein ernsteres Gesicht als sonst. Mama und er hätten etwas zu besprechen, sagte er, Christine solle in der Küche bleiben und ihre Aufgaben fertig machen.

»Was gibt's denn?«, fragte die Mutter, die in der Küchentür erschien, eine tropfende Lilienporzellan-Tasse in der Hand, die sie mit einem Geschirrtuch trocken rieb.

»Wir müssen reden«, sagte der Vater mit tonloser Stimme.

Christine setzte sich wieder an ihre Aufgabe, während die Eltern sich ins Wohnzimmer zurückzogen. Sie beugte sich wieder über das Übungsheft. »Karoline trinkt Kakao.« »Bruno kauft Brot.«

Trotz geschlossener Tür drang der Lärm aus dem Wohnzimmer deutlich zu ihr herüber. Erregte Stimmen, hitzige, mit Schmähungen gewürzte Wortwechsel, zuletzt, nach kurzer Zeit: hasserfülltes Gebrüll. Christine versuchte sich auf die Übungssätze zu konzentrieren, während sich ihre Eltern wüste Beschimpfungen an den Kopf warfen. »Weißt du, was du bist, wenn du das …?« – »Hermine, ich bitte dich …!« – »Nein, wirklich, weißt du, was du bist? Ich werd's dir sagen!« – »Hermine …« – »Ein egoistisches Dreckschwein, das bist du!«

Die Wohnzimmertür wurde aufgerissen, Christine konnte durch den Türspalt hindurch sehen, wie ihre Mutter ins Schlafzimmer stürzte und die Tür hinter sich ins Schloss schmetterte. Christine sprang auf und ließ die Feder fallen, das Löschblatt sog sich mit einem Tintenklecks voll. Verwirrt und schreckensstarr tapste sie ins Vorzimmer. Ihr Vater schoss aus dem Wohnzimmer und begann mit wütender Miene einen Koffer aus dem obersten Regal des Einbauschranks zu zerren. Mit zittrigen Fingern machte er sich daran, Hemden, Hosen, Unterwäsche in den Koffer zu stopfen. Christine begann zu weinen, verhalten zunächst, nach ein paar Sekunden immer heftiger: Ihr Körper wurde von wilden, verzweifelten Schluchzern geschüttelt. Sie sollte nicht traurig sein, sagte ihr Vater, während er ein Paar Hosenträger in den Koffer pfefferte, er werde für ein paar Tage zu Onkel Rudi ziehen, das sei kein Grund zur Traurigkeit, er werde eine Weile nicht zu Hause sein, das schon, aber sie sähen sich bald wieder, das verspreche er, ganz fest.

Christine fühlte sich wie zerschlagen, als sie ihren Wagen vor dem mit Efeu und wildem Wein bewachsenen Haus in Neustift parkte, in dem sie seit zweiundzwanzig Jahren wohnte. Sie hatte sich das Hauerhäuschen inmitten der Weinberge nur leisten können, weil sie das Anwesen in den Achtzigerjahren in desaströsem Zustand – im Grunde als halbe Ruine – gekauft hatte. Tausende von Arbeitsstunden hatte sie in die Instandsetzung des Gebäudes und nicht zuletzt in die Wiederherstellung des Gartens investiert. Aber es hatte sich gelohnt, wie sie auch an diesem Nachmittag wieder voller Besitzerstolz feststellte. Die Forsythien blühten in sattem Gelb, Krokusse und Märzenbecher zauberten Farbtupfer in die frisch geharkten Beete. Der Hund sprang aufgeregt aus dem Wagen und drehte eine Runde im Garten. Christine schaute zu, wie er zwischen Beeten und Sträuchern herumstrich und alles, was ihm vor die Nase kam, mit lebhaftem Interesse beschnupperte. Sie schloss die Haustür auf und rief ihn zu sich. Bobby schlüpfte ins Haus, wo er seine Forschungstour mit unverminderter

Überdrehtheit fortsetzte, zunächst im Treppenhaus, dann in den anderen Räumen.

Christine warf den Schlüssel in das mit Rechnungen gefüllte Bastkörbchen auf der Kommode, sie zog die Schuhe aus, schlüpfte in die Hauspantoffel, ging ins Wohnzimmer und streckte sich der Länge nach auf dem Sofa aus. Herrlich, die Stille in ihren vier Wänden. Abschalten. Ausrasten. Zur Ruhe kommen. Bobby kam angehechelt und fläzte sich neben sie auf den Teppich. Sie schloss die Augen und lauschte dem durchs offene Fenster hereindringenden Vogelgezwitscher.

Auch wenn ihr Vater wieder zu Kräften kam, überlegte sie, sein früheres Leben würde er nicht wieder aufnehmen können. Schwer vorstellbar zum Beispiel, zumindest im Moment, dass er sich allein verköstigte. Vermutlich würde ihn schon das Verlassen der Wohnung vor kaum überwindbare Schwierigkeiten stellen. Auch wenn die Aussicht darauf alles andere als angenehm war, Christine würde sich wohl oder übel nach einem Pflegeplatz umsehen müssen.

Sie blieb noch eine Weile liegen, dachte darüber nach, wie sie einen Heimplatz auftreiben und wen sie anrufen könnte – an die Kosten wollte sie im Moment gar nicht denken –, dann zwang sie sich aufzustehen. Die Pflichten des Alltags riefen. Der Hund musste gefüttert werden, auch im Garten war noch einiges zu tun. Sie holte die Hundefutterdosen aus Vaters Reisetasche und verstaute sie in der Speisekammer, dann öffnete sie eine der Dosen und kratzte den Inhalt in Bobbys Edelstahlnapf. Der Hund kam angesprungen und machte sich über das Rindfleisch her.

Christine öffnete die Verandatür und trat ins Freie. Eine Woge Fliederduft wehte vom Zierteich herüber. Sie musste sich dranhalten, bevor es dunkel wurde. Zunächst schleppte sie die Terracotta-Tröge mit dem Oleander und den afrikanischen Lilien aus dem Wintergarten ins Freie, das hatte sie sich seit Tagen vorgenommen, dann ging sie ins Glashaus und unterzog die jungen Gemüsepflanzen – sie züchtete Paradeiser, Paprika und Zucchini – einer überfälligen Bewässerungskur.

Sie genoss den heißen Duschstrahl, der über ihren Kopf und den Rücken prasselte. Sie wusch sich sorgfältig die Haare, dann spülte sie Shampoo und Duschgel ab und öffnete mit behutsamem Hin- und Herruckeln die Duschkabinentür, die seit einigen Wochen nicht mehr richtig funktionierte. Wann würde sie endlich dazu kommen, das Ding reparieren zu lassen? Christine stieg auf die Frotteematte vor der Dusche und rieb sich mit einem Badetuch trocken, dann warf sie das Handtuch über den Halter und nahm, wie in den letzten Wochen öfter, vor dem Spiegel Aufstellung, um ihren älter gewordenen Körper in Augenschein zu nehmen. Die junge Frau, die sie einmal gewesen war – eine beachtliche Schönheit, wie ihr immer wieder attestiert worden war –, war zu einer traurigen Erinnerung verkommen. Obwohl sie sich einzuüben versuchte in das unfrohe Geschäft des Älterwerdens, konnte sie sich nur widerwillig mit der Veränderung ihres Körpers abfinden. Sie betrachtete sich im Spiegel. Die Gesichtshaut war schlaff geworden, die Fettansammlungen an den Oberarmen ließen sich auch bei günstigsten Lichtverhältnissen nicht übersehen. Und die Locken von einst hingen ihr in stumpfen, grau melierten Strähnen über die Schultern.

Es war nicht angenehm, sich so zu betrachten. Andererseits: Sie würde den Teufel tun und sich selbst bemitleiden. Sie lebte viel zu gern, um sich in Selbstabwertung zu suhlen, sagte sie sich. Ein schöner Körper war nicht alles, das

Leben – da war sie sich sicher – hielt noch genügend aufregende Überraschungen für sie bereit.

Sie knipste den Fernseher an. Die Abendnachrichten brachten eine Korrespondentenschaltung nach Budapest: Das ungarische Parlament hatte eine neue, umstrittene Verfassung verabschiedet, die ihrer autoritären Tendenzen wegen im In- und Ausland auf scharfe Kritik stieß. Christine machte es sich mit einer Tasse Tee auf dem Sofa bequem, der Hund lag zusammengerollt neben der Couch. Österreichs Innenpolitik wurde von den üblichen Kalamitäten beherrscht: Nach dem Rücktritt des Vizekanzlers wurde mit Hochdruck nach einem Nachfolger gesucht, mehrere Kandidaten hatten Chancen. Ein Dissident der populistischen »Liste Martin« attackierte den Parteigründer wegen missbräuchlicher Verwendung staatlicher Wahlkampfgelder. Ein Landeshauptmann forderte mehr Geld. Christine griff nach der Fernbedienung, um den Fernseher auszuschalten – das kleinkarierte Hickhack der tagespolitischen Akteure ging ihr auf die Nerven –, als kurz vor dem Wetter noch ein Bericht aus Berlin gebracht wurde: Dort hatten Aktivisten der »Sezessionistischen Front/Sektion Deutschland« ein 80 Meter langes Banner vom Fernsehturm am Alexanderplatz entrollt: »Wir gedenken der Opfer von Multikulti und islamistischem Terror«.

Wenigstens den Genitiv hatten sie richtig hingekriegt, dachte sie, als sie den Bildschirm mit einem ärgerlichen Seufzer zum Verlöschen brachte.

Sie trug das Geschirr in die Küche und räumte den Geschirrspüler ein. Dann setzte sie sich an den Schreibtisch und switchte sich wie jeden Abend zur Entspannung ein halbes Stündchen durch diverse youtube-Videos. Nachdem sie sich ein, zwei Léo-Ferré-Clips angesehen hatte – eine alte Schwäche von ihr –, klickte sie sich durch mehrere Filmchen, auf denen die »Sezessionisten« ihre Aktionen dokumentierten. Natürlich wussten die neuen Rechten, dass die mediale Verbreitung ihrer Handlungen mindestens so wichtig, wenn nicht erheblich wichtiger war als die Handlungen selbst. Harald Landsberg und seine Freunde hatten Hunderte Clips ins Netz gestellt: sezessionistische Demos in München, Dresden, Stuttgart, Cottbus, Heidelberg und Wien wurden da dokumentiert, feierliche Fackelzüge vor der Walhalla und der Festung Hohensalzburg, die »friedliche Besetzung« von Parteibüros der Grünen in Innsbruck und der SPÖ in Graz. Die Videos waren professionell gemacht, mit schnellen Schnitten und effektvollen Sounds, dazu traten einnehmend wirkende Akteure auf, die in kurzen, pointierten Statements erklärten, warum die Vielfalt der Völker erhaltenswert und Heimatliebe kein Verbrechen sei. Die Menschen in diesen Spots wirkten auf unaufdringliche Weise freundlich und punkteten mit natürlicher Ausstrahlung und inszenierter Authentizität. Greenpeace bekam das in seinen Anti-Walfang-Kampagnen auch nicht besser hin.

Auf der anderen Seite lag die düstere Stoßrichtung des Ganzen offen zutage. Auf einer Demonstration in Frankfurt an der Oder wurde die »Deportation« aller Türken aus Deutschland gefordert, und auf einem verwackelten Zweiminuten-Video aus Bockenheim an der Weinstraße durfte sich ein Hinterzimmer-Agitator unter dem Gejohle des Publikums über syrische Kriegsflüchtlinge auslassen, die nur darauf aus wären, ihren »Moslemsaft« in wehrlose deutsche Frauen zu pumpen.

Für Christine war nach wie vor unbegreiflich, dass ihr Sohn sich mit solchen Leuten abgab. Als sie das Video von der Störaktion im »Odeon« noch einmal anklickte –, zum zwanzigsten oder dreißigsten Mal in den letzten Wochen –, stellte sie fest, dass ihre Indignation mütterlichem Kampfgeist gewichen war. Nein, sie würde ihren Sohn nicht aufgeben, dachte sie, sie würde ihn diesem Landsberg und seiner Popper-SA nicht widerstandslos überlassen. Allerdings hatte sie keine besonders guten Karten, wie ihr nur allzu klar war. Schließlich: Gab es irgendwo auf der Welt einen 19-Jährigen, der sich von seiner Mutter irgendetwas ausreden ließ? Trotzdem: Christine würde um ihren Sohn kämpfen, das stand für sie außer Frage.

Sie klappte den Laptop zu und schloss die Vorhänge. Dann schlüpfte sie in ihre Pantoffeln und ging ins Vorzimmer, um von dem alten grünen Tastentelefon, das ihr immer noch gute Dienste leistete, im Krankenhaus anzurufen. Der Herr Professor schlafe, erklärte die Nachtschwester, Christine brauche sich keine Sorgen zu machen. Der alte Herr habe alles, was er brauche. Es gehe ihm gut. Den Umständen entsprechend gut.

Sie beendete das Telefonat und ging zur Anrichte im Wohnzimmer, einem schönen, alten Art-Déco-Stück aus behandelter Eiche, um sich ein Glas Sherry einzuschenken. Dann schüttelte sie die Couchpolster auf, bog die Leselampe zurecht, holte sich eine Wolldecke aus dem Schlafzimmer und machte es sich mit den Notizbüchern ihres Vaters auf dem Sofa bequem.

DAS GRÜNE BUCH

Über eine schmale Leiter kletterte Mahr hinter Sigmund und Willi in die Bombenkammerluke der B-26, den Sprunghelm an der Brust befestigt, wo er mit leisem Klimpern hin und her schaukelte. Die Flugzeugbesatzung war mit dem Prüfen der Instrumente beschäftigt, ein Pilot und ein Navigationsoffizier, Major der Achten Luftflotte der eine, ein schmächtiger Captain mit krisseligem Haar und der Andeutung eines Errol-Flynn-Bärtchens, demselben Kampfverband angehörend, der andere. Beide trugen das silberne Fallschirmabzeichen der *U. S. Army Air Forces*, beide würdigten die Joes, die in den Rumpf ihrer Maschine kraxelten, keines Blicks. Sie schienen vollständig desinteressiert an den Passagieren, die sie in eindreiviertel Stunden über deutschem Reichsgebiet absetzen sollten. Mahr wusste, dass die Joes bei den Angehörigen der US-Luftwaffe keinen guten Ruf hatten: Ein Hautgout des Landesverräterischen haftete ihnen an, so bizarr das auch klingen mochte. Das jahrtausendealte Motto galt auch in ihrem Fall: Der Feind liebt den Verrat, aber nicht den Verräter. Mahr hockte sich zwischen Sigmund und Willi auf einen der vier in den Boden geschraubten Zeltstühle, Sigmund brüllte ihm etwas ins Ohr. Mahr verstand nichts. Der Pilot hatte die zweimotorige Maschine bereits angeworfen, das Propellergedröhn übertönte alle anderen Geräusche im Inneren des zwölf Tonnen schweren Bombers. Sie saßen zu fünft im Laderaum, außer Sigmund, Mahr und Willi waren noch ein Bordschütze und ein Absetzer mit an Bord, ein stiernackiger Airman, der den planmäßigen Ablauf der Operation überwachen sollte und der dann, nachdem sie abgesprungen waren, für den Abwurf des Containers verantwortlich war.

Die Leiter wurde entfernt, die Lukenklappe schloss sich, zwei Männer des Bodenpersonals zogen die Bremsklötze unter den Rädern zur Seite. Der Pilot erhöhte die Drehzahl, ein paar Augenblicke später rollte die Maschine im Schritttempo auf die Startbahn. Dann geschah eine Zeit lang nichts: Man wartete auf die Starterlaubnis. Als es so weit war, gab der Pilot ohne längeres Zuwarten Gas, die Motoren heulten auf, die Maschine schoss donnernd über das Rollfeld, das Fahrgestell hob sich vom Boden und wurde ratternd eingezogen, sie stiegen auf und gewannen schnell an Höhe. Es war Mahrs erster Flug, noch nie in seinem Leben war er in einer Teufelsmaschine wie dieser gesessen. Seine Eingeweide krampften sich zusammen, als das Flugzeug höher und höher stieg. Durch einen Spalt in der Abdunkelung spähte er vorsichtig nach unten. Erstaunlich, wie viel man durch die fingerdicke Ritze erkennen konnte. Er sah die Lichter der Stadt Dijon, ein glitzerndes Netz aus Straßen und Gassen, das sich an den Rändern in der Saône-Ebene auflöste. Die Landschaft war flach; Felder, Wiesen, Äcker, dann und wann ein kleines Waldstück. Nach einiger Zeit wurden im Mondlicht die ersten Ausläufer der Vogesen sichtbar, ein unscharf konturiertes Relief aus hellen und dunkleren Flächen. Mahr dachte an den bevorstehenden Absprung. Während er sich vorstellte, wie er sich mit einem Hechtsprung aus dem Flugzeug warf und mit 180 km/h dem Erdboden entgegen raste, ging die Anspannung der letzten Stunden in ein Gefühl quälender Nervosität über. Sein Blutdruck stieg, sein Herzschlag beschleunigte sich, und während er versuchte, die Bilder zu verscheuchen, die ihm durch den Kopf gingen, Bilder von Eisenbahnrazzien und Fahndungsaktionen auf nächtlichen Landstraßen, kramte er die Schachtel mit den Benzedrine-Tabletten hervor. Er schob sich eine der Pillen in den Mund, schraubte die Feldflasche mit dem Weinbrand auf und spülte die Tablette mit einem Schluck Ersatz-Cognac hinunter.

Willi nickte ihm aufmunternd zu, während ihn der Absetzer mit stoischem Gesichtsausdruck beobachtete.

Solange das Flugzeug über französischem Territorium flog, war die Innenbeleuchtung eingeschaltet. Nach einer halben Stunde kamen die westlichen Ränder der Rheinebene in Sicht. Der Navigationsoffizier machte sich am Instrumentenbord zu schaffen, die Lampen erloschen; das Innere der Kabine wurde nur noch von schwachen Glimmlichtern beleuchtet. Kurz darauf waren sie auch schon über deutschem Gebiet. Mahr schloss die Augen: Seit der Einnahme des Benzedrines war eine Dreiviertelstunde vergangen. Allmählich schien die Wirkung des Medikaments einzusetzen. Sein Mund fühlte sich trocken an, sein Atem floß tiefer, ein warmes, anregendes, sanft euphorisches Gefühl erfüllte ihn. Zugleich spürte er das Dröhnen der Motoren in ihrer ganzen einschläfernden Einförmigkeit nicht nur außerhalb seiner selbst, er spürte es auch in sich; das Motorengedröhn schwoll an und schwappte im Zentrum seines Gehirns auf und ab, es kreiste in Spiralen, glitt umher, stürzte hervor und überschwemmte alle Winkel und Gänge seines Körpers, und zwar auf wohlige Weise von *innen*, wie er wahrzunehmen glaubte. Die Angst und die Anspannung waren immer noch da, aber irgendwo weit weg, in einem entlegenen Bereich seines Nervensystems …

Zum x-ten Mal in den letzten eineinhalb Stunden spähte er durch den Spalt in der Abblendung: Die brennende rote Fläche am Horizont, die kleinen und größeren Brandherde, die südöstlich von ihnen in gespenstischer Schönheit aufloderten, war das München? Ja, das musste das »deutsche Rom« sein, von den Nazis zur »Hauptstadt der Bewegung« erhoben. Jetzt, man sah es deutlich, versank die Hauptstadt des Reichsgaues Bayern in einem Inferno aus Feuer und Qualm.

Ein Luftwirbel brachte die Maschine für ein paar Sekunden ins Taumeln, sie stampfte und schwankte, dann flog sie ruhig und unbeeinträchtigt von instabilen Luftströmungen weiter. Die von Hunderten Feuern erleuchtete Millionenstadt lag jetzt genau unter ihnen. Das Flugzeug hier oben war nicht in Gefahr, sagte sich Mahr, Görings Luftwaffe war seit Monaten außer Gefecht, die Alliierten besaßen die totale Lufthoheit, wie es hieß, und die Flakbesatzungen unter ihnen hatten zurzeit ganz bestimmt andere Sorgen, als ein einsames, in fünftausend Metern Höhe dahinfliegendes Flugzeug vom Himmel zu holen, das ruhig und unauffällig in Richtung Osten zog.

Sie begannen an Höhe zu verlieren. Der Navigationsoffizier drehte sich um und bedeutete ihnen: noch zehn Minuten bis zum Absprung. Mahr tastete nach dem Fallschirm auf seinem Rücken, er presste sich den Absprunghelm auf den Kopf, zog den Riemen fester und griff nach der Pistole. Alles war an seinem Platz. Er hätte jetzt gern eine Zigarette geraucht, aber das war natürlich nicht möglich. Er wechselte einen Blick mit Willi. Dem Freund schien nicht ganz wohl zu sein: Willi klammerte sich mit angespannter Miene an seinen Sitz, während Sigmund starr geradeaus schaute.

Wenig später leuchtete die rote Glimmlampe über ihren Köpfen auf. Das hieß: Sie waren in unmittelbarer Nähe der Absprungstelle. Der Absetzer öffnete mit emotionsloser Routine die Bodenluke und verankerte die Klappe in der Halterung. Der Fahrtwind fauchte in die Kabine. Mahr und die anderen erhoben sich von ihren Zeltstühlen und machten sich bereit. Sie würden mittels Automaten abspringen, wie sie es in der Ausbildung eingeübt hatten. Sigmund trat als Erster an die Luke. Mit sicheren Handgriffen – als hätte er dergleichen schon hundertmal gemacht – hängte er seinen Haken an der im Kabinenraum angebrachten Aufziehleine ein; unmittelbar nach dem Absprung würde sich der Fallschirm von selbst öffnen. Mahr tat es ihm gleich, einen halben Meter hinter ihm hängte sich auch Willi ein. Mahr starrte über Sigmunds Schulter hinweg in die mondhelle Landschaft unter ihnen. In einiger Entfernung schräg unter dem Fahrwerk machte er eine lang gezogene, schwarze Fläche aus, das musste der Waginger See sein. Die Maschine war jetzt auf eine Höhe von 1500 oder 2000 Metern heruntergegangen, die Innenbeleuchtung war vollständig erloschen, nur die Pilotenkabine war noch vom blässlichen Lichtschimmer der Armaturenbeleuchtung erhellt. Der Absetzer zeigte ihnen, dass es in zwei Minuten so weit sein würde. Mahr brachte ein verkrampftes Lächeln zustande. Er tastete sich noch einmal ab, ob alles an seinem Platz war, dann glotzte er mit pochendem Herzen auf die Glimmlampe und wartete auf das Aufblinken des grünen Lichts: das Kommando zum Absprung.

In diesem Augenblick geschah etwas Unvorhergesehenes: Sigmund trat mit einem hastigen Schritt an den Lukenrand und hechtete, ohne das Kommando abzuwarten, in die Tiefe. Mahr warf einen raschen, fragenden Blick zu Willi hinüber: Was war geschehen? Welcher Teufel hatte Sigmund geritten? Ein Versehen? Eine Kurzschlusshandlung? Oder war es Absicht gewesen? Der Absetzer jedenfalls war fuchsteufelswild, er schlug mit der Faust gegen die metallene Innenverkleidung und brüllte etwas durch die offene Luke, aber Sigmund war längst vom Dunkel unter ihnen verschluckt.

Der Pilot warf einen nervösen Blick zu ihnen nach hinten und schrie irgendetwas, aber im Heulen des Fahrtwinds war kein Wort zu verstehen. Der Absetzer zuckte die Achseln, dann bedeutete er Mahr und Willi, sie sollten sich am Rand der Luke postieren und sein Kommando abwarten. Sie taten, wie geheißen. Mahr kauerte sich auf den Boden der Bombenkammer und ließ die Beine durch die offene Luke baumeln. Er lehnte sich weit zurück, um nicht vorzeitig durch den Luftwirbel ins Freie gezogen zu werden. Dabei schienen ihn seine Stiefelsohlen unwiderstehlich nach unten zu ziehen. Er hielt mit der Kraft seines Körpergewichts dagegen. Da erlosch das rote Licht, im selben Moment flammte die grüne Lampe über ihm auf – der Absetzer schrie das Kommando: »Go!« Mit einer entschlossenen Bewegung schwang Mahr die Beine nach vorn und stieß sich mit den Händen von der Kante ab. Eine halbe Sekunde später packten ihn die Wirbel des Fahrsturms, der Wind schlug ihm ins Gesicht. Sein Körper raste dem Erdboden entgegen, und im selben Augenblick spannten sich auch schon die wattierten Gurte unter seinen Achselhöhlen, die faltige Glocke des Schirms über seinem Kopf öffnete sich, sein Fall wurde abrupt gebremst, ein Glücksgefühl schoss durch seinen Körper, und während er in den Gurten hin und her baumelte, sah er eineinhalb Kilometer unter sich die heimatliche Erde langsam auf sich zuschlingern. Ein triumphierender Schrei löste sich aus seiner Kehle, ein Schrei, in dem sein mit Adrenalin gefluteter Körper die Anspannung der letzten Minuten aus sich herausbrüllte.

Aus den Augenwinkeln registrierte er, wie das Flugzeug über ihm nun auch Willis Körper und wenig später den Leichtmetallcontainer mit den Waffen ausspuckte. Die beiden Fallschirme über ihm entfalteten sich lautlos, soweit ging alles gut. Während sich in Mahrs Schädel ein ziehendes Singen bemerkbar machte, begann sich der Fallschirm über ihm langsam zu drehen. Das sollte nicht sein. Er bemühte sich, die Rotation durch Straffen der Leinen zu bremsen, wie er es in der Ausbildung gelernt hatte. Das gelang ihm einigermaßen. Jetzt schwebte er ruhiger. Nach einer Weile begann er Ausschau nach seinem Landeplatz zu halten, allerdings musste er feststellen, dass er jede Orientierung verloren hatte. Er versuchte sich auf die Umrisse der Waldfläche rechts unter seinen Stiefelsohlen zu konzentrieren; im Zentrum des Waldstücks machte er eine kegelförmige Lichtung aus, ein gutes Stück dahinter, in zwei oder drei Kilometern Entfernung, ragte die zwiebelförmige Turmhaube einer bayerischen Kirche zwischen den Baumwipfeln empor. Im Osten schwelten weißliche Nebel, dahinter sah er das schmale, geschlungene Band einer Straße.

Durch sorgsam austariertes Ziehen an den Steuerleinen navigierte er auf die Lichtung zu. Er rief sich die Swartz'schen Sprungübungen in der Sandgrube in Erinnerung, und wenig später landete er auch schon mit vorschriftsmäßig angezogenen Knien und geschlossenen Beinen im kniehohen Gras im Zentrum der Lichtung. Der Aufprall war bei Weitem nicht so ruppig, wie er befürchtet hatte. Damit war die Sache aber noch nicht ausgestanden. Der Wind trieb den Fallschirm weiter und drohte ihn in Richtung einer von dornigem Strauchwerk umwucherten Baumgruppe mitzureißen. Hastig sprang er auf und versuchte in stolperndem Sprint den Schirm zu umrunden, damit er ihn vom Gegenzug befreite. Nach ein, zwei Fehlversuchen gelang ihm das: Die windgeblähte Seide fiel wie ein leerer Sack in sich zusammen.

Er schaute sich um: Von Willi war weit und breit nichts zu sehen. Der Wind schien den Kameraden ein gutes Stück weiter abgetrieben zu haben als ihn selbst. Umso deutlicher war der näher kommende Lärm von Flugzeugpropellern über ihm zu hören. Die B-26 war ein Stück weitergeflogen und hatte ein paar Kilometer weiter östlich gewendet. Jetzt donnerte die Maschine in der Gegenrichtung über die Lichtung hinweg. Mahr wusste, dass er keine Zeit zu verlieren hatte. Er öffnete den Reissverschluss des Overalls und stieg aus der Montur, dann löste er den Riemen seines Sprunghelms und nahm die wollenen Ohrenschützer ab. Er raffte den Fallschirm und die Trageleinen im Gurtwerk zusammen und stopfte das Ganze unter einen Strauch am Rande der Lichtung. Alles andere als ein perfektes Versteck, aber besser als nichts. Den Revolver, für den er keine Verwendung mehr hatte, warf er in einen halb zugefrorenen Tümpel.

Als Nächstes war der Abwurfcontainer zu bergen. Er knöpfte den feldgrauen Uniformmantel zu und hakte das Koppelschloss ein, dann durchkämmte er das Gelände so systematisch, wie das bei den schlechten Sichtverhältnissen möglich war. Nach einigem Suchen fand er den Container: Er lag, in einem Gewirr von Fallschirmleinen verheddert, in einer grasbewachsenen Mulde am Rande einer Lärchenschonung. Mahr kniete sich nieder und löste den Metallkasten aus dem Leinenwirrwarr. Dann ließ er die Verschlusskappen des Containers aufschnappen und überprüfte den Inhalt: Die Gewehre hatten den Abwurf unversehrt überstanden, soweit er sehen konnte, auch das Funkgerät, der Spirituskocher und das übrige Material waren intakt.

Er packte den Fallschirmstoff und wickelte ihn mit vor Kälte zitternden Fingern in die Leinen, um den verräterischen Packen irgendwo im Buschwerk verschwinden zu lassen. Er hatte gerade eine geeignete Stelle ausgemacht, als er nicht weit von sich entfernt einen dezenten Pfiff hörte. Er ließ den Fallschirm fallen und griff mit einer erschrockenen Bewegung nach einem der Karabiner im Container. Am östlichen Rand des Schonwalds vernahm er ein Knacken. »Bist du's?«, hörte er jemanden flüstern.

»Verdammt noch mal ...«, Mahr ließ den Karabiner sinken, »erschreck mich doch nicht so!«

Willis schlaksige Gestalt löste sich aus dem Dickicht.

Mit einem schiefen Lächeln hakte der Freund die Feldflasche vom Koppel. »Schluck Weinbrand gefällig?« Er hielt Mahr die filzüberzogene Flasche entgegen.

»Danke. Hab keinen Durst.«

»Ich schon.« Willi schraubte den Verschluss von der Flasche und nahm einen kräftigen Schluck. »Der gottverdammte Fallschirm hat sich zwischen ein paar Baumkronen verfangen. War nicht ganz einfach, von den luftigen Baumeshöhen da drüben runterzukommen.« Er zeigte vage in Richtung Dorf.

»Wie hast du's geschafft?« Mahr lehnte den Karabiner gegen eine Junglärche und raffte den Lastenfallschirm zusammen.

»Ich hab mich zu einem Ast vorgehangelt und die Fallschirmstricke durchgeschnitten. Ganz schöne Fitzelei, kann ich dir sagen. Das Runterklettern war auch nicht ohne.«

Mahr lauschte: Irgendwo in der Ferne fing ein Bauernköter zu kläffen an. »Wir müssen machen, dass wir von hier weg kommen. Hilf mir, den Lastenfallschirm zu verstecken. Und dann sollten wir so schnell wie möglich zwei, drei Kilometer zwischen uns und die Landezone bringen.«

Sie hockten am Ufer eines Bachs, von Strauchwerk und dornigen Ranken umgeben, und berieten sich. »Weißt du, was mich wirklich beschäftigt?« Mahr nahm seine Feldmütze vom Kopf und knetete sie nervös zwischen den Fingern. »Warum ist Sigmund vor dem ›Go‹-Kommando abgesprungen?«

»Keine Ahnung. Vielleicht sind ihm die Nerven durchgegangen.«

»Kann sein«, sagte Mahr. »Ich glaube aber was anderes: Ich glaube, er wollte sich absetzen.«

»Was?«

»Er wollte sich absetzen. Er wollte ein bisschen Distanz zwischen sich und uns bringen.«

Willi schaute ihn verblüfft an. »Wieso hätte er das tun sollen?«

»Keine Ahnung«, sagte Mahr. Er bohrte eine Stiefelspitze ins Erdreich und lockerte den Boden ein wenig auf. »Auf jeden Fall hab ich kein gutes Gefühl bei der Sache, ganz und gar nicht.«

»Ich verstehe nicht, was du meinst«, sagte Willi. »Wieso sollte sich Sigmund absetzen wollen? Das ergibt doch keinen Sinn.«

»Wenn er uns verpfeifen will, ergibt das sehr wohl einen Sinn. Vielleicht sitzt er gerade auf irgendeiner Polizeiwache und verrät denen alles, was er weiß – über uns und unseren Auftrag …«

»Nie im Leben«, widersprach Willi. »Sigmund ist kein Sympathler, aber *das* trau ich ihm nicht zu.«

Mahr stand ächzend auf und klopfte sich die feuchten Erdkrümel vom Hosenboden. »In zweieinhalb Stunden wird's hell. Was immer Sigmund tut oder nicht tut, wir sollten langsam von hier verschwinden.«

»Hast recht«, seufzte Willi. »Das Funkgerät und den Container müssen wir auch noch verstecken.«

Mahr zog den Kompass aus der Hosentasche und klappte ihn auf. Wenn der Pilot sie richtig abgesetzt hatte, musste Salzburg etwa fünfzehn Kilometer nordöstlich von ihnen liegen.

Mahr zeigte in die Richtung, die sie einzuschlagen hatten. »Weißt du, was mich wundert?«, sagte er. »Wir müssten über die Saalach geflogen sein. Aber ich hab von da oben aus weit und breit keinen Fluss gesehen.«

»Wir sollten uns ein bisschen in der Gegend umsehen«, sagte Willi, »dann werden wir bald wissen, wo wir sind.« Er schulterte den Rucksack und griff sich den Koffer mit dem Funkgerät.

»He, das ist meins«, protestierte Mahr.

»Lass nur«, sagte Willi, »du wirst noch genug Zeit mit dem Kasten verbringen.«

Jeder der beiden schnappte sich einen Henkel des Containers, dann marschierten sie los. Mahr fühlte sich – vielleicht auch dank des Benzedrines – auf unwirkliche Weise gelöst, fast heiter, der Containergriff lag ihm leicht in der Hand, der Metallbehälter kam ihm angenehm schwerelos vor. Mit der freien Hand tastete er seinen Mantel ab. Alles war an seinem Platz: das Soldbuch, das Kochgeschirr, die Gasmaske und die Feldflasche. Er warf einen Blick auf die Uhr: Es war 4.15 Uhr.

Eineinhalb Stunden später polterten sie in den Keller eines abgelegenen, halb verfallenen Bauernhofs, in dessen hinterstem, mit Mauerschutt und Rattendreck verunreinigtem Winkel sie das Funkgerät und den Abwurfbehälter versteckten. Die Reste der Keusche lagen am Rand einer Forststraße, gut einen Kilometer von einem Dörfchen namens Weibhausen entfernt. Sie würden das Haus mühelos wiederfinden, wenn sie in zwei, drei Tagen zurückkehrten, um das Funkgerät und die Lebensmittel zu holen.

Willi drängte zur Eile: In einer Stunde würde es hell werden, zu diesem Zeitpunkt sollten sie schon ein Stück Wegs nach Salzburg hinter sich gebracht haben.

Mahr entfaltete eine der Detailkarten des »Reichsgaues Salzburg« und begann im Schein der Taschenlampe mit der Suche nach ihrem Standort.

»Weibhausen heißt der Ort?«, fragte er nach einer Weile. »Herrgott, ich kann das Kaff nirgends finden. Hier ist weit und breit kein Weibhausen eingezeichnet.«

»Das gibt's nicht. Zeig mal her!«

Willi nahm die Karte. Während sich der Zeigefinger des Kameraden in nervösem Zickzack über die hellbraun schraffierte Fläche im westlichen Umland Salzburgs tastete, leuchtete ihm Mahr mit der Taschenlampe über die Schulter.

»Verdammt«, sagte Willi nach einiger Zeit. »Die Hornochsen haben uns falsch abgesetzt.«

»Was?«

»Wir sind *hier.*« Er klopfte mit dem Zeigefinger auf einen Punkt etwa zehn Kilometer östlich des Chiemsees, in unmittelbarer Nähe des Städtchens Traunstein. »Hier steht's: Weibhausen. *Da* sind wir und nirgendwo sonst.«

»Vielleicht gibt's irgendwo bei Salzburg noch ein zweites Weibhausen.«

»Nein«, sagte Willi. »Schau, das ist die Landstraße, auf der wir gekommen sind ... Und das da drüben ist die Lichtung, über der sie uns abgesetzt haben.«

Mahr starrte entgeistert auf die Karte: Der Freund hatte recht.

»Jetzt versteh ich langsam ...«, sagte Willi. »Der See, den wir vom Flugzeug aus für den Waginger See gehalten haben: das war der *Chiemsee.*«

Mahr klaubte einen Mauerbrocken vom Boden auf und pfefferte ihn mit wütendem Gesicht in die Dunkelheit. »Diese Armleuchter!«, rief er. »Ich begreife es nicht: Wie konnten uns die Trottel falsch absetzen? Das ist doch nicht zu fassen!«

»Reg dich nicht auf, Edelweiß, sind doch bloß fünfzig Kilometer bis Salzburg. Wenn wir auf der Stelle losmarschieren, sind wir in eineinhalb Tagen dort.«

»Und das Funkgerät lassen wir hier? Großartig.«

»Reiß dich zusammen!«, sagte Willi. »Es hat keinen Sinn, wenn du jetzt die Nerven wegschmeißt.«

Murrend öffnete Mahr den Lederkoffer und entnahm ihm das Funkgerät. »Ich kann es einfach nicht fassen: So ein Pfusch, so ein unglaublicher!« Er schaltete den Apparat ein und wartete, bis ihm das Aufleuchten eines gelblichen Lämpchens signalisierte, dass das Gerät betriebsbereit war.

»Pass auf«, sagte Willi in beschwichtigendem Tonfall. »Wir gehen jetzt nach Traunstein hinein, dort organisieren wir ein Frühstück, und dann machen wir uns ein Bild von der Lage. Vielleicht gibt's einen Bus oder einen Zug nach Salzburg.«

Mahr zuckte mit den Schultern. Vielleicht hatte Willi recht, vielleicht fanden sie tatsächlich einen Bus nach Salzburg, dann war die Sache halb so schlimm. Das Problem mit dem Funkgerät würde sich mit Glück und Geschick auch irgendwie lösen lassen. Vielleicht aber auch nicht.

»Ich setze jetzt die vereinbarte Meldung ab«, sagte Mahr. »Die in Lunéville oder wo immer sie sitzen sollen ruhig erfahren, was für einen Patzer sie sich da geleistet haben.«

Während sich Willi neben ihn hockte, um sich im Schutz des Kellergewölbes eine Zigarette anzuzünden, funkte er, wie mit Ray ausgemacht, eine verschlüsselte Meldung an die Nachrichtenabteilung des Armeehauptquartiers, wonach sie fünfzig Kilometer vor der festgelegten Absprungstelle entfernt abgesprungen seien. Ein Mann – S. – sei abgängig. Die Agenten E. und W. hätten Funkgerät und Abwurfkanister versorgt, jetzt würden sie versuchen, sich nach Salzburg durchzuschlagen und den Operationsauftrag so gut wie möglich zu Ende zu führen.

Mahr schaltete das Funkgerät ab. »Trotzdem, Willi, mir lässt das keine Ruhe.«

»Was?«

»Ich kann nicht verstehen, warum Sigmund das Absprungkommando nicht abgewartet hat.«

»Geht mir genauso.«

Mahr deponierte den Koffer mit dem Funkgerät im Lastencontainer und machte die Verschlusskappen zu. Dann schob er den Kanister mit der Stiefelspitze in die hinterste, finsterste Kellerecke. »Ich kann mir nicht helfen: Ich trau dem Kerl nicht.«

Nachdem er auf einem Feld in der Nähe der Ortschaft Chieming niedergegangen war, machte sich Sigmund erst gar nicht die Mühe, seinen Fallschirm verschwinden zu lassen. Er marschierte auf direktem Weg zum nächstgelegenen Bauernhof, wo er die Bewohner weckte und von einer verschreckten, mit einem knöchellangen Nachthemd und einem über die Schultern geworfenen Wolltuch bekleideten Altbäuerin verlangte, telefonieren zu dürfen. Er habe eine wichtige Meldung zu machen. Man besitze kein Telefon, wurde ihm beschieden, aber bis zum Gendarmerieposten Chieming seien es bloß ein paar Kilometer, er solle seine Meldung doch dort machen.

Man müsse ihm unverzüglich ein Transportmittel zur Verfügung stellen, forderte Sigmund. Er habe den Behörden Informationen von größter Dringlichkeit zu überbringen, die Zeit dränge.

Mitten in der Nacht werde man den Ochsenkarren bestimmt nicht anspannen, entgegnete die Bäuerin. Wie er überhaupt dazu käme, rechtschaffene Leute zu nachtschlafender Zeit aus dem Bett zu läuten?

Mit diesen Worten warf sie ihm die Tür vor der Nase zu.

Eineinhalb Stunden später stand er auf dem Gendarmerieposten von Chieming und ließ sich mit dem Kreisleiter in Traunstein verbinden, der wiederum, nachdem er Sigmunds Ausführungen mitstenographiert hatte, dem diensthabenden Wachtmeister befahl, den Informanten, der mitten in der Nacht auf dem Gendarmerieposten aufgetaucht war, unverzüglich in Schutzhaft zu nehmen und in die Polizeizentrale nach Traunstein zu verbringen.

Auf der Polizeiwache gab Sigmund gegenüber zwei Schupos und einem unausgeschlafenen Gestapokommissar seine Meldung zu Protokoll: Er habe den Absprung zweier feindlicher Agenten zu melden, die mit ihm zusammen in der Nähe des Chiemsees abgesetzt worden seien, erklärte er, wobei sie ursprünglich in der Nähe der Stadt Salzburg hätten landen sollen, was aber – vermutlich durch einen Navigationsfehler – fehlgeschlagen sei. Ihr Auftrag sei es gewesen, eine geheime Funkzentrale in der Nähe von Salzburg einzurichten, von dort aus sollten sie kriegswichtige Informationen über den Aufbau der »Feste Alpenland« an den Feind übermitteln. Er, Sigmund, könne es mit seinem Gewissen als überzeugter Nationalsozialist nicht vereinbaren, als Verräter gegen das »Deutsche Reich« zu konspirieren, und so habe er sich entschieden, auf schnellstem Wege Meldung über den Absprung des feindlichen Agentenkommandos zu machen.

Der Gestapobeamte reichte ihm eine Zigarette. Warum er sich von den Amerikanern überhaupt zum Agenten habe ausbilden lassen, fragte er mit verständnisloser Miene.

Er habe als deutscher Kriegsgefangener keine andere Möglichkeit gesehen, erklärte Sigmund, in die Heimat zurückzukehren und den Kampf für das Vaterland wieder aufzunehmen.

Der Aufforderung des Gestapobeamten, detaillierte Personenbeschreibungen von Mahr und Willi zu Protokoll zu geben, kam er geflissentlich nach. Die beiden seien ihm als fanatische Gegner des Nationalsozialismus bekannt, erklärte er, es handle sich sowohl bei Mahr als auch bei Willi um linientreue Marxisten, denen er hochverräterische Handlungen jeder Art ohne Weiteres zutraue.

Nachdem er über sämtliche ihm bekannten Details ihres Auftrags Bericht erstattet hatte, auch über den vereinbarten Treffpunkt bei Uhrmachermeister Altrichter in der Salzburger Neutorstraße, bat Sigmund, so schnell wie möglich zur kämpfenden Truppe zurückkehren zu dürfen.

»Das wird nicht gehen«, sagte der Gestapobeamte. »Zumindest nicht so schnell, wie Sie sich das vorstellen. Wir müssen Ihre Angaben erst überprüfen.«

»Was soll das heißen?«

»Das heißt, dass Sie bis auf Weiteres in Haft bleiben.«

»In Haft?«

»Keine Sorge, Sie werden gut versorgt – so weit es die Kriegslage erlaubt.« Der Gestapomann schob den Sessel mit einem Ruck nach hinten. »Sie werden bis auf Weiteres hier im Polizeigefangenenhaus arretiert. Karl, gib die Fahndungsmeldung nach den beiden anderen raus!«

Kurz vor sieben – die Sonne war gerade aufgegangen – marschierten Mahr und Willi auf einer Schotterstraße hügelabwärts in Richtung Traunstein. Sie hatten die Ettendorfer Wallfahrtskirche hinter sich gelassen und überquerten einen schmalen Fluss, der ihrer Karte nach die *Traun* sein musste – zwei Landser, wie es schien, die mit mäßiger Begeisterung auf dem Weg zurück zu ihrer Einheit waren. An schäbigen Vorstadthäusern und dem städtischen Gaswerk vorbei schlugen sie sich in Richtung Innenstadt durch.

Traunstein musste in früheren Jahrhunderten einmal eine reiche Stadt gewesen sein, dachte Mahr, an diesem Morgen allerdings machten die Bürgerhäuser, da und dort mit verblassten Lüftlmalereien versehen, einen durch und durch trostlosen Eindruck. Der Krieg war längst auch in der bayerischen Provinz angekommen. Die Fassaden waren grau, die Schaufenster so gut wie leer. Hausbrandgeruch lag in der Luft, immerhin, Heizmaterial schienen die Leute noch zu haben. Man sah kaum Männer auf der Straße, in der Frühdämmerung begannen vorwiegend Frauen und alte Leute ihr Tagwerk: Eine Briefträgerin in Reichspostuniform radelte gemächlich mit ihrer Posttasche vorbei, ein Ladenbesitzer zog den Rollladen seines Kolonialwarengeschäfts hoch, ein von einem mageren Klepper gezogenes Kohlefuhrwerk rumpelte über das Pflaster in Richtung Stadtplatz.

Auf dem Weg durchs Zentrum schaute sich Mahr immer wieder um. Ray hatte ihnen eingeschärft, dass sie ein Auge darauf haben sollten, ob sie beobachtet, beschattet, observiert wurden. An diesem Morgen schien ihnen keine Gefahr zu drohen: Kein Mensch interessierte sich für sie.

Vor einer Anschlagtafel am Redaktionsgebäude der »Traunsteiner Zeitung« standen mehrere alte Männer und studierten die Schlagzeilen. Willi fragte einen von ihnen nach dem Weg.

»Zum Bahnhof?«, fragte der Alte. Er blinzelte nervös mit den Augen. Ein Tick.

»Ja, zum Bahnhof.«

Der Mann zeigte wortlos in Richtung Westen. Willi bedankte sich mit der Andeutung eines Nickens. Sie gingen weiter.

Auf dem Bahnhofsvorplatz war wenig los. Bis auf eine Schwadron Volkssturmmänner, die mit endenwollendem Enthusiasmus aus einem Autobus stiegen, war kaum jemand zu sehen. Die Bewaffnung des Trupps war armselig und augenscheinlich aus Vorkriegsbeständen zusammengestoppelt: Jagdflinten und ein Dutzend altersschwacher Karabiner.

Mahr und Willi betraten die Bahnhofshalle durch den Haupteingang. Ein schmutzig graues Transparent schwang im Luftzug über der Tür: »Wer an den Führer glaubt, glaubt an den Sieg!« Im Wartesaal lungerte ein Trupp Soldaten auf schmutzigen Holzbänken herum, einige der Männer würfelten, andere spielten Karten, die meisten schliefen. Auf den feldgrauen Uniformen prangte der weiße Adler der Ostlegion: Die Soldaten wirkten müde und verbraucht, sie schienen auf ihren Weitertransport an die Front zu warten.

Willi lenkte Mahrs Aufmerksamkeit auf die Bahnhofsgaststätte, hier hatte das Rote Kreuz eine Soldatenkantine eingerichtet: »Komm, wir stärken uns«, sagte Willi, während er aus den Augenwinkeln heraus zwei Schutzpolizisten beobachtete, die draußen auf dem Bahnsteig auf und ab gingen.

Als sie durch die knarrende Schwingtür in die Kantine traten, wurden sie von Marschmusik begrüßt: Auf der Anrichte, zwischen Strohblumensträußen, stand ein Volksempfänger aus braunem Bakelit, der den Schankraum mit dem Morgenprogramm des Reichssenders München beschallte. Einige Angehörige des in Traunstein stationierten Grenadier-Ersatzbataillons saßen beim Frühstück, an einem der Fenstertische klopfte eine Gruppe älterer Männer in Volkssturmuniformen eine Partie »Schafkopf«. Mahr und Willi traten an die Theke. Die Kellnerin polierte Gläser. Besonders groß war das Angebot an Essbarem nicht. Mahr fasste zwei mit Ersatzmarmelade bestrichene Brote aus, Willi begnügte sich mit einer Schale Tee und zwei Stück trockenen Zwiebacks. Sie trennten die Lebensmittelmarken ab und bezahlten, dann nahmen sie die Tabletts und trugen sie zu einem der Tische an der Anrichte. Der Militärmarsch im Radio verklang mit einem mächtigen Tusch, der Rundfunksprecher meldete sich mit der Zeitansage – sieben Uhr zweiundfünfzig – und der Verlesung der Wetteraussichten für Oberbayern und den Gau Bayreuth: Im Norden und Osten des Sendegebiets bleibe es stark bewölkt – die anfänglich aufgelockerte Bewölkung würde sich bis zum Nachmittag hin wieder verdichten. Südlich der Donau sei ein wenig Sonnenschein zu erwarten. Temperaturen: vier bis acht, bei Sonne bis zu zwölf Grad Celsius ... Auf den Traditionsmarsch »Alte Kameraden«, erklärte der Sprecher, folge nun der »Tegernseer Schützenmarsch«, einstudiert von der Musikkapelle Partenkirchen unter Kapellmeister Toni Hinterstocker.

Mahr kaute an seinem Kommissbrot und verzog das Gesicht: Er mochte keine Marschmusik.

»Und weiter?«, sagte er. »Was tun wir, wenn wir hier fertig sind?«

»Wir lassen unsere Papiere abstempeln und fahren nach Salzburg.«

Mahr warf einen besorgten Blick zu den Grenadieren am anderen Tisch hinüber. »Und das Funkgerät?«

»Um das kümmern wir uns später.«

Draußen am Bahnsteig wurde ein Zug auf eines der Abstellgleise rangiert: Man vernahm das Stampfen der Lokomotive, gefolgt von einem metallenen Rumpeln, dann hörte man das langsame Ablassen von Dampf.

Das Frühstück schmeckte nach nichts, wie zu erwarten, aber sie waren natürlich verwöhnt von der Verpflegung im Schloss. »In puncto Marschverpflegung kommen härtere

Tage«, versuchte Willi zu scherzen. Mahr ging nicht weiter darauf ein. Er war mit seinen Gedanken woanders. Seit ihrem Abmarsch aus Weibhausen zerbrach er sich den Kopf darüber, ob es wirklich eine gute Idee gewesen war, das Funkgerät fünfzig Kilometer von ihrem Einsatzort entfernt zurückzulassen. Andererseits, er sah keine Alternative: Den Apparat zwei Tage lang durch Oberbayern zu schleppen, wäre ein unkalkulierbares Risiko gewesen. Wahrscheinlich wäre es am besten, überlegte er, in Salzburg so viel wie möglich über die vermaledeite Alpenfestung herauszufinden und sich dann in ein, zwei Nachtmärschen zurück nach Weibhausen durchzuschlagen. Von der Bauernkeusche aus könnten sie den Funkspruch absetzen, die weitere Vorgangsweise würden sie dann in Ruhe beraten.

Mahr pickte die letzten Brotkrumen mit der befeuchteten Kuppe seines Zeigefingers auf und schob den Teller beiseite. Der »Tegernseer Schützenmarsch« verklang, der Sprecher des Reichssenders München meldete sich mit einer, wie es hieß, wichtigen Durchsage: Letzte Nacht seien in der Nähe der Stadt Traunstein zwei angloamerikanische Funkagenten mit dem Fallschirm abgesetzt worden, die Sicherheitsbehörden des Gaues München-Oberbayern hätten unverzüglich eine Alarmfahndung nach den feindlichen Kundschaftern eingeleitet.

Mahr wechselte einen erschrockenen Blick mit Willi. Das Gesicht des Freundes war kreidebleich.

Mahrs Rechte umschloss den Schaft des Karabiners, der neben ihm an der Anrichte lehnte; er schaute sich um, ob jemand im Raum etwas von der Meldung mitbekommen hatte. Es sah nicht danach aus. Die vogelgesichtige Kellnerin war vor einiger Zeit in der Küche verschwunden, die Kartenspieler schienen vollständig in ihr Spiel versunken, die

Grenadiere in der Ecke brüllten vor Lachen über irgendeinen Witz, den ein stämmiger Stabsfeldwebel vor einer Sekunde gerissen hatte.

Die feindlichen Agenten, erklärte der Sprecher, trügen Uniformen der deutschen Wehrmacht, sie sprächen Deutsch mit ostmärkischem Akzent und seien bewaffnet. Hinweise aus der Bevölkerung seien an die nächstgelegenen Kreis- oder Bezirksbehörden sowie an sämtliche Dienststellen der Polizei und der Gendarmerie zu richten.

»Das ist verflucht schnell gegangen«, flüsterte Mahr. Seine Hände waren feucht von Schweiß.

»Was?«

»Na, dass wir aufgeflogen sind.«

Willi nickte.

»Ich hab's dir ja gesagt: Sigmund hat uns verschuftet«, sagte Mahr. »Es kann gar nicht anders sein. Woher wissen die sonst die ganzen Details? Ostmärkischer Akzent, Wehrmachtsuniformen … Woher wissen die das?«

»Wirst schon recht haben«, sagte Willi. »Der Sauhund hat uns angezeigt.«

Mahr löste die Feldflasche vom Koppel, mit zittrigen Fingern schraubte er den Drehverschluss ab. Sein Kopf fühlte sich an wie leer geräumt. »Weißt du was?«, sagte er. »Ich glaube, es ist am besten, wir trennen uns.« Er trank einen Schluck.

»Wir sollen uns trennen?«

»Ja«, sagte Mahr. Er verschloss die Feldflasche und hängte sie wieder ans Koppel. »Die Gestapo sucht zwei Agenten, einer allein fällt weniger auf.«

In einer kurzen, geflüsterten Lagebesprechung diskutierten sie die weitere Vorgangsweise. Willi war zunächst nicht sicher, ob sie sich tatsächlich trennen sollten, aber nach einigem Hin und Her ließ er sich von Mahr doch dazu überreden: Sollte einer von ihnen der Gestapo in die Hände fallen, blieb immer noch die Möglichkeit, dass der Zweite den Auftrag zu Ende führte. Die Werkstatt des Uhrmachermeisters Altrichter in Salzburg, die Ray ihnen vor Operationsbeginn in Einzelgesprächen als Kontaktadresse genannt hatte, fiel jetzt als Treffpunkt natürlich aus: Sie mussten davon ausgehen, dass Sigmund auch den Uhrmachermeister verraten hatte.

Willi schlug vor, sie sollten sich stattdessen bei einer Genossin in Salzburg treffen, die er aus ihrer gemeinsamen Zeit bei der »Roten Hilfe« kenne. Eine zuverlässige Genossin, wie er betonte.

»Wie heißt sie?«

»Ist gegen die Regel, dass ich ihren Klarnamen nenne«, sagte Willi. »Aber außergewöhnliche Umstände verlangen manchmal außergewöhnliche Maßnahmen.«

»Seh ich auch so.«

»Agnes«, sagte Willi. »Agnes Pieczonka. Soweit ich weiß, ist die Genossin vor dem »Anschluss«, in der Ständestaat-Zeit, für ein paar Monate im Gefängnis gesessen.«

»Warum?«

Willi zuckte die Achseln. »Hochverrat, staatsfeindliche Umtriebe, das Übliche.«

»Und wo wohnt diese …?«

»Pieczonka.« Willi zuckte die Achseln. »Die genaue Adresse weiß ich nicht. Ich war ja nie bei ihr zu Hause. Das Einzige, woran ich mich mit Sicherheit erinnere, ist, dass sie in einem Eisenbahnerwohnhaus in Itzling gewohnt hat, in der Nähe des Hauptbahnhofs, Werkstättenstraße hieß das dort, doch, ja, ich erinnere mich, Werkstättenstraße.«

»Werkstättenstraße«, wiederholte Mahr. »Ich weiß nicht recht. Wer sagt dir überhaupt, dass sie noch lebt?«

Willi furchte die Stirn. »Ich hab, ehrlich gesagt, keine Ahnung, ob sie noch lebt.«

Mahr dachte nach. »Haben wir denn keine anderen Optionen?«

Willi strich mit grüblerischer Miene über die Narbe auf seinem Kinn. »Vielleicht ist es hirnrissig, meine Familie da mit hinein zu ziehen«, sagte er. »Aber wenn alle Stricke reißen, könnten wir uns bei meinen Eltern in Attnang treffen.«

»Ist natürlich auch gegen die Regel«, sagte Mahr. »Aber egal.«

»Die Adresse in Attnang ist: Oberstraß 32. Eine kleine Siedlung. Unweit der Westbahnstraße. Oberstraß 32. Da bin ich aufgewachsen.«

Mahr prägte sich die Anschrift in Attnang ebenso ein wie die der Agnes Pieczonka in Salzburg. Gut möglich, dass ihm die Adressen noch nützlich sein konnten.

»Und was hältst du davon«, fragte Willi, »wenn wir etwas vollkommen anderes machen?«

»Keine Ahnung. Kommt drauf an.«

»Ich schlage vor, wir treffen uns am Mittwoch in einer Woche auf dem Hauptbahnhof in Salzburg. Das scheint mir das Einfachste zu sein. Damit würden wir niemanden gefährden. Und so groß, dass wir uns dort nicht finden werden, ist der Bahnhof auch nicht. Was meinst du? Nächsten Mittwoch Bahnhof Salzburg, 15 Uhr?«

»Okay«, sagte Mahr. »Machen wir's so.«

Die Schwingtür ging auf. Zwei ältere Rot-Kreuz-Schwestern betraten die Kantine. Mahr wartete ab, bis eine der beiden mit der Büfetthilfe zu sprechen begann, dann brachte er ein weiteres Thema zur Sprache: Seiner Ansicht nach mussten sie auf ihre Ersatz-Identitäten zurückgreifen. Hatte

Sigmund geplaudert, kannten die deutschen Behörden sämtliche Details ihrer Legenden.

»Ja, du hast recht!«, bestätigte Willi.

Mahr beobachtete die beiden Sanitäterinnen, die sich an einen der Tische beim Eingang setzten: »Wir sollten keine Zeit mehr verlieren. Ich werde jetzt meine Sachen zusammenpacken und mich für ein paar Minuten im Bahnhofsklo einsperren. Dort verbrenne ich das Soldbuch und den Marschbefehl und fülle die Ersatzdokumente aus, die Ray uns mitgegeben hat.«

»Ja, tu das.«

»Und du wartest ein paar Minuten und machst dann das Gleiche.«

»In Ordnung.«

»Und in einer Woche treffen wir uns in Salzburg.«

Willi nickte.

»Okay, dann ist soweit alles klar.« Mahr stand auf und schnappte sich seinen Tornister.

Willi hielt ihn am Arm zurück. »Wie oft, zum Kuckuck, soll ich dir *noch* sagen, dass du nicht dauernd ›okay‹ sagen sollst?«

»Verdammt.«

»Da merkt nämlich auch der dämlichste Volkssturm-Mann, dass mit dir irgendetwas nicht stimmt. Das Wort ›okay‹ ist aus deinem Wortschatz gestrichen, ein für allemal, verstehst du? Es existiert nicht, dieses Wort.«

Mahr verriegelte die Abort-Tür, lehnte den Karabiner gegen die gekachelte Wand und kramte die alten, auf den Namen Ernst Beck lautenden Papiere hervor. Er steckte die Dokumente mit dem Wehrmachtsfeuerzeug, das ihm der Staff Sergeant mitgegeben hatte, in Brand. Die Papierreste schwebten als rußige

Flocken in die Klosettmuschel, Mahr spülte sie mit einem Ruck am Porzellangriff unter dem Spülkasten hinunter. Dann öffnete er den Tornister und holte aus dem Geheimdepot im Leibwäschefach ein Exemplar von Agnes Miegels »Wunderliches Weben« hervor. Der Band wiederum war mit einem zweiten Geheimfach versehen. Mahr entnahm diesem Fach ein neues Soldbuch sowie einen Marschbefehl. Einige Blanko-Marschbefehle sowie mehrere Wehrmachtsfahrscheine mit rotem Querbalken blieben nebst einem kleinen Fälscher-Set mit Stempel und einem weiteren Soldbuch im Geheimdepot zurück. Die neuen Dokumente waren auf den Namen Hans Bernersdorfer ausgestellt. Bernersdorfer war, so wollte es die neue Coverstory, vom Reservelazarett in Bad Aibling an die Ostfront unterwegs, allerdings nicht in Richtung Wien, an dessen Stadtgrenzen bereits heftige Kämpfe tobten, sondern in Richtung Sudetenland, wo sich die Rote Armee seit einiger Zeit im Vormarsch auf Troppau und die Mährische Pforte befand. Sie sollten, wenn sie auf die zweite Legende zurückgreifen mussten, improvisieren, hatte Ray ihnen eingeschärft. Immerhin hatten die Dokumentenmacher Mahr eine Wohnadresse im Wiener Stadtteil Hernals angedichtet, das machte die Sache leichter: Hernals kannte er wie seine Westentasche. In der Geblergasse, seiner vorgeblichen Adresse, hatte Hans Gerauer, einer der RSÖ-Genossen seines Bruders, zusammen mit seiner Freundin und deren Schwester gewohnt; Gerauer war ein kleiner, drahtiger Maschinenschlosser gewesen, der wenige Tage nach Beginn des Russlandfeldzugs wegen »staatsfeindlicher Betätigung« in die Strafdivision 500 eingezogen worden und vor Charkow gefallen war.

Draußen ging die Tür, Mahr hörte Stiefeltritte, zwei, drei lärmende Landser waren auf dem Weg zum Urinal. »Haste ne Kippe?«, sagte einer.

»Was's los?«

»Ob de ne Kippe hast, für nachher im Zuch?«

»Woher soll'ck was zu roochen haben?«

Ein anderer ließ eine launige Bemerkung vom Stapel, die Mahr nicht verstand, irgendetwas über eine »Bordsteinschwalbe«, die ihm in Saint-Quentin ein paar unvergessliche Stunden beschert hatte. So in der Art. Die Männer lachten polternd, man hörte einen kräftigen Strahl ins Porzellan-Pissoir prasseln.

Mahr fischte ein Päckchen Zigaretten aus seinem Uniformmantel und zündete sich eine an, damit der Zigarettenrauch den Geruch des verbrannten Papiers zum Verschwinden brachte. Nachdem er zwei, drei Züge inhaliert hatte, betätigte er die Toilettenspülung. Er griff sich den Karabiner, entriegelte die Tür und trat hinaus.

»Mensch, musste hier auf'm Scheißhaus roochen?«, sagte einer der Soldaten.

Eine undeutliche Entschuldigung murmelnd drückte sich Mahr an den Männern vorbei, er öffnete die Tür und sah zu, dass er in die Bahnhofshalle kam.

Hier herrschte regerer Betrieb als noch vor einer halben Stunde. Der Morgenzug aus München war gerade eingefahren, Dutzende Passagiere drängten in die Halle: Soldaten verschiedener Waffengattungen, aber auch alte Männer in Trachtenanzügen, HJ-Pimpfe, Frauen mit greinenden Kindern und ein, zwei Flüchtlingsfamilien mit ausladendem Gepäck …

Mahr hielt Ausschau nach der Frontleitstelle. Er musste nicht lange suchen. Unter der Bahnhofsuhr, hinter einer Reihe aneinandergerückter Tische, saßen ein Offizier und einige niederere Chargen, die mit routinierter Geschäftigkeit Marschbefehle zur Hand nahmen, um sie nach mehr oder weniger eingehender Prüfung abzustempeln. Mahr reihte sich in eine der beiden Schlangen ein. Vom Perron hinter der Leitstelle wehte Kohlenstaubgeruch herein. Mahr hatte ein mulmiges Gefühl. Er holte den neuen Marschbefehl hervor und las sich die Angaben nochmals genau durch. Das half gegen die Nervosität. Vor ihm unterhielten sich zwei Gebirgsjäger, einer der beiden fuhr nach Garmisch, wie es schien, der andere war zu seinem Regiment nach Innsbruck unterwegs. Die Amerikaner würden mit ihren dreirumpfigen *Lightnings* Tag für Tag im Tiefflug das Unterinntal entlangfegen und Brücken und Bahnhöfe bombardieren, erzählte der Innsbrucker. Das könne man ihnen auch nicht verdenken, es störe sie ja niemand dabei – nicht einmal in Innsbruck gebe es noch eine ordentliche Flak.

Bei ihnen in Garmisch, berichtete der andere, merke man vom Krieg im Grunde überhaupt nichts. Abgesehen davon, dass der Ort aus allen Nähten platze wegen der Flüchtlinge, das schon, aber sonst gehe alles seinen geordneten Gang, wie in den letzten Jahren auch. Die Verpflegung sei passabel, die Gehälter würden pünktlich ausbezahlt, und an der Gebirgsjägerschule könne man den Lehrbetrieb allen Schwierigkeiten zum Trotz in bewährter Weise aufrechterhalten.

Mahr überlegte, ob er sich in das Gespräch einmischen sollte. Vielleicht konnten ihm die beiden irgendwas Interessantes erzählen. Er entschied sich dagegen. Zum einen hatte er im Augenblick nicht den Nerv, sich mit deutschen Soldaten zu unterhalten, zum anderen wollte er sich in der prekären Situation, in der er sich befand, nicht noch durch verdächtige Fragen auffällig machen.

Je weiter er in der Schlange vorrückte, umso flauer wurde das Gefühl in seinem Magen. Er musste ruhig bleiben, sagte er sich, er durfte jetzt nicht die Nerven verlieren.

Als die Reihe an ihm war, trat er vor und legte seinen Marschbefehl auf den Tisch. »Gefreiter Hans Bernersdorfer«, sagte er. »Auf dem Rückmarsch zu seiner Einheit.«

»Woher kommen Sie?« Der Unteroffizier hob den Blick und musterte ihn mit mäßigem Interesse.

»Ich war im Lazarett in Bad Aibling, Herr Stabsfeldwebel.«

»Bad Aibling?«

»Jawohl, Herr Stabsfeldwebel!«

Der Unteroffizier – fülliges Kinn, schwere Tränensäcke – studierte den Marschbefehl. Mahr bemerkte das Fahndungsbuch, das neben dem Mann auf dem Tisch lag.

»Darf ich Ihr Soldbuch sehen?«

»Selbstverständlich, Herr Stabsfeldwebel.«

Mahr schob das Soldbuch über den Tisch. Die nikotingefärbten Finger des Unteroffiziers blätterten es Seite um Seite durch.

»Irgendetwas nicht in Ordnung, Herr Stabsfeldwebel?«

Der Unteroffizier knurrte etwas, das Mahr nicht verstand, dann hob er den Blick und schaute ihn aus kleinen, roten Augen an. »Wo waren Sie bis heute früh?«

»In Bad Aibling. Ich bin gerade mit dem Frühzug angekommen.«

»Reservelazarett Bad Aibling?«

»Jawohl, Herr Stabsfeldwebel.«

Der Unteroffizier blätterte das Soldbuch noch einmal mit ostentativer Gewissenhaftigkeit durch. »Wie hieß der Arzt, der sie zuletzt behandelt hat?«

»Weiss«, sagte Mahr. »Dr. Weiss. Ich war wegen einer Lungenentzündung in Bad Aibling.«

Der Unteroffizier fixierte ihn mit einem Blick, den Mahr nicht zu deuten vermochte: »Sagen Sie, wir kennen uns doch, oder?«

»Nicht, dass ich wüsste, Herr Stabsfeldwebel.« Mahr hatte den Mann in seinem Leben noch nie gesehen.

»Ich kann mir nicht helfen … Ich hab das Gefühl, dass wir … Sie waren nicht zufällig letzten Sommer in Agram? Panzerjäger-Abteilung 367?«

»Agram – nein.« Mahr legte ein Äußerstes an Diensteifrigkeit in seine Stimme. »Ich war letzten Sommer im Bereich Jassy-Kischinew an der Ostfront im Einsatz. Ist so auch im Soldbuch vermerkt.«

Der Feldwebel klappte das Soldbuch zu. »Na, egal«, blaffte er mit Blick auf die Schlange hinter Mahr. »Da hab ich Sie wohl verwechselt.« Er stempelte ein »Weitergeleitet« auf den Marschbefehl und zeigte nach draußen auf den Bahnhofsvorplatz. »Die Bahnstrecke nach Salzburg ist wegen eines Bombenschadens blockiert«, sagte er. »Es gibt einen Postautobus. Abfahrt in zwanzig Minuten.«

»Danke, Herr Stabsfeldwebel.«

Mahr deutete ein legeres Hand-an-die-Mütze-Legen an, als er vor dem Gepäckannahmeschalter den Weg zweier Artillerie-Offiziere kreuzte. In diesem Moment – eine Lautsprecherdurchsage verkündete die Abfahrt des Retourzugs nach München – trat Willi aus dem Männerklo. Der Kamerad zwinkerte Mahr zu, ein schräges Lächeln auf den Lippen. Woher der Willi bloß die Lockerheit nahm.

»Alles gut gegangen«, flüsterte Mahr ihm zu. »Ich nehme den Bus um 8.50 Uhr.«

»Bin im Bilde.«

»Schau, dass du einen anderen Bus bekommst. Sonst hocken wir erst recht wieder im selben.«

Mit einem Nicken signalisierte Willi sein Einverständnis.

»Und stell dich in der linken Schlange an. Mit dem Kerl rechts ist nicht gut Kirschen essen.«

Mit diesen Worten gingen sie auseinander. Willi blieb vor dem Gepäckannahmeschalter stehen, und Mahr marschierte starren Blicks durch das Hauptportal der Bahnhofshalle. Die Postautobusse nach Berchtesgaden und Salzburg standen auf dem Bahnhofsvorplatz zur Abfahrt bereit. Vor dem Salzburger Bus, einem gelben VOMAG mit Holzvergaser, hatten sich zwei Feldgendarmen – sogenannte »Kettenhunde« – postiert, mit ausdruckslosen Mienen kontrollierten sie die Papiere der zusteigenden Soldaten. Mahr machte auf dem Absatz kehrt und ging zurück in Richtung Bahnhof. Ein unbeteiligter Beobachter hätte meinen können, er hätte einen Stempel vergessen oder wollte sich noch etwas Marschverpflegung holen, in Wirklichkeit schrillten in ihm sämtliche Alarmglocken. Er drückte sich um die Ecke an die Seitenfront des Bahnhofs und atmete ein paar Mal tief durch. Mit der Feldgendarmerie war nicht zu spaßen, das war ihm klar, die Kerle machten kurzen Prozess, wenn sie jemanden als Fahnenflüchtling verdächtigten. Sollten sie ihn filzen, was zu erwarten war, gab es ein paar Dinge, die ihn unvermeidlich verraten würden: die Gifttablette und der Agnes-Miegel-Band mit dem Geheimfach zum Beispiel. Mahr überlegte hin und her. Wahrscheinlich wäre es einen Versuch wert, so dachte er, sich zu Fuß nach Salzburg durchzuschlagen. Das waren vierzig Kilometer. Wenn er sich dranhielt, konnte er die Strecke innerhalb eines Tages bewältigen. Das war zwar nicht ohne Risiko, aber das Risiko schien ihm berechenbarer, als die Feldjäger-Kontrolle über sich ergehen zu lassen. Mahr hatte schreckliche Geschichten von den Übergriffen der Feldgendarmerie gehört, er wollte es nicht darauf ankommen lassen. Sollte er während des Fußmarschs angehalten werden, konnte er immer noch behaupten, er habe den Postbus verpasst.

Bevor er sich auf den Weg machte, galt es allerdings noch, den Freund zu warnen. Er kehrte zurück in die Bahnhofshalle und entdeckte Willi in unmittelbarer Nähe der Kassenschalter: Der Kamerad stand da und studierte die Aushänge der »Reichsbahn«. Mit ein paar Schritten war Mahr neben ihm. »Pass auf«, zischte er dem Freund ins Ohr, »bei den Bussen draußen ist Feldgendarmerie postiert.«

»Mensch, das ist jetzt aber wirklich die Letzte!« sagte Willi in ärgerlichem Tonfall, als hätte Mahr ihn um eine Zigarette angeschnorrt. Er zog eine Sechserpackung »Salem« aus der Tasche und hielt sie ihm hin. Mahr klopfte eine Zigarette aus der Schachtel und steckte sie sich hinters Ohr. »Danke, Kamerad.«

Mahr verließ Traunstein in östlicher Richtung. Er schritt kräftig aus, um den Landkreis so rasch wie möglich hinter sich zu lassen. Auf der geschotterten Landstraße nach Teisendorf herrschte wenig Verkehr. Dann und wann überholte ihn ein Militärfahrzeug, manchmal auch ein Pferdefuhrwerk oder ein privates Kfz, dabei war die Benutzung von Privatfahrzeugen wegen der Treibstoffknappheit schon seit Längerem strikt untersagt – allerdings schien es so weit hinter der Front immer irgendwelche Ausnahmen zu geben.

In der Aprilsonne lag wenig Wärme. Die Äcker am Straßenrand waren frisch geeggt, der Wind rupfte an den Blättern frischer, zartgrüner Pflänzchen. Der Krieg schien in diesem Augenblick weit entfernt. Zu seiner Linken lagen einzelne Gehöfte und saftige, blumengesprenkelte Wiesen, zu seiner Rechten erstreckten sich waldige Hügel, dahinter erhoben sich die immer noch mit Schnee überpuderten Gipfel der

Chiemgauer Alpen: Kampenwand, Hochfelln, Sonntagshorn …

Während er zügig dahinmarschierte, überlegte er, ob er das Agnes-Miegel-Buch mit dem Geheimfach verschwinden lassen sollte. Es war wirklich brandgefährlich, mit einem derart verräterischen Gegenstand durch das deutsche Hinterland zu spazieren. Schließlich entschied er sich dagegen. Die Fahrscheine und die zehn oder zwölf Marschbefehle, die er nach Belieben ausfüllen konnte, vorausgesetzt, er trieb irgendwo eine Schreibmaschine auf, diese Dokumente, im Geheimfach versteckt, konnten ihm in Zukunft noch unschätzbare Dienste erweisen. So groß die Gefahr auch war, mit ihnen gefasst zu werden: Auf sie zu verzichten, wäre eine Dummheit gewesen.

Auf einer Anhöhe, in zwei- oder dreihundert Metern Entfernung, tauchte der Zwiebelturm einer bayerischen Dorfkirche auf. Das musste die Ortschaft Surberg sein. Mahr war froh, so zügig voranzukommen. In diesem Augenblick überholte ihn ein Militärlastwagen, er trat zur Seite, um den Wagen passieren zu lassen, dann marschierte er noch ein paar Schritte weiter – und sprang mit einem reflexhaften Satz in den Straßengraben: Unmittelbar vor ihm, keine hundert Meter entfernt, hatte ein Feldjägerkommando einen Kontrollposten eingerichtet. Unter einer tarnfarbenen Zeltplane standen Uniformierte mit schussbereiten Sturmgewehren, auf der Straße stauten sich mehrere Fahrzeuge in beiden Fahrtrichtungen. Soldaten gingen von Wagen zu Wagen, kontrollierten Papiere, beugten sich in offene Fenster. Er konnte die Stimmen der Männer bis hierher hören. Ein Lkw-Fahrer stand breitbeinig vor seinem Wagen, die Hände über dem Kopf, Gesicht zum Fahrzeug – vielleicht ein Schwarzhändler –, daneben hatten sich zwei Soldaten mit Stahlhelm aufgepflanzt, einer das Gewehr im Anschlag, der andere die Dokumente des Fahrers überprüfend.

Mahr presste sich in den Straßengraben. Die Straßensperre war vermutlich Teil der Alarmfahndung, die man Willis und seinetwegen eingeleitet hatte. Er versuchte klaren Kopf zu bewahren, während er in größtmöglicher Ruhe seine Handlungs-Optionen durchging. Welche Möglichkeiten hatte er? Sich irgendwo in der Nähe verstecken und abwarten, bis die Kontrolle aufgehoben wurde? Die Straßensperre umgehen? Oder einfach auf der Straße weitermarschieren, in der Hoffnung, dass ihn die Feldjäger passieren ließen? Nichts von alledem erschien ihm verlockend. Zu allem Überfluss hörte er jetzt auch Hundegebell und das polternde Durcheinander von Männerstimmen. Er spähte über den Rand des Grabens und spürte, wie sein Herz für eine Sekunde stehen blieb: Vom Ortsausgang her marschierte eine Schwadron Gendarmen mit Spürhunden in seine Richtung, eskortiert wurden die Uniformierten von einem halben Dutzend Volkssturmleuten.

Er ließ einen prüfenden Blick über das Gelände streichen. Vor ihm, auf der anderen Straßenseite, befand sich ein Waldstück von einiger Ausdehnung. Er müsste, wenn er den schützenden Wald erreichen wollte, fünfzig Meter offenes Gelände hinter sich bringen, nicht bloß die Schotterstraße, auch ein steinwurfbreites Stück Wiese. Das war – vielleicht – zu schaffen. Aber nur, wenn er sich dranhielt.

Er griff nach dem Karabiner und katapultierte sich aus dem Straßengraben. Mit einem Satz überquerte er die Straße, dann sprang er ins taunasse Gras und begann zu laufen. »Da rennt einer!«, schrie jemand. Das Hundegekläff wurde lauter. »Stehen bleiben!«, brüllte ein anderer. »He, Sie da, bleiben Sie stehen!« Die Erde unter Mahrs Füßen fühlte sich schwer an, Lehmklumpen klebten an den Sohlen. Er hatte das Gefühl, nicht richtig von der Stelle zu kommen. Ein Schuss krachte, dann noch einer. Mahr schlug einen Haken und warf sich ins Dickicht, dann sprang er wieder auf, Rindenstücke splitterten, er stolperte, fing sich, stolperte wieder, rappelte sich hoch, rannte weiter, glitschte über halb vermoderte Buchenstämme und sprang durch morastiges Unterholz. Nachdem er eine Weile gerannt war, bog er auf eine geschotterte Forststraße ein. Hier schöpfte er für einen Augenblick Atem. Der Schotterweg schlängelte sich zwischen Tannen und moosigen Felsen eine Anhöhe hinauf. Er setzte sich wieder in Bewegung. Der Schaft seiner 98er klapperte im fieberhaften Rhythmus seiner Schritte gegen die Patronentaschen. Er hastete über die Anhöhe, schlug sich in eine Eichendickung, sprang über einen Bach, besann sich, machte kehrt, ließ sich zwischen ineinander verwachsenen Stechginsterbüschen ins knietiefe Wasser gleiten, watete ein Stück bachabwärts, kämpfte sich auf der anderen Seite die Böschung hinauf, rannte weiter.

Er erreichte eine Lichtung. Das Brennen in der Lunge war jetzt nicht mehr zu ertragen. Er legte erneut eine kurze Rast ein, um Atem zu schöpfen, aber auch, um mit ein paar hastigen Blicken das Terrain zu sondieren. In einer Talmulde, zwei, drei Steinwürfe von ihm entfernt, lag ein Gehöft. Der Hof war von mittlerer Größe, er bestand aus einem Haupthaus, zwei kleineren Ställen, einem Heustadel und einem winzigen, mit Maschendraht gesicherten Areal, auf dem Hühner und einige Gänse gehalten wurden, wie es schien. Davor dehnte sich eine große, mit Obstbäumen bestandene Wiese aus.

Mahr lauschte auf das entfernte Gekläff der Suchhunde hinter sich im Wald, er glaubte auch Männerstimmen auszumachen, aber da war er nicht sicher.

Sollte er die Bewohner des Hofs um Hilfe bitten?

Wenn er Glück hatte, würden sie ihm helfen, wenn nicht, musste er sich irgendetwas anderes überlegen.

Ohne weiter nachzudenken rannte er den sanft abfallenden Bühel hinunter auf den Bauernhof zu. Kochgeschirr, Feldflasche und Gasmaske schlugen ihm im Rhythmus der Schritte gegen den Bauch, das Wasser in seinen Stiefeln quatschte schmatzend auf und ab. Einige Sprünge noch, dann hatte er den Hof erreicht. Er rannte um das Wohnhaus, entdeckte an der Rückseite des Stadels eine Frau, die mit dem Aufstapeln von Holz beschäftigt war, eine hagere Endzwanzigerin mit harten, schmalen Lippen. Sie trug ein Kopftuch und sah ihn erschrocken an.

»Entschuldigen Sie bitte«, keuchte er. »Es ist …«

»Was machen Sie hier? Was … wollen Sie?«

In rasch hervorgestoßenen Worten setzte ihr Mahr seine Situation auseinander. Er erzählte vom Fallschirmabsprung letzte Nacht und seiner Arbeit für die Alliierten und von der Fahndung nach Willi und ihm. Zuletzt bat er sie um Hilfe.

Die Frau wog ein helles Buchenscheit in der Hand, ein klobiges Scheit mit silberner Rinde. »Ich … ich weiß nicht.«

»Der Krieg ist längst verloren«, sagte Mahr. »In drei, vier Wochen sind die Amerikaner da. Es soll Ihr Schaden nicht sein, wenn Sie mir helfen. Ich kann mich bei den Amerikanern für Sie verwenden …«

Ein Hund schoss um die Ecke, ein brauner Foxmischling, der kläffend an Mahrs Hosenbeinen hochsprang.

Die Frau schaute sich um, ein nervöses Flackern in den Augen. »Sie bringen mich in Teufels Küche«, sagte sie. Ihre Hände tasteten nach einem kleinen, ovalen Medaillon, das sie an einem Silberkettchen um den Hals trug.

»Ich weiß, aber … ich hab keine Wahl. Wenn Sie mir nicht helfen, das ist …«

Er konnte sehen, wie sie mit sich kämpfte. Ihr Blick fiel auf seinen Karabiner, ein Zucken spielte um ihre Mundwinkel.

»Also gut«, sagte sie, während sie einen ängstlichen Blick zum Waldrand hinauf warf. »Kommen Sie, rasch.«

Er folgte ihr mit polternden Schritten ins Haus. Weiß gekalkte Mauern, halb verblasste Öldrucke mit Porträts der Heiligen Jungfrau und mehrerer Märtyrer an den Wänden. Die Tür zur Bauernstube stand offen: Zwei Kinder starrten ihn an, ein Bub und ein Mädchen. Er blieb eine Sekunde stehen und legte den Finger an die Lippen. Dann rannte er hofseitig aus dem Haus.

Die Bäuerin schob ihn an einem kotverschmierten Pflug vorbei in Richtung Kuhstall.

»Da«, sagte sie, während sie den Türriegel mit einem Ruck zur Seite schob. »Da können Sie sich verstecken.« Mahr glitt in die dämmerige Wärme des Stalls, ein halbes Dutzend Rinder rasselten mit ihren Ketten. Die Bäuerin bugsierte ihn über die Jauchenrinne in einen der hölzernen Verschläge, in denen die Kühe sich bei Bedarf einzeln einstellen konnten. Mahr drängte sich an einer Braungescheckten vorbei in den hintersten Winkel des Kobens. Hierher drang kaum Licht. Er verscharrte den Tornister mit ein paar raschen Griffen im Stroh, dann legte er sich, Gewehr am Mann, in die Einstreu und verteilte das Stroh auf seinem Körper. Die Braungescheckte schnaubte verdrossen.

»Die Kinder«, sagte Mahr. »Passen Sie auf, dass die Kinder nichts sagen!«

»Haben die Kinder Sie gesehen?«

»Ja.«

»Herrgott, warum haben Sie nicht besser aufgepasst?«

»Es … tut mir leid.«

»Und was, wenn die Leni den Mund nicht halten kann? Das war wirklich dumm von Ihnen.«

»Ich hab Ihnen doch gesagt: Es tut mir leid!« Mahr nestelte nervös an der Sicherung des Gewehrs herum. »Wenn die mich hier finden, erzählen Sie einfach, ich hätte mich im Stall versteckt, ohne dass Sie etwas bemerkt haben.«

»Das glaubt mir doch kein Mensch«, murmelte sie.

»Man wird es Ihnen glauben«, sagte Mahr, obwohl er sich keineswegs sicher war, dass es sich so verhielt. »Und jetzt gehen Sie, schnell!«

Er drückte sich ins Stroh, den entsicherten Karabiner an die Brust gepresst. Die Bäuerin verließ den Stall. Mahr war entschlossen, Gegenwehr zu leisten, falls ihn seine Verfolger hier aufspürten.

Eine Zeit lang blieb alles ruhig. Er lauschte dem trägen Kettengerassel der Rinder, dem Gesumm der Fliegen. Durchs offene Stallfenster flog ein Schwalbenpaar ein uns aus.

Nach einer Weile – er begann schon zu hoffen, dass alles ruhig bleiben könnte – waren draußen auf dem Hof plötzlich Stimmen zu hören.

Jemand brüllte einen Befehl, der Foxl bellte, eines der Kinder begann zu weinen. Als Erstes durchkämmten sie das Haus, wie es schien, man vernahm entferntes Gepolter, gelangweilte Kommandos, das Gezeter der Bäuerin, die mit weinerlicher Stimme gegen die Hausdurchsuchung protestierte. Es dauerte eine Weile, zehn Minuten vielleicht, bis sie sich den Kuhstall vornahmen. Mahr hörte, wie die Tür aufgestoßen wurde, Stiefeltritte polterten in die Stallgasse. Das Vieh reagierte mit aufgescheuchtem Gescharre und Geschnaube. Die Braungescheckte stieß ein nervöses Brüllen aus. Draußen begann wieder ein Kind zu schreien.

Man werde den Hundling schon erwischen, hörte er einen der Männer im Dialekt der Gegend sagen, allerdings glaube er nicht, dass der Kerl sich hier auf dem Hof verstecke. Die Piesingerbäuerin renne zwar jeden Sonntag in die Kirche, das schon, aber dass sie Saboteuren Unterschlupf gewähre, das traue er ihr dann doch nicht zu.

Was er für einen Schmarren daherrede, sagte ein anderer, während die Männer den Stall zu durchsuchen begannen, die Piesingerin sei eine zuverlässige Volksgenossin, wie er, der Aiblinger, überhaupt dazukomme, eine rechtschaffene Frau derart bösartigen Verdächtigungen auszusetzen.

Bösartige Verdächtigungen, maulte ein anderer – offenbar durchsuchten sie den Stall zu dritt –, also, wenn sie ihn fragten, er sehe nicht ein, warum er hier am helllichten Tag in fremden Häusern herumstierln müsse, wo doch zu Hause weiß Gott genug Arbeit auf ihn warte.

Er solle, verdammt noch einmal, die Papp'n halten, sagte der zweite. Wenn ihn der Huber höre mit seinen liederlichen Reden –, der sei noch imstande und bringe ihn vors Kriegsgericht.

»Na, weil's wahr ist«, sagte der Lustlose. Er müsste sich zu Hause längst daran machen, ein paar Klafter Zaunholz zu sägen, außerdem könne die Graue im Stall jederzeit kalben, da sei seine Anwesenheit vonnöten, noch dazu, wo sein Jüngster letzten Herbst eingerückt sei und seine Frau mit einem bösen Rheumatismus zu kämpfen habe, der sie in der Früh kaum aus dem Bett kommen lasse.

Mahr hielt den Atem an, als der Lustlose mit einem Rechenstiel im Stroh herumzustochern begann, keinen halben Meter von ihm entfernt. »Bist a Brave«, redete der Mann auf die Kuh ein, »a ganz a Brave, gell, ja?« Mahr presste seinen Körper ins Stroh, während das Blut in heftigen

Stößen gegen seine Schläfen hämmerte. Der Volkssturmmann bohrte ohne besonderes Engagement in der Einstreu herum.

»Also, hier ist nix«, sagte er.

»Bei mir auch nicht«, ließ sich einer der beiden anderen vernehmen. »Schauen wir drüben im Stadel, vielleicht hat sich der Lumpenhund dort versteckt.«

Nachdem die Patrouille in Richtung Waldrand abgezogen war, kroch Mahr aus dem Verschlag. Er spähte vorsichtig durch eines der Stallfenster. Draußen schien alles ruhig zu sein. Auf einer Leine hinter den Obstbäumen flatterten Bettlaken und Windeln, der Foxmischling jagte einen Gockel über die Hofeinfahrt. In der Nähe des Hühnerstalls spielte eines der Kinder mit Murmeln oder Steinen, Mahr konnte es nicht genau erkennen. Seine Augen folgten einer Frau mit Kopftuch und Kittelschürze, die einen Eimer Wasser vom Brunnen zum Hauseingang schleppte: eine Magd, vielleicht auch, das war wahrscheinlicher, eine Zwangsarbeiterin aus dem Osten … Von der Bäuerin war weit und breit nichts zu sehen.

Es war wohl das Klügste, sich ein paar Tage hier auf dem Hof zu verstecken. Der Verfolgungseifer der Behörden würde über kurz oder lang erlahmen, so hoffte er, in ein paar Tagen könnte er sich, wenn alles gut ging, wieder auf die Straße wagen. Er würde allerdings einen neuen Marschbefehl brauchen, das war kein geringes Problem, denn dass die Bäuerin eine Schreibmaschine im Haus hatte, war nicht gerade wahrscheinlich. Schlimmstenfalls musste er sich eben ohne Marschbefehl in Richtung Salzburg durchschlagen – das war riskant, aber nicht unmöglich.

»Sie sind weg«, sagte die Bäuerin, als sie mit wütender Miene die Stalltür hinter sich ins Schloss warf. Sie drückte Mahr zwei Stück Schwarzbrot und einen Kanten Speck in die Hand. »Wissen Sie, dass ich fuchsteufelswild auf Sie bin, Sie Falott? Sie haben meine Kinder und mich in große Gefahr gebracht.«

»Es tut mir leid.«

»Es war verantwortungslos, was Sie da gemacht haben.«

»Ich weiß ...« Er begann in seinem Tornister zu kramen und fingerte ein paar Lebensmittelmarken aus der Umschlagtasche seines Soldbuchs. Die hielt er der Bäuerin hin. Dann brachte er auch noch eine rote, runde Dose Wehrmacht-Schokolade zum Vorschein. »Hier, für die Kinder.« Seine Zerknirschung und die Wiedergutmachungsgaben, mit denen er die Bäuerin freundlicher zu stimmen hoffte, schienen ihren Ärger ein wenig zu beschwichtigen. Sie ließ die Marken und die Schokolade in ihrer Schürzentasche verschwinden.

»Wie lange wollen Sie hierbleiben?«, fragte sie. Es klang weder freundlich noch unfreundlich.

»Ich weiß es nicht«, sagte Mahr. »Wie lange behalten Sie mich denn?«

Sie zuckte mit den Achseln. »*Sie* müssen wissen, wie lang sie bleiben möchten.«

»Keine Ahnung. Eine Woche vielleicht? Kann sein, auch zwei, im schlimmsten Fall.«

Zwei Wochen? Da habe sie natürlich keine Freude, sagte die Bäuerin. Andererseits, jetzt sei es auch schon egal, wie lange er bleibe, die schlimmste Gefahr sei ohnehin vorüber.

Er werde nach dem Krieg bei den Amerikanern ein gutes Wort für sie einlegen, sagte Mahr. Sie werde ihre Hilfsbereitschaft nicht zu bereuen haben. Er gebe ihr sein Wort darauf.

Die Bäuerin ging auf seine Bemerkung nicht ein, wahrscheinlich spürte sie, dass Mahr selbst nicht sicher war, ob er jemals in die Lage kommen würde, Wort zu halten.

»Auf jeden Fall müssen Sie bis zum Abend hier im Stall warten«, beschied sie. »Ich werde mir in der Zwischenzeit überlegen, wo ich Sie die Nacht über unterbringe.«

In der Dämmerung kam die Bäuerin zurück, um die Tiere zu melken. Jetzt, gegen Abend, war es draußen schon empfindlich kalt geworden. Sie trug schwere Stallstiefel und hatte sich eine Strickjacke übergeworfen. Mit einem energischen Handgriff stellte sie den Melkschemel neben die Braungescheckte ins Stroh, dann wischte sie das Euter sauber und strich mit den Handflächen über die Zitzen, bis die Milch in hellen, weißen Strahlen herausschoss.

»Soll ich Ihnen helfen?«, fragte Mahr.

»Haben Sie eine Ahnung von der Stallarbeit?«

Als Kind habe er sich zwei oder drei Mal im Melken versucht, sagte Mahr, während der Sommerferien im Salzkammergut. Was man ihm damals beigebracht habe, werde er schon nicht verlernt haben.

Er rückte einen zweiten Schemel neben eines der Tiere und begann mit der Arbeit. Es ging überraschend gut. Das Vieh ließ seine anfangs noch etwas ungeschickten Anstrengungen bereitwillig über sich ergehen.

Sie scheine den Hof allein zu bewirtschaften, sagte Mahr. Er vermute, dass ihr Mann eingerückt sei.

Ihr Mann sei seit Sommer '43 vermisst, sagte die Frau.

»Oh, das tut mir leid.«

Sie sei nicht allein mit diesem Schicksal, erwiderte die Bäuerin. Im ganzen Landkreis gebe es keinen einzigen Hof, auf dem nicht einer der Männer gefallen oder vermisst sei,

Väter, Söhne, oft beide auf einmal. Die ganze Arbeit hier auf dem Piesingerhof sei für einen allein nicht zu bewältigen, deshalb habe ihr der Ortsbauernführer vor einem Jahr zwei ukrainische Zwangsarbeiterinnen zugewiesen, die ihr bei der Arbeit zur Hand gingen. Immerhin. Eine der beiden sei ein faules Biest, sie könne es nicht anders sagen, aber die ältere, Swetlana, sei ihr eine echte Hilfe. Keine Woche würde sie den Hof ohne Swetlana bewirtschaften können, dem Himmel sei Dank, dass er ihr das Mädchen geschickt habe.

Nach dem Melken half Mahr beim Füttern. Die Bäuerin stellte ihm ein paar Fragen zu seinem Einsatz, er antwortete ausweichend, er dürfte nicht darüber sprechen, sagte er, seine Vorgesetzten hätten ihn zu strikter Geheimhaltung verpflichtet.

Sie füllte eine Gabel Heu in die Traufe, während sie ihm einen besorgten Blick zuwarf: »Sind Sie … Kommunist?«

»Nein.«

»Aber gegen den Hitler sind Sie?«

»Natürlich.«

Ihr Mann sei auch gegen Hitler gewesen, erklärte die Bäuerin, wie viele andere hier in der Gegend. Vor dem »Umbruch« sei der Piesingerbauer für die »Bayerische Volkspartei« im Gemeinderat gesessen, das habe sich allerdings bald aufgehört, nachdem die Nazis an die Macht gekommen seien. Schon im Sommer '33 habe es keine »Bayerische Volkspartei« mehr gegeben. Und jetzt: Gott allein wisse, ob der Franzl, ihr Mann, noch lebe.

»In welchem Regiment hat er denn gedient?«, fragte Mahr. Er gabelte einen Schwung Stroh in eine Scheibtruhe und klopfte die Einstreu mit der Rückseite der Mistgabel flach.

Das wisse sie nicht, sagte die Bäuerin. In der offiziellen Mitteilung, die ihr der Ortsgruppenleiter überbracht habe, stünde, ihr Mann werde seit den Kämpfen in der Nähe der Stadt Prochorowka vermisst.

Prochorowka, wiederholte Mahr. Er glaubte den Namen schon einmal gehört zu haben, im Zusammenhang mit der Schlacht im Kursker Bogen, wenn er sich recht besann. Bei der Panzerschlacht um Kursk, so wurde gemunkelt, waren an die 100.000 Mann ums Leben gekommen.

Im Schutz der Dunkelheit führte ihn die Bäuerin in die nahe gelegene Scheune, wo er sich ein Nachtlager herrichtete. Er dürfe sich hier auf keinen Fall wegbewegen, schärfte sie ihm ein, morgen früh werde sie ihm wieder zu essen und zu trinken bringen. Bis dahin: kein Mucks.

Mahr kletterte über eine wackelige Leiter auf den Heuboden. Er ließ das Gepäck in die Streu fallen und wickelte sich in eine löchrige Wollhaardecke. Er fühlte sich maßlos erschöpft. Nach ein paar Atemzügen fiel er, gekrümmt auf der Seite liegend, in einen von verworrenen Träumen erfüllten Schlaf.

Als er aufwachte, war es stockdunkel. Es dauerte eine Weile, bis er wusste, wo er war. Der Wind rüttelte an den Scheunenbrettern. Er drehte sich auf die andere Seite und versuchte weiterzuschlafen. Es ging nicht. Trübe, selbstquälerische Gedanken gingen ihm durch den Kopf. Er dachte an seinen alten Vater, den Victors Tod an der russischen Front in monatelange Verzweiflung gestürzt hatte. Nachdem das schwarz geränderte Kuvert mit der Gefallenenmeldung in der Sternwartestraße eingetroffen war, hatte sich der Vater mehrere Tage lang in verbissenem Schweigen in seinem Zimmer eingesperrt. Haushälterin Zilli, vom Schmerz ebenfalls stark mitgenommen, hatte Dr. Meier, den Mahr'schen Hausarzt, um Hilfe gebeten, und dieser, ein umgänglicher

Herr mit Vollbart und Goldrandbrille, hatte auf irgendwelchen dunklen Kanälen ein starkes Beruhigungsmittel für den alten Mann aufgetrieben.

Seufzend drückte sich Mahr eine Handvoll Stroh gegen die Wange. Er dachte an Sigmund, an dessen Verrat er inzwischen keinen Zweifel mehr hatte. Er würde es demReckskerl heimzahlen, das schwor er sich, während er frierend auf dem Heuboden lag und sich von einer Seite auf die andere wälzte. Er hatte zwar keine Ahnung, wie, aber dass er Rache nehmen würde, wenn er den Hundesohn zwischen die Finger bekam, das stand fest.

Und Willi? Wie mochte es dem Freund ergangen sein seit ihrer Trennung in der Traunsteiner Bahnhofskantine? Vielleicht lag Willi ja schon seit Stunden im Schlafsaal irgendeines Salzburger Soldatenheims und schnarchte sich die Seele aus dem Leib. Oder er campierte irgendwo unter freiem Himmel und fror. Dass der Kamerad den Verfolgern ins Netz gegangen sein könnte, daran wollte Mahr gar nicht erst denken.

Willi blieb im Schankraum sitzen, nachdem Mahr samt Marschgepäck in Richtung Kassenhalle abgezogen war. Er versuchte in der »Traunsteiner Zeitung« zu lesen, einem Blättchen aus schleißigem Kriegspapier, das neben dem Radioapparat auf der Anrichte lag. »Wien rüstet zur Abwehrschlacht gegen den Bolschewismus«, lautete die Schlagzeile. Willi überflog den dazugehörenden Artikel, in dem ein von Pathos triefender Appell des Wiener Gauleiters Baldur von Schirach abgedruckt war, der die Bevölkerung der Stadt zu »fanatischem Widerstand« gegen »den Russen« aufrief, »den traditionellen Feind des alten Österreich«. Auch Sepp Dietrich, Kommandant der 6. SS-Panzerarmee, war in die

Kämpfe um Wien mit eingebunden, wie es hieß. Seine Männer würden alles Menschenmögliche tun, so wurde der SS-Generaloberst zitiert, die »schöne, alte Stadt Wien, das Bollwerk des deutschen Südostens, dem Vaterlande zu erhalten«. Auch an anderen Fronten waren deutsche Truppen in heftige Abwehrkämpfe verwickelt, wie der Tagesbericht des Oberkommandos der Wehrmacht vermeldete. Willi überflog den Wetterbericht, das Rundfunkprogramm, die »Amtlichen Bekanntmachungen« und die Liste mit den Traueranzeigen der »für Großdeutschland Gefallenen«, dann legte er die Zeitung beiseite und zündete sich in aller Ruhe eine Zigarette an. Als er fertig geraucht hatte, drückte er die Kippe aus und packte gemächlich seine Sachen zusammen. Dann ging er ohne Eile auf die Toilette, um seine Dokumente zu verbrennen. Er schob sich an einem Panzergrenadier vorbei, der sich in einem der Pissoirs erleichterte, und schloss sich in eine der Toilettenkabinen ein. Dort wartete er, bis der Landser draußen sich verzogen hatte, dann fackelte er Soldbuch und Marschbefehl ab. Die verkohlten Überreste der Papiere spülte er in der Klomuschel hinunter.

Als er die Bahnhofstoilette verließ, traf er Mahr, der gerade, von der Frontleitstelle kommend, dem Ausgang zustrebte. Offenbar hatte es keine Schwierigkeiten gegeben mit den Papieren. Mahr zischte ihm im Vorübergehen zu, dass er den 8.50-Uhr-Bus nehmen werde, Willi solle auf einen späteren Bus warten.

Willi wartete, bis der Kamerad die Halle in Richtung Bahnhofsvorplatz verlassen hatte, dann kaufte er sich eine Sechserpackung Zigaretten und studierte, um Zeit zu gewinnen, die Aushänge der »Reichsbahn« vor den Kassenschaltern. Auf einmal – er glaubte zu träumen, schließlich war es noch keine zwei Minuten her, dass der Freund sich von ihm verabschiedet hatte – stand Edelweiß schon wieder neben ihm. »Pass auf«, raunte er ihm ins Ohr, »bei den Bussen draußen ist Feldgendarmerie postiert.«

Willi vertiefte sich noch ein, zwei Minuten in die Reichsbahn-Aushänge, dann reihte er sich, wie von Mahr empfohlen, in die Schlage links vor der Frontleitstelle ein. Es dauerte eine Weile, bis er an die Reihe kam. Ein vierschrötiger Fähnrich stempelte den Marschbefehl mit gleichmütigem Grunzen ab und schickte ihn nach draußen auf den Bahnhofsvorplatz. Wenn er sich beeilte, würde er den 8.50-Uhr-Bus noch erwischen. Falls nicht: der nächste ging um halb elf.

»Gehorsamsten Dank, Herr Fähnrich!«

»Der Nächste! Wird's bald?«

Willi ließ sich Zeit, er ging sogar noch einmal in aller Ruhe aufs Klo, dann begab er sich auf den Bahnhofsvorplatz und stellte fest, dass sich alles nach Plan entwickelte: Der 8.50-Uhr-Bus war bereits abgefahren, und von den Feldgendarmen war weit und breit nichts mehr zu sehen.

Eineinhalb Stunden später – er hatte die Wartezeit auf einer verdreckten Parkbank in einer nahe gelegenen Grünanlage verbracht – kehrte er auf den Bahnhofsvorplatz zurück. Pünktlich um viertel nach zehn bog der nächste Omnibus auf den vorgesehenen Bussteig ein. Auf dem Schlag des braungrün lackierten Fahrzeugs spreizte sich der nationalsozialistische Reichsadler, darüber war die verblassende Aufschrift »Deutsche Reichspost« zu lesen.

Willi vergewisserte sich ein letztes Mal, dass die Feldgendarmen wirklich nicht mehr in der Nähe waren, dann stieg er hinter ein paar Stellungsbau-Pionieren und einer alten Frau in den Bus. Die Alte trug ein prall gefülltes Einkaufsnetz voller Margarine, Pastinaken und verschiedenen Arten von Kohl.

»Wohin?«, fragte die Fahrerin. Das Haar unter der Uniformmütze war zu einem straffen Knoten gebunden.

»Salzburg.«

»Name, Dienstgrad?«

»Infanterie-Obergefreiter Helmuth Mayer, neunzehntes Infanterieersatzbataillon.«

Sie schrieb den Fahrschein mit unwirschem Gesichtsausdruck aus. Willi ließ das Billett in der Jackentasche verschwinden, dann tastete er sich in den hinteren Bereich des Busses vor. Er lehnte den Karabiner gegen einen der freien Sitze und löste das Koppel über dem Mantel, dann machte er es sich bequem.

Als die Chauffeurin den Holzvergaser anwarf, war der Bus zu drei Vierteln besetzt. Willi packte eines der Käsebrote aus, die ihm der Staff Sergeant mit in den Rucksack gestopft hatte und begann zu essen. Nach wenigen Minuten hatten sie Traunstein hinter sich gelassen. Die Fahrt ging durch eine vorfrühlingshafte Landschaft, vorbei an frisch aufgeforsteten Waldstücken, in denen da und dort Schneereste aufschimmerten. In einem Weiler namens Thannreit hielt der Bus zum ersten Mal. Einige Fahrgäste stiegen aus, darunter die Alte mit dem prall gefüllten Einkaufsnetz. Die Chauffeurin reichte einem Menschen einen Postsack durchs offene Fenster. Dafür nahm sie ein schmales, kleines Päckchen entgegen, das sie nach Salzburg transportieren sollte. Als diese Transaktionen beendet waren, drehte sie sich zu den Fahrgästen um und bat zwei Pioniere, ihr später beim Halt in Freilassing beim Nachfeuern des Heizkessels zu helfen.

»Aber gern, gnä' Frau«, sagte einer der beiden mit österreichischem Akzent. Willi freute sich, die Stimme eines

Landsmanns zu hören, auch wenn ihm der ölige Stehgeiger-Schmäh des Kameraden hier im Bus ganz und gar unangemessen vorkam.

Die Fahrt ging weiter. Willi spürte, wie eine anheimelnde Schwere in seine Glieder kroch. Wenn er nicht achtgab, würde er innerhalb der nächsten Minuten in einen wohligen Vormittagsschlaf hinübersinken. Er nahm eine Benzedrine-Tablette aus dem Schächtelchen und spülte sie mit einem Schluck Weinbrand hinunter.

»Von Salzburg geht's gleich heute Mittag weiter«, hörte er einen Landser vor sich sagen. »Morgen früh sind wir dann schon im Kompaniegefechtsstand. Schön, nicht?«

»Kann's kaum erwarten«, sagte sein Nebenmann.

Auf der Landstraße herrschte wenig Verkehr. An diesem Vormittag schienen hauptsächlich Heeresfahrzeuge unterwegs zu sein, dann und wann ein alter Dkw oder ein schwerfälliges Pferdegespann. Kurz vor Surberg überholte sie ein mit zwei Mann besetzter Verpflegungswagen der Luftwaffe. Wo mochte der hinfahren?, überlegte Willi. Vielleicht gab es einen Militärflughafen in der Nähe. Er hatte nicht viel Zeit, sich den Kopf darüber zu zerbrechen, denn in diesem Augenblick kam der Postbus mit stotterndem Motor zum Stehen.

»Straßenkontrolle«, sagte der Landser vor ihm.

Willi warf einen angespannten Blick aus dem Fenster: ein tarnfarbenes Zeltdach am Straßenrand, darunter ein Klapptisch, an dem sich ein Leutnant und einige Wehrmachtssoldaten mit Sturmgewehren aufgepflanzt hatten.

»Das kann jetzt eine Weile dauern«, sagte der Nebenmann des Landsers. »Vielleicht haben wir Glück, dann versäumen wir den Anschluss in Salzburg.«

Willi sah sich mit mühsam unterdrückter Panik nach einer Fluchtmöglichkeit um. Das war vergebliche Liebesmüh: So etwas wie eine realistische Fluchtmöglichkeit gab es nicht. Er musste darauf hoffen, dass seine Papiere hielten. In diesem Augenblick wurde auch schon die Bustür aufgerissen. Zwei Feldpolizisten mit Maschinenpistolen rumpelten ins Wageninnere. »Ausweiskontrolle!«

Die Uniformierten fingen an, die Papiere der Insassen zu kontrollieren. Willis Puls ging schneller, er konnte nichts dagegen tun. Langsam arbeiteten sich die Feldjäger nach hinten vor. Zwei, drei Mal nahm einer der beiden die Dokumente eines Passagiers an sich und ging damit nach draußen, um sie dem Offizier an der Kontrollstelle vorzulegen. Der prüfte sie, verglich sie mit dem Fahndungsbuch und anderen Papieren, die vor ihm auf dem Tisch lagen. Dann brachte der Soldat die Dokumente zurück und drückte sie dem jeweiligen Fahrgast in die Hand.

»Soldbuch!« Der schmächtigere der beiden Feldpolizisten, der sich neben Willi aufpflanzte, war kaum älter als er selbst, Mitte zwanzig vielleicht.

Willi reichte ihm das Dokument.

Der Schmächtige besah sich das Foto. Er hob den Blick und verglich Willis Gesicht mit dem auf der Schwarzweiß-Aufnahme im Soldbuch.

»Marschbefehl!«

Willi hielt ihm das Papier hin. Ausgestellt war es auf den Infanterieobergefreiten Helmuth Mayer, der sich seit heute früh auf dem Rückweg zu seiner Einheit in der Nähe von St. Pölten befand. Der Kontrollor faltete das Dokument auseinander, las es, dann befahl er: »Hier warten!«

Er stiefelte aus dem Bus und legte die Dokumente dem Offizier unter der Zeltplane vor. Der Offizier warf einen Blick in den Marschbefehl, dann schaute er mit zusammengekniffenen Augen zum Bus hinüber.

»Ruhig bleiben, Kamerad.« Der Panzergrenadier vor Willi drehte sich leutselig zu ihm um. »Hat sicher nichts zu bedeuten. Die markieren hier nur den wilden Mann, um uns ein bisschen Angst einzujagen. Damit wir weiter brav gegen den Iwan kämpfen.«

Der Offizier behielt die Papiere ein, wie es schien. Der Feldpolizist kam zurück in den Bus und postierte sich vor Willi: »Mitkommen!«

»Was ist?«, fragte Willi, während ihm das Herz bis zum Hals schlug. »Mein Anschlusszug … in einer Stunde …«

»Interessiert mich nicht. Geben Sie mir Ihre Waffe!«

Willi überließ dem Mann seinen Karabiner, dann raffte er seine Sachen zusammen und tastete sich, den Maschinenpistolenlauf im Rücken, durch den Bus nach vorne. Einige Fahrgäste warfen ihm mitleidsvolle Blicke zu, andere musterten ihn mit sensationslüsternen Mienen, wieder andere taten so, als ginge sie der ganze Vorfall nichts an.

Er stolperte von der Ausstiegsplattform und erkundete mit einem raschen Blick das Terrain. Auch hier: keine Fluchtmöglichkeit.

An der Kontrollstelle durchsuchten ihn zwei Stahlhelmposten nach weiteren Waffen. Sie fanden nichts. »Haltung annehmen!«

Willi stand stramm, Hände an der Hosennaht.

Der Oberleutnant musterte ihn. »Sie sind unterwegs zu Ihrer Einheit nach …«

»St. Pölten, Herr Oberleutnant.«

»Und woher kommen Sie?«

»Aus dem Lazarett in Bad Aibling, Herr Oberleutnant. Ich hatte Gelbsucht.«

»So, Gelbsucht, ja? Und woher stammt der Schmiss in Ihrem Gesicht? Mensur auf dem Paukboden?«

»Nicht ganz.« Willi quittierte den Halbscherz mit einem gequälten Grinsen. »Die Narbe verdanke ich einem russischen Schrapnell, Herr Oberleutnant. Kampf um die zentrale Wolgabrücke von Rschew. August '42.«

»Was Sie nicht sagen.« Der Offizier faltete den Marschbefehl zusammen und reichte ihn einem der Posten. »Abführen zur Überprüfung!«

Willi wusste, dass es die Narbe war, die ihn verraten hatte: Sigmund musste detaillierte Personenbeschreibungen von Mahr und ihm abgegeben und dabei natürlich auch die Narbe erwähnt haben. Das war die einzig plausible Erklärung für seine Festnahme. Warum sonst hätten sie ausgerechnet ihn aus dem Bus geholt?

Er lag auf einer eisernen, mit einem Strohsack bedeckten Pritsche. Nach seiner Festnahme hatte man ihn in einen festungsartigen Backsteinbau gebracht. Im Büro der Aufnahmeabteilung hatte man ihm seine Habseligkeiten inklusive der Gitfkapsel abgenommen, man hatte ihn fotografiert und seine Fingerabdrücke genommen, dann war ein bärbeißiger Aufseher auf der Bildfläche erschienen und hatte ihn, nachdem er ihm Wolldecke und Essnapf in die Hand gedrückt hatte, in die zehn mal vier Schritt große Zelle geführt, in der man ihn seinem Schicksal überließ. Willi hatte keine Ahnung, wo er sich befand, vielleicht in Salzburg, vielleicht in Rosenheim, vielleicht anderswo.

Draußen auf dem Gang klirrten Schlüssel. Willi fuhr zusammen, weil er glaubte, zum Verhör geholt zu werden. Es war aber bloß einer der Wärter, der die Klappe der Zellentür aufriss und ein paar Sekunden lang in den Raum starrte. Dann wurde die Klappe wieder zugeknallt, der Wärter legte scheppernd die Kette vor.

Vom Fäkalienkübel in der Ecke drang beißender Gestank zu ihm herüber. Der Deckel schloss nicht richtig, und Willi hatte sich, nachdem ihn der Kerkermeister in seine Zelle verfrachtet hatte, ausgiebig entleert. Er drehte sich zur Seite und studierte die Zeichnungen und Inschriften, die Legionen von Gefangenen vor ihm auf den mit Schimmelornamenten übersäten Wänden hinterlassen hatten. Er las polnische und französische Namen – Garralon, Ratajczyk – er las serbische, deutsche, italienische Namen und Dutzende von Parolen, mit denen sich seine Leidensgenossen im Mauerwerk verewigt hatten. Ein Alphonse Lavalier hatte ein halbes Dutzend Mal geschrieben: »Vive la URSS!« Willis Blick heftete sich an flehentliche Unschuldsbeteuerungen (»Gott im Himmel, ich bin NICHT schuldig») und Beschimpfungen (»Diese Bastarde!«), daneben wucherten obszöne Zeichnungen in beträchtlicher Zahl: Frauentorsi mit gewaltigen Brüsten und Penisse in ganz, halb oder unerigiertem Zustand – ein krakeliges, von blaugrünen Schimmelflecken überwuchertes Pandämonium der Schamlosigkeiten.

Die Essensklappe ging auf. »Blechnapf!«

Er sprang von der Pritsche und hielt seinen Napf an die Luke. Zwei Schöpfer graubrauner Suppe wurden in die Blechtasse gefüllt. Die Luke schloss sich mit einem Knall.

Er schlurfte zur Pritsche zurück und roch an der Brühe. Trotz des Würgegefühls, das ihn übermannte, zwang er sich, einige Löffel zu essen. Die schwabbeligen Fleischbrocken in der Flüssigkeit waren zerkocht, ebenso die Steckrüben und die Erdäpfel. Das Ganze schmeckte, wie es roch.

Willi zwang sich, die Suppe bis zum letzten Rest aufzuessen. Dann stand er auf und ging an den Waschtisch. Dort nahm er den Krug und goss etwas abgestandenes Wasser ins Lavoir, um sich das Gesicht zu besprenkeln. Mit dem übrig gebliebenen Wasser säuberte er den Blechnapf. Als er damit fertig war, putzte er sich mit dem Zeigefinger die Zähne.

Eine Stunde später weckte ihn das geräuschvolle Öffnen der Zellentür. Ein Aufseher legte ihm Handschellen an, dann wurde er durch einen langen, halligen Kellerkorridor geführt. Mit müdem Schritt schob sich der Kerkermeister vor ihm durch den Gang. Immer wieder schloss der Alte Gittertore auf, die wenige Sekunden später dröhnend wieder ins Schloss fielen. Hinter den Zellentüren, die sich zu beiden Seiten des Gangs zu Dutzenden aneinanderreihten, war es mucksmäuschenstill. Ein oder zwei Mal glaubte Willi ein Wimmern oder so etwas wie unterdrückte Schmerzenschreie zu hören, aber das konnte ebenso gut auch Einbildung sein. Am Ende des Gangs, wo der Gefängnistrakt in eine Art Büroflügel überging, blieb der Aufseher stehen. Er klopfte an eine Tür und wartete einen Augenblick, dann drückte er die Klinke hinunter und schob Willi in ein kahles, fensterloses Gewölbe, in dem zwei Schreibtische und einige Holzstühle standen. An der Wand hing ein gerahmtes Schwarzweißporträt des Reichsführers SS, daneben das unvermeidliche Hitlerbild. Hinter einem der Schreibtische saß mit übereinandergeschlagenen Beinen ein SD-Offizier, ein hagerer Mann mit zernarbtem Gesicht, hinter dem anderen Tisch hockte eine niederere Charge und spannte ein Blatt Papier in eine alte, gusseiserne Schreibmaschine, wie sie zu Hunderttausenden in den Büros und Dienststellen des »Deutschen Reichs« herumstanden. Ein dritter Mann in SD-Uniform saß mit ausdrucksloser Miene unter dem Hitlerbild und rauchte.

»Bitte, Herr Obergefreiter, nehmen Sie Platz«, sagte der SD-Offizier mit einer Höflichkeit, der Willi nicht traute.

Willi setzte sich. Sein Puls ging in harten Schlägen.

»Sie waren heute Vormittag zu Ihrer Einheit im Raum St. Pölten unterwegs?«, sagte der SD-Mann.

»Jawohl, Herr Obersturmführer.«

»Und wo genau haben Sie Ihre Reise angetreten?«

»In Bad Aibling, Herr Obersturmführer.«

»In Bad Aibling?«

»Im Lazarett. Ich war dort drei Wochen lang in ärztlicher Behandlung.«

»Diagnose?«

»Gelbsucht.«

»Tatsächlich? Gelbsucht, ja?«

»Jawohl, Herr Obersturmführer.«

Ein schmales Lächeln spielte um die Lippen des SD-Manns. »Wir haben in Bad Aibling nachgefragt, Herr Obergefreiter.« Er blätterte mit nachlässigem Interesse in seinen Papieren. »Ein … Helmuth Mayer war dort nie in Behandlung.«

Willis Blick fixierte die Hände des SD-Manns, es waren schmale, charaktervolle Hände, mit akkurat gepflegten Nägeln, die da vor ihm auf dem Tisch lagen.

Er schwieg.

»Jetzt verschlägt's dir die Sprache, was?«

Willi staunte, wie schnell die Stimme des SD-Manns von gespielter Verbindlichkeit in unverstellte Brutalität umschlug.

»Also, wie heißt du?«, sagte der Obersturmführer. Er holte ein metallenes Zigarettenetui aus der Jackentasche und ließ es mit zartem Klicken aufklappen. »Du weißt, dass wir die Wahrheit früher oder später aus dir rausbekommen werden, du kannst also genauso gut auch gleich auspacken.« Der Obersturmführer angelte eine Zigarette aus dem Etui, dann ließ er das Behältnis in seiner Jackentasche verschwinden.

»Also gut …«, sagte er, als Willi keine Anstalten machte zu sprechen.

Einer der Männer packte Willi und warf ihn über den Tisch. Er spürte, wie seine Hose heruntergezerrt wurde, derbe, kräftige Hände pressten seinen Körper gegen die Tischplatte, dann drosch einer der Uniformierten mit einem Gummiknüppel drei, vier Mal auf seinen nackten Hintern ein. Schon beim ersten Schlag brüllte Willi vor Schmerz.

»Sag uns einfach, wie du heißt«, sagte der Offizier,»dann hast du's hinter dir.«

Er steckte sich die Filterlose an und begann langsam im Raum auf und ab zu gehen. »Wir haben noch nicht mal richtig begonnen. Wir können dich durch den Fleischwolf drehen, bis du vor Schmerzen quiekst. Deine Entscheidung.«

Einer der Männer verpasste Willi einen harten Hieb mit dem Gummiknüppel, dann noch einen.

»Schwarz«, log Willi, »ich heiße Rudolf Schwarz.«

»Wir werden das überprüfen. Und wo ist der andere? Der Kerl, mit dem du abgesprungen bist?«

»Ich weiß es nicht.« Willi wurde unter den Achseln gepackt und auf einen Stuhl gehievt, dann versetzte ihm einer der Knochenbrecher einen ansatzlosen Schlag ins Gesicht. Der Schlag war so vernichtend, dass Willi vom Stuhl flog und der Länge nach auf den Steinboden schlug. »Wenn du meinst, dass du hier den Ahnungslosen spielen kannst, bist du schief gewickelt«, blaffte der Offizier. Die Gehilfen rissen ihn hoch, verfrachteten ihn wieder auf den Sessel. »Also, mein Junge: Für wen arbeitest du? Und wo ist der Hurensohn, mit dem du abgesprungen bist? Und versuch nicht, mich anzulügen, sonst geht's dir dreckig.«

»Keine Ahnung …«

Wieder prasselten Faustschläge auf ihn ein. Willi versuchte, sein Gesicht mit den Händen zu decken, aber die Handschellen machten ihm das unmöglich. Die Uniformierten warfen ihn über den Tisch und droschen mit zwei Knüppeln gleichzeitig auf ihn ein. Willi hatte das Gefühl, von innen heraus zu explodieren. Blut schoss ihm aus Nase und Mund, vor seinen Augen blitzten winzige Flämmchen auf.

»Aufhören …«, stöhnte er. Etwas Großes, Hartes knallte gegen seinen Kopf und seinen Rücken, eine eigenartige Stille erfüllte ihn, eine Stille, die sich zurückzog und wieder ausdehnte und wieder zurückzog und sich am Rand seines Gesichtsfelds sammelte und ihn mit einem geräuschlosen Schwappen in die Bewusstlosigkeit hinüberspülte.

Sie kippten ihm einen Eimer Wasser ins Gesicht. Von einer dröhnenden Kraft wurde er zurück ins Licht des Vernehmungszimmers befördert. Ein Arzt kam, um ihn zu untersuchen, ein nach Desinfektionsalkohol riechender Mensch in weißem Mantel, der seine Herztöne abhörte und ihm in die Pupillen leuchtete. Willi stöhnte. Sein Schädel pochte, sein Körper fühlte sich an wie ein blutig geschlagener Klumpen Fleisch.

Der Arzt nickte wortlos und verließ den Raum.

Wieder begannen sie auf ihn einzuprügeln, verhalten zunächst, dann immer entschlossener. Wieder kriegten sie nichts aus ihm heraus, weder das Versteck des Funkgeräts noch die Namen von »Zuarbeitern« und »Komplizen«, nach denen sie immer und immer wieder fragten.

Als sie einzusehen begannen, dass sie mit Prügeln nicht weiterkamen, wandten sie andere Methoden an.

Sie zwangen ihn, sich auf den Boden zu setzen. Einer der Gehilfen schob ihm eine Eisenstange zwischen Knien und Armgelenken durch – seine Hände waren nach wie vor gefesselt –, dann wuchteten sie die Stange hoch und legten ihre Enden auf die Kanten der beiden Schreibtische. Willi hing kopfunter an der Stange. Das Blut schoss ihm in den malträtierten Schädel. Der Schmerz war jenseits aller Beschreibung. Einer der Peiniger reagierte sich mit ein paar lustlosen Schlägen auf seinen Hintern ab, dann ließen sie ihn baumeln.

Als er das Gefühl hatte, sein Schädelinneres würde von glühenden Meißeln bearbeitet, sagte er alles, was sie wissen wollten. Nur den Ort, an dem sie das Funkgerät versteckt hatten, verlegte er um ein paar Kilometer in Richtung Westen.

»Stillhalten, das tut jetzt weh.« Er schreckte auf und stellte fest, dass sich im Halbdunkel ein nach Jod riechender Mann über ihn beugte. Willi wünschte sich in die Bewusstlosigkeit zurück, aus der er gerade gerissen worden war. Der Arzt, der ihn behandelte – vielleicht war der Mann auch Sanitäter –, trug Wundsalbe auf seinen malträtierten Hintern auf, eine zähe, scharfe Paste, die den Schmerz für ein paar Sekunden lang aufflammen ließ. »Dich haben sie ja ganz schön zugerichtet«, flüsterte er.

Sein Zeitgefühl zerfloss in einem Nebel aus Schmerzen und verworrenen Phantasien. Ein Wärter schob ihm einen Löffel Suppe in den Mund. Willi hätte nicht sagen können, wonach die Suppe schmeckte. Seine Zunge war geschwollen, der Kiefer schmerzte wie ausgerenkt, sein Körper fühlte sich an wie eine einzige klaffende Wunde. Er glitt zurück in einen Zustand bewusstloser Benommenheit.

Er spürte Dunkelheit um sich herum, eine beklemmende, von Schweigen erfüllte Dunkelheit. Tage und Nächte gingen ineinander über. Er schien aus Schmerzen zu bestehen, aus nichts sonst.

Eines Abends erwachte er aus einem sonderbaren Traum. Er hatte mit Sternen zu tun, die in einer frostklaren Nacht einfach so vom Himmel fielen, lautlos, wie selbstverständlich, ohne Grund. Ein Traum, der ihn entsetzte: Wenn die Sterne nicht mehr im Himmel verankert waren, was war dann noch sicher?

Zum ersten Mal hatte er wieder selbst etwas Essen zu sich nehmen können. Er lag auf der Pritsche und beobachtete eine Wanzenkohorte, die über die gegenüberliegende Zellenwand krabbelte. In ein paar Minuten würden sich die Viecher von der Decke auf ihn herunterfallen lassen. Nichts war ihm in diesem Moment so gleichgültig wie das.

Der Wärter im Zellengang trat seinen Kontrollgang an. Willi kannte das Prozedere schon: drei hallige Schritte, von einer Zelle zur anderen, das Klick-Klack des Lichtan- und Lichtabschaltens, das knallende Geräusch des vorspringenden Riegels, dann das Gleiche wieder von vorn – drei harte Schritte, Klick-Klack, Peng, drei Schritte, Klick-Klack, Peng. Am Ende des Kontrollgangs kam der Wärter an seine Zelle. Tür auf, Licht an, Blick auf die Pritsche, Licht aus, Tür zu, Riegel vor. Ruhe.

Eines Vormittags wurde Willi geweckt: »Mitkommen!« Der Wärter führte ihn durch den bekannten Kellerkorridor. Willi kam nur langsam vorwärts, zwei- oder dreimal musste er sich an der Wand abstützen, um sich auszuruhen und etwas Atem zu schöpfen, ehe er weitergehen konnte.

Der Wärter klopfte an eine der Türen. Willi wankte in den Verhörraum – es war ein anderer als der ihm bekannte – und glaubte seinen Augen nicht zu trauen: Zwischen dem

SD-Offizier und den beiden ihm bekannten Schlägern saß Sigmund.

Willi warf seinem Landsmann einen vernichtenden Blick zu. Wenn er die Kraft dazu gehabt hätte, er wäre Sigmund an die Gurgel gesprungen. Der Denunziant trug Häftlingskleidung, wie er selbst, allerdings wirkte er um Einiges besser genährt.

»Die Herren kennen sich?«, fragte der SD-Mann.

»Ja, wir kennen uns«, bestätigte Sigmund. Er wirkte nervös, kratzte sich mit angespannter Miene am Kinn.

Der SD-Mann wandte sich an Willi. »Und Sie, kennen Sie den Häftling hier auch?«

Willi schwieg.

»Ist das einer der Männer, mit denen Sie in der Nähe von Traunstein abgesprungen sind? Los, reden Sie!«

Eine Gegenüberstellung, dachte Willi. Wozu sollte das gut sein? Sie wussten doch ohnehin alles.

»Ich sage nichts.«

»Ist auch nicht nötig.« Der SD-Offizier ließ sich in die Sessellehne zurückfallen und verzog keine Miene. »Wir können uns auch so ein Bild von den Vorgängen machen.« Er legte die Hände übereinander und wandte sich Sigmund zu. »Sie sind sich also sicher, dass dies der Mann ist, mit dem Sie in der Nacht auf den 4. April in der Nähe des Chiemsees abgesprungen sind?«

»Jawohl, Herr Obersturmführer. Da bin ich mir ganz sicher.«

»Bestens, dann ist Ihre Anwesenheit nicht mehr vonnöten.«

Einer der beiden Gehilfen schnappte Sigmund unter der Achsel und verfrachtete ihn nach draußen. Willi blieb mit dem Offizier und dem zweiten Schläger allein im Raum.

»Du hast uns belogen«, sagte der Offizier.

»Ich wüsste nicht ...«

»Maul halten!« Der SD-Mann knallte die Faust auf den Tisch. »Das Funkgerät ist nicht da, wo du gesagt hast. Also, wo ist es?«

Willi war klar: Weiteres Lügen hatte keinen Zweck. Sie würden die Wahrheit über kurz oder lang aus ihm herausprügeln.

»Wir haben das Funkgerät im Keller eines verlassenen Bauernhofs versteckt«, sagte er. »In der Nähe der Ortschaft Weibhausen.«

»Weibwas?« Der SD-Mann zückte seinen Notizblock. »Wo liegt das Kaff?«

»Auf halber Strecke zwischen Waging und Traunstein«, sagte Willi. Wir haben das Gerät im Keller des Bauernhofs versteckt, zusammen mit dem Abwurfbehälter.«

»Und die Schlüsselzahl des Funkcodes?«

»Ist mir nicht bekannt«, sagte Willi wahrheitsgemäß. »Den Funkcode ... kennt nur Edelweiß.«

Eineinhalb Wochen später beschied ihm einer der Wärter, dass er sich bereithalten sollte: Er werde verlegt. Willi packte seine Sachen. Er fühlte sich einigermaßen wiederhergestellt, auch wenn er nach wie vor unter starken Schmerzen litt und ihm schwere, mehrmals täglich auftretende Schwindelanfälle zu schaffen machten.

Nach der Entlassungsprozedur in der Registratur führte ihn einer der Aufseher in Handschellen in den Gefängnishof. Dort wartete bereits mit laufendem Motor ein militärgrauer Lkw. Auf der Ladefläche hockten zwei mit MPs bewaffnete SS-Männer und ein halbes Dutzend Häftlinge. Willi kletterte unter Mühen auf die Ladefläche und quetschte sich zwischen zwei magere Gestalten mit kahl rasierten Schädeln.

Polnische Zwangsarbeiter, wie sich während der Fahrt, als ihre Bewacher an einer Kontrollstelle mit ein paar SS-Kameraden plauderten, in einer kurzen, geflüsterten Unterhaltung herausstellte. Die beiden Polen hatten in einer Bäckerei in Grabenstätt ein halbes Dutzend Kommissbrote gestohlen und auf dem Schwarzmarkt verkauft.

Der Lastwagen fuhr durch eine in Trümmern liegende Großstadt. Willi erklärte den beiden Polen, dass es sich um München handelte. Bombenruinen und Schutt, wohin man blickte, dazwischen Mauerskelette und einige wenige unversehrte Häuser. Auf den Straßen war kaum Verkehr auszumachen, dann und wann ein Militärlastwagen oder ein Zivilfahrzeug, dafür sah man unzählige Fußgänger und Radfahrer. Auf der Straße geplatzte Kanalisationsrohre, mit stinkender Kloake gefüllte Tümpel und unzählige Geröllhalden. Frauen und ältere Männer durchwühlten die Bombenruinen nach brauchbarem Haushaltsgerät, nach Herden, Toilettmuscheln, emaillierten Waschbecken.

Im Schritttempo rollten sie über eine Straße, die vor zehn, fünfzehn Jahren ein mondäner Boulevard gewesen sein mochte. Jetzt baumelten Trambahn-Oberleitungen als schlaffe Drähte über der Fahrbahn. Trümmerfelder zu beiden Seiten der Straße: An die Reste historistischer Prachtbauten reihten sich die Ruinen einstiger Warenhauspaläste und herrschaftlicher Häuser, daneben Bombentrichter und baufällige, halb eingefallene Häuserreihen. In einiger Entfernung sah er die Silhouette der Frauenkirche. Die Türme der Kathedrale standen noch, das Hauptschiff allerdings war von Bombentreffern schlimm in Mitleidenschaft gezogen. Die tragenden Mauern des Doms hatte man mit Holzpfosten notdürftig gepölzt. »Unsere Mauern können brechen, unsere

Herzen nicht«, hatte jemand in weißer Leimfarbe auf einen Fassadenrest gepinselt.

Augenscheinlich gingen die Bewohner der Stadt nach wie vor ihren Geschäften nach. Mit lethargischer Zähigkeit, so schien es, trotzten sie dem Unheil, das über ihre Stadt gekommen war. Allerorts hatte man Schienen verlegt. Qualmende Lorenzüge rumpelten zwischen Schutthaufen dahin, da und dort ratterten auch noch intakte Trambahnlinien durch die Straßen, gewaltige Menschentrauben auf den Trittbrettern. In einigen zerstörten Häusern hatte man Geschäfte eingerichtet: »Gebrüder Spörkmeier – Kohlen und Holz«, stand auf einem Schild, »Fleisch – Wurst Leutner« auf einem anderen. In Holzbaracken, am Rande ungeräumter Bombenbrachen eilends zusammengezimmert, wurden Brot, Milch und Brennstoffe verkauft. Im Schutt eines einstigen Warenhauses entdeckte Willi ein zerbeultes Reklameschild: »4711 – Glatt Gesicht ist Mannespflicht«.

Sie passierten ein Stadttor, oder etwas, das einmal ein Stadttor gewesen sein musste, dann fuhren sie durch einige weniger zerstörte Viertel in Richtung Norden. Aber auch hier: zwischen mehr oder minder intakten Häuserzeilen immer wieder Schutthalden, Ruinen, ausgebombte Hinterhofbetriebe. Willi fiel die geringe Zahl von Brandspuren auf; in München, zumindest in diesem Teil der Stadt, mussten die Alliierten ausschließlich Sprengbomben eingesetzt haben, keinen Phosphor.

Jetzt wurde die Gegend langsam vorstädtischer. Schrebergärten, Ziegeleien und Fabriken, dazwischen Arbeiterwohnhäuser und schäbige Parkanlagen, bis ins letzte Eckchen für den Anbau von Gemüse und Kartoffeln genützt. Dann wieder Schutthaufen, Bombentrichter, kleinere Trümmerfelder. Eine Wildnis aus zersplitterten Mauern und geborstenem

Stein. Da und dort spielten Kinder in den Ruinen, wieselige Gestalten in abgerissenen Kleidern. Ein paar Minuten Fahrt noch, dann ließen sie die Stadt allmählich hinter sich. Die Gegend wurde ländlicher. Die Millionenstadt franste ins offene Land hin aus.

Die Fahrt ging durch eine von Kiefernwäldchen durchzogene Moorlandschaft, dann und wann durchsetzt von sanft ansteigenden Streu- und Obstbaumwiesen. Überall brachen die Vorboten des Frühlings heraus: zartes Grün auf Sträuchern und Büschen, die Wiesen von Krokussen gesprenkelt. Willi fühlte sich an die Landschaft seiner Kindheit erinnert, an das östliche Hausruckviertel, in dem er seine Kindheit und Jugend verbracht hatte. Der Gedanke an sein Elternhaus presste ihm die Kehle zusammen. Früher, als Bub, war er an Tagen wie diesem häufig am Ufer des Flüsschens Ager gesessen und hatte mit Tauwürmern nach Aiteln und Forellen geangelt. Zusammen mit seinen Geschwistern hatte er der Mutter auch beim Pflücken der Weichseln hinter dem Haus geholfen, aber das war später im Jahr gewesen, in den langen, von Libellen und tanzenden Mückenschwärmen bevölkerten Sommern seiner Kindheit. Während der Schulferien im Juli und im August war er auch Morgen für Morgen seinem Vater entgegengelaufen, der täglich um viertel nach sechs von der Nachtschicht nach Hause gekommen war. Der Vater, Lokführer auf der Westbahn- und der Salzkammergutstrecke wie er, hatte ihm manchmal Zuckerln mitgebracht oder farbige Zigarettenbildchen, die er, Willi, mit Begeisterung gesammelt hatte: »Märchen der Völker«, »Bunte Filmbilder«, »Vögel aus aller Welt« …

Nach längerer Fahrt – sie passierten insgesamt zwei Kontrollstellen – erreichten sie eine Kleinstadt: robuste

Bürgerhäuser, altbayerische Bierstuben, eine hübsche Stadtpfarrkirche mit dreischiffigem Haupthaus und Zwiebelturm. Auch ein Renaissance-Schloss schien es in der Stadt zu geben, ein Schild in der Ortsmitte wies den Weg dorthin.

Der Wagen bog von der Hauptstraße ab, sie fuhren durch vorstädtische Quartiere mit lang gezogenen Reihenhaussiedlungen. Am Eingang einer Pappelchaussee – Saatkrähen lärmten auf den Feldern zu beiden Seiten der Straße – kam ihnen eine Häftlingskolonne entgegen, zwei-, dreihundert ausgemergelte Gestalten in blau-weiß gestreiftem Drillich, eskortiert von eineinhalb Dutzend SS-Leuten. Der Lkw hielt am Straßenrand, um den Zug passieren zu lassen. Ein Evakuiertentransport, wie es schien. Mit stumpfem Blick trotteten die Elendsgestalten an ihnen vorüber. Einer der SS-Männer winkte dem Lkw-Fahrer zu. Die beiden schienen sich zu kennen.

Der Lastwagen zweigte nach links ab, passierte einen Posten, fuhr vorbei an flachen, kasernenartigen Gebäuden, bis er vor einem unscheinbaren, zweistöckigen Bauwerk halt machte – das war das sogenannte »Jourhaus«, wie Willi später erfuhr. Der Fahrer stellte den Motor ab, zwei SS-Männer erschienen und trieben sie von der Ladefläche: »Runter, ihr Mistsäue, runter hier!« Willis Blick strich einen meterhohen Drahtzaun entlang, der mit Betonpfählen und weißen Porzellan-Isolatoren versehen war. Über dem Dach des Eingangsgebäudes ragte ein quadratischer Wachturm auf, von dort oben aus observierten MG-Schützen das Geschehen auf dem Lagervorplatz und im Lager selbst. Willi und die anderen Häftlinge stolperten über eine schmale Brücke, darunter ein träge dahinflutendes Flüsschen. Sie wurden an einigen Stahlhelmposten vorbei durch das vergitterte Lagertor gescheucht. Willis Blick schweifte über den Appellplatz, hier lagen Hunderte halb verhungerte Häftlinge auf dem blanken Erdboden. Offenbar gab es in den grünlichbraunen Baracken, die sich auf dem Lagergelände aneinander duckten, nicht genügend Platz für alle. Jemand rammte ihm einen Gewehrkolben in die Schulter und scheuchte ihn in den sogenannten »Schubraum«. »Ausziehen, alles!« Ein älterer Mann – er schien einiges über sechzig zu sein – kam nicht schnell genug vorwärts. Ein SSler, gelangweilt am Eingang des Schubraums wartend, stieß ihm einen Gewehrkolben gegen den Schädel. Der Alte taumelte und schlug der Länge nach auf den Betonboden.

Mahr hielt sich den ganzen Tag über in der Scheune versteckt. Nach Einbruch der Dunkelheit tauchte eine der beiden Ostarbeiterinnen auf und bedeutete ihm, er solle mit ihr hinüber ins Haus kommen. Mahr warf sich seinen Wehrmachtsmantel über und folgte der Frau in Richtung Hauptgebäude. Die Bäuerin erwartete sie bereits in der Eingangstür: »Kommen Sie, schnell!« Mahr trat ins Hausinnere, er zog seine Marschstiefel aus und schlüpfte in ein Paar klobiger Holzpantinen, die ihm die Bäuerin mit einer hastigen Bewegung vor die Füße schob, dann durfte er in die Bauernstube. Die Verdunkelungsvorhänge waren vorgezogen; eine Petroleumlampe und eine Reihe flackernder Hindenburglichter erleuchteten den Raum. Mahr sah sich um: Küche und Wohnstube waren in einem einzigen Raum untergebracht, es gab einen wuchtigen Esstisch, einen Küchenherd samt Spüle und mehrere Schränke für Kochtöpfe und Geschirr. Ein Prachtstück war der Bauernofen mit den grün glasierten Kacheln und dem weiß gekalkten Sockel in der Ecke; auf einer Stange über dem Ofen hingen Wollsocken und ein zerschlissenes Kinderschürzchen.

Die Kinder seien schon im Bett, erklärte die Bäuerin, sie dürften, um Gottes Willen, nichts davon mitbekommen, dass er hier auf dem Hof sei.

Gewiss, sagte Mahr, er werde aufpassen.

Das Gehöft liege abgeschieden, erklärte die Bäuerin, zum nächsten Hof seien es zwanzig Minuten Fußmarsch, normalerweise verirre sich kein Mensch hierher zu ihnen, aber sicher könne man nicht sein. Deshalb habe er sich tagsüber in der Scheune versteckt zu halten, nur abends, zum Essen, dürfe er ins Haus kommen, eine halbe Stunde, nicht länger.

»Ich werde Ihnen keine Schwierigkeiten machen.«

»Und jetzt setzen Sie sich.« Mahr rutschte auf die Eckbank und streckte seine Beine aus. Im Herrgottswinkel neben ihm hing ein Kruzifix. Darunter stand das Schwarz-Weiß-Porträt eines gedrungenen, mit distanziertem Interesse in die Kamera schauenden Wehrmachtssoldaten.

»Mein Mann«, sagte die Bäuerin. Sie bete täglich, dass er gesund nach Hause komme, obwohl man sich nicht allzu viele Hoffnungen machen dürfe, wie sie wisse. Sie setzte eine Kasserolle aufs Feuer und rührte einen Klacks Schmalz hinein, dann begann sie ein paar Schwarzbrotscheiben anzubraten. Auch die beiden Ostarbeiterinnen waren nicht untätig: Eines der Mädchen, Swetlana, hackte Sauerkraut, das andere – Nelja hieß sie – schnitt Zwiebeln klein.

»Ich habe mir gedacht«, sagte die Bäuerin, »ich mache Ihnen Krautknödel. Ich hoffe, sie mögen Krautknödel.«

»Mögen ist gar kein Ausdruck«, sagte Mahr. Kaum etwas esse er lieber als Krautknödel. Die Haushälterin, die sie zu Hause in Wien gehabt hätten, habe ihnen auch öfter Krautknödel gemacht, das sei allerdings schon eine Weile her.

»Eine Haushälterin haben Sie gehabt?«, ließ sich die Bäuerin vernehmen. »Da müssen Ihre Eltern etwas Besseres gewesen sein.«

»Etwas Besseres?«, sagte Mahr. »Wie man's nimmt.«

Die beiden Ostarbeiterinnen saßen während des Essens mit am Tisch. Die Bäuerin faltete die Hände und sprach ein Tischgebet. Mahr senkte den Kopf, während sie die Gebetsformel murmelte: »Herr, segne uns und diese Gaben, die wir von deiner Güte empfangen haben, durch Christus, unseren Herrn. Amen.« Sie schob die Schüssel in Mahrs Richtung. »Nehmen Sie sich!« Mahr lud sich einige dampfende Knödel auf den Teller, sie waren etwas größer als die, die er von zu Hause her kannte, dann reichte er die Schüssel weiter an eines der Mädchen. Die Bäuerin ritzte ein Kreuz auf die Unterseite des Brotlaibs, sie schnitt ein paar Scheiben herunter und verteilte sie an die um den Tisch Sitzenden. Während des Essens wurde kaum ein Wort geredet. Erst als Mahr Swetlana, die leidlich gut Deutsch sprach, wie er feststellte, über ihre Lebens- und Familiengeschichte auszufragen begann, wurde die Atmosphäre bei Tisch ein bisschen entspannter.

Sie stamme aus einem Dorf namens F., erzählte das Mädchen, F. liege am Ufer des Flusses Slutsch. Ihre Eltern hätten, wie sie selbst und ihre älteren Geschwister, als Kolchosbauern in einem großen, auf Milch- und Fleischerzeugung spezialisierten Produktionsbetrieb gearbeitet. Anfangs, als die Deutschen mit ihren Panzern und Flugzeugen ins Land kamen, hätten viele im Dorf noch Hoffnungen in die Invasoren gesetzt, die meisten hätten die *Germanski* sogar als Befreier begrüßt, die der Ukraine endlich die ersehnte Unabhängigkeit bringen würden. Aber als die Besatzer begannen – und das ging sehr rasch –, Lebensmittel, Transportmittel und Treibstoffe zu requirieren und die Bevölkerung mit diversen

Schikanen zu drangsalieren, sei die Stimmung im Dorf sofort gekippt. Swetlanas älterer Bruder habe sich, wie viele Burschen der Gegend, schon nach wenigen Wochen den Partisanen angeschlossen, und auch sie selbst habe später mitgeholfen, die Kämpfer in den Wäldern mit Kleidung und Nahrung zu versorgen.

»Und wie sind Sie nach Bayern gekommen?«, fragte Mahr.

Swetlana lud sich einen Nachschlag auf den Teller – die Bäuerin hatte es ihr mit einem Nicken gestattet –, dann fuhr sie mit ihrer Erzählung fort. Eines Tages seien ukrainische SS-Männer im Dorf aufgetaucht, die hätten ein paar Dutzend Jugendliche auf dem Dorfplatz zusammengetrieben. Wer das Pech hatte, ihnen vor die Gewehrläufe zu geraten, war fällig: »He, du da, komm mal her!« Ob Bursche oder Mädchen, war den Soldaten egal, Hauptsache jung. Kein Mädchen auf dem Dorfplatz sei älter als achtzehn oder neunzehn gewesen. Unter der Androhung, ihre Mütter oder Geschwister an die Wand zu stellen, hatten die SS-Männer die jungen Leute gezwungen, sich »freiwillig« zum Arbeitseinsatz ins »Deutsche Reich« zu melden. Sie habe das Gefühl gehabt, erzählte Swetlana, ihren kleinen Bruder schützen zu müssen: Arkadi, der sich an diesem Vormittag in der Scheune versteckt hatte, war damals zwölf. Sie habe schreckliche Angst gehabt, dass ihm die SS etwas antun könnte. Nach einigem Hin und Her habe sie, wie viele andere auch, zugestimmt, mit nach Deutschland zu kommen. Nachdem sie einige Habseligkeiten zusammengepackt habe, seien die zum Dienst Verpflichteten auf Pferdewägen in die Kreisstadt Krasilow kutschiert worden. Auf dem dortigen Bahnhof habe man ihnen etwas Marschverpflegung ausgehändigt und sie in Güterwaggons verladen, dann sei der Zug in Richtung Deutschland abgefahren. Niemand von ihnen habe gewusst, wohin genau die Reise ging, ihr Zielort hätte ihnen auch nichts gesagt, denn sie hatten von Deutschland nicht die geringste Ahnung gehabt. Zwei Wochen lang seien sie unterwegs gewesen, man habe ihnen unterwegs gerade einmal das Nötigste zum Essen gegeben, am Ende der Reise, als sie alle schon am Ende ihrer Kräfte gewesen waren, hätten sie sogar noch mehrere Tage lang hungern müssen, dann habe man sie in einer großen Stadt aus dem Waggon getrieben. Das sei »Mjunchen« gewesen, wie man ihnen mitteilte. Nach der Registrierung durch die deutschen Behörden und einer gründlichen Entlausung in einer der Münchner Desinfektionsanstalten sei sie zusammen mit zwei Dutzend anderen Mädchen, darunter auch Nelja, in einem Autobus nach Traunstein gebracht worden, und dort, auf dem Bahnhofsvorplatz, hätten die Bauern der Gegend sich ihre Hilfskräfte aussuchen dürfen.

Sie hätten Glück gehabt, sagte Nelja, dass sie zur Piesingerbäuerin gekommen seien, die Piesingerbäuerin sei eine gute Frau. Sie behandle sie anständig, und sie bekämen ausreichend zu essen und zu Maria Lichtmess immer neue Kleider.

Der Bäuerin war es unangenehm, so gelobt zu werden. Genug getratscht, sagte sie, Nelja und Swetlana sollten mit dem Abwasch beginnen, während sie noch einmal im Stall nach dem Rechten sehe. Und dann heiße es ab ins Bett, morgen früh ginge es ja weiter mit der Feldarbeit. Anfang nächster Woche spätestens müssten sie mit der Gerste-Einsaat fertig sein.

Alle standen auf. Mahr half die Teller wegzutragen. Swetlana und Nelja machten sich ans Geschirrspülen. Die Bäuerin schlapfte zu einem der beiden Bauernkästen im Raum und holte eine Flasche Schnaps hervor. Ein selbst gebrannter Obstler, noch von ihrem Mann, sagte sie, Mahr solle sich bedienen, hier im Haus trinke niemand Hochprozentiges.

Das ließ er sich nicht zweimal sagen. Die Bäuerin schenkte ihm ein, er kippte den Schnaps in einem Zug hinunter, sie schenkte ihm nach.

»Ich würde gern noch etwas mit Ihnen besprechen«, sagte er.

»Was denn?« Sie stellte die Flasche zurück in den Schrank.

»Ich würde gern noch ein Weilchen hier auf dem Hof bleiben. Ist zu gefährlich, sich jetzt wieder rauszutrauen.«

»Wir haben doch gestern schon darüber geredet.«

»Ich weiß …«

»Mir ist es recht, wenn Sie hierbleiben.«

»Bloß, es gibt ein Problem«, sagte Mahr. »Ich brauche einen Marschbefehl. Ohne Marschbefehl komm' ich nicht einmal bis Teisendorf.«

»Ja, und?«

»Ich habe alles, was ich brauche, um einen Marschbefehl herzustellen: Leerformulare, Stempel, alles hab ich – bis auf eine Schreibmaschine.«

Sie schaute ihn ratlos an. »Ich habe keine Schreibmaschine.«

»Und gibt's irgendwo eine Möglichkeit, zu einer zu kommen?«

Die Bäuerin dachte nach. Vielleicht über ihre Freundin Gerti, sagte sie, die Kirchenwirtin drüben in Surberg, die habe eine Schreibmaschine, so weit sie wisse. Aber darüber müsse sie erst noch nachdenken. Die Gerti sei keine Nazi, das nicht, aber ob man ihr so weit vertrauen könne, dass sie kein »G'schiss« mache wegen so einer Sache, das müsse sie sich noch durch den Kopf gehen lassen.

Am Morgen drückte sie ihm ein paar Bücher aus der Bibliothek ihres Mannes in die Hand: Paula Groggers »Grimmingtor«, die Weltkriegserinnerungen eines bayerischen

Infanteristen und ein paar aus dem Leim gehende Heimatkalender aus der Vorkriegszeit.

Mahr lag auf dem Heuboden, die eingerollte Wolldecke unter den Kopf geschoben. Nachdem er seine Situation überdacht und längere Zeit über Sigmunds Verrat nachgegrübelt hatte – er kam nicht und nicht dahinter, warum der Schweinehund Willi und ihn ans Messer geliefert hatte –, begann er sich in die Erinnerungen des bayerischen Weltkriegsinfanteristen zu versenken, eines Jurastudenten aus Landshut, der dreieinhalb Jahre lang die Schrecken des Stellungskriegs an der flandrischen und nordfranzösischen Front miterlebt hatte. Es war eine unverdauliche Mischung aus Unterstandsromantik und nationalistischem Militarismus, die der Infanterist da in sprachlich eher dürftiger Weise angerührt hatte. Mahr war gerade in die Schilderung eines Sturmangriffs auf englische Stellungen vertieft – »Ich riss die Zündschnur ab und schleuderte meine Handgranate in wohlgezieltem Bogenwurf dem Tommy vor die Füße ...« –, als er auf dem Hof draußen Männerstimmen vernahm. Er langte nach dem Karabiner. Mit raschem Griff, in der Grundausbildung hundertfach geübt, entsicherte er die Waffe. Er duckte sich an die Bretterwand und spähte durch ein winziges Guckloch, das er sich gestern Abend mit dem Messer geritzt hatte, um einen, wenn auch eingeschränkten Überblick über das Geschehen draußen auf dem Hof zu haben. Was er sah, beschleunigte seinen Puls: Eine Gendarmerie-Streife. Zwei ältere Männer in Uniform, die ins Gespräch mit Swetlana vertieft waren. Die Ostarbeiterin antwortete beflissen auf die Fragen der Uniformierten. Sie gestikulierte mit beiden Händen, schüttelte den Kopf, murmelte etwas, das Mahr nicht verstand. Einer der Männer zeigte in Richtung Wald, sie schüttelte erneut den Kopf, zuckte mit den Schultern.

»Die hat fei ka Ahnung«, verkündete einer der Gendarmen.

Der andere wollte nicht lockerlassen. Er redete auf Swetlana ein, fragte nach, wies auf die Obstwiese, die einen Teil der Talmulde bedeckte.

Swetlana wimmelte die beiden ab. Mahr beobachtete, wie die Uniformierten noch eine Runde ums Haus drehten und dann über den matschigen Pfad in Richtung Waldrand hinaufstapften. Mit einem Seufzer der Erleichterung drückte er den Sicherungshebel des Karabiners hoch.

In den nächsten Tagen blieb es ruhig, kein Polizeitrupp, keine Volkssturm-Streife, keine tatendurstigen HJ-Pimpfe auf der Suche nach Heldentaten ließen sich auf dem Piesingerhof blicken.

Mahr vertrieb sich die Zeit mit Rauchen, Schlafen, Lesen. Jeden Morgen beobachtete er, wie die Bäuerin einen stämmigen Schimmel vor die Sämaschine spannte und mit Nelja zur Gerste-Aussaat oder einer anderen Art von Feldarbeit abzog; er beobachtete die Kinder, denen über ihren Spielen keine Sekunde langweilig zu werden schien: Sie warfen Murmeln, übten Seilspringen und schleppten voluminöse Steine zum Bach hinter dem Haus. Abends und frühmorgens, im Schutz der Dunkelheit, pirschte Mahr sich zum Plumpsklo hinter dem Kuhstall, um seine Notdurft zu verrichten und im Schein der Taschenlampe wochenalte Nachrichten auf den als Klopapier dienenden Zeitungspapierfetzen zu lesen. Zweimal täglich erschien Swetlana in der Scheune und brachte ihm zu essen, fingerdick mit Schmalz bestrichene Brote, einen Kessel Milchsuppe oder einen Topf Erdäpfelauflauf. Er hätte sich gern nützlich gemacht, hätte liebend gern Holz gehackt oder den Stall ausgemistet, aber das war nach Einschätzung der Bäuerin zu gefährlich – eine Einschätzung, der er nicht widersprechen mochte. Und so verbrachte er seine Zeit mit Nichtstun. Was immerhin den Vorteil hatte, dass er in Ruhe über sein weiteres Vorgehen nachdenken konnte. Das Treffen mit Willi nächsten Mittwoch in Salzburg konnte er vergessen, wie ihm klar war: Er würde es nicht rechtzeitig nach Salzburg schaffen, und er konnte nicht davon ausgehen, dass sich Willi zu ihrem Treffpunkt würde durchschlagen können.

Nach einigem Hin und Her fasste Mahr den Entschluss, Agnes Pieczonka, die Genossin, von der Willi im Traunsteiner Bahnhof gesprochen hatte, aufzusuchen, sobald er in Salzburg war. Vielleicht hatte der Kamerad sich bei der Pieczonka gemeldet, wenn nicht, war sie möglicherweise in der Lage, ihm mit Kontakten weiterzuhelfen. Im Fall des Falles, überlegte er, blieben ihm immer noch Willis Eltern in Attnang-Puchheim. Mahr rief sich die Adresse in Erinnerung: »Oberstraß 32 …«. Das Elternhaus des Freundes lag etwas außerhalb von Attnang, wie ihm Willi immer wieder eingeschärft hatte, gut denkbar – wenn auch gefährlich –, dass Willi dort Zuflucht gesucht hatte: »Oberstraß 32«, memorierte Mahr, »Oberstraß 32 …«

Auf jeden Fall war er entschlossen, den Auftrag, zu dessen Erfüllung er sich verpflichtet hatte, fortzuführen, im Notfall auch ohne Willi. Dazu brauchte er allerdings – die nächste demoralisierende Schwierigkeit – ein Funkgerät.

Eines Tages kam die Bäuerin von einem Gang ins Dorf zurück. Er vertrat sich gerade die Beine zwischen Egge, Pflug und anderen landwirtschaftlichen Geräten, als sie zu ihm in die Scheune schlüpfte und mit triumphierender Miene verkündete: »Hier, Ihr Marschbefehl!«

Es war nicht leicht gewesen, das Papier zu organisieren. Die Bäuerin hatte eine Tauffeier ausgenützt, die ihre Freundin, die Surberger Kirchenwirtin, den ganzen Nachmittag über in Anspruch genommen hatte. Während Gerti, die Freundin, mit vollem Tablett zwischen Gaststube und Küche hin und her gehetzt war, hatte sich die Bäuerin in den Wirtschaftsraum im ersten Stock geschlichen, der der Kirchenwirtin als Büro diene. Sie habe den Marschbefehl in die Schreibmaschine gespannt und Mahrs Angaben folgend ausgefüllt, wobei sie sich mit dem Auffinden der einzelnen Buchstabentasten ordentlich habe plagen müssen, schließlich sei sie keine Stenotypistin.

Mahr griff nach dem Dokument und überprüfte die mit schwächelndem Farbband getippten Angaben. Er fand nichts auszusetzen. Der Marschbefehl bestätigte, dass der Gefreite Hans Bernersdorfer vom »781. Inf. Reg.« sich auf dem Weg von München-Harlaching über Salzburg und Linz nach Reichenberg im Sudetenland befinde, wo er sich auf schnellstem Weg bei seiner Dienststelle einfinden werde.

»Das haben Sie großartig gemacht!«, sagte Mahr, während er die Hände der Piesingerbäuerin nahm und an seine Brust drückte. »Sie haben keine Ahnung, was der Wisch für mich bedeutet.«

Am nächsten Morgen um fünf – ein eisiger Aprilwind fegte von den Hügeln herab – brach er auf. Die Bäuerin stopfte ihm ein Proviantpaket in den Tornister, Brot und ein Stück Selchfleisch und ein paar eingeschrumpfte Winteräpfel, während Nelja seine Feldflasche mit Most füllte. Sie sollten nur ja keinen Lärm machen, mahnte die Bäuerin, die Kinder dürften nicht geweckt werden. Mahr deponierte seine Papiere in der Brusttasche und schlüpfte in die Stiefel, dann schulterte er den Rucksack, hängte sich den Karabiner um und stapfte in voller Marschadjustierung ins Durchhaus hinaus, wo es ans Verabschieden ging.

»Ich werde Ihnen das nicht vergessen«, sagte er, die Hand der Piesingerbäuerin in der seinen haltend. »Wenn ich … den Krieg überlebe, werde ich mich erkenntlich zeigen.«

Sie habe nur ihre Christenpflicht erfüllt, erwiderte die Bäuerin mit schmalen Lippen. »Passen Sie auf sich auf!«

Nachdem er sich auch von den ukrainischen Mädchen verabschiedet hatte, trat Mahr den Abmarsch an. Nach ein paar Schritten drehte er sich noch einmal um. Die Frauen standen im erleuchteten Hauseingang und winkten. Er winkte zurück und marschierte in gleichmäßigem Tempo den Abhang hinauf in Richtung Waldrand. In sechs oder sieben Stunden, wenn er sich dranhielt, war er in Salzburg.

WIEN, 19. APRIL 2011

Christine stand wie jeden Tag um sechs Uhr dreißig auf, um mit mäßigem Engagement die gymnastischen Übungen zu absolvieren, die ihr die Physiotherapeutin im Otto-Wagner-Spital gegen die Rückenschmerzen verordnet hatte, die sie seit Längerem quälten. Nach dem Frühstück nahm sie Bobby an die Leine, um mit ihm zu einem Spaziergang in die Weinberge vor der Stadt aufzubrechen. Die frische Luft tat ihr gut: Die Frühsonne lag auf den Reben, da und dort blühten Traubenhyazinthen zwischen den Stöcken. Als sie die letzten Häuser hinter sich gelassen hatte, neugotische Villen und funktionalistische Mehrfamilienhäuser im Stil der 1970er-Jahre, ließ sie Bobby von der Leine. Ein wärmender Wind strich über die Abhänge, während der Hund zwischen den Weingärten herumbolzte. Christine setzte sich auf eine Bank, streckte die Beine von sich und genoss den Ausblick über die Dächer der Stadt. Um viertel vor acht fuhr sie ins Geschäft, wo Gaby den Hund in ihre Obhut nahm – sie hatte sogar Kauknochen besorgt, damit es Bobby an nichts fehlte, während Christine ins Spital fuhr.

Kurz vor halb neun betrat sie den Eingangsbereich des »Allgemeinen Krankenhauses«, sie kaufte einen Strauß Gerbera und weißer Lilien, dann fuhr sie mit einem der Lifte in den 19. Stock und klopfte an die ihr bekannte Tür.

Ihr Vater sah erbarmungswürdig aus. Blass und hohlwangig lag er in seinem Bett, die Augen geschlossen, der Mund ein schmaler, bläulicher Strich. Eine durchsichtige Flüssigkeit tropfte aus einem Infusionsfläschchen in die Kanüle, die man ihm in der rechten Armbeuge gesetzt hatte. Christine wickelte die Blumen aus dem Umschlagpapier, sie knüllte das Papier zusammen und durchsuchte die Schränke im Raum nach einer Vase.

»Auf dem Gang«, flüsterte ihr Vater, »die Vasen … sind draußen am Gang.« Ein erschöpftes Lächeln lag auf seinen Lippen.

»Danke, Papa.«

»Am besten, du stellst die Blumen auf den Tisch«, sagte er mit schwacher Stimme, »ich will sie sehen können.«

Christine verließ den Raum. Eine der Schwestern im Dienstzimmer händigte ihr eine Vase aus, ein hohes, konisches Kunststoff-Ding, das ziemlich modisch aussah, sie kehrte ins Zimmer zurück und arrangierte die Blumen auf dem Esstisch am Fenster.

»Wie geht's dir, Papa? Hast du Schmerzen?«

»Geht so.« Seine Stimme war ein heiseres Flüstern.

»Du wirst sehen, in zwei, drei Wochen bist du wieder auf dem Damm.« Sie rückte den Sessel an sein Bett und strich ihm das Haar aus der Stirn.

»Im Moment fühlt es sich nicht so an, als ob ich das wäre.«

Christine bemühte sich um ein Lächeln. Sie nahm seine Hand. »Ach, Papa.«

»Hast du die Unterlagen … mitgebracht?«

»Ja, natürlich.« Sie kramte die Versicherungspapiere aus ihrer Handtasche. »Ich leg sie dir hier aufs Nachtkästchen. Oder soll ich sie später der Schwester draußen geben?«

»Gib sie der Schwester, wenn's keine Umstände macht.« Er schloss die Augen und drückte ihre Hand. Eine Weile saß sie so bei ihm.

»Darf ich dich etwas fragen, Papa?« Christine legte ein Zögern in ihre Stimme, als sei sie nicht sicher, ob sie ihn mit ihrem Anliegen behelligen durfte.

»Worum … geht's?«

»Ich frage mich, was das für Notizbücher sind, die ich … auf deinem Schreibtisch gefunden habe?«

»Was?«

»Na, die Notizbücher, auf deinem Schreibtisch? Ich hab dort Notizbücher gefunden.«

»Ach, die.«

Er schien keine Lust zu haben, sich über das Thema groß zu verbreitern. Sie hatte das Gefühl, dass er seine Hand ein kleines Stück zurückzog, aber sie ließ nicht locker. »Der Deserteur, über den du da schreibst, der Wehrmachtssoldat – das ist doch, das bist doch du, oder nicht?«

Ein unwilliges Stöhnen machte deutlich, dass die Notizbücher wirklich das Letzte waren, worüber er im Augenblick sprechen wollte.

»Das sind *deine* Erlebnisse, Papa, hab ich recht? Du hast bloß die Namen geändert – von Maurer in Mahr, sonst ist alles haargenau so beschrieben, wie du's erlebt hast, stimmt's?«

»Wie kommst du denn darauf?«

»Ach, komm schon, Papa, mir kannst du nichts vormachen.« Christine hatte die Figur ihres Vaters auf Anhieb erkannt. Der familiäre Hintergrund, die politischen Aspekte, die Psychologie, das alles baute, von ein paar unerheblichen Details abgesehen, praktisch eins zu eins auf seinen Kriegserlebnissen auf. Und auch, wer *Willi* war, der kommunistische Eisenbahner, hatte sie sofort durchschaut: Das war niemand anderer als Onkel Kurt, ihr Nennonkel aus Bad Goisern, den sie als Kind zusammen mit ihrem Vater so gut wie jeden Sommer besucht hatte.

»Edelweiß, das war dein Deckname, oder?«

»Ich will nicht … über die Sache reden.«

Es klopfte. Eine Krankenschwester steckte den Kopf durch den Türspalt. »Haben Sie alles, was Sie brauchen?«

»Ja, danke, Schwester.«

»Oh, ich sehe …« Die Schwester kam ins Zimmer und machte sich mit routinierten Handgriffen am Infusionsfläschchen zu schaffen. Sie klemmte das Infusionsbesteck ab und hängte eine neue Flasche in die Halterung. Innerhalb einiger weniger Sekunden war die Sache erledigt. »Um halb zehn kommt die Visite«, sagte sie, während sie Christine ein aufmunterndes Lächeln zuwarf: »Sie müssten dann bitte für ein paar Minuten draußen auf dem Gang Platz nehmen.«

»Klar, kein Problem«, sagte Christine, während die Schwester im Badezimmer verschwand. Man hörte, wie sie das Wasser aufdrehte und irgendwelche hastigen Verrichtungen vornahm, kurz darauf war sie auch schon wieder aus dem Zimmer.

Durch geduldiges Nachfragen bekam Christine schließlich heraus, was es mit den Notizbüchern ihres Vaters auf sich hatte. Nach seinem Engagement bei der »Organisation für wirtschaftliche Zusammenarbeit« in Paris hatte er sich im Sommer 1962 zweieinhalb Monate freigenommen, um seine Erlebnisse während der letzten Kriegswochen zu Papier zu bringen. Er sei zum Schreiben auf den Semmering gefahren, erzählte er mit schwacher Stimme, in ein Gästehaus der Gewerkschaft, wo er sich allerdings durch ausgedehnte Berg- und Kraxelabenteuer immer wieder von der Arbeit habe ablenken lassen.

»Das kann ich mir vorstellen«, lächelte Christine, die sich nur allzu gut daran erinnerte, wie schwer es ihrem Vater gefallen war, auf seine geliebten Gebirgstouren zu verzichten, nachdem er sich ein paar Wochen nach seinem 80. Geburtstag bei einer Tour auf den Hochschwab die rechte Kniegelenkskapsel eingerissen hatte.

»Aber eins versteh' ich nicht«, sagte sie. »Warum hast du einen Roman geschrieben? Du hättest doch genauso gut eine Autobiographie schreiben können. Wär das nicht … einfacher gewesen?«

»Ach was.« Das Sprechen fiel ihm schwer, aber nach und nach, stockend und von längeren und kürzeren Atempausen unterbrochen, rückte er doch mit der Geschichte heraus. »Ich habe das Ganze als Roman geschrieben, weil ich meine Spuren … verwischen wollte. In Österreich hast du dich zu dieser Zeit … als Wehrmachtsdeserteur … nicht rasend beliebt gemacht. Du darfst nicht vergessen, das waren … die 60er-Jahre.«

»Ja, kann ich mir vorstellen.«

»Wenn du das damals an die große Glocke gehängt hast …, dass du für die Alliierten gearbeitet hast …, da warst du ganz schnell das Kameradenschwein, verstehst du …?«

Christine nickte.

»… der Gesinnungslump und … Vaterlandsverräter, der mit dem Feind … gemeinsame Sache gemacht hat.«

Der alte Mann schloss die Augen. Christine gönnte ihm eine kurze, von rasselnden Atemzügen erfüllte Erholungspause. Nachdem sie ihm einen Schluck Tee eingeflößt hatte, fragte sie noch einmal nach: »Und deshalb hast du das Manuskript nicht veröffentlicht – weil du dir die schlechte Nachrede nicht antun wolltest?«

»Unter anderem deshalb …, ja.«

»Gibt es noch einen anderen Grund?«

Er seufzte. »Es läuft wohl darauf hinaus, dass ich mit dem Manuskript nicht zufrieden bin. Ich habe ein paar Mal versucht, das Ganze zu überarbeiten, aber ich habe jedes Mal … denselben Eindruck gehabt. Es ist irgendwie … unbefriedigend.«

»Wieso? Die Geschichte liest sich doch gut.«

»Wieviel … hast du gelesen?«

»Nur den … ersten Teil.«

Ihr Vater hob die Hand und machte eine kraftlose Gebärde, als käme es darauf jetzt auch nicht mehr an, dass seine Tochter ihre Nase ohne zu fragen in seine privaten Aufzeichnungen steckte.

»Ich weiß nicht, wie ich es sagen soll. Die Geschichte, die ich geschrieben habe, wirkt so … geglättet, verstehst du?«

Christine schaute ihn an. »Ehrlich gesagt, nein.«

»Na ja, man bekommt eine zusammenhängende … Geschichte serviert, alles passt mit allem zusammen … ein Handlungsstrang geht in den anderen über … Aber so war es nicht, verstehst du? Es war … komplizierter.«

»Mir ist nicht klar, was du meinst, Papa.« Sie nahm seine Hand und drückte sie sanft.

»Der Text wird dem, was ich erlebt habe, … nicht gerecht. Die Realität war chaotischer, verwirrender, unstrukturierter, verstehst du? In dem Moment, in dem man eine nachvollziehbare … Geschichte daraus macht – Ursache, Wirkung, Ursache, Wirkung –, in dem Moment lügt man schon.«

»Ich weiß nicht, ob ich das auch so sehe. Dann wäre ja jede Geschichte eine Lüge.«

»Vielleicht«, sagte er. »Vielleicht ist es so. Vielleicht ist jede Geschichte eine Lüge.«

Das Reden strengte ihn an. Der Druck seiner Hand wurde schwächer, er ließ den Kopf tiefer ins Kissen sinken. Flüsternd bat er um etwas zu trinken. Christine nahm die Schnabeltasse vom Nachtkästchen und flößte ihm noch einen Schluck Tee ein.

Ein sonniger Frühsommernachmittag, 1963 oder 1964, sie war gerade erst aufs Gymnasium gekommen. Christine und ihr Vater hatten das schöne Wetter genützt, um gemeinsam mit einem von Vaters Freunden, dem Rudi Marehardt, einen Sonntagsausflug auf die Raxalpe zu unternehmen. Von der Ortschaft Hirschwang aus waren sie mit der Seilbahn auf 1500 Meter Seehöhe gegondelt, dann hatten sie eine Tour zur »Gloggnitzer Hütte« in Angriff genommen. Zwischen Latschenkiefern und verkrüppelten Fichten waren sie über die weitläufige Almenlandschaft gewandert, in Bergschuhen und wetterfester Kleidung, wie es sich gehörte, ausgerüstet zudem mit einem kleinen, gewölbten Metallfläschchen, aus dem sich die Männer dann und wann mit einem Schluck Zwetschkenschnaps gestärkt hatten. Immer wieder hatten sie während der Wanderung über die aufregenden Dinge gesprochen, die Christine mit ihrem Vater während der gemeinsamen Venedig-Reise über die Pfingstfeiertage unternehmen wollte. Sie hatte sich auf diese Reise gefreut wie bis dahin auf kaum etwas in ihrem Leben: San Marco, der Dogenpalast, das Caffè Florian, die Friedhofsinsel San Michele, die Glasbläser in Murano – das alles, so hatte ihr Vater versprochen, sollte sie zu sehen bekommen, darüber hinaus wollte er ihr die Bilder von Tizian und Tintoretto zeigen, die in der Accademia hingen, darunter die unvollendete Pietà, die der alte Tizian nicht mehr hatte fertig malen können.

Auf der Rückfahrt nach Wien hatten sie einen Reifenplatzer gehabt, gottlob bei niedriger Geschwindigkeit, Rudi Marehardts NSU kam trotzdem auf dramatische Weise ins Schlingern, bevor Rudi den Wagen irgendwo auf halber Strecke zwischen Payerbach und Neunkirchen zum Stehen bringen konnte. Es dauerte eine halbe Stunde, bis die Männer den Reifen gewechselt hatten, dazu kam eine weitere dreiviertel Stunde, die sie in einem Gastgarten am Ortsrand von Neunkirchen verbrachten, um auf den Schreck ein Krügel Bier zu trinken (für Christine gab's Palatschinken und zwei Flaschen Privoznik-Kracherl). Als sie schließlich abends um halb zehn im Matzleinsdorfer Hochhaus eintrafen und Christines Mutter mit versteinerter Miene die Tür aufmachte, waren sie um zweieinhalb Stunden zu spät. Ihr Vater glaubte sich mit einer halbherzig dahingemurmelten Entschuldigung aus der Affäre ziehen zu können, aber damit war die Sache natürlich nicht abgetan. Christine war schon die ganze Fahrt über klar gewesen, dass ihre Verspätung einen gewaltigen Krach zur Folge haben würde. Sie kannte das terroristische Potential ihrer Mutter, die zerstörerischen Energien, die Hermine Maurer entfalten konnte, wenn sie sich zurückgesetzt, übergangen, missachtet fühlte.

An diesem Abend machte Christines Mutter ihrem Ex-Mann eine Szene, die alles bisher Dagewesene weit in den Schatten stellte. Christine war bereits während der Anfangsscharmützel in ihr Zimmer geflüchtet und hatte die Tür hinter sich geschlossen. Der Streit gipfelte in dem mit kalter Wut vorgebrachten Verdikt ihrer Mutter, die Fahrt nach Venedig könne sich Christines Vater nach diesem erneuten Beweis seiner notorischen Unzuverlässigkeit ein für alle mal aus dem Kopf schlagen, er glaube doch nicht im Ernst, sie lasse ihn zur Belohnung für die wiederholte Missachtung der gerichtlich vereinbarten Besuchszeiten mit ihrer Tochter nach Italien fahren und dort den Vorzeigevater spielen.

Ein Hermine-Maurer-Ausbruch, wie ihn Christine bis zum Krebstod ihrer Mutter im Herbst 1988 noch viele Male erleben sollte.

Auch wenn sie nach tagelangen Verhandlungen schließlich doch mit nach Venedig hatte fahren dürfen: Es war eine jener Szenen gewesen, die ihr das Leben über Jahre hinweg unerträglich gemacht hatten. Das war *noch* etwas – neben seiner zeitweisen Absenz –, was sie ihrem Vater viele Jahre lang zum Vorwurf machte: dass er sie ohne Schutz und Schirm bei seiner Ex zurückgelassen hatte. Er hatte sich ohne ein Wort der Erklärung aus dem Staub gemacht im Februar '58 und sie dem Regime ihrer neurotischen Mutter überantwortet. Er hatte sie ihr ausgeliefert. Unentschuldbar.

Christine saß auf einem Plastiksessel in der Nähe der Lifte, um noch etwas Kraft zu schöpfen, bevor sie ins Geschäft zurückfuhr. Sie hatte das Bedürfnis zu weinen. Aber es ging nicht. Sie trug, das spürte sie, eine erdrückende Traurigkeit in sich, zugleich fühlte sie sich wie versteinert. Auf »Ebene 19« herrschte die Betriebsamkeit eines ganz normalen Werktags in einem ganz normalen Großstadtkrankenhaus: Betten wurden vorbeigeschoben, eine Putzfrau wischte den Linoleumfußboden, eine Greisin im Krankenhaus-Nachthemd trippelte mit winzigen Schritten in Richtung orthopädischer Station. Christine zog ihren Taschenspiegel hervor und puderte sich Wangen und Stirn, um sich die Erschöpfung so gut es ging aus dem Gesicht zu schminken. In diesem Augenblick ging die Lifttür auf und ihr Sohn Timo trat auf den Gang, mit gesenktem Kopf tippte er etwas in sein Handy.

»Timo, das ist schön, dass du da bist. Dein Opa ist noch ziemlich, na ja, du wirst es ja selber sehen.«

Sie ließ die Schminksachen in der Handtasche verschwinden und drückte ihm einen Kuss auf die Stirn.

»Schon gut, Mama. Wo liegt er denn?« Timo klappte das Handy zu und schob es in die Hosentasche.

»Zimmer 23. Da vorn.« Sie hakte sich bei ihrem Sohn ein, wogegen er keine Einwände erhob, vor ein paar Jahren wäre das noch vollständig undenkbar gewesen. »Ich begleite dich zu ihm«, sagte sie, »dann muss ich ins Geschäft.«

Sie passierten die gläserne Doppeltür und gingen am Schwesternzimmer und einigen Krankenzimmern vorbei, nach wenigen Schritten standen sie vor dem Zimmer ihres Vaters. »Ich bin mir zwar nicht sicher, ob er sie essen kann, aber ich hab ihm Pralinen mitgebracht.« Timo griff in eine aus ausgedienten Lkw-Planen gefertigte Umhängetasche und holte eine Packung Konfekt hervor.

»Du hast recht, das wird er wirklich nicht essen können«, sagte Christine. »Na ja, der Wille steht fürs Werk.«

Sie klopfte an – leise, um ihren Vater nicht zu wecken, falls er schlafen sollte –, dann traten sie ein.

Der alte Mann war wach. Er wirkte überrascht. »Timo«, sagte er, während er versuchte, sich im Bett aufzurichten, was ihm eher schlecht als recht gelang. »Timo, wir haben uns ja ... wie lange haben wir uns nicht mehr gesehen?«

»Tut mir leid, Opa, ich bin, na ja, auf der Uni ziemlich eingespannt.«

»Das hör ich gern. Ich kann mich erinnern ... mein Vater ... also, der hat immer ... Wilhelm Busch zitiert: »Also lautet ein Beschluss: Dass der Mensch was lernen muss ...« Nicht wahr?«

»Ja ... da ist was dran.« Timo versuchte ein Lächeln, aber es gelang ihm nicht so recht. Der Anblick seines Großvaters ging ihm an die Nieren, das war nicht zu übersehen.

»Wie geht's dir denn, Opa?« Timo räusperte sich, während er einen Sessel neben das Bett schob. »Du wirkst nicht gerade, als ob ... na ja ...«

Der alte Mann schaute seinen Enkel an. »Was soll ich sagen, Timo, wie soll's einem alten Tatterer schon gehen? Hingefallen bin ich halt ... Deine ... Mutter hat's dir sicher erzählt. Schwindlig ist mir geworden, und dann bin ich hingefallen. Blöde Sache. Aber was soll man machen, wenn man … alt wird?«

»Ich hab dir was mitgebracht, Opa.« Timo legte die Bonbonniere aufs Nachtkästchen. »Ist nur eine Kleinigkeit … aber …«

»Das wird ein bisschen dauern, bis ich die … genießen kann, vielen Dank. Aber jetzt sag einmal, was für … Vorlesungen besuchst du dieses Semester? Das … interessiert mich.«

Timo erzählte von den Lehrveranstaltungen, für die er sich eingeschrieben hatte, er berichtete von der Hegel-Einführung bei Behrendt, den Seminaren über französische Phänomenologie bei Mayer-Holtenau und eine Vorlesung über die Ästhetik des Hässlichen bei einem Professor, der öfter in Ö1 zu hören war; auch auf seine Erfahrungen als Gasthörer auf dem Institut für Geschichte kam er zu sprechen.

»Ah, Geschichte hörst du auch? Gut … sehr gut. Nichts schlimmer als blindes Fachidiotentum, sag ich immer. Unterrichtet der … wie heißt er … der Hlavácek noch?«

Timo zuckte die Schultern. »Also, der Name sagt mir nichts.«

»Na ja, wird auch schon emeritiert sein. Wenn er überhaupt noch lebt. Das weiß man ja heutzutage … nicht mehr, wer aller noch … lebt und wer … nicht.«

Für einen Augenblick schloss der alte Mann die Augen, das Reden zehrte an seinen Kräften. Die elektronischen Herzlinien auf dem Monitor liefen in beruhigender Gleichmäßigkeit auf und ab, sein Atem ging flach und stockend. »Und die Politik, ich meine die … Unipolitik …« Er schien wieder etwas Kraft geschöpft zu haben. »Du haust dich da ordentlich rein, will ich annehmen.«

»Schlechtes Thema«, sagte Christine. »Ganz schlechtes Thema. Wir sollten über irgendetwas anderes reden. Ich habe zum Beispiel gestern …«

»Warum willst du denn nicht über Politik sprechen?«, beharrte der alte Mann. »Es ist wichtig, sich politisch einzubringen, vor allem … wenn man … Philosophie studiert.«

»Seh ich auch so«, sagte Timo, »aber weißt du, Opa, ich fürchte, dass du nicht sehr erfreut wärst über das, was ich auf diesem Gebiet jetzt …«

Christine warf ihrem Sohn einen drohenden Blick zu. Sie schüttelte unmerklich den Kopf.

»Also, ich bin gerade dabei, mich da ein bisschen umzusehen«, sagte Timo. »Es gibt ein paar neue interessante Gruppierungen … Aber Mama hat recht, besser, wir reden ein anderes Mal drüber.«

»Soll ich dir was sagen, Timo?« Der Anflug eines Lächelns erschien auf den Lippen des alten Mannes, während er die Hand seines Enkels ergriff: »Ich habe schon viele Gruppen kommen und gehen sehen, auf der Uni und außerhalb der Uni, aber meiner Erfahrung nach landen die meisten, … wenn sie erwachsen sind, eh wieder bei der Sozialdemokratie.«

Christine lachte. »Da kenn ich schon ein paar Gegenbeispiele, Papa.«

»Ach, du und deine … Freunde.« Jetzt verzog ihr Vater den Mund zu einem zahnlosen Lächeln. »Musst du nicht ins Geschäft, Christine? Mir kommt vor … nicht, dass du zu spät kommst.«

Sie warf einen Blick auf die Uhr. »Ja, stimmt, Papa, ich muss weg.«

»Ich bleib noch ein bisschen bei dir, Opa«, verkündete Timo. »Die Vorlesung beginnt erst um zwölf.«

»Das ist gut«, sagte Christine. »Dann hat dein Opa noch ein bisschen Gesellschaft.« Sie hauchte ihrem Vater einen Kuss auf die Stirn und drückte Timo an sich. »Schön, dass du gekommen bist«, flüsterte sie, während ihr Sohn sich der Umarmung mit einer steifen Bewegung entwand.

»Hältst du mich für einen Unmenschen?«

Sanja, das Lehrmädchen, hatte sich krank gemeldet – eine Erkältung –, was bedeutete, dass Gaby Christines Eintreffen sehnsüchtig erwartete: Jetzt, in der Osterwoche, herrschte mehr Betrieb als sonst, die Leute deckten sich mit Lesestoff für die Osterferien ein, für eine allein war der Kundenandrang an diesem Tag kaum zu schaffen. Christine warf den Trenchcoat über den Kleiderständer und wandte sich, nachdem sie den um ihre Beine streichenden Bobby mit einem Flankentätscheln begrüßt hatte, Herrn Dr. Mayer zu, einem pensionierten Verfassungsjuristen, der die von ihm bestellten Fachbücher abholen wollte. Während sie Dr. Mayer bediente und Gaby einen der schönen roten Halbleinenbände mit Zen-Gedichten des koreanischen Dichters Ko Un geschenkmäßig einpackte, warteten bereits drei, vier andere Kunden darauf, bedient zu werden. Bobby rollte sich auf der Wolldecke unter dem Kassentisch zusammen und legte die Schnauze auf die Pfoten, während Christine mit einem Anflug von Genervtheit hörte, wie das Telefon auf dem Kassentisch zum vierten Mal innerhalb der letzten drei Minuten klingelte.

Als sie um 18.00 Uhr die Drehständer mit den Kunstpostkarten von der Straße hereinholte, hatten sie so viele Bücher verkauft wie schon lange nicht mehr, darunter ein Standardwerk über Kakteenzucht, eine »Artemis-und-Winkler«-Dünndruckausgabe von »Jane Eyre«, zwei Häkelmützenbücher, dreimal den neuen Houellebecq und viermal Arno Geigers Alzheimer-Buch. Dazu kamen jede Menge Psycho-Ratgeber und Krimis, ein paar Dutzend Kinderbücher sowie zwei oder drei Hardcover-Kassetten der »Harry Potter«-Gesamtausgabe.

Nachdem sie den Laden geschlossen und Gaby nach Hause geschickt hatte, machte Christine in aller Eile die Abrechnung: 1.927,80 Euro Tagesumsatz. Wenn das nach Ostern so weiterging – wovon man natürlich nicht ausgehen durfte –, müsste sie sich um die Zukunft keine allzu großen Sorgen mehr machen. Christine nahm das Geld aus der Kasse und zählte es ab, dann machte sie die Tageseinträge im Kassabuch und überprüfte ein letztes Mal, ob die Alarmanlage ein- und die Espressomaschine ausgeschaltet war. Als sie das Licht löschte und mit der Hundeleine wedelte, strich ihr Bobby jaulend um die Beine.

Am Abend rief sie Tante Hanna an, um sie über Vaters Krankenhausaufenthalt zu informieren. Trotz ihrer 98 Jahre war Vaters Schwester, in einem Altenheim in Wiener Neustadt lebend, noch beeindruckend klar im Kopf. Auch ihr Gehör funktionierte noch einwandfrei. Allerdings hatte die alte Dame Schwierigkeiten mit dem Gehen, sie war weitaus nicht mehr so gut zu Fuß wie noch vor wenigen Jahren. Tante Hanna ließ sich das, was Christine über den Gesundheitszustand ihres Vaters zu erzählen hatte, bis ins letzte Detail auseinandersetzen, dann fragte sie, ob Carl in der Lage sei zu telefonieren, sie habe den Wunsch, ihn morgen Vormittag anzurufen.

»Ob er telefonieren kann? Da bin ich mir nicht sicher«, sagte Christine.

»Was heißt das, du bist dir nicht sicher?«

»Lass es uns einfach ausprobieren«, schlug Christine vor. »Ich ruf dich an, sobald ich ihn morgen Vormittag besuche, und dann drück ich ihm den Hörer in die Hand. Was meinst du?«

»Einverstanden«, sagte Tante Hanna. In ihrer Stimme lag ein Zittern. Es dauerte eine Weile, bis Christine verstand, dass die alte Frau mit den Tränen kämpfte.

»Es wird schon wieder, Tante«, sagte Christine mit forcierter Zuversicht. »Dein Bruder ist ein harter Knochen, das sagst du doch selbst immer wieder.«

»Ja, stimmt, ein zäher Knochen ist er.«

Christine zögerte: »Darf ich dich noch etwas fragen, Tante?«

»Nur zu!«

»Eure Mutter hat sich doch das Leben genommen, als … als Papa klein war.«

»Ja?«

»Wie hat sie das gemacht? Ich habe Papa nie danach gefragt.«

»Wie kommst du darauf?«

»Ach weißt du, ich habe ein Manuskript auf Papas Schreibtisch gefunden … da schreibt er über diese Zeit. Es muss ihn doch sehr getroffen haben damals …«

»Es hat uns alle getroffen.«

»Ja, das glaube ich.«

»Sie hat es mit Gas getan, daheim in der Küche. Das ganze Haus hätte in die Luft fliegen können … man darf gar nicht daran denken.«

»Und wie … wie hat Papa auf die Sache reagiert? Er war ja noch ein Kind damals …«

»Es war nicht einfach für ihn. Das kannst du dir ja vorstellen. Aber es war für uns alle nicht einfach. Ich habe auch kämpfen müssen: Ich musste von einem Tag auf den anderen die Mutterrolle übernehmen, das war schon eine Herausforderung … Aber er war ein lieber Bub, dein Vater, mein Gott, er war so ein herziger Bub.«

Nachdem sie aufgelegt hatte, schenkte sich Christine ein Glas Sherry ein. Sie leerte es in einem Zug, dann nahm sie noch ein paar Telefonate in Angriff. Als Erstes rief sie Timo an, um sich zu erkundigen, wie sein Besuch im Krankenhaus verlaufen war. Ihr Sohn war kurz angebunden, offenbar hatte er Freunde zu Besuch, im Hintergrund hörte man Musik und gröhlendes Gelächter. »Na ja, viel habe ich mit Opa nicht mehr geredet«, sagte er. »Nachdem du weg warst, ist er irgendwann eingeschlafen, und nach ein paar Minuten bin ich gegangen.«

»Glaubst du, er wird wieder … also …?«

»Woher soll ich das wissen, Mama? Kann sein, dass er wieder wird, kann aber auch sein, dass er, na ja … den Weg geht, den jeder von uns irgendwann gehen muss.«

»Ein bisschen liebevoller könntest du schon über deinen Opa sprechen.«

»Die Wahrheit ist dem Menschen zumutbar. Ich sage, was ich denke. Wieso soll ich dich anlügen?«

»Ja, hast eh recht. Du klingst nur manchmal so – herzlos.«

»Zu jedem freien Geist gehört ein Quantum Kälte.«

»Das hast du schön gesagt.« In ihrer Stimme lag ein Anflug von Ironie, sie konnte nichts dagegen machen. »Du gehst jetzt besser wieder zu deinen Freunden. Ich ruf dich an, wenn es was Neues gibt.«

»Ja, tu das!«

Sie legte auf und genehmigte sich einen zweiten Sherry. Ihr Sohn war ihr fremd geworden, richtig fremd, auch wenn sie nach wie vor eine starke Verbundenheit mit ihm spürte, daran hatte sich nichts geändert. Vielleicht war diese Verbundenheit, seit Timo ausgezogen war, sogar wieder stärker als in den Jahren seiner Pubertät, als er sich Nachmittage lang in seinem Zimmer verschanzt und irgendwelche Actionspiele gespielt hatte. Eine schweigende, unzugängliche, von Aggressionen und Selbstzweifeln zerfressene Monade. Damals hatte es Tage gegeben – gar nicht wenige –, an denen sie ihn auf den Mond hätte schießen können.

Sie leerte das Sherryglas und stellte die Flasche zurück in die Anrichte. Dann rief sie drei oder vier von Vaters engsten Freunden an, um sie über die jüngsten Ereignisse auf dem Laufenden zu halten, darunter Peppi Gelber von den »Sozialistischen Freiheitskämpfern« und Rudi Marehardt, der seit einigen Jahren bei seiner jüngsten Tochter, einer Gymnasiallehrerin in Korneuburg, lebte. Rudi, trotz fortgeschrittener Arthrose immer noch recht mobil, versprach, den Vater in den nächsten Tagen im Spital zu besuchen.

Christine öffnete eine Dose Hundefutter und schüttete den Inhalt in Bobbys Napf. Das Tier machte sich hechelnd über das Fressen her. Christine entkorkte eine Flasche Canavese und kostete einen Schluck, dann stellte sie den Wein wieder in den Kühlschrank und schob sich eine Fertigpizza in den Ofen. Während der Käse im Backrohr zu schmelzen begann, schaute sie einen Sprung in den Garten hinaus. Sie begutachtete den Oleander auf der Terrasse und roch an den afrikanischen Lilien, die sie gestern Abend aus dem Wintergarten ins Freie geschleppt hatte. Dann ging sie weiter nach hinten. Der Ringlottenbaum vorm Werkzeugschuppen zeigte erste, zaghafte Triebe, wie sie beim Aufrollen des Gartenschlauchs mit Befriedigung feststellte.

DAS BLAUE BUCH

Von der bayerischen Ortschaft Freilassing kommend, überquerte Mahr am 16. April gegen zehn Uhr vormittags das Flüsschen Saalach über das Wehr eines in Bau befindlichen Wasserkraftwerks. Die Bauarbeiten waren eingestellt. An einem Barackenlager vorbei – hier schien man Flüchtlingsfamilien einquartiert zu haben – marschierte er auf die Pfarrkirche des Salzburger Vororts Liefering zu. Der Glockenturm des Gotteshauses war von einer schiefergrauen, mit einem schmiedeeisernen Kreuz gekrönten Haube bedeckt. Rechts von der Kirche, in einiger Entfernung, erhob sich das von fleckigem Weiß bedeckte Massiv des Untersbergs, in dem, so hatte Mahr einst in der Schule gelernt, Heldenkaiser Friedrich Barbarossa der Volkssage nach seiner Auferstehung entgegenschlief.

Mahr unterquerte die sogenannte »Reichsautobahn« und marschierte an mehreren Barackenlagern und einer Reihe von Gehöften vorbei auf die westlichen Ausläufer der Stadt Salzburg zu. Als eine Kolonne von Militärlastwägen an ihm vorüberrumpelte, versteckte er sich hinter einer halb verfallenen Scheune am Straßenrand. Die Ladeflächen der Lkws waren mit Tarnplanen abgedeckt. Hinter den flatternden Blachen spähten blasse, verschreckte Bubengesichter hervor.

Mahr verließ sein Versteck, als sei er kurz ausgetreten, dann marschierte er auf die ersten Wohnsiedlungen am Stadtrand zu. Beiderseits der Straße reihten sich ärmliche Häuser in losen Gruppen aneinander. Die Beete in den Vorgärten waren zur Gemüseaussaat vorbereitet, da und dort scharrten Hühner in schiefen Verschlägen. Mahr beobachtete einen Halbwüchsigen, der einen Ziehwagen mit Klaubholz und brüchiger Braunkohle hinter sich herschleppte. Vor einigen der Häuser spielten Kinder.

Als seine Schritte ihn durch dichter bebautes Gebiet führten, wehte ihm der Wind einen Zeitungsfetzen vor die Füße: »Bestechungsskandal im Londoner Oberhaus – Juden-Lord zahlt riesige Schmiergelder«, brüllte die Schlagzeile. Mahr trat das Blatt in eine Pfütze. Auf dem Paumannplatz zu seiner Linken erstreckte sich ein großes, stacheldrahtumzäuntes Lager. Zwei Infanteristen mit vorgehaltenen Gewehren trieben ein Rudel Männer mit kahl geschorenen Schädeln in Richtung Lagertor, vor dem zwei Posten Wache hielten. Russische Kriegsgefangene, wie es schien. Auf der anderen Straßenseite erhoben sich zwei riesige Gasbehälter, auch sie von Uniformierten bewacht. Das städtische Gaswerk.

Mahr verbrachte den Vormittag, indem er sich ein Bild von den Zerstörungen in der Stadt machte, immer darauf bedacht, Polizei- und Wehrmachtsstreifen großflächig auszuweichen. Er war schon vor dem Krieg gelegentlich in Salzburg gewesen – zusammen mit seinem Vater und den Geschwistern. Er erinnerte sich an Tagesausflüge, die sie in den Sommerferien von Strobl oder Ischl aus nach Salzburg herüber unternommen hatten, einmal, um ein abendliches Serenadenkonzert im Residenzhof zu genießen. Salzburg war ihm damals, als Kind, als eine Art Märchenstadt erschienen, vor allem wegen der Festung, die, über den Dächern der Altstadt thronend, seine kindlichen Phantasien beflügelte. Er erinnerte sich an eine helle und freundliche Stadt, voller Lebensfreude und Anmut, aber auch voll sommerlicher Leichtigkeit.

Von all dem konnte an diesem Aprilvormittag keine Rede sein. Der Dom war von Bombentreffern schwer in Mitleidenschaft gezogen, ebenso das berühmte Tanzmeisterhaus am Makartplatz, wo Mozarts Familie gelebt hatte. Die schlimmsten Bombenschäden allerdings gab es im sogenannten »Kaiviertel« auf der westlichen Salzachseite. Hier war buchstäblich kein Stein auf dem anderen geblieben: Mahr sah sich zwischen den Schuttbergen um. Aufräumtrupps hatten Schienen verlegt, Kriegsgefangene kletterten über verkohlte Ziegelbrachen und rückten den Mauerresten mit Spitzhacken und Spaten zu Leibe, daneben schaufelten Zwangsarbeiter mit kahl geschorenen Köpfen verrußte Gesteinsbrocken in rostzerfressene Loren, damit sie den Schutt in Richtung Fluss abtransportieren konnten.

Die Stadt wirkte schäbig und deprimierend. Es war noch gar nicht so lange her, dass die internationale High Society nach Salzburg gepilgert war, um dem großen Toscanini zu huldigen, heute zogen Scharen mürrischer Kriegsinvalider durch die Straßen. Mahr überquerte die Salzach und ging am »Café Bazar« vorbei in Richtung Andräviertel. Er schaute sich um, ob er verfolgt wurde, aber niemand schien Notiz von ihm zu nehmen. Die Versorgungslage in der Stadt war nicht schlecht, wie es schien. Ein Gemischtwarenladen am Mirabellplatz bot Milch und Margarine sowie Büchsenfleisch in 15-Deka-Dosen feil. In der Hauptstadt des Reichsgaues Salzburg schien auch im sechsten Jahr des Kriegs niemand Hunger zu leiden. Als sich vom Haupteingang des Mozarteums her ein Schupo näherte, flüchtete sich Mahr in den Mirabellgarten. Hier war es um einiges ruhiger als draußen. Springbrunnen plätscherten, Vögel tirilierten, zwischen mythologischen Figuren aus verwitterndem Kalkstein harkten Frauen in brachliegenden Beeten. Sie legten Anbauflächen für Kartoffeln oder Kohlrüben an, wie es aussah. In den schmutzigbraunen Wiesen zwischen Pegasusbrunnen und Wasserbastei lagerten einige Ostarbeiter, zwei Dutzend Männer, die sich von irgendeiner Arbeit auszuruhen schienen.

Mahr stieg die Stufen zur Wasserbastei empor. Er lehnte sich an die Brüstung und schaute über den Park in Richtung

Festung hinüber. Auf den Türmen der Burg hatte man eine Batterie von Achtacht-Geschützen in Stellung gebracht.

Kurz nach zwölf betrat er den Gasthof »Zum Schwarzen Hirschen«, einige Hundert Meter vom Hauptbahnhof entfernt. Die Mehrzahl der Tische war besetzt, ausschließlich mit Soldaten. Mahr trat an die Ausschank und fragte den Wirt, ob er sich die »Salzburger Zeitung« ausleihen dürfe, ein dünnes, vierseitiges Blättchen, das neben dem »Völkischen Beobachter« auf dem Schanktisch lag. Der Wirt nickte wortlos, Mahr nahm die Zeitung und setzte sich an den einzigen noch freien Tisch.

Die Kellnerin erschien und fragte nach seinen Wünschen. Er legte ein paar Lebensmittelmarken auf den Tisch: »Ein Glas Bier und ein Stammgericht bitte. Was gibt's heute?«

»Bohneneintopf mit Zwiebeln.«

»Gut. Das nehm' ich.«

Mahr schaute sich um. Freiliegende Deckenbalken, rustikale Holzvertäfelungen, Bilder mit Jagdszenen und Alpenlandschaften an den Wänden. Unter den Kronleuchtern – riesigen, schmiedeeisernen Ungetümen – hing dichter Zigarettenqualm. Mahr vertiefte sich in den Aufmacher auf Seite eins. Die Schlacht um Wien schien so gut wie entschieden. Das II. SS-Panzerkorps hatte sich auf die nördliche Donauseite zurückgezogen und die Kontrolle über die Wiener Innenstadt offenbar den Sowjets überlassen. Es war nur noch eine Frage der Zeit, so reimte sich Mahr aus dem offiziösen Propagandasprech des Wehrmachtsberichts zusammen, bis die 2. und die 3. Ukrainische Front die Donauüberquerung wagen würden. Damit würden die Russen auch die letzten deutschen Verteidigungsstellungen in Floridsdorf und Korneuburg einnehmen – und Wien wäre endgültig in der Hand der Roten Armee. Hitler hatte von der Reichskanzlei in Berlin aus den Befehl gegeben, unverzüglich deutsche Truppen vom Semmering und von St. Pölten aus nach Wien zu führen und die Stadt zurückzuerobern. Das waren wirklichkeitsfremde Wunschträume, nicht mehr.

Die Kellnerin stellte das Essen und das Bier auf den Tisch, und während Mahr den Bohneneintopf in sich hineinlöffelte, blätterte er sich durch die Zeitung. Die Rubrik »Hausfrau, Dich geht's an!« brachte ein Rezept für Kuchen aus Kaffeesud. Der Salzburger Alpenverein avisierte seine Jahreshauptversammlung, in deren Verlauf ein gewisser Dr. Roßmanith einen Lichtbildervortrag über die »Gletscherwelt des Eismeers« halten würde. In den »Vermischten Nachrichten« wurde über den Tod des Dichters Ottomar Enking berichtet, eines sprachmächtigen »Künders deutscher Innerlichkeit«.

Mahr legte das Blättchen zur Seite. Er nahm einen Schluck Kriegsbier – ein schwaches, wenig geschmackvolles Gebräu – und überlegte, wie er mit Agnes Pieczonka Kontakt aufnehmen konnte. Alles, was er wusste, war, dass die Genossin in der Nähe des Hauptbahnhofs wohnte, in der Werkstättenstraße – sofern sich die Adresse nicht geändert hatte. Er würde sich zu ihr durchfragen müssen, wenn er keinen anderen Weg fand, sie aufzuspüren.

In diesem Moment ging die Tür auf: Eine Wehrmachtsstreife polterte in die Wirtsstube, vier Mann, ein Leutnant vorneweg. Allgemeine Erstarrung. Der Wirt hinter der Ausschank nahm Haltung an und schaute erschrocken in Richtung Tür. »Ausweiskontrolle«, rief der Leutnant, »Dokumente, Soldbücher, Urlaubsscheine – alles vorweisen!«

Drei der vier Feldgendarmen begannen die Dokumente der Anwesenden zu kontrollieren, der Leutnant setzte sich an einen der freien Tische beim Eingang und knallte ein längliches Büchlein mit blauem Einband auf die Tischplatte.

»Fahndungsliste«, flüsterte einer der Soldaten am Nebentisch.

Mahr tastete nach dem Beutel, den er an einer Schnur um den Hals trug. Er zwang sich zur Ruhe. Wenn er jetzt die Nerven wegwarf, konnte er sich genauso gut auch gleich als feindlicher Agent zu erkennen geben. Während einer der Feldgendarmen die Papiere der Landser am Nebentisch kontrollierte, schob er sich unauffällig das von einer Gummikapsel umschlossene Gift in den Mund. Mit der Zungenspitze manövrierte er die Kapsel diskret zwischen Zahnfleisch und Kiefer. Dann kramte er Soldbuch und Marschbefehl hervor und legte die Papiere vor sich auf den Tisch. Die Dokumente lauteten auf den Namen Hans Bernersdorfer. So hatte es die Piesinger-Bäuerin seinen Angaben folgend in die Schreibmaschine ihrer Surberger Freundin getippt.

»Soldbuch!« Der Feldgendarm stand einen Schritt vor ihm und musterte ihn mit kühlem Interesse.

»Bitte sehr.« Mahr reichte dem Mann das gewünschte Dokument. Der Feldgendarm verglich seine Gesichtszüge mit denen des Soldaten auf der Fotografie, dann blätterte er mit steinerner Miene das Soldbuch durch. Mahrs Lippen waren vor Anspannung zu einem schmalen Strich zusammengepresst. Seine Zungenspitze schob sich zur Gummikapsel vor.

»In Ordnung. Marschbefehl!« Der Feldgendarm klappte das Soldbuch zu.

Mahrs Fingerspitzen zitterten – aber so, dass nur er es bemerkte –, als er sein Soldbuch in Empfang nahm. Er faltete den Marschbefehl auseinander und drückte ihn dem Mann in die Hand. Der überflog die maschingeschriebenen Angaben.

»Wann haben Sie München verlassen?«

»Heute um sieben, Herr Wachtmeister.«

»Was machen Sie hier?«

»Ich esse zu Mittag.«

»Das sehe ich. Warum essen Sie nicht am Bahnhof?«

»Die Soldatenkantine war voll«, log Mahr.

Der Feldgendarm faltete den Marschbefehl zusammen und knallte das Papier auf den Tisch. »Machen Sie, dass Sie Ihr Bier austrinken, und sehen Sie zu, dass Sie zu Ihrem Zug kommen. Verstanden?«

»Jawohl, Herr Wachtmeister.«

Der Mann polterte zum nächsten Tisch. Mahr blieb sitzen und starrte mit pochenden Schläfen auf die Aufschlagseite der »Salzburger Zeitung«.

An einem der anderen Tische schien etwas nicht zu stimmen. »Herr Leutnant, der Mann hier kann keine gültige Weiterleitung vorweisen.« Ein blasser Artillerie-Kanonier, allein an einem Tisch sitzend, Anfang oder Mitte zwanzig, stammelte irgendwelche Erklärungen, die den Feldgendarmen nicht zufriedenzustellen schienen. Der Leutnant stand auf und trat an den Tisch des Mannes. Mit starrem Gesichtsausdruck verglich er die Dokumente mit den Angaben im Fahndungsbuch. Er schien keine Übereinstimmung zu finden. »Hier ist nichts«, sagte er. Der Leutnant schlug das Fahndungsbuch zu. »Mitnehmen, den Mann, zur Überprüfung.«

Der Kanonier versuchte zu protestieren: »Aber die Weiterleitung …«

»Maul halten!«

»Aber ich …«

»Sie sollen das Maul halten!«

Der Kanonier wurde abgeführt. Der Leutnant und einer der Wachtmeister kontrollierten die Papiere, die noch zu überprüfen waren, dann räumten sie das Feld.

»Arme Sau«, seufzte ein Flakobergefreiter, als die Gäste wieder unter sich waren.

»In dem seiner Haut möchte ich nicht stecken«, flüsterte ein anderer, ein untersetzter Rothaariger in Feldwebeluniform: »Wenn der Kerl keinen gültigen Marschbefehl hat …« Der Feldwebel fuhr sich mit dem Zeigefinger über die Gurgel: »Die machen kurzen Prozess mit ihm. Da geh ich jede Wette ein.«

Mahr fingerte die Gummikapsel aus dem Mund und ließ sie ohne Aufhebens in seiner Jackentasche verschwinden. Dann packte er in aller Ruhe seine Sachen. Er legte die Zeitung auf den Schanktisch zurück und schulterte den Tornister. Mit einem unauffälligen Nicken in Richtung Wirt verabschiedete er sich.

Er konnte zufrieden sein. Seine Papiere hatten gehalten. Jetzt galt es, Agnes Pieczonka zu finden.

Es war früher Nachmittag. Die Aprilsonne verschwand hinter einer Front schmutziggrauer Wolken. Er ging an halb verfallenen Lagerschuppen vorbei in Richtung Nordosten. Ein von Brennnesseln und hüfthohen Disteln umwuchertes Barackenlager fraß sich in trostlosen Wucherungen in die umliegenden Äcker. Mahr fragte einen der Buben, die vor den Baracken spielten, ob er ihm den Weg zu den Häusern in der Werkstättenstraße zeigen könnte. Das Kind, sichtlich verängstigt, machte wortlos kehrt und rannte in eine der Bretterhütten.

»Na, dann eben nicht«, murmelte Mahr, während er weiterging. Er steuerte eine ausgedehnte, aus mehrstöckigen Häusern bestehende Wohnsiedlung an.

Vor dem Geschäft eines Kohlenhändlers war ein Berg Briketts aufgeschüttet. Die Kohlenhändlerin wog die Ware auf einer Metallwage ab, ihr Mann schaufelte die Kohle mit einem Spaten in Säcke und wuchtete diese auf einen Leiterwagen. Mahr blieb stehen und begann mit der Händlerin ein paar Worte zu wechseln. Seine Mutter, sagte er, habe vor dem Krieg eine Freundin hier draußen in Itzling gehabt, eine gewisse Agnes Pieczonka, ob die noch hier in der Gegend wohne? Aber ja doch, sagte die Kohlenhändlerin, Frau Pieczonka sei schon seit Jahren ihre Kundin, er könne das Haus, in dem sie wohne, gar nicht verfehlen, es befinde sich zwei Straßen von hier und gehöre zu jenen Häusern im Quartier, die bisher von Bombentreffern verschont geblieben wären. Die Händlerin nannte ihm eine Hausnummer, während ihr Mann den letzten Kohlesack auf den Wagen warf. Mahr bedankte sich und ging in die angegebene Richtung.

Wenige Minuten später stand er vor einem dreistöckigen Mietshaus. Die Fassade war, wie die sämtlicher Häuser hier, mit einem verwaschenen grünen Anstrich versehen. Er betrat das Stiegenhaus und arbeitete sich, die Namensschilder im Halbdunkel mit Mühe entziffernd, in den zweiten Stock hinauf. Tatsächlich, hier war er richtig: »A. Pieczonka« stand an einem der Türschilder. Er drückte auf den Klingelknopf. Eine Weile passierte gar nichts, dann machte ein Mädchen in Kittelschürze auf, die Kleine, sie war nicht älter als sechs oder sieben, hatte das Haar zu einem langen, aschblonden Zopf geflochten. Er wolle Agnes Pieczonka sprechen, sagte Mahr, ob er da richtig sei?

»Das sind Sie«, sagte eine Frau, die plötzlich hinter dem Mädchen in der Tür erschien. »Worum geht's?«

»Ich würde gern …« Mahr machte einen Halbschritt in Richtung Tür, »ich möchte gern etwas mit Ihnen besprechen.«

»Sie möchten etwas mit mir …?«

»Ja.«

Die Frau machte keine Anstalten, ihn einzulassen. Sie hatte schwarze, lebhafte Augen, ihr Haar, da und dort von grauen Strähnen durchzogen, obwohl sie nicht älter als Mitte dreißig war, war zu einem straffen Knoten zurückgekämmt.

»Ein Freund schickt mich«, fuhr Mahr fort. »Sie kennen ihn vielleicht von früher. Willi … ein Eisenbahner … aus Attnang.«

»Willi? Ich kenn' keinen Willi.«

»Ja, ich weiß«, flüsterte Mahr, während er sich besorgt umschaute. »Willi ist ja auch bloß sein Deckname.«

Sie wich einen Schritt zurück. Ihr Misstrauen war körperlich zu spüren. Sie schob das Mädchen zurück in die Wohnung. »Räum' die Rechensachen weg, Lisbeth. Und schau, ob noch genug Holz für den Ofen da ist. Sonst müssen wir nachher welches holen.«

Es war ein heikler Augenblick. Sie wusste nicht, ob sie ihm trauen konnte. Wer sagte ihr, dass er kein Gestapo-Spitzel war? »Ich kann Ihnen nicht beweisen, dass ich die Wahrheit sage«, flehte Mahr. »Bitte … lassen Sie mich hinein.«

Sie taxierte ihn, immer noch nicht überzeugt.

»Ich arbeite für die Amerikaner«, flüsterte Mahr. »Bitte, lassen Sie mich in Ihre Wohnung. Die Nachbarn … es ist gefährlich hier draußen … für uns beide.«

»Da haben Sie recht«, sagte sie leise. Sie rang mit sich, das konnte man sehen, die Entscheidung fiel ihr nicht leicht. Dann machte sie ihm ein Zeichen: Er solle eintreten.

»Danke«, flüsterte Mahr. Sie schloss die Tür hinter ihnen und führte ihn in die Wohnküche. Die Einrichtung war einfach: zwei Holzstühle, ein Tisch mit ausziehbarem Kanapee, ein kleines Radio, ein Sparherd, eine Nähmaschine mit Fußpedal. Über dem Diwan befand sich ein Regal mit

Büchern, Barbusse, Andersen-Nexö, ein zerlesenes Exemplar von Haeckels »Welträtseln«. Das Mädchen schob ein Rechenbuch in seinen Schulranzen und drückte die Schnalle zu, dann brachte es den Ranzen ins Nebenzimmer.

»Möchten Sie Tee? Ich hab noch einen kleinen Vorrat Schwarztee.«

»Gern.«

»Lisbeth, geh bitte runter zu Frau Strasser!«, sagte die Frau. »Vielleicht ist Maria daheim. Ich habe mit dem Herrn etwas zu besprechen.«

Mahr schenkte dem Mädchen ein aufmunterndes Lächeln. »Ist das deine Freundin, die Maria?«

Die Kleine nickte.

»Und was spielt ihr immer so?«

»Mensch-ärgere-dich-nicht – oder Anmäuerln. Aber zum Anmäuerln müssen wir Kronkorken nehmen. Die Eltern erlauben es nicht, dass wir mit Geld spielen.«

»Herrgott, Anmäuerln, das habe ich als Bub auch oft gespielt«, sagte Mahr, während er ein Fünfmarkstück aus der Tasche zog. Er drückte der Kleinen die Münze in die Hand.

»Um Gottes willen, das ist zu viel«, protestierte die Mutter.

»Nein, lassen Sie nur«, beschwichtigte Mahr.

Die Kleine bedankte sich mit der Andeutung eines Knickses.

»Ich bin wegen eines Kameraden hier«, sagte Mahr, als er mit der Pieczonka allein war. »Wir haben ihn Willi genannt. Nicht sein wirklicher Name, wie ich schon gesagt habe.« Er erzählte von ihrem Absprung, so viel er erzählen musste, ohne irgendwelche Details zur Sprache zu bringen. Je weniger die Pieczonka wusste, umso besser. Sie hörte ihm mit regungsloser Miene zu.

»Und jetzt bin ich hier, weil ich hoffe, dass Willi sich bei Ihnen gemeldet hat«, schloss Mahr.

»Es tut mir leid«, sagte die Frau. »Ich kann Ihnen nicht weiterhelfen. Ich erinnere mich zwar dunkel an einen Mann, auf den Ihre Beschreibung passt, ein junger Mensch aus Attnang, der ist '37 oder '38 öfter zu Treffen der ›Roten Hilfe‹ gekommen, drei, vier Mal bestimmt, ein sympathischer Kerl, aber ich habe seit Jahren nichts mehr von ihm gehört.«

»Ich hab mir schon sowas gedacht«, seufzte Mahr.

Der Teekessel pfiff, sie stand auf und nahm das Gefäß vom Herd, dann goss sie das kochende Wasser in eine Kanne, um den Tee noch etwas ziehen zu lassen. Mahr ging ans Fenster und warf einen Blick hinunter. Ein Trainwagen, mit Holzplanken beladen, rollte unten auf der Straße vorbei. Vor dem Ackergaul, der den Wagen zog, stapfte mit bedächtigen Schritten ein Mann in abgewetztem Schladminger.

Es sei furchtbar, sagte die Frau, überall in der Stadt seien jetzt Flüchtlinge untergebracht, aus dem Banat, aus der Batschka, aus Schlesien und Siebenbürgen, von überall her kämen die Leute, deshalb auch die vielen Barackenlager, die Mahr ja wahrscheinlich gesehen habe. Es gäbe nicht genügend Platz in der Stadt für die vielen Menschen. In sämtliche Wohnungen, die in Frage kämen, hätte man schon Flüchtlinge gestopft, wenigstens davon sei sie bisher verschont geblieben. Ihr bescheidenes Quartier sei wohl doch zu armselig, als dass man Lisbeth und ihr auch noch eine Flüchtlingsfamilie ins Haus gesetzt hätte. Obwohl sie gern etwas tun würde für die Leute, die ja nichts dafürkonnten, dass es ihnen dreckig ging.

»Darf ich rauchen?«, fragte Mahr. Die Frau stand auf und brachte aus einer der Schubladen einen gläsernen Aschenbecher zum Vorschein. Mahr zündete sich eine Zigarette an, das abgebrannte Streichholz steckte er zurück in die Schachtel. Die Pieczonka schenkte ihnen Tee ein, dann fragte sie ihn nach seinen Eltern und seiner Familie, Mahr antwortete, so gut er konnte, ohne Hinweise auf die Identität seines Vaters und seiner Geschwister zu geben. Er wiederum wollte wissen, wie seine Gastgeberin die Stimmung in der Bevölkerung einschätze, wie viele Wehrmachtverbände in Salzburg stationiert seien und wie stark die Unterstützung für das Regime noch sei.

»In den Eisenbahnerhäusern hier gibt's nicht so viele Nazis wie in der Stadt drin oder in der Bonzen-Siedlung in Parsch«, sagte die Pieczonka. »Aber ein paar Hundertfuffzigprozentige haben wir hier auch im Viertel. Der Hofer zum Beispiel. Ganz übler Bursche. Johann Hofer, Ortsgruppenleiter in Itzling, der wohnt nur ein paar Häuser von hier entfernt. Der Saukerl hat eine ganze Reihe von Leuten persönlich aufs Schafott gebracht.«

»Eisenbahner?«

»Früher einmal war der Hofer Lokomotivführer, soviel ich weiß. Jetzt ist er Bonze, in erster Linie. Ein ganz krummer Hund, das kann ich Ihnen sagen.«

»Gibt es so etwas wie organisierten Widerstand in Salzburg?«

»Den hat es einmal gegeben.« Die Pieczonka nippte am heißen Tee. Die Gruppe um den Friseurgehilfen Franz Ofner und den Telegraphenbaumonteur Anton Reindl habe unmittelbar nach dem Anschluss Dutzende von Hitlergegnern um sich geschart, erzählte sie, auch die kommunistische Jugendfunktionärin Rosa Hofmann habe dabei eine wichtige Rolle gespielt. Viel habe man nicht unternehmen können, der Verfolgungsdruck sei zu groß gewesen, aber man habe die Familien der Inhaftierten unterstützt und Flugschriften verbreitet, vor allem die »Politischen Schulungsbriefe der KPÖ«. Die jüngeren Genossen hätten mehr riskiert, hätten Flugblätter in Eisenbahnabteilen und Telefonzellen hinterlegt, mit der Aufforderung, die »Gewehre umzudrehen« und dem Hitlerismus ein Ende zu bereiten. Auch der Eisenbahner Engelbert Weiß, ein »Revolutionärer Sozialist«, habe eine Gruppe gegründet, die sich hauptsächlich aus Reichsbahnangestellten, aber auch aus Bediensteten der »Salzburger Eisenbahn- und Tramway-Gesellschaft« zusammengesetzt habe. Die »Revolutionären Sozialisten« hätten sich in erster Linie im »Gasthaus Roider« getroffen, erzählte die Pieczonka, immer wieder hätten sie auch konspirative Treffen unten in der Itzlinger Au veranstaltet. Beide Gruppen, die kommunistische und die sozialistische, seien Anfang '42 aufgeflogen, der Gestapo sei es wohl gelungen, Spitzel in die illegalen Organisationen einzuschleusen, es habe Dutzende Todesurteile gegeben, die meisten Genossen seien in München-Stadelheim geköpft worden, andere hätte man zu hohen Haftstrafen verurteilt, soweit sie wisse. Seither könne von so etwas wie organisiertem Widerstand in Salzburg keine Rede mehr sein.

»Und Sie?«, fragte Mahr, »Sie waren bei keiner der beiden Gruppen?«

»Ich war damals bei meiner Schwester in Steyr. War dort zum Arbeitsdienst verpflichtet. Aber ich hätt' schon mitgemacht, wenn ich in Salzburg gewesen wäre.«

»Da haben Sie aber Glück gehabt«, sagte Mahr.

»Ja, ich wär ganz sicher fällig gewesen, wie die anderen, hundertprozentig wär ich fällig gewesen. Ich mag gar nicht daran denken.«

Mahr dämpfte seine Zigarette aus. Dann fragte er die Pieczonka ohne Umschweife, was sie über die Alpenfestung wisse.

Sie schüttelte den Kopf. Alpenfestung? Keine Ahnung. Sie habe nichts bemerkt vom Bau einer Alpenfestung, aber das müsse nichts bedeuten, denn warum sollte ausgerechnet sie etwas mitbekommen von Projekten, die sicher der Geheimhaltung unterlägen.

Gar so geheim könne das Ganze nicht sein, entgegnete Mahr, sofern etwas dran sei an den Gerüchten. Der Bau einer Befestigungsanlage von derartigen Dimensionen könne seiner Überzeugung nach nicht unbemerkt bleiben. Unmöglich.

Nein, sie habe nichts bemerkt, sagte die Pieczonka. Aber sie wisse vielleicht jemanden, der ihm weiterhelfen könnte, wenn er mehr über die Alpenfestung herausfinden wolle.

»Wer?«

Brenneis, sagte sie, Sepp Brenneis, ehemaliger Häftling des KZ Dachau, dem eine ihrer Freundinnen, Agnes Primocic aus Hallein, vor eineinhalb oder zwei Jahren zur Flucht in die Berge verholfen habe. Brenneis sei als Bauarbeiter in einem Außenkommando in der Nähe von Hallein eingesetzt gewesen. Durch die Hilfe der Genossin Primocic und einiger Freundinnen aus Hallein sei ihm im Herbst 1943 die Flucht gelungen. Brenneis habe sich über die Berge ins Salzkammergut abgesetzt, in die Nähe von Ischl, dort habe er eine Widerstandsgruppe von etwa hundertfünfzig Mann aufgebaut. Die Gruppe sei bis heute aktiv. Wenn einer etwas über die Alpenfestung wisse, dann er.

Mahr überlegte. Vielleicht machte es Sinn, sich zu Brenneis durchzuschlagen. Vielleicht wussten die Widerständler im Salzkammergut tatsächlich etwas über die Alpenfestung, vielleicht hatten sie sogar Funkkontakt zu den Alliierten. Es käme auf den Versuch an.

»Wollen wir nicht ›du‹ zueinander sagen?« schlug die Pieczonka vor, während sie Mahr Tee nachschenkte.

Er reichte seiner Gastgeberin die Hand. »Das wollte ich schon die ganze Zeit vorschlagen. Aber meinen Namen sag ich nicht. Nenn mich ›Edelweiß‹.«

»Pass auf, Edelweiß«, sagte die Pieczonka. »Ich geb dir eine Kontaktadresse. Eine Genossin in Ischl. Die wird den Kontakt zu Brenneis herstellen, wenn du dich auf mich berufst. Gessler heißt die Frau, Leni Gessler. Merk dir den Namen gut.« Sie nannte ihm einen Codesatz und eine Adresse in der Eglmoosgasse in Ischl. Mahr prägte sich die Informationen ein. »Und wie komme ich nach Ischl?« fragte er.

»Am besten mit der Lokalbahn«, sagte die Pieczonka. Die fährt in Söllheim ab. Der Lokalbahnhof und die Haltestelle in Itzling sind ja nur noch Schutt und Trümmer.

»Du stellst dir das einfacher vor, als es ist. Mein Marschbefehl lautet auf Linz. Ich kann nicht einfach einen Umweg über Ischl machen.«

»Und was tun wir da?«

»Du hast nicht zufällig eine Schreibmaschine?«

»Doch, ja, natürlich. Hat uns in der »Roten Hilfe« früher gute Dienste geleistet.«

»Du hast keine Ahnung, was für eine Freude du mir da machst.« Mahr schnürte seinen Tornister auf und holte aus dem Agnes-Miegel-Geheimdepot einen unausgefüllten Marschbefehl hervor. Die Pieczonka verschwand in einem anliegenden Kabinett und kam mit einer leicht angestaubten Kofferschreibmaschine zurück. Sie stellte das Gerät auf den Tisch, wischte den Staub mit einem Küchentuch ab und hob den Deckel von der Maschine. »Ist schon eine Weile nicht mehr verwendet worden.«

Mahr spannte den Marschbefehl in die Walze und begann im Zweifingersystem die erforderlichen Angaben einzutippen. Dann zog er das Papier mit leisem Rattern wieder heraus. »So, das sollte passen.«

Es war kurz vor halb zehn. In der Innenstadt herrschte vollständige Verdunklung. Mahr hatte Pieczonkas Wohnung vor einigen Minuten verlassen, er plante, die Nacht in einem der Soldatenheime im Zentrum zu verbringen und tastete sich mit unsicheren Schritten den Salzachkai hinunter in Richtung Altstadt. Man sah so gut wie nichts; im Schein der blau schimmernden Richtlampen ließen sich weder Straßennamen noch Hausnummern ablesen, nur das sanfte Plätschern des Flusses zu seiner Linken gab ihm so etwas wie Orientierung. Es war kalt, eine beißende Feuchtigkeit lag in der Luft. Mahr wechselte die Straßenseite und schlug sich durch einen der gemauerten Torbögen in die Altstadt, als auf den Dächern der Umgebung plötzlich die Sirenen aufzuheulen begannen. Er blieb stehen und lauschte. Er wusste, was das Signal bedeutete: Voralarm. Drei Dauertöne, jeder zwölf Sekunden lang. In die bisher menschenleeren Straßen kam Leben. Ein Luftschutzwart stürzte aus einem der spätmittelalterlichen Häuser und blies in seine Trillerpfeife, bevor er in Richtung Getreidegasse davonstob; da und dort öffneten sich Türen, und Menschen mit Koffern, Rucksäcken, Taschen hasteten zu Bunkern und Luftschutzkellern. Irgendwo wurde ein Parterrefenster aufgerissen, aus dem Wohnungsinneren hörte man die Stimme eines Radiosprechers: »… der im Anflug auf Nordwestdeutschland gemeldete Kampfverband jetzt im Anflug auf den Raum Hannover–Braunschweig. Kampfverband über Niederösterreich im Abflug nach Süden. Ein weiterer Kampfverband im Anflug auf den Raum München–Salzburg. Ich wiederhole …«

Die Wolkendecke riss auf, ein Schwall Mondlicht erhellte die Altstadt zumindest so weit, dass man mehr als nur die Hand vor den Augen erkennen konnte. Mahr folgte einer Gruppe schwarz gewandeter Ordensschwestern in Richtung Mönchsberg, wo es ausgedehnte Bunkeranlagen gab, wie ihm die Pieczonka erzählt hatte. Jetzt wurde Vollalarm gegeben – ein mehrfaches Auf- und Abschwellen der Sirenen. Ein Beiwagenmotorrad mit uniformierter Besatzung knatterte über das löchrige Straßenpflaster, zugleich kam ihnen aus der entgegengesetzten Richtung ein Trupp Ostarbeiterinnen entgegen, ein konfuses Gewirr von Stimmen hallte von den Hauswänden wider.

Mahr blieb stehen und dachte darüber nach, wohin die Frauen vor den Bomben flohen – Fremdarbeiterinnen war das Betreten der Unterstände untersagt. In diesem Augenblick herrschte ihn auch schon ein Schutzmann an, der von links plötzlich ohne Vorwarnung vor ihm auftauchte. »Was stehen Sie hier herum? Suchen Sie einen Luftschutzraum auf, aber ein bisschen plötzlich, wenn ich bitten darf!«

»Ich bin …«

»Interessiert mich nicht, was Sie sind. Schauen Sie, dass Sie hier wegkommen. Aber zackig jetzt!«

Mahr hatte keine Lust auf Diskussionen. Er suchte ohne weitere Widerrede das Weite. »Zum öffentlichen Luftschutzraum« stand auf einem an einer bröckelnden Hausmauer angebrachten Metallschild. In der Dunkelheit über dem östlichen Salzachufer schwebten schon die ersten »Christbäume«, Leuchtbomben, die Kaskaden winziger Lichtkörper freisetzten. Damit markierte die Vorhut des Geschwaders die Ziele, über denen die nachfolgenden Flugzeuge ihre Bomben abwarfen. Jetzt wurde es allmählich wirklich ernst. Leuchtspurgeschosse zischten in die

Dunkelheit, von der Festung aus tasteten Scheinwerfer den Himmel ab, die Flak begann ihre Arbeit, zugleich glaubte Mahr auch schon das entfernte Dröhnen der Bomberflugzeuge zu hören. Ein Luftschutzwart fasste ihn am Arm und schob ihn in Richtung Bunker, während vom Stadtrand her die ersten Einschläge zu hören waren, entfernte Detonationen, untermalt vom Hämmern und Belfern der Flak: 800 Schuss pro Minute jagte so ein Vierlingsgeschütz in den Himmel, aus jedem einzelnen seiner Rohre. Farbige Geschosse erleuchteten die Dunkelheit, es war ein gespenstisches Feuerwerk, nicht ohne eine gewisse eigentümliche Schönheit, das die Luftabwehrkanonen da in den Nachthimmel zauberten. Höchste Zeit, dachte Mahr, in den Stollen zu kommen.

Im Bunkereingang herrschte ein rücksichtsloses Geschiebe und Gedränge: Mahr wurde von den Nachkommenden durch die Gasschleuse in eine düstere, feuchte Kaverne gepresst. Hier saßen die Menschen dicht gedrängt auf Holzbänken und sogenannten »Luftschutzstockerln«, zusammenklappbaren Behelfsschemeln, die einige von zu Hause mitgebracht hatten. Andere standen oder kauerten auf dem feuchten Steinboden, in Umhänge oder grobe Wolldecken gewickelt. Die meisten trugen Straßenkleidung, einige hatten unter ihren Mänteln Schlafanzüge an.

Die Stimmung im Stollen war gereizt, da und dort stritt man sich um Sitzplätze in der Nähe der Lüftung oder um Stauraum für das Luftschutzgepäck. Mahr quetschte sich auf eine der Bänke, zwischen einen älteren Mann mit Knebelbart und Kneifer und eine unscheinbare Mutter, auf deren Schoß der Kopf eines schlafenden Mädchens lag. Mahr gegenüber saß ein Jüngling mit akkurat gescheiteltem blonden Haar, im Schein einer Kriegstaschenlampe las er Hans Carossas

»Geheimnisse des reifen Lebens«. Neben ihm ein Volksschulmädchen im Dirndlkleid, sieben oder acht, vielleicht die Schwester des lesenden Jünglings. Das Mädchen hielt ängstlich einen Vogelbauer auf seinem Schoß umklammert: Ein Gimpel hüpfte zwitschernd von Stange zu Stange. Mahr nickte der Kleinen aufmunternd zu.

An sich herrschte Sprechverbot im Stollen, aber niemand schien sich daran zu halten. Der Moment der Pflichterfüllung sei das einzig Wahre im menschlichen Dasein, hörte Mahr den Alten neben sich sagen. Sein knebelbärtiger Sitznachbar redete auf einen jungen Burschen ein, der schweigend zu seiner Rechten saß und mit teilnahmsloser Miene zu Boden schaute. Pflichterfüllung und Vaterlandsliebe hätten die Leitsterne des Daseins zu sein, dozierte Mahrs Sitznachbar, danach – und vor allem danach – bewerte die Gemeinschaft den Einzelnen: wie weit er Vaterlandsliebe und Pflichterfüllung zu seinen Leitsternen zu machen gewusst habe.

Mahr riskierte einen Seitenblick auf den Alten. Er wirkte ein bisschen zwänglerisch, wie er da auf der Bank hockte und eine abgewetzte Aktenmappe gegen seine Knie drückte. Die verkniffene Körperhaltung des Mannes stand in eigenartigem Kontrast zu dem, was er sagte.

»Wir kennen höhere Werte als das eigene Leben«, fuhr der Alte fort. »Die Pflicht des Soldaten, Volk und Vaterland zu schützen … der Wehrmacht steht ein einziger großer Opfergang bevor … in tapferer seelischer Haltung freiwillig diesen großen Opfergang …«

»Halten Sie endlich die Klappe!«, rief jemand. »Ist nicht zum Aushalten, der Kappes, den Sie da verzapfen.«

Der Alte verstummte, während man, gedämpft durch die massive Stahltür, die den Bunker von der Außenwelt isolierte, draußen die ersten Einschläge hörte. Da und dort setzten Diskussionen ein, welche Ziele die Bomber getroffen haben mochten, den Frachtenbahnhof oder, schlimmer noch, das Gaswerk. Nach einiger Zeit verstummten die Gespräche vollständig, man hörte das feine, gleichmäßige Singen der Viermotorigen, das Dröhnen der Flakabschüsse und zwischen den Explosionen das Zischen, Heulen und Jaulen der niedersausenden Bomben. Wie alle im Stollen wusste auch Mahr, dass ihnen die zischenden Bomben nicht gefährlich werden konnten: Die Bombe, die einen tötete, das war im Dritten Reich jedem Schulkind bekannt, hörte man nicht. Der Sprengkörper schlug schneller ein als der Schall, den sein Luftsog erzeugte, ihm folgen konnte. Die Bombe, die man hörte, ließ einen am Leben – eine unumstößliche Wahrheit. Dennoch zog Mahr jedes Mal unwillkürlich den Kopf zwischen die Schultern, wenn durch die Stahltür hindurch das Geräusch fallender Luftminen zu hören war.

Nach einiger Zeit wurde der Sauerstoff knapp. Die Entlüftung funktionierte schlecht. Man habe da ein bewusstloses Kind, rief jemand, die miserable Luft, ob ein Sanitäter im Raum sei? Mahr merkte nichts vom Sauerstoffmangel, er fühlte sich halbwegs bei Kräften. Um ihn herum allerdings schienen einige ohnmächtig zu werden, Kinder vor allem und ältere, von der vitaminarmen Ernährung entkräftete Leute. »Immanuel Kant«, ließ sich der Alte wieder vernehmen, »ein deutscher Philosoph: Er hat uns gezeigt, dass Vaterlandsliebe und Pflichterfüllung an der Spitze aller moralischen Tugenden zu stehen haben. Kategorischer Imperativ! Vaterlandsliebe! Pflichterfüllung! Wenn es sein muss, bis zum Äußersten, bis zum Letzten, Pflichterfüllung, auch unter Hingabe des eigenen Lebens …«

Mahr bemerkte, dass kaltes Wasser von der Stollendecke tropfte. Zu seinen Füßen hatte sich bereits ein kleines Rinnsal gebildet. Er streckte die Hand aus, fing einen Tropfen auf und leckte die Handinnenfläche ab.

»Der asiatische Khan schickt sich nun zum Sturm auf Europa an«, fuhr der Alte fort. »Wir alle haben die Schreckensberichte vom Wüten der Bolschewisten in Ostpreußen gelesen. Städte und Dörfer werden niedergebrannt, deutsche Frauen zu Kasernenhuren erniedrigt. Über all das liegen zuverlässige Berichte vor. Aber der deutsche Soldat wird auf diese entmenschten Grausamkeiten die entsprechende Antwort zu geben wissen. Der deutsche Soldat – und mit ihm die westliche Zivilisation – hat dem Mongolensturm im Lauf der Geschichte immer wieder Einhalt geboten … Die asiatischen Horden werden auch diesmal das ihnen von der Geschichte zugedachte Schicksal erleiden und vor den Toren der Reichshauptstadt verbluten …«

»Woher kommen Sie?«, fragte Mahr in umgänglichem Tonfall. »Aus der Gegend hier scheinen Sie nicht zu sein, oder täusche ich mich?«

Der Alte warf ihm einen dankbaren Blick zu. Erfreut, dass sich jemand für ihn interessierte, begann er Mahr davon in Kenntnis zu setzen, dass er aus dem Entsendegau Westfalen-Nord stamme, genauer aus der Gauhauptstadt Münster, in der er siebenundzwanzig Jahre lang Deutsch und Latein unterrichtet habe, davon fünfzehn Jahre als Studien- und Oberstudienrat und zuletzt als Studiendirektor. Gerade als Mahrs Banknachbar von der Salzburger Kriegerwitwe berichtete, bei der er seit seiner Ausbombung vor eineinhalb Jahren einquartiert war, einer herzensguten Frau, wie er behaupten dürfe, just in diesem Moment unterbrach eine heftige Detonation ihre Unterhaltung. Der Luftdruck donnerte gegen die Stahltüren, das Licht flackerte, dann wurde es für eine Weile finster, einige Frauen schrien auf, Kinder weinten, eine barsche Stimme mahnte zur Ruhe, die Frau neben Mahr begann leise vor sich hin zu schluchzen. In diesem Augenblick explodierten bereits die nächsten Sprengkörper in der Nähe des Stollens, das Licht sprang flackernd wieder an, dann erlosch es von Neuem. Der Studiendirektor streckte Mahr einen ledernen Flachmann entgegen, Mahr ergriff das Behältnis und trank einen Schluck: Der Schnaps schmeckte süßlich und bitter zugleich, irgendwie nach Lakritz. In diesem Moment wurde der Stollen von einer ungeheuren Explosion erschüttert, Mahr riss die Arme hoch, um seinen Kopf zu decken. Der Boden unter ihm schien sich zu bewegen, dann folgten weitere Detonationen. Poltern, Krachen, Splittern, ringsum Geschrei und Gewimmer, dann wurde es still. Das Licht sprang an. Der Einschlag draußen musste erheblichen Schaden angerichtet haben. Mahr nahm die Arme vom Kopf und blickte sich um. Der Carossa-Jüngling hatte seine Brille abgenommen und schaute starr ins Leere, ein Mann hielt seine Frau im Arm und strich ihr mit mechanischer Zärtlichkeit übers Haar. Das Mädchen im Dirndl rief mit kläglicher Stimme den Namen seines Vogels. »Piepserl«, rief die Kleine, »Piepserl!« Der schmale, gefiederte Körper des Tiers lag reglos auf dem Käfigboden.

»Das Vieh ist alle«, bemerkte jemand.

Ätzender Brandgeruch stieg Mahr in die Nase, als er von den Nachdrängenden ins Freie gepresst wurde. Im näheren und weiteren Umkreis des Stollenausgangs loderten Brände, Teile der Innenstadt waren taghell erleuchtet. Aus einem mehrstöckigen Wohnhaus direkt vis-à-vis schlugen Flammen, schwarzer Rauch quoll aus Fenstern und Türen.

Mahr machte, dass er wegkam. Er lief in Richtung Salzach. Da und dort explodierten schon die ersten Zeitzünder. Zwei alte Leute schoben ein Servierwägelchen über das mit Mauerschutt und Glasscherben übersäte Straßenpflaster, auf das Gefährt hatten sie die kargen Reste ihres Hausrats getürmt. Eine Frau rannte an Mahr vorüber, das Haar zerzaust, den Mantel offen, Blut rann ihr über Wangen und Kinn. Andere kraxelten über Schutthaufen, um nach Eltern, Kindern, Verwandten zu suchen. Mancherorts bemühten sich improvisierte Bergungskommandos und Angehörige des sogenannten »Sicherheits- und Hilfsdiensts« um die Rettung Verschütteter. Auf die Fassade eines von Bomben beschädigten Hauses hatte jemand mit Kreide geschrieben: »Sind bei Hilda in Hallein. Agnes Schliessl und Kinder.«

Mahr überquerte die Staatsbrücke – sie hatte den Angriff unzerstört überstanden –, dann kämpfte er sich weiter zum Hauptbahnhof durch. Ein beizender Geruch von Mauerstaub und verkokelndem Bakelit lag in der Luft. Feuerwehrautos mit Blaulicht rasten durch die Straßen, sofern sie ein Durchkommen fanden, Löschmannschaften legten Schlauchlinien, helfende Hände bemühten sich um Verletzte und Verwundete. Da und dort hatte man Decken über reglose Körper gebreitet. »Kann ich etwas für Sie tun?«, fragte Mahr einen Mann, der mit zerfetzten Kleidern und rußgeschwärztem Gesicht an einer Hausmauer lehnte. Der Alte schüttelte apathisch den Kopf.

In der Bahnhofsgegend war es etwas ruhiger, die alliierten Bomber schienen ihre Ziele in dieser Nacht vorwiegend über anderen Stadtteilen gefunden zu haben. In der Bahnhofshalle herrschte heilloses Durcheinander. Auf den Wartebänken wurden Verwundete versorgt, Ausgebombte campierten auf dem Fußboden, NSV-Helferinnen liefen durch die Reihen und schenkten Tee aus. Wie ein paar Dutzend andere Landser schlug auch Mahr sein Lager vor dem Gepäckaufgabeschalter auf. Er lud seinen Tornister ab, breitete den Mantel auf den Boden und streckte sich lang, den Tornister dicht am Körper. Er schlief auf der Stelle ein.

Am nächsten Morgen, es war noch dunkel, ließ er seinen Marschbefehl an der Frontleitstelle abstempeln, was ohne Probleme vor sich ging, dann marschierte er in der Finsternis in die Ortschaft Söllheim hinaus. Das nahm eine gute Stunde Wegzeit in Anspruch. Die Bahnstation, ein winziges Gebäude, lag in unmittelbarer Nähe der Autobahntrasse. Auf dem Perron drängten sich schon eineinhalb Stunden vor Abfahrt der Salzkammergut-Lokalbahn zahlreiche Passagiere: Mütter mit Kindern, Arbeitsdienstmänner, eine Gruppe von Ostarbeiterinnen …

Der Zug fuhr um 6.40 Uhr mit erheblicher Verspätung ein. Mahr erkämpfte sich einen Fensterplatz, den man komfortabel hätte nennen können, wenn nicht, wie auch in den anderen Waggons, das Fensterglas ausgebrochen gewesen wäre. Den Tornister zwischen den Knien, hockte er auf seinem Sitz und beobachtete, wie sich der Zug mit Passagieren füllte. Ihm gegenüber presste sich ein altes Mütterchen auf die Sitzbank, das sich, kaum hatte es seinen Platz eingenommen, umständlich zu schnäuzen begann. Hinter der Alten schob sich polternd und lärmend ein Trupp Volkssturmmänner in den Waggon. Es war eine bunt zusammengewürfelte Truppe, meist ältere Leute mit angegrautem Haar, eckigen, unbeholfenen oder behäbigen Bewegungen, keiner der Volkssturmler war uniformiert, einheitlich waren nur die rot-schwarz-roten Armbinden und die verdrossenen Mienen.

Als die Lok anfuhr, war der Zug auf abenteuerliche Weise überfüllt: Dutzende Passagiere drängten sich auf den Plattformen zwischen den Waggons, einige besonders

Wagemutige balancierten sogar auf den Wagenpuffern. Obwohl das Tempo nicht besonders hoch war, begann Mahr schon auf den ersten Metern der von der Lok ausgehustete Kohlenruß um die Ohren zu blasen. So komfortabel, wie er gedacht hatte, war der Sitzplatz dann also doch nicht: Als sie nach kurzer Fahrt in der Station Hallwang-Fichtlmühle hielten, war Mahr bereits, wie die Umsitzenden, von einer hauchdünnen Rußschicht bedeckt. Er schlug den Mantelkragen hoch und ergab sich seinem Schicksal. Natürlich war der Luftangriff von vergangener Nacht das dominierende Thema in den Gesprächen der Leute. Einer der Volkssturmmänner berichtete von den Löscharbeiten in der Nähe des St.-Johanns-Spitals, bei denen er geholfen hatte: Die Klinik war von Bombentreffern verschont geblieben, aber in unmittelbarer Nähe des Spitals hatte ein Wohnhaus einen Volltreffer abbekommen. Im Keller des Hauses waren mehrere Frauen mit ihren Kindern an den Brandgasen erstickt: »Kein schöner Anblick …« Eine Frau ließ ihre Mitwelt wissen, dass sie den Krieg zwar entsetzlich fände, da geschähen furchtbare Dinge, wie man höre, aber Krieg sei nun mal Krieg, da könne man nichts machen, und für sie, das müsse auch einmal gesagt sein, bestehe nicht der geringste Zweifel daran, dass der Führer gut sei; von den Untaten, die da und dort in seinem Namen begangen würden, wisse er nichts, und genauso, wie man den Papst nicht für die Fehler einzelner Untergebener verantwortlich machen könne, so dürfe man auch dem Führer nicht Vergehen seiner Untergebenen zur Last legen, man müsse nur einmal daran denken, wie sehr der Führer die Kinder liebe.

Mahr streckte die Hand durch die glaslose Fensteröffnung: Draußen zog eine hügelige Vorgebirgslandschaft vorbei, im Hintergrund erkannte er das von glitzerndem

Weiß bedeckte Gipfelplateau des Schafbergs, den er, unvorstellbar lange war das her, mit seinem Vater und dem Bruder in den Sommerferien '32 oder '33 bestiegen hatte. Ein halbes Dutzend Sommerurlaube hatte die Familie hier im Salzkammergut verbracht, Zilli, die Haushälterin, war stets mit von der Partie gewesen all die Jahre über; drei, vier Mal hatte Zilli auch ihre Enkelin mitgenommen, ein dünnes, melancholisches Mädchen namens Elsa, ein Jahr jünger als Mahr, das ihn auf kindlich-genierliche Weise angehimmelt hatte, wie er sich einbildete. Zunächst hatten sie ein paar Jahre lang im »Hotel Post« in Bad Ischl logiert, später hatte Mahrs Vater sich entschieden, in der Nähe von Strobl ein sogenanntes »Austragshäusl« zu mieten, das der Bauer Ignaz Unterhofer zahlenden Gästen zur Verfügung stellte. Mahr verdankte diesen Urlauben im Salzkammergut unbeschwerte Sommererinnerungen – Reminiszenzen an Faltbootfahrten auf dem Wolfgangsee und nächtliche Badeabenteuer an der Zinkenbach-Mündung, an Wespen in Saftgläsern, weiße Segelschuhe, gebräunte Mädchenkörper und Kopfsprünge von Felsvorsprüngen über dem See, an mächtige Sommergewitter, in Gaslichtern verzischende Nachtfalter und das schöne, himmelblaue Fahrrad, auf dem er jeden Vormittag vom Unterhofer-Häusl aus ins Strobler Strandbad geradelt war, er sah sich mit seinem Bruder auf dem Bürglstein herumkraxeln und der spillerigen Elsa im flachen Uferwasser Crawl-Unterricht erteilen. Unvergesslich auch der Anblick seiner Schwester, die sich unter den Blicken der männlichen Dorfjugend auf dem Holzsteg des Strobler Strandbads räkelte und, sonnenbrillenbewehrt, in die Lektüre irgendeines Irmgard-Keun-Romans vertieft war.

Der Zug kam nur langsam vorwärts. Das Ein- und Aussteigen der vielen Passagiere verzögerte das Weiterfahren ebenso wie das Nachladen von zwei Zentnern Kohle in St. Lorenz am Ufer des Mondsees.

Kurz vor Mittag, nach viereinhalbstündiger Fahrt, kam Mahr endlich in Bad Ischl an. Das Kurstädtchen präsentierte sich in erstaunlich unversehrtem Zustand. Zum Ziel von Luftangriffen schien Ischl noch nicht geworden zu sein, auch die Versorgungslage schien einigermaßen intakt, obwohl in den Auslagen der Lebensmittelgeschäfte, wie in Salzburg und Traunstein, ausschließlich Seifenkartons und leere Waschmittelpackungen zu sehen waren, dann und wann ein paar Portionen Ersatzkaffee oder, fein säuberlich aneinandergereiht, Batterien von »Feinolin«-Schuhputzgarnituren.

Mahr klopfte sich den Ruß von den Kleidern und schlenderte in Richtung Stadtzentrum. Der Gipfel der Katrin, des Ischler Hausbergs, war in Wolken gehüllt. Föhnstimmung. Er ließ das Kurmittelhaus und den Rudolfspark hinter sich und betrat den sogenannten »Adolf-Hitler-Platz«, auf dem sich die Stadtpfarrkirche und das markante, mit schönbrunnergelbem Anstrich versehene Post- und Telegrafenamt sowie die klassizistische »Trinkhalle« befanden. Die meisten Leute auf der Straße trugen Tracht, das war heute nicht anders als vor zehn, fünfzehn Jahren, als er mit seiner Familie hier im Salzkammergut Urlaub gemacht hatte. Am anderen Ende des Hitler-Platzes stach ihm »Viktorias Gartenrestaurant« ins Auge, ein einladend wirkendes Wirtshaus mit schattigem Gastgarten. Er nahm sich vor, dort nach Absolvierung seines Sondierungsspaziergangs zum Mittagessen einzukehren.

Am Eingang zur Horst-Wessel-Straße, der früheren Pfarrgasse, befand sich die »Meinl«-Filiale, in der sein Vater ihm vor ewigen Zeiten, als er noch ein quengeliger, auf Süßigkeiten versessener Knabe gewesen war, »Goldnüsse« und »Neapolitaner«-Waffeln gekauft hatte. Die Pfarrgasse wirkte belebter als andere Teile der Stadt, hier sah man Hausfrauen, Rentner, Dienstmädchen, ein, zwei Schupos und Unmengen von Lazaretturlaubern, mit Krücken und Kopfverbänden oder ohne, allein oder in Begleitung, manche ließen sich von einem Kameraden im Rollstuhl schieben. Ein aristokratisch wirkender Herr in Tweedsakko und knapp sitzenden Breeches verließ gemessenen Schrittes das Elektrofachgeschäft »Pfandl«: So etwas gab es also auch noch. Vor dem Schaufenster der »Kaffee-Konditorei Zauner« blieb Mahr für eine Minute stehen. Verglichen mit den Meisterwerken österreichischer Konditorkunst, die er hier in seinen Kindertagen bestaunt hatte, machten die mit bunten Streuseln bestreuten Windgebäck-Kringel in der Auslage einen bescheidenen, um nicht zu sagen: armseligen Eindruck. Trotzdem drückten sich ein paar Flüchtlingskinder an der Schaufensterscheibe die Nasen platt.

Mahr ging weiter und betrat eine Tabaktrafik, er wollte sich einen Stadtplan besorgen, um sich mit den neuen Straßennamen bekannt zu machen. Nach dem »Anschluss« hatten die Nazis eine Reihe von Straßen und Gassen umbenannt, es konnte nicht schaden, einen aktuellen Faltplan mit den nunmehr gültigen Bezeichnungen bei sich zu haben.

»Ein Segen, dass man Ischl schon im '40er-Jahr zur Lazarettstadt ernannt hat«, erklärte die Trafikantin, eine redselige Mittvierzigerin, die sich von Mahr bereitwillig in ein Gespräch verwickeln ließ. »Fliegerangriffe brauchen wir nicht mehr zu befürchten, Gott sei Dank nicht, dafür haben wir halt Tausende von Kranken und Rekonvaleszenten in der Stadt. Im ›Grand Hotel Bauer‹, in der ›Kaiserkrone‹, im ›Hotel Elisabeth‹, überall haben die Behörden Lazarette eingerichtet, und die sind natürlich rettungslos überfüllt, wie Sie sich denken können. Dazu kommen die Flüchtlinge, die seit einigen Wochen in die Gegend einströmen, furchtbar, Scharen von Flüchtlingen. Verstehen Sie mich nicht falsch, ich habe nichts gegen Fremde, weiß Gott nicht, Ischl hat lange Zeit gut von den Fremden gelebt, aber was zu viel ist, ist zu viel. Im Augenblick haben wir zwanzigtausend Flüchtlinge in der Stadt, aus Schlesien und den Sudetengebieten, vor allem aber auch aus Wien und Linz und anderen Städten, das müssen Sie sich vorstellen, zwanzigtausend! An dieser Zahl ist nicht zu rütteln, die hab ich vom Bürgermeister …«

»Wo, um Himmels Willen, bringt man die vielen Leute denn unter?«

»Na ja«, sagte die Frau, »man hat halt in Schulen, Heimen und Sanatorien Platz geschaffen. Das geht schon, wenn man zusammenrückt. Aber die Menschen müssen auch alle ernährt werden, das ist ja das Gfrett. Der liebe Gott allein weiß, woher die Verpflegung für die vielen zusätzlichen Esser kommen soll.«

Mahr brachte einen quietschenden Drehständer mit Ansichtskarten zum Rotieren. Einige Karten zeigten die Stadt in malerischen Luftaufnahmen oder in hübschen Totalen, von der anderen Flussseite aus fotografiert, es gab aber auch Porträts des Operettenkomponisten Franz Lehár, der seit Jahrzehnten seinen Sommersitz in Ischl hatte.

»Und der Maestro«, fragte Mahr, indem er auf eine der Karten deutete, »ist der zurzeit auch in der Stadt?«

»Aber ja«, erklärte die Trafikantin. »Der Lehár hat sich gleich zu Kriegsbeginn nach Ischl zurückgezogen, damit er eine Ruhe hat vor den Bombenangriffen, vermute ich. Aber wenn Sie mich fragen, der Meister hat dabei vor allem an seine Frau gedacht. Lehár ist ja jüdisch versippt, wie Sie sicher wissen, und da hofft er wahrscheinlich, dass die Behörden seine Frau hier in Ischl eher in Ruhe lassen als unten in Wien.

Dabei ist das gar nicht nötig, denn der Führer persönlich hält ja seine schützende Hand über Frau Lehár – übrigens eine charmante und zuvorkommende Person, was man ja weiß Gott nicht von allen Juden sagen kann.«

»Das glaub ich gern, dass der Führer da seine Hand im Spiel hat«, entgegnete Mahr, während er den Stadtplan in seiner Uniformjacke verschwinden ließ: »Schließlich ist Maestro Lehár einer von Hitlers Lieblingskomponisten, soweit man weiß. Einige Werke des Meisters werden in den Wunschkonzerten der Wehrmacht ja ununterbrochen gespielt. Das ›Wolgalied‹ zum Beispiel.«

»Also, das Wolgalied hört man in letzter Zeit eher selten«, sagte die Trafikantin mit undurchdringlicher Miene. Mahr bezahlte, und während er noch überlegte, ob er einen aufwieglerischen Unterton aus der Bemerkung heraushören sollte oder ob die Frau einfach nur von grenzenloser Naivität war, verließ er mit höflichem Nicken den Tabak- und Zeitschriftenladen.

Über die Wirerstraße spazierte er zum Kurpark hinüber. Dort hatte die »Nationalsozialistische Volkswohlfahrt« eine sogenannte »Volksküche« eingerichtet. Zwei- oder dreihundert Menschen standen um Erbsensuppe an, einige SA-Männer wachten darüber, dass die Essensausgabe in geordneten Bahnen verlief. Auf den Parkbänken saßen Heerscharen rekonvaleszenter Soldaten und rauchten. Mahr beobachtete eine Rotkreuzhelferin, die einen Rollstuhl über den Kiesweg schob: Ein Luftwaffenoffizier mit Kopfverband ließ sich spazieren fahren. Das Kurhaus, das ihm als Kind unerhört mondän vorgekommen war, wirkte an diesem Vormittag heruntergekommen, es machte nicht den Eindruck, als wäre es in letzter Zeit intensiv für Theater- oder Konzertaufführungen genutzt worden.

Eine Stunde später saß er unter einer der Frühlingslinden in »Viktorias Gartenrestaurant« und studierte den Stadtplan. Das Eglmoosviertel, in dem die Gessler Leni daheim war, lag am Fuße des Kalvarienbergs, wie er feststellte, keine zehn Minuten von hier. Das war gut, denn Mahr fühlte sich erschöpft von den Strapazen der vergangenen Nacht. Er hoffte, sich bei der Gesslerin ausruhen oder vielleicht sogar eine Stunde aufs Ohr hauen zu können. Der Wirt des Gartenrestaurants erschien und fragte nach seinen Wünschen, aber bevor Mahr antworten konnte, klärte ihn der Wirt bereits in brummigem Bass darüber auf, dass »Viktorias Gartenrestaurant« außer dem Gasthof Stadler, dem Goldenen Ochsen und der sogenannten »Löschin« das einzige Wirtshaus in der Stadt sei, in dem man noch ein anständiges Bier bekomme.

Gut, sagte Mahr, er nehme eine Halbe. Ob es auch ein Stammgericht gäbe?

Selbstverständlich, sagte der Wirt, der Herr Gefreite könne sogar zwischen zwei Stammgerichten wählen: falsche Fleischlaberln oder Brotsuppe mit Frühmorcheln. Er habe die Morcheln heute früh selbst an einem geheimen Platz im Rettenbachtal gebrockt.

Die Brotsuppe würde er sich ungern entgehen lassen, sagte Mahr. Er habe schon seit einer Ewigkeit keine Schwammerln gegessen, und Morcheln schon gleich gar nicht.

Der Wirt entfernte sich in Richtung Schankraum.

In diesem Augenblick wankte ein älterer Mann in Trachtenjoppe in den Gastgarten, ein gutmütig aussehender Mensch, der bereits das eine oder andere Glas zu viel intus zu haben schien. Er grüßte die Gäste am Stammtisch mit der Andeutung eines Grinsens, bevor er sich keine eineinhalb Meter von Mahr entfernt an einem der freien Tische niederließ. Der Herrgott segne den Herrn Pless, den Wirt dieses gastlichen Hauses, ließ er sich vernehmen, hier bekomme ein anständiger Mann noch ein anständiges Bier, wenn auch ein dünnes, ein erbarmungswürdig dünnes Bier, aber woanders kriege man den holden Gerstensaft ja überhaupt nicht mehr.

Mahr betrachtete den Mann mit amüsiertem Interesse.

Der Alte gab dem Wirt ein Zeichen, dass er eine Halbe wünsche, dann wandte er sich Mahr zu und erklärte ihm mit vernehmbarem Stolz in der Stimme, dass auch hohe und höchste Herrschaften von der UFA das Bier des Herrn Pless zu schätzen wüssten.

Das könne er nicht glauben, sagte Mahr. Wie käme denn die UFA nach Ischl?

Ja, habe denn der Herr Gefreite noch nichts davon gehört, dass sich die UFA, genauer gesagt: die Terra-Film aus Berlin, im örtlichen Kurhaus eingemietet habe? In Berlin sei den Herrschaften der Boden unter den Füßen zu heiß geworden, wie man höre, und jetzt drehten sie ihre UFA-Produktionen eben hier in Ischl.

»Tatsächlich?«, sagte Mahr. Hier in Ischl würden noch Filme gedreht?

Aber selbstverständlich, sagte der Alte, er habe selber dabei zugeschaut, wie die »Terra«-Leute Aufnahmen gemacht hätten, im Kurpark und auf dem Tennisplatz, letzte Woche angeblich auch in der Kaiservilla, aber da sei er nicht persönlich dabei gewesen.

Alle Achtung, sagte Mahr, das hätte er nun wirklich nicht gedacht.

Aber ja, fuhr der Alte fort, schließlich hätten sich viele Film- und Bühnenstars im Salzkammergut niedergelassen. Theo Lingen zum Beispiel hätte zusammen mit seiner Frau im nahe gelegenen Strobl Zuflucht vor den Kriegswirren gefunden, Johannes Heesters habe sich in einem Bauernhaus in Grundlsee eingemietet, und hier in Ischl hielten sich nicht nur die Schlagerkomponisten Peter Kreuder und Theo Mackeben auf, sondern auch die große Maria Cebotari, die noch vor kurzem Triumphe an der Berliner Staatsoper gefeiert habe.

Herr Pless, der Wirt, erschien mit zwei Gläsern Bier und stellte sie auf den Tisch. Er solle sich vom Praschl Helmut keine Lügenmärchen auftischen lassen, sagte der Wirt, der Helmut sei ein stadtbekannter Aufschneider, der anderen gern seine frei erfundenen Geschichten reindrücke.

Mahrs Gesprächspartner winkte lachend ab. Ganz im Gegenteil, hielt er dagegen, der Herr Gefreite solle sich von dieser Verleumdung nicht beeindrucken lassen, wenn hier einer Lügenmärchen auftische, dann sei das der Herr Pless.

Mahr prostete dem Praschl Helmut zu und trank einen Schluck Bier. Hier in der Gegend würden ja angeblich Partisanen ihr Unwesen treiben, sagte er, während er sich den Schaum von der Oberlippe wischte. Ob an den einschlägigen Gerüchten etwas dran sei?

»Nein, nein, das stimmt schon«, sagte der Praschl.

»Und was sind das für … Partisanen?«

»Kommunisten halt. Und ein paar Sozi. Die Roten sind hier in der Gegend immer straff organisiert gewesen. Kommt vom Bergbau – und der Saline.«

»Und wie viele Leute sind das derzeit, da oben in den Bergen?«, fragte Mahr.

»150, 200 Leute werden's schon sein, nach dem, was man hört.«

»Und was treiben die so? Gibt's irgendwelche Aktionen?«

»Von Aktionen kann man eigentlich nicht reden«, sagte der Praschl. »Dann und wann gibt's vielleicht irgendwo ein paar Schießereien mit der Gendarmerie, aber das sind Scharmützel, nichts Besonderes. In erster Linie scheinen die da oben abzuwarten, bis der richtige Zeitpunkt zum Losschlagen gekommen ist.«

»Und die Polizei im Tal schaut einfach zu, oder was?«

»Es gibt schon immer wieder Razzien, bei den üblichen Verdächtigen im Ort. Aber man findet halt nichts. Und dann werden natürlich alle paar Wochen Suchkommandos zusammengestellt, die in die Berge ausschwärmen, um den Brenneis und seine Leute dingfest zu machen – aber bis jetzt hat das keinen Erfolg gebracht. Nicht den geringsten.«

»Den Brenneis?«, fragte Mahr. »Wer ist das?«

»Der Brenneis Sepp ist ein entsprungener KZler. Kommt aus der Gegend hier. Rotspanier. Hat da unten im Bürgerkrieg für die Kommunisten gekämpft. Der Brenneis führt die Widerständler an.«

»Müssen gut organisiert sein, dem seine Leute«, sagte Mahr. »Wie schaut's mit Nachschub und Verpflegung aus?«

»Dass die Widerständler Sympathisanten und geheime Zuarbeiter hier im Ort haben, ist klar, sonst könnten sie sich nicht so lange halten. Der Nachschub mit Nahrungsmitteln und Waffen wird mit Sicherheit vom Tal aus organisiert, da gibt's keinen Zweifel.«

»Dass Ischl so ein Widerstandsnest ist …«, sagte Mahr, »das hätte ich gar nicht gedacht.«

Der Wirt erschien und stellte einen dampfenden Teller Brotsuppe vor Mahr auf den Tisch: »Wohl bekomm's!« Mahr nahm einen Blechlöffel zur Hand und machte sich mit Heißhunger über die Suppe her.

Ein Pulk Schwalben schwirrte um das schieferfarbene Kuppeldach des Kurhauses, als er den Park in westlicher Richtung verließ. Mahr hielt sich rechts und stapfte zwischen mannshohen Hecken ein Stück bergauf in Richtung Kalvarienberg. Es war ein bescheidenes Viertel, in das er gelangte, hier gab es kaum Jahrhundertwendevillen mit Glasveranden und pittoresken Türmchen, für die Ischl berühmt war, hier war der Baubestand schlichter, weniger herrschaftlich als in jenen Teilen der Stadt, in denen sich während der k.-und-k.-Zeit Eisenbahnmagnaten und gefürstete Gräfinnen prachtvolle Sommerresidenzen gebaut hatten.

Es war nicht schwer, die Eglmoosgasse zu finden. Mahr ließ eine heruntergekommene Frühstückspension und eine aufgelassene, mit Brettern vernagelte Kohlenhandlung hinter sich und hielt sich rechts, von dort war es nicht mehr weit. Ein paar Schritte noch, dann stand er auch schon vor dem Haus, das er gesucht hatte: zweistöckig, mit schweren, dunkelgrünen Fensterläden. Er zögerte einen Augenblick, dann klopfte er an. Es dauerte eine Weile, bis ihm aufgemacht wurde. Eine untersetzte Frau in Kittelschürze stand in der Tür, Mitte, Ende zwanzig, sie hatte eine Strickweste über die Schultern geworfen und musterte ihn misstrauisch. »Ja?« Ihr Blick glitt über seine Uniform und das Verwundetenabzeichen auf seiner Brust.

»Sind Sie … Frau Gessler?«

»Worum geht es?«

»Onkel Ludwig hat das Schlimmste hinter sich.«

Sie musterte ihn mit unbewegtem Gesichtsausdruck.

»Onkel Ludwig …«, wiederholte er. »Er hat das Schlimmste hinter sich.«

»Hat er das?«

Mahr nickte.

Nach einem Augenblick des Zögerns trat sie zur Seite. »Kommen Sie herein!«

Mahr trat ins Haus, im Vorraum schnallte er seinen Tornister ab. »Machen Sie nicht so einen Lärm«, zischte sie. »Oben im zweiten Stock hat man uns zwei alte Frauen einquartiert.«

Sie schloss die Tür sorgfältig ab und führte ihn in die Küche. Ein Bub von drei, vier Jahren hockte auf dem mit Flickenteppichen ausgelegten Steinboden und spielte mit einer Holzeisenbahn. Der Kleine sprang auf und rannte zu seiner Mutter, er klammerte sich ängstlich an deren Rockzipfel. »Sie müssen entschuldigen, der Pamperlatsch ist ein bissl verschreckt. Gell, Peter?«

Der Bub starrte Mahr aus weit aufgerissenen Augen an, ein weinerliches Zucken spielte um seine Mundwinkel, Mahr hatte das Gefühl, er würde gleich in Tränen ausbrechen.

»Sein Vater ist im Herbst '41 gefallen.«

»Tut mir leid.«

»Kann ich Ihnen etwas anbieten?«

»Nein, danke, ich habe …«

In diesem Augenblick klopfte es an der Tür. Mahr fuhr herum.

»Kein Grund zur Beunruhigung«, beschwichtigte die Frau. »Das ist meine Mutter. Sie wohnt bei uns hier im Haus.«

Die Tür ging auf, eine schmächtige Mittvierzigerin mit grauen, fast schon weißen Haaren betrat das Zimmer. Sie starrte Mahr mit fragendem Gesichtsausdruck an. »Wer ist denn das?«

»Reg dich nicht auf, Mutter«, sagte die Jüngere. »Der Herr Gefreite hat etwas mit mir zu besprechen.«

»Ach so, na ja …«

»Haben Sie wirklich keinen Hunger?«, fragte die Jüngere. Es sei noch etwas Erdäpfelschmarren vom Mittagessen übrig, den könne er haben.

»Vielen Dank, ich habe schon in der Stadt gegessen«, sagte Mahr.

Die Frau bat ihre Mutter, den Buben mit hinaus in den Garten zu nehmen, dort könne er ihr beim Umgraben helfen. Und nach den Gemüsebeeten müsste man auch einmal dringend schauen.

»Komm, Peter!«, sagte die Ältere. »Wir lassen die Mama mit dem Herrn allein.« Sie hob den Kleinen hoch und trug ihn hinaus, während die Jüngere sich wieder dem Geschirrabwasch zuwandte, bei dem Mahr sie offensichtlich gestört hatte.

Mahr lehnte den Tornister gegen das Fensterbrett und fragte, ob er sich nützlich machen dürfe. Ja, freilich, wenn er wolle, könne er Geschirr abtrocknen, erwiderte die Gessler Leni. Sie drückte ihm ein kariertes Tuch in die Hand und zeigte auf die hölzerne Abtropfvorrichtung, auf der Teller und Tassen aufgereiht waren.

Mahr nahm einen Suppenteller und begann ihn trockenzuwischen, während die Gessler Leni mit der Drahtbürste einer mit Erdäpfelschmarrenresten verkrusteten Kasserolle zu Leibe rückte.

So, und jetzt solle er ihr sagen, wer er sei und was er wolle, sagte die Gessler Leni. Ihr Ton war sachlich und auf freundliche Weise resolut.

Mahr erzählte aufs Neue vom Absprung seines Kommandos in der Nähe des Chiemsees, ohne ins Detail zu gehen. Er ließ auch das Ziel ihres Auftrags – etwas über die vermeintliche Existenz der Alpenfestung herauszufinden – nicht unerwähnt.

Die Gessler Leni hörte ihm mit unbewegter Miene zu. Als er fertig war, sagte sie: »Und was kann *ich* jetzt für Sie tun?«

Er sei ins Salzkammergut gekommen, erklärte Mahr, weil er hoffe, hier etwas über den Verbleib seines Freundes Willi und über die sagenumwobene Alpenfestung herauszufinden, die den alliierten Planungsstäben einiges Kopfzerbrechen bereite. Ob ihm die Gesslerischen da vielleicht weiterhelfen könnten?

Von einem alliierten Verbindungsmann namens Willi habe sie noch nie etwas gehört, sagte die Frau.

Das habe er befürchtet, seufzte Mahr.

Die Gesslerin kippte eine zusätzliche Prise Waschsoda ins Schaff, bevor sie ein fettiges Backblech mit der Bürste abzuschrubben begann. Das habe allerdings nichts zu bedeuten, fuhr sie fort, sie könne nicht jeden Widerständler persönlich kennen, der sich zwischen Dachstein und Totem Gebirge versteckt halte. Ihrer Meinung nach sei es nicht ausgeschlossen, dass sich dieser Willi hier in der Gegend aufhalte – es stießen ja immer wieder Leute zu den Partisanen –, wenn sie es auch nicht für übermäßig wahrscheinlich halte. Die Gessler Leni drehte das Backblech um und begann auch die Rückseite abzuschrubben. Und über die sogenannte »Alpenfestung«, von der jetzt auch im Rundfunk die Rede sei, könne sie ihm überhaupt nichts Zuverlässiges sagen, da wisse der Brenneis sicher mehr. Drüben in Aussee scheinen jedenfalls interessante Dinge im Gang zu sein: Die SS ziehe starke Verbände zusammen, wie man höre, Nazibonzen verschanzten sich angeblich in ihren Villen, und in den Bergwerksstollen von Altaussee würden Tonnen von Sprengstoff eingelagert. Ob das alles mit dem Ausbau der »Alpenfestung« zusammenhänge, könne sie nicht sagen, da verfüge Brenneis bestimmt über verlässlichere Informationen.

»Wie kann ich Kontakt zu Brenneis aufnehmen?«

»Eine gute Frage«, sagte sie, während sie ihm das Backblech zum Abtrocknen in die Hand drückte.

»Vielleicht können Sie mir helfen«, sagte Mahr vorsichtig.

»Und woher soll ich wissen, dass ich Ihnen trauen kann?«

»Das können Sie nicht wissen.«

Die Gessler Leni wies ihm eine Art Gästezimmer im ersten Stock zu, einen kleinen, nach Lavendel riechenden Raum mit Waschschüssel und Bett und einer Kommode mit facettiertem Kippspiegel. Er solle um Gottes Willen keinen Lärm machen, mahnte seine Gastgeberin, während sie mit einer einladenden Gebärde auf das Bett zeigte, zwei ältere Damen wohnten mit ihnen hier im Haus, es sei zwar nicht anzunehmen, dass sie allzu viel mitbekamen, die eine sei schwerhörig, die andere nicht ganz richtig im Kopf, aber man könne nicht sicher sein in diesen Zeiten. Er wisse ja, der Teufel schlafe nicht.

Mahr versprach, sich ruhig zu verhalten.

Die Gesslerische ließ ihn allein. Er schlüpfte aus den Stiefeln und warf die Uniformjacke über den Sessel, dann ließ er sich mit einem Seufzer aufs Bett fallen. Der Wind spielte in den Gardinen, hinter dem Birnbaum vorm Fenster, sein Blickfeld begrenzend, machte er den lang gezogenen, von Schneeresten gesprenkelten Grat der Zimnitz aus. Er deckte sich zu und zog sich das Federbett unters Kinn. Nachdem er eine Weile wach gelegen war, fiel er in einen erschöpften, von verwirrenden Träumen erfüllten Schlaf.

Es war Abend. Die Großmutter steckte einen Holzrahmen mit Verdunklungspapier ins Fenster und machte es sich mit einem Buch im Schaukelstuhl bequem. Die Gessler Leni hatte eine Handarbeit hervorgeholt und begann eine

Frühjahrsjacke für den kleinen Peter zu stricken – der Bub lag schon im Bett. Mahr saß am Tisch und faltete eine der Wanderkarten auseinander, die ihm der amerikanische Verpflegungsoffizier mit auf den Weg gegeben hatte. Das »Tote Gebirge«, ein aus Stein, Geröll und verkarstenden Bergwäldern bestehendes Hochplateau, das sich östlich von Ischl ins Steyr- und ins Stodertal hinüber erstreckte, war das ideale Rückzugsgebiet für Brenneis und seine Leute, dachte er. Es gab keine Straßen und kaum befestigte Wege und lediglich eine begrenzte Zahl von Aufstiegsmöglichkeiten, die sich gut beobachten und kontrollieren ließen. Bestimmte Teile des von verzweigten Höhlensystemen durchzogenen Gebirgsstocks waren Mahr von früheren Wanderungen her bekannt; den Weg über die Schwarzenbergalm auf den Wildenkogel war er zusammen mit seinem Bruder zwei oder drei Mal gegangen, und auch das Weißhorn und den Rinnerkogel, zwei Gipfel im Umfeld des Offensees, kannte er recht gut. Mahr fragte sich, wie Brenneis und seine Leute den Winter in den Bergen überstanden hatten. Im Sommer konnte man da oben bestimmt ein fideles Leben führen – fidel im Vergleich zum Dasein an der Front. Im Winter aber, bei minus zwanzig Grad, war es sicher nicht einfach, hundert oder hundertfünfzig Mann zu wärmen, zu ernähren und zudem noch einigermaßen bei Laune zu halten.

Nach einer Weile klopfte jemand ans Fenster. Die Gessler Leni stand auf und ging aus dem Zimmer. Man hörte Flüstern und polternde Schritte draußen im Flur, die Haustür wurde verriegelt, der Schlüssel drehte sich im Schloss, dann erneutes Getuschel. Mahr faltete die Karte zusammen und ließ sie in seiner Jackentasche verschwinden. Die Tür ging auf, ein gedrungener Mann mit genagelten Bergschuhen stand an der Schwelle, über die Schultern einen feldgrauen Wetterfleck geworfen, in der Hand einen schmalkrempigen Hut, wie ihn die Holzknechte der Gegend trugen. Das also war Sepp Brenneis, dachte Mahr, der Freischärler und sagenumwobene Freiheitskämpfer, auf den die Gestapo ein Kopfgeld von immerhin 10.000 Reichsmark ausgesetzt hatte.

»Da schau her, Besuch«, sagte Brenneis, als hätten ihn die Frauen nicht schon vorab von Mahrs Eintreffen informiert. Er ging ins Zimmer und streckte Mahr die Rechte entgegen. Sein Händedruck war kräftig. »Woher kommst du?«

Er sei im Auftrag der Amerikaner über deutschem Gebiet abgesprungen, sagte Mahr. Und jetzt wolle er ein paar Dinge herausfinden, die für die Amerikaner von Interesse seien.

Brenneis taxierte ihn. Er schien ihm nicht zu trauen. »Hast du auch einen Namen?«

»Edelweiß«, sagte Mahr.

Edelweiß, wiederholte Brenneis, während er sich an den Tisch setzte. In seiner Zeit in Spanien habe er auch einen gekannt, der sich Edelweiß genannt habe. Guter Mann. Ein Tiroler aus Wörgl. '38 am Ebro gefallen.

Mahr fischte eine Zigarettenschachtel aus der Tasche und schob sie in Brenneis' Richtung: »Willst du eine?«

»Später.«

»Darf *ich* rauchen?«, fragte Mahr.

»Aber ja, natürlich.«

Mahr nahm die Schachtel und klopfte eine Zigarette aus der Packung.

»Wie hat's dich überhaupt zu den Amerikanern verschlagen?«, fragte Brenneis.

»Ich habe mich aus der deutschen Wehrmacht verabschiedet«, sagte Mahr, während er sich die Zigarette ansteckte. »Im Jänner, im Elsass.«

»Von der Fahne gegangen?«

»Schon ein Weilchen her.«

»Gute Soldaten, die Amerikaner?«

»Auf jeden Fall! Wobei du die Materialüberlegenheit auch nicht unterschätzen darfst.«

Er persönlich habe ja nichts gegen die Amerikaner, sagte Brenneis, im Gegenteil, er hege große Wertschätzung für die amerikanischen Arbeiter, aber die Wall-Street-Plutokraten und deren speichelleckerische Satrapen in der Politik seien seine Freunde nicht, auch wenn sie in diesem Krieg – ausnahmsweise einmal – an einer gerechten Sache verdienten.

Die Wall-Street-Plutokraten hätten in Amerika heute längst nicht mehr so viel zu sagen wie früher, hielt Mahr dagegen. Präsident Roosevelt habe die Macht des Finanzkapitals mit seinen Börsengesetzen drastisch beschnitten. Und auch die staatlichen Investitionsprogramme, die der Präsident auf dem Höhepunkt der Weltwirtschaftskrise realisiert habe, um die Menschen wieder in Arbeit und Brot zu bringen, hätten ihm die Feindschaft des Großkapitals und der amerikanischen Rechten eingebracht.

»An diesen Investitionen hat das Großkapital aber ganz gut verdient«, widersprach Brenneis. »Roosevelt hat die Macht der Wall Street in keiner Weise brechen können. Meine Meinung.«

»Wir sollten uns nicht streiten«, beschwichtigte Mahr. »Der Ami steht auf der richtigen Seite in diesem Krieg. Darauf können wir uns einigen. Oder nicht?«

»Ja, eh«, gab Brenneis zu. »Hast ja recht.«

Leni war für einen Augenblick in der Küche verschwunden, jetzt kam sie zurück, um Brenneis eine Jause aufzuwarten. Sie stellte zwei mit Margarine beschmierte Brote auf den

Tisch, dazu einen Ranken Speck und eine Schüssel mit eingelegten Gurken.

Brenneis holte ein Springmesser hervor und schnitt sich ein Stück Speck herunter. Er war Mahr nicht unsympathisch, auch wenn er etwas Polterndes, Auftrumpfendes an sich hatte.

»Ich könnte mir vorstellen«, sagte Brenneis, »dass du nicht ins Salzkammergut gekommen bist, um dich mit mir über Roosevelt zu unterhalten. Friede seiner Asche. Was willst du?«

»Die Genossin Pieczonka aus Salzburg schickt mich«, setzte Mahr an.

»Genossin?«

»Ja.«

»Bist du in der Partei?«

»Ja«, sagte Mahr, »... aber in der andern.«

Brenneis lachte. Er säbelte ein paar Scheiben Speck herunter und steckte sich eine davon in den Mund. Als junger Bursch sei er auch einmal bei den Sozi gewesen, wie sein Vater, zuerst bei den »Kinderfreunden«, dann in der »Sozialistischen Arbeiterjugend«, und natürlich beim »Schutzbund«. Im Februar '34 habe er dann am »Schutzbund«-Aufstand in Ebensee teilgenommen, Ehrensache, aber der kompromisslerische Kurs der Parteiführung sei ihm schon vor '33 zuwider gewesen, und so habe er sich nach der Niederlage im Februar '34 zum Übertritt in die illegale KP entschlossen, weil die Kommunisten seiner Meinung nach die einzige Kraft gewesen seien, die konsequent gegen den Faschismus vorgegangen seien.

Mahr zerdrückte seine Zigarette in einem blechernen Aschenbecher. Er kenne auch ein paar Leute, sagte er, die im Frühjahr '34 in die KP gewechselt seien.

»Da schau her! Wen denn?«

Mahr nannte ein paar Namen. Den Brenner Ossi. Den Neidhardt Kurt und dessen Bruder, den Karl.

»Den Neidhardt Karl kenne ich«, sagte Brenneis. »Hat sich im Sommer '37 bei den Kämpfen um Zuera große Verdienste erworben. Ich hab ihn dann im Lager Gurs aus den Augen verloren, '39, wo wir alle interniert waren.«

»Die beiden Neidhardts waren Freunde meines Bruders«, erklärte Mahr.

»So, einen Bruder hast du auch? Wie heißt der? Wo ist er?«

»Er ist tot. Gefallen.« Mahr brachte Brenneis und den Frauen in knappen Worten seine Geschichte zur Kenntnis, er berichtete von den Funktionen seines Vaters und den Aktivitäten der Geschwister bei den »Revolutionären Sozialisten«, er erzählte vom Sterben seines Bruders an der Front im Osten und von den Umständen seiner Desertion im Elsass, er schilderte den Absprung in der Nähe des Chiemsees und die Schwierigkeiten, die sich im Anschluss daran ergeben hatten. Am Ende berichtete er von seinem Besuch bei der Pieczonka.

»Die Pieczonka hab ich lang nicht mehr gesehen«, sagte Brenneis. »Wie geht's ihr?«

»Ich soll dich herzlich von ihr grüßen.«

Brenneis strich sich mit der Hand übers Kinn. »Früher hat sie in Hallein draußen gewohnt. Wo ist die Genossin jetzt daheim?«

»Meines Wissens nach hat sie nie in Hallein gewohnt«, sagte Mahr, der das Gefühl hatte, dass Brenneis ihn ein bisschen ausforschen wollte. Er schien herausfinden zu wollen, wie viel er tatsächlich über Pieczonka wusste.

»Meines Wissens nach wohnt sie seit ein, zwei Jahren in der Werkstättenstraße in Salzburg«, sagte Mahr. »Und vorher war sie in Steyr, beim Arbeitsdienst, zumindest hat sie mir das erzählt.«

Brenneis war noch nicht fertig. Er erkundigte sich nach Pieczonkas Gesundheitszustand, nach ihrem Mann (von dem Mahr nichts wusste), nach den Kindern, die die Genossin habe, ach, ja, richtig, es sei ja bloß eines, ein Mädchen, jetzt erinnere er sich. Und wie heiße die Kleine schnell noch einmal? Ah ja, Lisbeth, richtig. Man werde sich bei der Pieczonka erkundigen, beschied Brenneis, ob Mahr sie tatsächlich besucht habe, die »Österreichische Freiheitsbewegung« verfüge über ausreichend Mittel und Wege, Mahrs Angaben auf ihre Richtigkeit hin zu überprüfen.

Er habe nichts dagegen, erklärte Mahr. Er sei auf jeden Fall nach Ischl gekommen, um seinen Auftrag auszuführen, und dieser Auftrag laute: Er solle herausfinden, was an den Gerüchten über die Alpenfestung dran sei. Darüber hinaus interessiere er sich für den Verbleib seines Freundes Willi, von dem er sich auf dem Bahnhof in Traunstein verabschiedet habe.

»Von deinem Freund weiß ich nichts«, sagte Brenneis. »Wenn er hier in der Gegend aufgetaucht wäre, hätte ich davon gehört.«

Mahr hatte eine Antwort dieser Art erwartet, dennoch traf ihn das, was er da hörte.

Brenneis schien seine Betretenheit zu bemerken. »Tut mir leid, dass ich keine besseren Nachrichten für dich habe.«

»Ach, schon gut.«

Brenneis schob den letzten Bissen Brot in den Mund und klappte das Messer zusammen. Dann stand er auf und ging zu einem der Bauernschränke unter dem Fenster. Er öffnete eine Schranktür und holte eine Flasche Schnaps hervor. Offenbar war er mit den Gebräuchen des Hauses bestens vertraut. Leni schaffte vier Stamperlgläser heran, Brenneis schenkte ein, sie prosteten sich zu und leerten die Gläser in einem Zug.

Die Frage nach der Alpenfestung sei nicht so leicht zu beantworten, sagte Brenneis. Die Meldungen in den ausländischen Zeitungen, von denen er gehört habe, seien ganz sicher übertrieben, für einen Festungskomplex, der den Bereich der gesamten Ostalpen umfasse, hätte das Dritte Reich gar nicht mehr die nötigen Kapazitäten. Was es aber sehr wohl gäbe, seien Vorbereitungen zum Aufbau einer kleineren Variante der Alpenfestung, und zwar nirgendwo anders als hier im Salzkammergut.

»Was weißt du darüber?«

Ihm werde berichtet, fuhr Brenneis fort, dass demnächst Teile der deutschen Balkanarmee in Aussee stationiert werden sollten, dazu kämen ein Fallschirmjäger- und ein ganzes SS-Regiment. Eine beachtliche Truppenmassierung. Am Pötschenpass beginne man zudem bereits mit dem Ausbau befestigter Stellungen: Man lege MG-Stände, Beobachtungsstellen und Verpflegungslager an, auch die Anbringung von Panzersperren und Minen werde mit Nachdruck vorangetrieben. Um all diese Aktivitäten zu koordinieren, habe vor einigen Tagen ein Festungskommandant in Bad Aussee Quartier bezogen. Diese Information sei aber nicht gesichert.

Mahr pfiff durch die Zähne. »Ganz schöner Aufwand, den die da betreiben.«

Das sei aber noch nicht alles, erklärte Brenneis. Der Talkessel des Ausseerlandes solle offenbar zu einer Art Bonzenburg ausgebaut werden. Zurzeit arbeite man mit Hochdruck daran, die Staats- und Regierungschefs der wichtigsten Verbündeten nach Aussee zu bringen: den kroatischen Ustascha-Faschisten Pavelić, den Bulgaren Aleksandar Zankow und den Ungarn Szálasi, die mitsamt ihren Stäben in Aussee Quartier beziehen sollten. Zum Schutz dieser Herrschaften würden in den nächsten Tagen zusätzliche Gestapoeinheiten aus Salzburg und Linz erwartet.

»Und was ist mit den unterirdischen Produktionsanlagen?«, fragte Mahr. »Es soll ja auch eine Art Waffenproduktion geben in der Alpenfestung – Flugzeuge, Panzer, Raketen … Wird irgendwo an geheimen Produktionsstätten gearbeitet?«

»Zurzeit gibt es zwei solche Produktionsanlagen hier in der Gegend«, sagte Brenneis. »Eine in Redl-Zipf und eine in Ebensee. Über beide sind die Alliierten informiert.« Der Führer des Widerstands im inneren Salzkammergut fischte ein metallenes Zigarettenetui aus der Rocktasche, klappte es auf und holte eine Selbstgedrehte hervor. »In Redl-Zipf hat der Herr Speer eine Raketentestanlage für die V2 bauen lassen, das Ganze ist im Sommer '44 in die Luft geflogen. Ich würde gern behaupten, dass wir da nachgeholfen haben, aber das war nicht nötig, die haben sich selbst in die Luft gesprengt. Heute produziert man in Redl-Zipf nur noch Flüssigsauerstoff, soweit ich weiß. In Ebensee schaut's anders aus: Da hat die SS '43 ein KZ für zehntausend Häftlinge gebaut. Die KZler müssen riesige Stollen in den Seeberg hinein treiben. Einige von diesen Stollen sind schon fertig, dort werden Panzerersatzteile produziert, heißt es, eine unterirdische Schmierölraffinerie soll's auch geben, aber das sind Vermutungen, wir haben keine verlässlichen Informationen.«

»Keine Vertrauensleute im Lager?«

Brenneis schüttelte den Kopf. »Leider nein. Haben wir noch nicht zusammengebracht. Trotz aller Bemühungen nicht …«

»Wenn ich dich richtig verstehe«, sagte Mahr, »gibt's also Ansätze zum Aufbau einer Rüstungsindustrie hier in der Gegend. Aber mehr nicht.«

»Mehr nicht. Nein.«

Brenneis griff sich den Aschenbecher vom Tisch und machte es sich auf dem mit einer Schondecke bezogenen Diwan bequem. »Wenn die Alpenfestung existiert – ich meine die große, angeblich uneinnehmbare Verteidigungsanlage, von der du gesprochen hast –, wenn diese Alpenfestung irgendwo existiert, dann in den Köpfen irgendwelcher größenwahnsinniger Nazi-Bonzen in Berlin. Sonst existiert sie nirgendwo.«

»Das ist doch schon einmal etwas«, sagte Mahr. »An diesem Wissen würde ich meine Freunde vom OSS gern teilhaben lassen.« Er spielte mit der Streichholzschachtel in seiner Hand. »Und das führt mich zum nächsten Punkt: Ich brauche ein Funkgerät.«

»Ein Funkgerät?«

Mahr nickte.

»Da muss ich dich enttäuschen«, sagte Brenneis. »Wir haben kein Funkgerät.«

»Hab ich befürchtet.«

»Du willst mit deinen Yankee-Freunden in Kontakt treten?«

»Auftrag ist Auftrag.«

Brenneis dachte nach. »Vielleicht kann ich dir helfen.«

»Wie?«

»Die Genossen in Linz haben so einen Apparat. Hab einmal was davon gehört. Ich werde mich erkundigen.«

»Besten Dank«, sagte Mahr mit schiefem Lächeln. Er schüttelte noch eine Zigarette aus der Schachtel. »Was meinst du? Wie lange wird der Krieg noch dauern? Und wie stellt ihr euch auf die Kämpfe ein, die sicher auch die Gegend hier erreichen werden?« Er riss ein Streichholz an und hielt das Flämmchen an die Zigarettenspitze. Knisternd setzte sich der Tabak in Brand.

»Im Moment warten wir einfach ab«, sagte Brenneis. »Die ›Österreichische Freiheitsbewegung‹ hat überall im Salzkammergut gut organisierte Gruppen unter Waffen, in Aussee und Ischl, in Strobl, Goisern, Hallstatt und Gmunden. Zu gegebener Stunde werden wir losschlagen – aber nicht vorher.«

»Zu gegebener Stunde?«

»Wir dürfen uns nichts vormachen«, sagte Brenneis. »Militärisch fallen die zweihundertfünfzig Hanseln, die der Gaisbrecher Albrecht in Aussee und ich zusammen befehligen, nicht wirklich ins Gewicht. Im offenen Kampf, zum Beispiel gegen das Ausseer SS-Regiment, sind wir chancenlos. Aus diesem Grund planen wir keine offensiven Aktionen. Später vielleicht, jetzt nicht.«

»Keine Attentate?«, sagte Mahr. »Keine Anschläge auf Bahnstrecken und Brücken, keine Sprengung von Strommasten und solche Sachen?«

Nichts davon, sagte Brenneis. Natürlich könnten seine Leute jederzeit einen Sprengstoff-Anschlag auf die Zugstrecke nach Stainach durchführen, es wäre auch kein Problem, dem Kreisleiter von Gmunden während seiner abendlichen Kartenrunde im »Gmundner Rathauscafé« eine Kugel in den Kopf zu jagen oder die Stromversorgung in Ischl lahmzulegen, aber was würde das bringen? Nichts würde es bringen. Solche voreiligen Aktionen würden bloß den Verfolgungsdruck erhöhen, das wäre aber auch schon alles. Und damit würde die Hauptaufgabe der Österreichischen Freiheitsbewegung gefährdet: eine geordnete Übergabe der Region an die Alliierten zu gewährleisten.

Brenneis erhob sich von der Bettbank und streckte seine Glieder. Langsam werde es Zeit, er habe noch einen Besuch in Perneck zu machen, einen wichtigen Besuch, morgen früh trete der Aktionsausschuss des »Inneren Salzkammerguts« zusammen, da habe man vorab noch einiges zu besprechen. Es gäbe gewisse Meinungsverschiedenheiten mit den Genossen aus Goisern, die immer noch die gleichen, gottverdammten Sturschädeln seien, die sie auch schon vor dem Krieg gewesen seien. Mit denen aus Goisern gäbe es immer was zum Streiten, dagegen sei kein Kraut gewachsen.

»Worum geht's?«, fragte Mahr.

»Den Teufel werd' ich tun und dir das auf die Nase binden«, sagte Brenneis lachend. Er trat vor den Spiegel und zog die oberste Kommodenschublade auf. Dann nahm er einen Kamm aus der Lade, spuckte zwischen die Zähne und begann sich mit staunenswerter Bedächtigkeit zu frisieren.

»Was meinst du, wann wird der Krieg zu Ende sein?«, fragte Mahr.

Brenneis zuckte die Achseln. »Ein paar Wochen wird's wohl noch dauern. Länger keinesfalls. Der Großangriff der Roten Armee auf Berlin hat heute früh begonnen. Meldung von Radio Moskau zu Mittag.«

Mahr pfiff durch die Zähne.

»Aber du darfst nicht vergessen: Die Deutschen sind noch nicht geschlagen. In Oberitalien und Kreta halten sich immer noch starke Wehrmachtsverbände.« Brenneis zog eine Art Scheitel durch sein dichtes, schwarzgewelltes Haar, bevor er es mit akkuratem Zug nach hinten frisierte. »Auch nördlich des Polarkreises halten die Deutschen noch eine Reihe wichtiger Stellungen. Also, die Lage ist einigermaßen unübersichtlich.«

»Und das mit der Wunderwaffe wird wohl auch nichts mehr.«

Brenneis legte den Kamm zurück in die Kommode und schloss die Lade: »Es gibt keine Wunderwaffe.« Er zog seine

Hosenträger straff und ging zum Ofen, über dem der graue Wetterfleck zum Trocknen hing. »Wenn Hitler eine Wunderwaffe hätte, glaubst du im Ernst, er hätte sie nicht längst eingesetzt?« Brenneis zog eine Pistole aus dem Schulterhalfter und ließ das Magazin mit einer geübten Bewegung herausgleiten, er warf einen gleichmütigen Blick auf die Patronen und stieß das Magazin zurück in das Griffstück.

»Wann wirst du wissen, ob die Sache mit dem Funkgerät klappt?«, fragte Mahr.

»Zwei, drei Tage wirst du warten müssen.« Brenneis schob die Waffe ins Holster zurück und nahm den Wetterfleck vom Kleiderhaken.

»Und dann?«

»Dann wirst du nach Linz fahren«, sagte Brenneis, während er sich den Lodenmantel um die Schultern warf. »Aber du musst vorsichtig sein auf der Reise: Lass dich bloß nicht erwischen von irgendeinem uniformierten Unterläufel. Die fangen derzeit alles, was noch kriechen kann, zu neuen Einheiten zusammen. Und dann geht's ruckzuck an die Front, so schnell kannst du gar nicht schauen.«

Zwei, drei Tage nach Brenneis' Besuch in der Eglmoosgasse war Leni den ganzen Tag unterwegs. In einem Rucksack aus verschossenem Leinen schleppte sie Brot, Mehl, Grieß, Zucker und ein großes Stück Räucherfleisch auf die Rettenbachalm hinauf, wo sie die Lebensmittel wie vereinbart in einer verlassenen Almhütte deponierte. Mitglieder der »Österreichischen Freiheitsbewegung« würden sie dort nach Einbruch der Dunkelheit abholen, so war es vereinbart. Anschließend hatte Leni Besorgungen in Mitterweißenbach zu machen, bevor sie auf ihrem Waffenrad zu einer Holzknechthütte am Ortsrand von Roith hinausfuhr. Dort traf sie den Brenneis Sepp und seinen Stellvertreter Alois Streibl zu einer vertraulichen Unterredung, bevor sie sich auf den Weg zurück nach Ischl machte.

Mahr blieb den Tag über im Haus und half Lenis Mutter bei der Küchenarbeit. Am Nachmittag beschäftigte er sich mit dem Kleinen. Sie bastelten und zeichneten miteinander. Am Abend, der Bub schlief bereits, war Leni noch immer nicht von ihrer Tour zurück. Mahr saß mit der Mutter am Esstisch und löffelte einen Teller Brennsuppe. Kurz nach halb acht hörten sie die Haustür gehen. Leni erschien in der Stube und verkündete, dass sie Nachrichten von Brenneis habe.

»Gute Nachrichten?« Mahr legte den Löffel beiseite.

Der sogenannte »Generalstab 05« in Linz verfüge tatsächlich über ein Funkgerät, berichtete Leni, während sie sich an den Tisch setzte. Sie schöpfte etwas Suppe in den Teller, dann brach sie einen Kanten Kommissbrot in kleine Stückchen und bröckelte das Brot in die Suppe. Die 05-Leute stünden in Kontakt mit einer anderen Linzer Widerstandsgruppe rund um einen gewissen Dr. F. Mahr müsse verstehen, dass sie keine Details über die Struktur der beiden Gruppen verraten dürfe, sie wisse selbst nicht allzu viel darüber, aber auf jeden Fall könnten die Genossen in Linz über das 05-Funkgerät Kontakt zum alliierten Hauptquartier in Caserta herstellen. Mahr werde in Linz erwartet, und zwar übermorgen, Samstag, Nachmittag. Er solle sich zwischen 16 und 18 Uhr an einer bestimmten Adresse im sogenannten »Makartviertel« einfinden. Das vereinbarte Klopfzeichen sei: dreimal kurz und einmal lang, der abgesprochene Codesatz laute: »Bin ich hier richtig bei Dr. Steiner?« Wenn er die Antwort erhalte: »Dr. Steiner ist heute Vormittag aus Steyr zurückgekommen«, seien die Leute vertrauenswürdig. Alles

Weitere sei mit den örtlichen Kontaktleuten zu besprechen. Es stehe zu vermuten, dass sie ihm einen Funker zur Seite stellen würden, der das, was Mahr den Amerikanern mitzuteilen habe, nach Caserta übermitteln werde.

Mahr prägte sich die Einzelheiten von Lenis Erzählung genau ein. Alles, was er jetzt noch brauche, sei ein neuer Marschbefehl, sagte er, dann könne er versuchen, Samstag früh mit dem Morgenzug nach Linz zu fahren. Vielleicht würde er in Attnang-Puchheim halt machen, um Willis Eltern zu besuchen, aber darüber müsse er noch nachdenken.

Nach dem Essen drehte Lenis Mutter das Radio auf. Wie jedes Jahr am Vorabend des sogenannten »Führer-Geburtstags« sprach Goebbels auch heute im Rundfunk. Er lasse es sich nicht nehmen, verkündete der Propagandaminister, auch in dieser schweren Stunde, da sämtliche Mächte des Hasses und der Zerstörung gegen die Grenzen des »Deutschen Reichs« anrennen würden, zum Geburtstag des Führers zu sprechen. Es war eine bizarre Rede, die über den Deutschlandsender und die Rundfunkstationen München, Hamburg und Berlin in halb Europa ausgestrahlt wurde. Goebbels appellierte an den Widerstandswillen seiner Landsleute, die in »germanischer Gefolgschaftstreue« fest zum Führer und seinen Idealen stehen sollten. Der Krieg neige sich seinem Ende zu, und mochten die Heere der feindlichen Mächte in dieser schicksalsschweren Zeit auch noch so wütend gegen die deutschen Verteidigungsfronten anrennen, die perverse Koalition zwischen Plutokratie und Bolschewismus sei unübersehbar am Zerbrechen …

»Führer befiehl, wir tragen die Folgen«, seufzte Lenis Mutter.

Goebbels redete sich in Rage: »Hinter den feindlichen Heeren geifert als Einpeitscher immer noch das internationale

Judentum, das keinen Frieden will, bis es sein satanisches Ziel …«

Mahr gab ein gepresstes Stöhnen von sich. »Das ist die verrückteste Rede, die der Kerl je gehalten hat.«

»Wenn ihr mich fragt: Der Klumpfuß ist übergeschnappt«, meinte Leni knapp. Sie stand auf, um das Geschirr vom Tisch zu räumen. Als sie mit einer Flasche Zwetschkernen und drei Schnapsgläsern zurückkehrte, kam der Wehrmachtsbericht. »Das Oberkommando der Wehrmacht gibt bekannt: Schwere Kämpfe an allen Fronten …« Mahr und die Frauen hörten zu, während sie mit dem Zwetschkernen anstießen. Als die Senderkennung des Großdeutschen Rundfunks erklang – das Glockenspiel der Potsdamer Garnisonskirche –, schaltete Mahr das Radio aus.

»Wenn du mir morgen einen Marschbefehl beschaffst«, sagte er in Lenis Richtung, während er die Schnapsflasche zustoppelte, »kann ich übermorgen in der Früh nach Linz fahren. Dann seid ihr mich los.«

»Das lässt sich machen«, sagte sie. »Ein Freund von mir – draußen in Kaltenbach – hat eine Schreibmaschine. Ich organisier dir deinen Wisch. Kannst dich drauf verlassen.«

WIEN, 20. APRIL 2011

Ihr Vater lag mit aufgerichtetem Oberkörper in seinem höhenverstellbaren Bett. Sein Gesicht war blass, die spärlichen Reste seines Haars kräuselten sich in spinnwebfarbenen Büscheln über der Stirn. Er lächelte matt, als Christine das Zimmer betrat.

»Wie geht's dir?«, fragte sie.

»Ist mir schon einmal … besser gegangen.«

Sie drückte ihm einen Kuss auf die Wange. »Du fühlst dich heiß an. Du hast Fieber, hm?«

»Ja.«

»Das sollte nicht sein, oder?«

Er schüttelte den Kopf.

»Und?«

»Ich muss ein paar Tabletten nehmen …, zusätzlich zu dem Dutzend …, das ich ohnehin schon kriege.«

Christine trat ans Fenster. Sie zog den Vorhang zurück, der den Raum in schummeriges Halbdunkel getaucht hatte. Das Licht eines klaren, kühlen Aprilmorgens fiel ins Zimmer. Sie nahm die Vase mit den Gerbera und den Lilien und ging ins Bad, um das Wasser zu wechseln.

»Und? Was sagen die Ärzte?« Sie schob einen Sessel ans Bett ihres Vaters.

Er schüttelte unwillig den Kopf. Es war deutlich spürbar, dass er nicht über medizinische Befunde reden wollte. »Wie weit bist du mit dem Manuskript?«

»Die Hälfte habe ich gelesen.«

»Und?«

»Liest sich nicht unspannend. Die Zeichnung der Figuren, das ganze Zeitkolorit, die Kriegsatmosphäre … Kommt überzeugend rüber, finde ich.«

»Aber?«

»Nichts aber. Ich muss nur beim Lesen unentwegt daran denken, dass es deine Geschichte ist.«

Ein unmerkliches Lächeln spielte um seine Mundwinkel. »Nicht ganz. Ein paar Kleinigkeiten hab ich schon abgeändert.«

»Onkel Kurt hab ich auch gleich erkannt«, fuhr sie fort. »Die Dachauer Geschichte ... die Prügelszenen im Gestapokeller: schrecklich.«

Ihr Vater seufzte.

Christines Blick wanderte zum Herzmonitor, die grüne Linie bewegte sich in monotoner Regelmäßigkeit auf und ab. »Sag einmal, was ist eigentlich aus Sigmund, oder wie immer der Kerl geheißen hat, geworden?«

Ihr Vater machte eine wegwerfende Handbewegung. Er hatte offensichtlich keine Lust, sich über die Geschichte zu verbreitern.

»Ich habe Tante Hanna versprochen, dass wir sie anrufen«, sagte Christine. »Sie macht sich Sorgen um dich.«

»Wenn's sein muss.«

Christine wählte die Nummer ihrer Tante in Wiener Neustadt. Als die alte Dame abhob, drückte sie ihrem Vater das Handy in die Hand. Die Geschwister wechselten ein paar Sätze, was ihren Vater sichtlich anstrengte. Er war erkennbar erleichtert, als er ihr das Mobiltelefon zurückgeben konnte. Er schloss die Augen und dämmerte ein bisschen weg. Als es an der Tür klopfte, schreckte er wieder hoch. Christine sagte: »Herein!«. Mit verlegenem Lächeln schob sich Frau Tichy ins Zimmer, eine in Seidenpapier geschlagene Bonbonniere und einen Strauß schmaler, leuchtend gelber Tulpen in der Hand. »Ich habe mir gedacht«, sagte Vaters Nachbarin, »ich schaue einmal nach, ob Sie alles haben, was Sie brauchen.«

Christine stand auf, um Frau Tichy den Platz am Bett ihres Vaters anzubieten. In diesem Augenblick wurde der alte Mann von einem schweren, rasselnden Hustenanfall geschüttelt. Sein Schädel lief rot an, während er in zunehmender Verzweiflung um Atem rang. Der Anfall schien ihm das letzte bisschen Luft aus der Lunge zu pressen.

Dr. Kamalzadeh wirkte besorgt. Sie habe Christine bereits anrufen wollen, aber jetzt, da sie hier auf der Station sei, könne sie es ihr auch persönlich sagen.

»Ja?« Christine beobachtete eine ältere Schwester, die ein Wägelchen mit Medikamenten durch den Flur schob.

»Wir haben Ihren Vater heute früh zum Röntgen geschickt. Leider hat der Befund meine Befürchtungen bestätigt. Ihr Vater laboriert an einer Lungenentzündung. Das ist an sich nicht ungewöhnlich, Lungeninfekte treten bei bettlägerigen Menschen besonders häufig auf, vor allem, wenn sie so alt sind wir Ihr Vater. Das kommt vom langen Liegen und der flachen Atmung, zu der die Bettlägerigkeit den Patienten zwingt. Wobei eine solche Lungenentzündung, das muss man sagen, alles andere als harmlos ist.«

Den Nachmittag verbrachte Christine in der Buchhandlung – das Geschäft lief gut –, am Abend schaute sie noch einmal im Krankenhaus vorbei, während Gaby den Hund für eine Stunde mit zu sich nach Hause nahm. Ihr Vater wirkte schwach. Seine Stirn glühte, seine Hände waren kalt und bläulich verfärbt. Christine saß an seinem Bett und streichelte seinen Arm, seine Stirn, seine Wangen. Sie hatte das Gefühl, er schwand vor ihren Augen.

In der Nacht läutete das Handy auf ihrem Nachtkästchen. Sie brauchte ein paar Sekunden, um das Telefon zu ertasten. Die Leuchtziffernanzeige des Radioweckers zeigte 1.22 Uhr. Es war die Nachtschwester. Sie müsse Christine leider mitteilen, dass sich der Zustand ihres Vaters von Stunde zu Stunde verschlechtere, die Lungenentzündung breite sich aus, trotz der Medikamente, die Dr. Kamalzadeh verordnet hatte. Christines Vater könne kaum noch atmen, man müsse mit dem Schlimmsten rechnen.

»Bedeutet das …?«

»Es ist natürlich Ihre Entscheidung, Frau Maurer, aber wenn Sie Ihren Vater in seinen … seinen letzten Stunden begleiten …, also, wenn Sie bei ihm sein möchten, wäre es gut, wenn sie auf die Station kommen würden.«

»Ich verstehe, Schwester. Ich bin gleich da.«

Sie legte auf und begann sich hastig anzuziehen. Bobby streifte schwanzwedelnd um ihre Beine, während sie mit zitternden Fingern Timos Handynummer wählte. Die Mailbox ging an. »Hallo, Timo, hier ist Mama. Ich fahre jetzt ins Krankenhaus. Es ist … deinem Opa geht es schlecht, sie glauben, dass er diese Nacht nicht überleben wird … Wenn du das hörst, vielleicht … Es wär schön, wenn du kommen könntest.« Sie legte auf und zog sich ihren Mantel über.

Der Hund schien Christines Aufregung zu spüren. Als sie den Schlüssel aus dem Bastkorb auf der Kommode nahm, saß er jaulend vor der Tür, die Vorderpfoten ausgestreckt in den Teppich gestemmt. »Nein, Bobby, tut mir leid, du kannst nicht mitkommen.«

Als sie die Tür hinter sich ins Schloss warf, kratzte der Hund wimmernd am Türstock. Sie spürte, wie ihr Tränen in die Augen stiegen. Sie hätte ihn gern bei sich gehabt, aber ein Hund im Krankenhaus, das ging einfach nicht.

Ihr Vater lag mit eingefallenen Wangen im Bett, man hatte ihm die Zähne herausgenommen. Ein Schlauch in der Nase sollte ihm das Atmen erleichtern, aber es war trotzdem mühsam, eine Qual, jeder Atemzug ein Kampf, das sah sie. Das ausgedörrte Gesicht ihres Vaters drückte Anstrengung aus. Ergebenheit und Anstrengung.

Christine trat an sein Bett.

Er schien bei Bewusstsein, zugleich wirkte er benommen und auf eigenartige Weise entrückt. Seine Haut war dünn wie Pergament, fast durchsichtig, die Wangenbeine traten hervor, als würden seine Schädelknochen nicht länger unter der laschen, verwelkten Haut verborgen bleiben wollen.

»Paps«, flüsterte sie, während sie ihm das Haar aus der Stirn strich. »Ich bin bei dir, Paps.«

Aus seinem Gesicht war alle Farbe gewichen, eine wachsfarbene Maske. Christine rückte einen Sessel ans Bett und setzte sich. Sie nahm die Hand ihres Vaters und streichelte sie. Während er sich mit peinigender Monotonie von Atemzug zu Atemzug kämpfte, suchte sie nach etwas, das sie ihm sagen könnte, etwas, das die Misshelligkeiten, die es in früheren Jahren zwischen ihnen gegeben hatte, mit einigen wenigen Wörtern auflösen konnte, aber die passenden Worte kamen ihr nicht in den Sinn. Zugleich war sie wie betäubt von den Erinnerungen, die sie überschwemmten, Erinnerungen, denen sie sich widerstandslos ergab: ihr Vater, der ihr im »Strandbad Gänsehäufel« das Brustschwimmen beibrachte, ihr Vater, der sich mit ihr im Kreis drehte, während er sie mit einem lauten, kehligen Lachen über seinen Kopf hob, ihr missmutiger, von ihrem Geplapper genervter Vater, der ihr im »Café Goldegg« eine Cremeschnitte spendierte, um sich eine Viertelstunde ungestörte Zeitungslektüre zu erkaufen, ihr Vater, der seiner Tochter mit übersteigertem

Pathos Schillers »Taucher« vortrug. Während sie an seinem Bett saß, erinnerte sie sich auch an die gemeinsame Reise nach England, als sie den Ausstieg in Winchester verpasst und mit dem Zug bis Southhampton Central weiterfahren hatten müssen, was ihren Besuch im »South Downs National Park« um einige Stunden verzögert hatte. Auch die Maikundgebung 1968 kam ihr in den Sinn, als ihr Vater wenige Meter neben dem Genossen Kreisky auf der Ehrentribüne gestanden war und sie in einer Abordnung der »Sozialistischen Mittelschüler« mit rotznäsigen Sprechchören über den Rathausplatz marschiert war und gegen den kompromisslerischen Kurs der Parteiführung demonstriert hatte.

Christine drückte seine Hand. Sie glaubte, eine Art Gegendruck wahrzunehmen, aber das bildete sie sich wahrscheinlich nur ein.

Eine überwältigende Traurigkeit überflutete sie. Sie versuchte sich damit zu trösten, dass ihr Vater ein erfülltes Leben gehabt hatte, trotz aller Schattenseiten, die es in diesem Leben natürlich auch gegeben hatte. Sie sagte sich, dass ihm vieles geglückt war, beruflich und privat, nicht zuletzt hatte er, im Gegensatz zu Millionen anderen, den Krieg überlebt, und das an einer mehr als exponierten Stelle, wie ihr bei der Lektüre seiner Aufzeichnungen deutlich geworden war.

Er schlug die Augen auf und sah sie an. Sein Blick war von Gleichgültigkeit erfüllt, Gleichgültigkeit ihr gegenüber, Gleichgültigkeit den Bemühungen der Ärzte und dem Krankenhausleben gegenüber. Gleichgültigkeit gegenüber allem.

Die Schwester kam und schloss eine Morphiuminfusion an, eine junge Ungarin von fünfundzwanzig, vielleicht dreißig Jahren. Sie machte einen kompetenten Eindruck. »Möchten Sie Kaffee?«, fragte die Schwester, während sie den

Plastikschlauch in die Kanüle schob. »Ich kann Ihnen auch Tee machen. Ganz wie Sie wollen.«

»Ja, ein Kaffee wäre nett.« Christine lächelte schüchtern.

Sie trabte hinter der Schwester ins Dienstzimmer. Dort drückte ihr die Frau, sie hatte das Haar zu einem akkuraten Bubikopf geschnitten, eine Bürotasse in die Hand. »Ihr Vater hat keine Schmerzen«, sagte sie, während sie eine halb volle Kanne Filterkaffee von der Warmhalteplatte hob. »Wir tun alles, was in unserer Macht steht, um ihn … also, dass es für ihn erträglich ist.«

»Das weiß ich«, sagte Christine, während sie sich ihre Tasse füllen ließ. »Und ich bin Ihnen auch wirklich dankbar dafür.«

Die Schwester fischte eine angebrochene Packung H-Milch aus dem Kühlschrank und stellte sie auf den Tisch.

»Haben Sie schon viele Menschen … sterben sehen?« Christine goss sich einen Schuss Milch in den Kaffee.

»Doch, ja, wahrscheinlich schon. Ziemlich viele.«

Für eine Sekunde herrschte Schweigen, dann legte die Schwester ihre Hand auf Christines Oberarm: »Es ist gut, dass Sie bei ihm sind, Frau Maurer.«

Christine nickte erschöpft.

»Sie ahnen ja nicht, wie viele Menschen es gibt, die in ihren letzten Stunden allein sind.«

»Ist das so?«

»Wissen Sie, Einsamsein ist für die meisten schon im Leben ein Problem, aber wenn man dann auch noch in seiner Todesstunde mutterseelenallein in einem Krankenhauszimmer liegt – ich sage Ihnen: Das ist das Schrecklichste.«

Christine zählte die Atemzüge ihres Vaters. Der alte Mann atmete immer langsamer, man konnte zuschauen, wie seine

Widerstandskräfte mehr und mehr erlahmten. Hatte er sich zu Beginn noch zehn, zwölf rasselnde Atemzüge pro Minute abgequält, kam er jetzt nur noch auf sieben oder acht. Seine Hände waren kalt, seine Lippen blau-violett verfärbt. Durch welche Sphären sein Bewusstsein jetzt auch immer schweben mochte, dachte Christine, hier, in diesem Raum, war es nicht mehr.

Es klopfte. Timo. Er legte ihr die Hand auf die Schulter. Christine stand auf. »Schön, dass du gekommen bist«, sagte sie leise. Sie umarmten sich. Timo warf seinen Parka über die Garderobe und setzte sich. Der Anblick seines Großvaters ging ihm nahe, das war nicht zu übersehen. Er presste die Lippen aufeinander und versuchte, so gut es ging, Haltung zu bewahren.

Christine und ihr Sohn redeten so gut wie nichts miteinander in den nächsten Stunden. Sie wechselten nur ab und zu einen Blick, wenn der alte Mann einen Seufzer andeutete oder wenn die Schwester hereinkam, um nach ihnen zu sehen.

Kurz vor sechs tat Carl Maurer seinen letzten Atemzug. Es war denkbar undramatisch: Er hörte einfach auf zu atmen.

Timo und Christine blieben noch ein paar Minuten am Bett sitzen. Dann stand Christine auf. Wie in Trance ging sie ins Schwesternzimmer hinüber. »Es ist vorbei«, hörte sie sich sagen.

Die Schwester folgte ihr auf Zimmer 23 und drehte den Sauerstoff ab. Sie setzte Carl Maurer mit einem routinierten Handgriff die Zähne ein. »Mein herzliches Beileid«, sagte sie.

»Danke.«

Auch Timo grummelte eine Art Dank.

»Möchten Sie noch ein Weilchen bei ihrem Vater sitzen bleiben? Das ist kein Problem.«

»Ja, gern, wenn das … möglich ist.« Christines Stimme klang schwach, verzagt.

»Selbstverständlich. Nehmen Sie sich so viel Zeit, wie Sie brauchen.«

Die Schwester verließ den Raum. Timo ging mit ihr hinaus, wahrscheinlich, um in der Raucherzone eine Zigarette zu rauchen.

Christine setzte sich neben das Bett. Stille. In ihr war Stille. Und eine bodenlose Traurigkeit. Er war ja doch ihr Vater gewesen, dachte sie, trotz allem, was er an ihr versäumt hatte. Ja, er war ihr Vater. Und sie liebte ihn.

DAS VIOLETTE BUCH

Als der Personenzug nach Attnang-Puchheim mit eineinhalbstündiger Verspätung auf dem Bahnhof von Bad Ischl einfuhr, stürzten etwa zweihundert auf dem Perron wartende Passagiere gleichzeitig zu den Waggontüren. Die Garnitur mit ihren alten, scheppernden Wägen war bereits bei ihrer Einfahrt gut gefüllt, es war Mahr unvorstellbar, wie sie zusätzlich auch noch die Masse der Wartenden aufnehmen sollte. Im rücksichtslosen Gestoße und Gedränge, das unmittelbar nach der Bremsung des Zugs einsetzte, quetschte er sich in einen Dritte-Klasse-Waggon, in dem er sich mittels kräftigem Ellbogeneinsatz einen Stehplatz am Fenster erkämpfte. Draußen auf dem Bahnsteig herrschte ein abenteuerliches Gerangel. Eine Schaffnerin rannte neben dem Zug auf und ab, um den Andrang in geordnete Bahnen zu bringen, was sich als aussichtslos erwies; zwei übernächtige, ältere Männer mit Volkssturm-Binden, einer mit einem Karabiner bewaffnet, standen unter dem Vordach und beobachteten das Geschehen auf dem Perron mit unerschütterlichem Gleichmut.

Mahr presste den Rucksack zwischen die Stiefel und verteidigte beherzt die 20 Quadratzentimeter Raum, die ihm zur Verfügung standen. Die Gepäcknetze waren bis unter die Decke vollgestopft mit Koffern, Kisten und Tornistern, vor den Klosetttüren stapelten sich Rucksäcke, Gepäckbündel, Körbe, Taschen und mit Schnüren umwickelte Margarineschachteln. Die Stimmung war gereizt. »Pass auf, wo du hin trittst!«, schnauzte jemand ein Mädchen in BDM-Uniform an. »Maul halten, du Blindgänger!«, schimpfte ein anderer.

Als der Zug endlich anrollte, war die Verspätung noch um einiges angewachsen. Auf den ersten 20, 25 Kilometern kamen sie nur langsam vorwärts, die rumpelige Garnitur blieb mehrfach auf offener Strecke stehen. Nach längerem

Aufenthalt, wenn sie schon glaubten, es ginge überhaupt nicht mehr weiter, ruckelte die Lok stets von Neuem wieder an, die Waggons polterten gegeneinander, der Zug rollte ein Stück vorwärts, eineinhalb oder zwei Kilometer, bevor er abermals hielt. Kurz vor Ebensee war es zum achten oder neunten Mal so weit: Das Fahrgestell gab ein jaulendes Quietschen von sich, die Garnitur mit ihren ausgeleierten Achsen kam nach lachhaft kurzer Fahrt zum Stehen. Mahr quetschte sich ans Fenster und schaute in die Frühlingslandschaft hinaus: Am Rand eines Schotterwegs standen zwei niedere SS-Chargen mit umgehängten MPs. Die Totenkopfmänner mit ihren formationsspezifischen Haudraufvisagen bewachten ein Arbeitskommando, das zum Ausheben eines Grabens abkommandiert war, wie es schien: zwei Dutzend Hungergestalten in fadenscheinigen Häftlingsmonturen, die das Erdreich mit Spaten und Spitzhacken bearbeiteten. Mahr beobachtete einen der Häftlinge, der quälend langsam eine Scheibtruhe an den Rand des Grabens schob, ein blasser, unrasierter Mann mit kahl geschorenem Schädel und gleichgültigem Blick. Er wog wohl nicht mehr als vierzig, fünfundvierzig Kilo.

»Das sind KZler«, flüsterte jemand.

Der Häftling stellte die Scheibtruhe am Grabenrand ab und griff nach einer im Gras liegenden Schaufel.

»Arme Teufel«, sagte eine Frau mit gesenkter Stimme, »die bestehen ja nur noch aus Haut und Knochen.«

»Was soll das heißen?«, ließ sich ein klein gewachsener Mann mit Hornbrille vernehmen. »Kriminelle sind das, Volksschädlinge, denen man Gelegenheit gibt, sich bei gemeinnütziger Arbeit in den Dienst der Volksgemeinschaft zu stellen.«

»Aber schauen Sie doch hin«, beharrte die Frau. »Der Mensch ist doch halb verhungert, das ist doch – schrecklich.«

Wenn sie sich nicht augenblicklich mäßige, erklärte der Mann mit der Hornbrille, werde er die Aussagen der Frau zur Anzeige bringen. Es sei unglaublich, was man sich heutzutage in Deutschland anhören müsse.

Mahr biss sich auf die Lippen, während der Zug sich mit einem Ruck wieder in Bewegung setzte.

Der Personenzug nach Attnang-Puchheim rollte am zerklüfteten Westufer des Traunsees dahin. Sonnenschein und blassblauer Frühlingshimmel – perfektes Angriffswetter für die alliierten Jagdbomber. Im Moment war allerdings weit und breit keiner der gefürchteten Tiefflieger zu sehen. Dafür blühten Gräser und Blumen, und am Ostufer des Sees leuchteten die steil aufragenden Felswände des Traunsteinmassivs in mattem Silber.

Eine Zeit lang fuhr der Zug neben der Straße her. Vor der Ortseinfahrt von Traunkirchen rollte ein Pulk von Militärfahrzeugen in Richtung inneres Salzkammergut, dreiachsige Wehrmachts-Lkws, olivgrüne Munitionswägen, Trossfahrzeuge, Granatwerfer, Selbstfahr-Lafetten mit Feldgeschützen und großkalibrigen Panzerabwehrkanonen.

Mahr prägte sich alles so gut wie möglich ein.

Als der Zug in Gmunden hielt, wurde Mahr von den ins Freie drängenden Massen auf den Perron gedrückt. Er wartete in einer Gruppe von Passagieren auf dem Bahnsteig, bis er sich zurück ins Waggoninnere pressen konnte. Plötzlich hörte er, wie jemand seinen Namen rief. »Fritzl, kann das sein? Fritzl, bist du das?« Er drehte sich um – und erstarrte: Die junge Frau, die da in frisch gewaschener und gestärkter Lazarettschwestern-Uniform auf ihn zukam – das volle, kastanienbraune Haar unter dem Häubchen zu einem Knoten aufgesteckt –, war niemand anderes als Elsa, Zillis Enkelin, die Spielgefährtin seiner Kindheitssommer. »Fritzl, nein so ein Zufall!« Elsa streckte ihm mit einem strahlenden Lächeln die Hand entgegen, er ergriff sie mit verlegenem Gesichtsausdruck. Dass seine Kindheitsfreundin ihn erkannt und vor allem bei seinem Klarnamen gerufen hatte, war ein Problem, um es vorsichtig auszudrücken. Er machte gute Miene zum unglücklichen Spiel – und hoffte, dass sie der Aufmerksamkeit des SS-Unterscharführers entgingen, der in diesem Augenblick, Daumen am Hosenbund, aus der Bahnhofshalle trat.

Elsa war unübersehbar erwachsen geworden, seit sie mit Mahr und seiner Familie zum letzten Mal am Wolfgangsee Urlaub gemacht hatte, das war sieben oder acht Jahre her, wenn er sich recht erinnerte. Der steife, verdruckste Backfisch, der mit seinen Geschwistern auf der Wiese hinterm Strobler Haus widerwillig Federball gespielt hatte, war nur noch eine nebelhafte Erinnerung. Die Elsa von heute, das war eine blühende, junge Frau, schlank und groß gewachsen und von frischer, natürlicher Ausstrahlung.

»Mein Gott, Elsa«, sagte er. »Was verschlägt denn dich hierher?«

»Ach, Fritzl, Großmutter und ich haben so oft über dich gesprochen. Geht's dir gut? Bist du gesund? Lass dich anschauen!«

»Ich bin in Ordnung.«

Sie sagte, dass er noch ein gutes Stück größer geworden sei, seit sie ihn das letzte Mal gesehen habe, wenngleich er ein bisschen blass wirke, da müsse sie ihn schimpfen. Wo er denn die letzten Jahre über gewesen sei?

Er grummelte etwas von der Ostfront, und dass sie ihn lieber nicht fragen solle, was er dort alles erlebt habe, das könne sich niemand vorstellen, der nicht selbst dort gewesen sei.

Sie schaute ihn aufmerksam an. Ihre Augen waren von einem dunklen, gedämpften Braun – einem Braun, das ein seltsames Ziehen unter seinem Brustbein hervorrief.

»Und was führt dich ins Salzkammergut?«, fragte sie.

»Das ist eine lange Geschichte«, sagte Mahr. »Ich habe mir im schlesischen Winter eine Lungenentzündung eingefangen, die habe ich während der letzten Wochen in einem Lazarett im Bayerischen auskuriert, und jetzt bin ich auf dem Weg zurück zu meiner Einheit nach Mährisch-Ostrau.

»An die Front?«

»*Alle* müssen an die Front«, sagte Mahr mit ironischem Unterton. »Im Schicksalskampf des deutschen Volkes darf niemand mehr beiseitestehen.«

»Verstehe.«

»Und du? Was machst du hier? Zum Lazarettdienst abkommandiert?«

»Ich bin als Hilfskrankenschwester dienstverpflichtet, im Krankenhaus der Barmherzigen Schwestern in Linz. Mein Chef, Oberstabsarzt Konrad, hat mich heute mit dem allerersten Zug ins Reservelazarett hierher nach Gmunden geschickt, um einen Posten Medikamente zu besorgen.« Sie wies auf den prall gefüllten Rucksack auf ihrem Rücken. Oberstabsarzt Konrad habe seine Kontakte in Gmunden aktiviert, erklärte sie, um größere Mengen »Prontosil«, aber auch einiges an Schmerzmitteln und Anästhetika abzuzweigen, in Linz herrsche Mangel an allem, während es hier im Hinterland noch Arzneimittel gebe, um die sich die Ärzte in den größeren Städten prügeln würden.

Auf dem Bahnsteig setzte wieder stärkeres Gedränge ein. Mahr musste seine Ellbogen einsetzen, um in Elsas Nähe zu bleiben, während sie sich zwischen drängenden Passagieren hinauf in den Waggon quetschten.

»Hast du Nachrichten von deiner Großmutter?«, fragte er. Mit Müh und Not hatten sie sich ein paar Quadratzentimeter Stehplatz im Gang erkämpft.

»Nein. Nichts weiß ich, gar nichts, auch von deinem Vater hab ich keine Nachrichten. Wien ist ja von den Russen besetzt, da kommen keine Briefe mehr durch, und telefonieren ist auch nicht möglich.«

Mahr seufzte.

»Ach, Fritzl«, sagte sie leise, »ich hoffe, dass der Krieg bald ein Ende hat.«

Er beugte sich vor, damit keiner hören konnte, was er ihr zuflüsterte: »Wirst sehen, in ein paar Wochen ist alles vorbei. Und der Hitler baumelt am Galgen. Da gehört er nämlich hin.«

»Meinst du?«

»Ich bin sicher.«

Der Fahrdienstleiter auf dem Bahnsteig trillerte in seine Pfeife, Mahr wurde gegen die hinter ihm Stehenden gedrückt, während sich der Zug mit stählernem Kreischen in Bewegung setzte. Elsa klammerte sich am Gepäcknetz über ihren Köpfen fest, Mahr stützte sich am Fensterrahmen ab, so gut es ging.

»Wann warst du das letzte Mal daheim?«, fragte er.

Das sei letzten Sommer gewesen, erklärte Elsa, Ende Juli, Anfang August, soweit sie sich erinnere, kurz nach dem Attentat auf Hitler jedenfalls. Damals habe sie Mahrs Vater und ihre Großmutter Zilli daheim in der Sternwartestraße besucht, es war den beiden gut gegangen, soweit es einem in Zeiten wie diesen gut gehen könnte, die beiden hatten genug zu essen, und gottlob bekam Mahrs Vater seine Herzmedikamente; er bezog sie von einem Apotheker in der Gersthofer Straße, soweit sie verstanden habe. Elsa erzählte auch von einem Besuch bei ihren Eltern im zweiten Bezirk, ihr Vater, gelernter Maschinenschweißer, war, wie ihre Mutter, zum Dienst in der Rüstungsindustrie verpflichtet. Elsas Eltern, zeitlebens verlässliche Genossen, wie Mahr wusste, arbeiteten in der Floridsdorfer Lokomotivfabrik.

Mahr schaute aus dem Fenster, während Elsa von ihrem Bruder erzählte, der in britischer Kriegsgefangenschaft und damit in Sicherheit war. In den Gärten blühten Osterglocken und Hyazinthen. Ein friedliches Bild.

»Und die Arbeit?«, fragte er. »Wie geht's dir in der Arbeit?«

»Der Dienst bei den Barmherzigen Schwestern ist an sich schon schwer«, sagte Elsa, »aber die vielen Luftangriffe machen einen geregelten Krankenhausbetrieb praktisch unmöglich.«

»Kann ich mir vorstellen.«

»Das größte Problem ist die Wasserversorgung, die bricht immer wieder zusammen, dazu kommen die ständigen Stromausfälle und eben der Mangel an Verbandsmaterial und Medikamenten.«

»Klingt nicht gut«, sagte Mahr. »Das klingt wirklich nicht gut.«

»Die Lifte funktionieren auch nicht mehr«, sagte Elsa. »Das bedeutet, dass wir die gehunfähigen Patienten bei Fliegeralarm in den Luftschutzkeller hinuntertragen müssen. Und es gibt praktisch jeden Tag Fliegeralarm.«

Vor dem Fenster tauchte der Bahnhof von Aurachkirchen auf, eine kleine, verschlafene Bahnstation. Auf dem Bahnsteig wartete eine Handvoll Fahrgäste darauf, zusteigen zu dürfen. Ein schwieriges Unterfangen, das sich erst nach längerem Hin und Her bewerkstelligen ließ.

»Und wenn der Krieg zu Ende ist – was wirst du dann machen?«, fragte Mahr.

»Keine Ahnung. Vielleicht arbeite ich weiter als Krankenschwester. Oder ich mache eine Ausbildung zur Stenotypistin. Ich hab mir darüber den Kopf noch nicht zerbrochen.«

Während der Zug durch die sanft bewaldete Voralpenlandschaft an den nordöstlichen Ausläufern des Hongars rollte, schwelgten sie in Erinnerungen an die gemeinsamen Nachmittage, die sie als Kinder im Garten der Mahr'schen Villa verbracht hatten, an sonntägliche Fahrradtouren in den Wienerwald und an die Sommerurlaube am Wolfgangsee, die zu den schönsten Erinnerungen ihrer Kindheit gehörten, wie Elsa gestand.

Da hätten sie etwas gemeinsam, sagte Mahr, während er dem Drang, sie an sich zu ziehen und sanft über ihre Wangen zu streichen, nur mit äußerster Willensanstrengung widerstand.

Der Zug fuhr im Schritttempo im Bahnhof von Attnang-Puchheim ein. Es dauerte eine Weile, bis die Waggons sich leerten und sie im Strom der Reisenden auf den Bahnsteig gespült wurden. Als er Elsa von der Plattform half, fasste sich Mahr ein Herz und ergriff ihre Hand, er ließ sie auch nicht los, als sie, den Geruch von Kohlenstaub und heißem Eisen atmend, den Perron entlang in Richtung Bahnhofshalle gingen, wo sie sich nach ihren Anschlusszügen erkundigen wollten.

»Ich kann dir gar nicht sagen, wie gern ich mit dir nach Linz fahren würde«, sagte er. »Aber es geht nicht. Ich habe hier in Attnang noch etwas zu erledigen.«

»Was kann man denn in Attnang zu erledigen haben?«, fragte sie mit gutmütigem Spott in der Stimme.

»Frag mich nicht. Ich kann nicht darüber sprechen.«

»Wie meinst du das?« Sie warf ihm einen beunruhigten Blick zu.

»Es ist … geheim.«

»Geheim?«

»Bitte frag mich nicht, Elsa. Ich kann dir ohnehin nichts sagen.«

»Gut, ja, ich verstehe.« Sie wirkte irritiert, schien aber zu akzeptieren, was er sagte.

Mahr hatte sich in den vergangenen Tagen entschlossen, Willis Eltern zu besuchen, auch wenn die Sache alles andere als ungefährlich war. Aber er wollte Gewissheit darüber haben, ob der Kamerad sich in Oberstraß bei seiner Familie gemeldet hatte oder nicht.

Attnang-Puchheim war ein bekannter Eisenbahnort, schon seit den Zeiten der k. und k. Monarchie, hier trafen mehrere Bahnstrecken aufeinander. Das bedeutete, dass auf dem Bahnhof zahllose Lokwechsel vorgenommen wurden, was wiederum zur Folge hatte, dass sechzig oder siebzig Lokomotiven in den Remisen stationiert waren, vielleicht sogar einige mehr. Der früher so beschauliche Bahnhof, den Mahr von den Zugreisen seiner Kindheit kannte, war in den letzten Jahren zu einem hoch frequentierten Umschlagplatz für Truppen- und Waffentransporte geworden.

Entsprechend viel war an diesem Vormittag los. Auf Bahnsteig eins stand ein Lazarettzug mit eineinhalb Dutzend Waggons. Auf den Seitenwänden und dem Dach des Transports waren riesige rote Kreuze aufgemalt. Daneben warteten einige überfüllte Flüchtlingstransporte auf ihre Abfertigung. An einem der hinteren Bahnsteige, in der Gegenrichtung, waren mehrere Munitionswaggons abgestellt – leichte Beute für die alliierten Jagdflieger, die hier ein Mordsspektakel veranstalten konnten, wenn sie einen Angriff riskierten.

In der Bahnhofshalle war nur ein Schalter geöffnet, Elsa musste sich eine Zeit lang anstellen, bis sie Auskunft in Sachen Anschluss bekam. Die nächsten Züge nach Linz gingen um halb elf und um halb zwei, hieß es, wenn sie denn gingen, denn zwischen Wels und Marchtrenk gebe es Tieffliegerbeschuss.

Mahr trat neben Elsa auf den Platz vor dem Bahnhof. »Ich bin sicher, du wirst gut nach Linz kommen«, sagte er. »Heute Abend bist du wieder bei den Barmherzigen Schwestern, wirst sehen.«

»Liegt nicht in meiner Hand.« Sie lächelte tapfer und strich sich eine lose Haarsträhne aus der Stirn.

»Ich werde heute Abend ... also, wenn alles gut geht ... auch nach Linz kommen«, sagte er. »Ich fände es schön, wenn wir uns da noch sehen könnten, bevor ... bevor ...«

»Bevor du an die Front gehst, meinst du?«

»So ungefähr.«

»Was für ein schöner Vorschlag, Fritzl.«

»Findest du?«

»Finde ich, ja.« Ein eigenartiger Glanz lag in ihren Augen, als sie einen Halbschritt auf ihn zumachte. »Mein Dienst dauert bis sieben«, sagte sie. »Ich schlage vor, dass du mich um halb acht vor dem Schwesternheim abholst.« Sie nannte die Adresse, Mahr versprach, um halb acht beim Heim auf sie zu warten.

»Dann habe ich heute Abend ja sozusagen ein Rendezvous«, sagte sie.

»Wenn du es so nennen willst.«

»Wie würdest du es nennen?«

»Nein, das passt schon.« Mahr nahm ihre Hand und drückte sie an seine Brust: »Ich finde, der Ausdruck Rendezvous ist genau richtig.«

Er marschierte die Bahnhofstraße entlang, vorbei an einem Elektrofachgeschäft und einer mit Rollladen verbarrikadierten

Filiale der »Volksbank«, die in wenigen Minuten, um zehn, öffnen würde, wie ein in der Eingangstür baumelndes Schild verriet. Die Telegrafendrähte am Wegrand summten leise, als Mahr das bebaute Gebiet hinter sich ließ und zwischen brach liegenden Äckern und Viehweiden langsam nach Oberstraß hinaus wanderte, auf einem schmalen, von Mostbirnbäumen gesäumten Schottersträßchen. Aus einer Schmiede am Wegrand dröhnten Dengelgeräusche, Mahr fühlte sich wie im tiefsten Frieden. Nach einer Weile kam ihm eine Stallmagd entgegen, die Heugabel über der Schulter. Mahr grüßte, die Frau grüßte zurück. Hinter einem von Obstbäumen umstandenen Bauerngehöft machte der Weg einen Knick, ein paar Schritte noch, dann tauchten die ersten Häuser der Ortschaft Oberstraß vor ihm auf, einfache, eingeschossige Bauten, in denen Kleinhäusler und Keuschler, aber auch die eine oder andere Eisenbahnerfamilie zu leben schienen. Es dauerte eine Weile, bis er Nummer 32 fand: Am Rand eines Fischteichs lag Willis Elternhaus, grau und nicht in bestem Zustand. Hinter der Hecke hatte jemand einen bescheidenen Garten angelegt. Hühner liefen umher, ein triefäugiger, magerer Hund sprang hinter einem Holzstapel hervor. Als Mahr näher kam, begann er feindselig zu knurren.

Mahr beruhigte den Hund, indem er mit bedächtigen Worten auf ihn einredete, dann klopfte er vorsichtig an die Tür.

Eine nicht mehr ganz junge Frau, Willis Mutter, wie Mahr vermutete, öffnete die Tür. Sie musterte ihn neugierig. »Ja, bitte?«

Er brachte sein Anliegen vor, erzählte, dass Willi sein Kamerad gewesen sei, wobei Willi, das wisse er wohl, nicht der richtige Name seines Kameraden sei. Er habe den Freund unter besonderen Umständen kennengelernt, von denen er gern erzählen würde, wenn man ihn ins Haus ließe.

»Kommen Sie herein!«, sagte die Frau, während sie den Hund von der Haustür wegstamperte. Mahr trat in die Stube, wo ihm die Hausherrin »ein Lackerl Most« anbot. Mahr nahm die Einladung gerne an. Die Frau holte Gläser und einen Krug aus grauem, blaugeblümtem Steingut aus der Speisekammer, dann schenkte sie ihm ein. Sie wolle rasch ihren Mann holen, sagte sie, der sitze nebenan beim Nachbarn.

Sie ließ ihn allein. Der Hund vor der Tür fing aufs Neue zu bellen an.

Mahrs Blick fiel auf eine Vase mit frisch gepflückten Himmelschlüsseln, die für ein paar Farbtupfer in der Bauernstube sorgten. Sein Blick glitt weiter über die Wanduhr und den Abrisskalender der »Allgemeinen Sparkasse« zum Volksempfänger auf der Kommode, einem kleinen, schwarzen Kasten mit rotem Knopf, der zum Anstellen, Abstellen, Leiserdrehen und Lauterdrehen gleichermaßen diente, wie er wusste.

Zwei Minuten später saßen ihm Willis Eltern gegenüber. Mahr erzählte ihnen die Geschichte ihres Sohnes, soweit sie ihm bekannt war.

Nein, Willi habe sich nicht in seinem Elternhaus gemeldet, erklärte Willis Vater. Leider. Es gebe nämlich nichts, das er sich sehnlicher wünschen würde. Das letzte Mal sei der Bub im letzten Sommer hier gewesen, Anfang Juni '44, um genau zu sein, eine Woche Heimaturlaub, bevor's dann richtig losgegangen sei in der Normandie, mit der alliierten Invasion und den Rückzugsgefechten, die darauf folgten. Schon damals habe Willi Andeutungen gemacht, dass er den Krieg nicht im Waffenrock des Führers zu beenden gedenke. Er für seinen Teil, sagte Willis Vater, sei stolz darauf, dass sich sein Sohn als Freiwilliger für eine so riskante Aktion gemeldet habe.

Willis Mutter war von der Entscheidung ihres Zweitgeborenen weniger eingenommen, das sah man. Sie machte sich Sorgen. Man stellte allerlei Spekulationen über Willis Schicksal an, dabei gab es, wie Mahr klar war, nicht allzu viele Möglichkeiten: Entweder war der Freund den Verfolgern entwischt, was bedeutete, dass er sich irgendwo versteckt hielt, wie Mahr bei der Bäuerin in Surberg, oder Willi hatte Kontakt zum Widerstand in Salzburg oder anderswo gefunden, oder aber, die dritte Möglichkeit, er war der Gestapo ins Netz gegangen, dann musste man wohl oder übel auf das Schlimmste gefasst sein.

Willis Vater, ein stämmiger, schnauzbärtiger Mann von Anfang fünfzig, erhob sich und schlapfte in die Speisekammer, um den Mostkrug nachzufüllen. Er arbeitete wie sein Sohn als Lokomotivführer auf der Westbahn- und der Salzkammergutstrecke. Seit März '32 war er Mitglied und zeitweiliger Vertrauensmann der KPÖ für die Attnanger Eisenbahner, wie er Mahr mit gesenkter Stimme erzählte. Während er seinem Gast nachschenkte, begann der Alte auf Hitler zu schimpfen, den »damischen Hund«. Jeder, der eins und eins zusammenzählen konnte, habe von Anfang an wissen können, nein, er habe es wissen *müssen*, dass der Kerl kein charismatischer Staatsmann sei, sondern ein Verbrecher, ein gemeingefährlicher Krimineller. Ob Mahr schon von Mauthausen gehört habe, dem Lager in der Nähe von Linz?

Natürlich habe er von Mauthausen gehört, sagte Mahr.

Ob ihm der Name Ziereis ein Begriff sei?

Mahr schüttelte den Kopf.

Dann solle er gut zuhören, sagte der Alte. Ziereis sei der Kommandant des Lagers, ein sadistischer Psychopath, über den die wildesten Geschichten kursierten. Eine dieser Geschichten habe ihm während eines Schichtwechsels letzte Woche ein Heizer aus Linz erzählt, ein Genosse, der das Ganze wiederum von seinem Schwager habe, einem

»Revolutionären Sozialisten«, der zwei Jahre in Mauthausen eingesessen habe, ehe er nach irgendeiner Intervention, über deren Umstände er, Willis Vater, nichts Genaues wisse, enthaftet worden sei. Auf jeden Fall habe der ehemalige Mauthausen-Häftling erzählt, dass dieser Ziereis, der KZ-Kommandant, einen Sohn habe, den alle im Lager nur bei seinem Spitznamen »Stamperl« nennen würden. Und diesem »Stamperl« habe der Vater zum vierzehnten Geburtstag ein ganz besonderes Geschenk gemacht: Er habe ihm dreißig Gefangene geschenkt, auf dass der Knabe sie eigenhändig über den Haufen schieße, ob mit Kopf- oder Genickschuss sei dem Belieben des Sprösslings überlassen geblieben, eine Gelegenheit, von der das Geburtstagskind freudigen Gebrauch gemacht habe.

Willis Vater schüttelte den Kopf und wischte sich mit dem Handrücken über den Schnauzbart. Das müsse man sich einmal vorstellen: Mache der Wahnsinnige seinem Kind dreißig Wehrlose zum Geschenk, es habe sich dabei ausschließlich um internierte Sowjetsoldaten gehandelt, soweit er wisse … Und solchen Kreaturen habe man das Schicksal Europas anvertraut. Es sei zum Gotterbarmen.

In diesem Moment, unmerklich und so, dass man es kaum wahrnahm, begannen die Fensterscheiben zu vibrieren. Wenige Sekunden später, als ein eigenartiges Dröhnen in der Luft lag, das mehr und mehr anschwoll, ein fernes Grollen und Beben wie bei einem näher kommenden Gewitter, fing auch der Lampenschirm über ihnen zu schwingen an und die Gläser auf dem Tisch klirrten leise. Willis Vater stand auf, die Sessellehne hinter ihm knallte gegen die Wand. Er ging zum Radio und drehte es lauter.

Der Sender Linz spielte Marschmusik.

»Fliegerangriff! Warum geben die keine Warnung durch?«

»Und wo bleiben die Sirenen?« Willis Mutter warf Mahr einen erschrockenen Blick zu.

Willis Vater begann in aller Eile Lebensmittelmarken und Wertsachen zusammenzuraffen, das dauerte nicht länger als ein paar Sekunden, dann riss er die Tür auf und rief: »Raus hier! Worauf wartet ihr noch?«

Mahr warf sich den Tornister um und lief hinaus vors Haus. Er hob den Blick. An der Spitze eines Pulks von vierzig oder fünfzig Flugzeugen, die sich dem Ort aus südlicher Richtung näherten, flog ein einsamer zweimotoriger Bomber, die Leitmaschine. Dahinter folgten mit im Sonnenlicht flirrenden Propellern vier Dutzend silberfarbene Flugzeuge in tadellosem Formationsflug. Der Hund drückte sich gegen die Hausmauer, während ihn der Alte straff am Halsband packte. Willis Mutter ließ die Tür ins Schloss fallen und sperrte mit zitternden Händen zu. Mahr schirmte die Augen mit der Hand gegen die Sonne ab und beobachtete, wie sich die Flugzeuge dem Ortszentrum näherten. Ein paar Augenblicke noch, dann klinkten sie in gespenstischer Lautlosigkeit ihre Fracht aus. Die Sprengkörper fielen in langen glitzernden Reihen, wie Perlenketten, die Ketten lösten sich auf – wie spielerisch und leicht das alles wirkte –, und einige Sekunden später detonierten die Bomben mit durchdringendem Gedröhn. Jetzt erst setzte das Jaulen der Sirenen ein, viel zu spät, wie Willis Mutter bemerkte, und der Vater brüllte, sie sollten keine Zeit mehr verlieren und aufs Oberfeld hinauflaufen, eine Anhöhe, etwa zwei- oder dreihundert Meter über der Ortschaft Oberstraß gelegen, da oben seien sie sicherer als hier in der Siedlung, wo ihnen die alliierten Bomben jederzeit um die Ohren pfeifen konnten. Mahr rannte los und stolperte an der Seite seiner Gastgeber über Wiesen und Felder hügelaufwärts, bis er sich zwischen ein paar Dutzend Menschen auf dem Scheitelpunkt des bewaldeten Bühels wiederfand. Der Explosionslärm hatte keine Sekunde lang nachgelassen, die zweimotorigen *Invaders* waren mehrfach über Attnang-Puchheim hinweggerast und hatten Hunderte von Bomben über das Ortszentrum gelegt.

Mahr holte sein Fernglas aus dem Tornister. In der Nähe des oberen Stellwerks loderte ein Brand, daneben zuckten immer wieder kleinere Bombenblitze auf. Über dem Bahnhof standen schwarze Wolken. Jetzt brauste erneut ein Schwarm von Flugzeugen über die Ortschaft hinweg, durchdringendes Grollen war zu hören, dann ein ohrenbetäubendes Krachen; Blitze leuchteten auf, Stichflammen schlugen hoch, unter fortgesetzten Detonationen schoss eine hohe, blendend weiße Explosionswolke in den Himmel. Es musste sich um das Heizhaus handeln, soweit Mahr erkennen konnte. Auf der Spitze der Explosionswolke, die sich zu einem Pilz verbreiterte, tanzten Trümmer, Balken, Klumpen. Er sah vereinzelte kleine Punkte ameisengleich durch die Landschaft unter ihnen wimmeln: Das waren flüchtende Menschen, die sich in Sicherheit zu bringen versuchten. Mahr hob das Fernglas, und jetzt sah er vom Hongar her, aus südwestlicher Richtung, eine zweite Welle von Flugzeugen auf den Ort zurasen. Diesmal schien es sich um größere Maschinen zu handeln, viermotorige B24, *Liberators*, die sich nun im Verein mit den kleineren *Invaders*, die ihr Zerstörungswerk noch nicht vollendet hatten, anschickten, sämtliche Feuer der Hölle über dem Bahnhofsviertel zu entzünden. Zwei Angriffswellen gleichzeitig brandeten über den Ort hinweg, achtzig, neunzig Flugzeuge insgesamt. Man hatte den Eindruck, die Erde bebte auch noch hier oben am Waldrand, wo sie sich einigermaßen in Sicherheit befanden – bis zum Ortszentrum hinunter waren es drei oder vier Kilometer.

Mahr sah gewaltige Rauch- und Staubwolken aufsteigen. Wohnbauten, Geschäftslokale, Lokschuppen, Lagerhäuser stürzten in sich zusammen, Lokomotiven und Eisenbahnwaggons wurden wie Spielzeug durch die Luft geschleudert. Der Munitionszug, der auf einem der westlichen Gleise auf seine Abfertigung wartete, wurde von zwei oder drei Sprengkörpern gleichzeitig getroffen. Auf einer Länge von vierzig, fünfzig Metern flog die Zuggarnitur mit infernalischem Krachen in die Luft.

Eine Bäuerin – sie hatte sich mit ihrem Mann und einem Schüppel Kindern auf dem Oberfeld in Sicherheit gebracht – sank auf die Knie und begann in ratschendem Singsang ein Mariengebet herunterzuleiern. Willis Mutter stand daneben, blass und eingefallen, und schaute zu, wie ihr Heimatort von den Dämonen des Kriegs verschlungen wurde.

Mahr dachte an Elsa. Er betete und hoffte, dass sie sich noch einen Platz im Personenzug nach Linz erkämpft hatte, genauso gut denkbar, wenn nicht wahrscheinlicher, war allerdings, dass sie gerade in irgendeinem Keller hockte und sich an ihren Rucksack und ihr Reiseköfferchen klammerte oder dass sie … aber daran wollte er in diesem Moment nicht denken.

Wenige Minuten später war der Spuk vorbei. Die letzten *Liberators* drehten ab und flogen zurück zu den Militärflughäfen in Bari oder Foggia, von denen aus sie zu ihrem Einsatz gestartet waren. Rauchschwaden trieben vom Ortszentrum her in Richtung Oberfeld, giftiges, schwarzgraues Gewölk. Das Bahnhofsquartier hatte sich in eine einzige Trümmerwüste verwandelt. Eine gespenstische Stille lag über dem Ort, dann und wann ging eine mit Zeitzünder versehene Bombe hoch.

Niemand unter den Schutzsuchenden am Waldrand machte Anstalten, in die unversehrt gebliebenen Häuser am

Fuße des Abhangs zurückzukehren. Es war nicht ausgeschlossen, dass das Ende des Angriffs nur eine Pause markierte, dass die alliierten Bomber zurückkehrten und ihr Zerstörungswerk fortsetzten. Im Ort unter ihnen begannen kleine Gestalten aus den Schutttrümmern hervorzukrabbeln, die Überlebenden – erstaunlich genug, dass es überhaupt welche gegeben hatte – schienen vor allem eines im Sinn zu haben: das Weite zu suchen und so rasch wie möglich vom Bahnhofsareal wegzukommen. Mahr beobachtete, wie Hunderte Menschen aus Bunkern und Kellern krochen und sich in zwei, wiederum jeweils einige Hundert Menschen umfassende Gruppen teilten: die eine bewegte sich in südöstlicher Richtung, wo Mahr in einiger Entfernung ein kleines Augebiet und davor die unzerstörten Türme der Puchheimer Wallfahrtsbasilika erkannte, die andere Gruppe wählte den kürzeren Fluchtweg in nordwestlicher Richtung: Die Menschen der zweiten Gruppe, teils mit Taschen und Koffern bepackt, rannten über offene Felder und Wiesen auf einen in westlicher Richtung gelegenen Weiler zu.

»Die laufen nach Steinhübl hinüber«, grummelte Willis Vater, »so ein Leichtsinn! Wenn die Bomber zurückkommen, haben die keine Deckung mehr. Ich versteh das nicht: Wie kann man bloß so blöd sein?«

»Werden halt Auswärtige sein«, vermutete ein älterer Mann mit walrossartig gestutztem Bart.

»Ich muss doch kein Hiesiger sein«, schimpfte Willis Vater, »um zu sehen, dass es auf dem Feld da unten keine Deckung gibt.«

Mahr wollte den Alten gerade beschwichtigen, er wollte sagen, der Angriff wäre todsicher vorbei, schließlich gäbe es da unten nichts mehr, was man noch in Schutt und Trümmer legen könnte, als über die nördlichen Ausläufer des Hongar in dröhnender Angriffsformation eine weitere Phalanx von drei, vier Dutzend *Liberators* auf sie zusteuerte. Mahr presste das Fernglas an die Augen und beobachtete, wie die Maschinen, kaum waren sie über dem Ortsrand, ihre Klappen öffneten und mehrere Hundert 500-Pfund-Sprengkörper auf einmal abwarfen. Ein beträchtlicher Teil der Bomben detonierte genau im sogenannten »Kreuzland«, jener von Äckern und Wiesen bedeckten Fläche westlich des Bahnhofs, über die sich gerade Hunderte Flüchtende in Richtung Steinhübl bewegten. Das Erdreich wurde von den Detonationen umgeackert, man brauchte nicht viel Fantasie, um sich vorzustellen, was den Unglücklichen da unten geschah.

»Ein Verbrechen ist das, ein hundsgemeines Verbrechen«, klagte eine Bäuerin, während sie mit ihrem Krückstock anklagend auf das grausige Geschehen unter ihnen zeigte.

Der Himmel begann sich seit dem Beginn der ersten Angriffswellen bedrohlich zu verdüstern. Inzwischen war es richtig dämmrig geworden, wie abends um acht – dabei war doch erst Mittag. Dichte Rauchschwaden trieben über dem Ort, überall loderten Brände, schmutzig graue Staubwolken senkten sich langsam zu Boden. Mahr schaute auf seine Armbanduhr: Das Leuchtzifferblatt zeigte halb zwölf. Ohne die mintgrünen Leuchtziffern hätte er die Zeit nicht ablesen können.

»Wir müssen runter in den Ort«, sagte Willis Vater, als der Angriff vorbei war. »Die armen Leute da unten brauchen unsere Hilfe.«

Mit Spitzhacke und Schaufel bewehrt, erreichten Mahr und die anderen die ersten Ausläufer des Bahnhofsviertels. Wo einst Häuser, Läden und Werkstätten gestanden waren, taten sich gewaltige Krater auf. Es gab kein Durchkommen, die Straßen waren nicht mehr als Straßen erkennbar. Vereinzelt taumelten mit Staub bedeckte Gestalten aus den Ruinen, Leichen und Leichenteile lagen zwischen den Trümmern, auch Verwundete, Verletzte, Menschen mit abgerissenen Gliedmaßen. Mahr und die anderen benutzten die Kraterränder als Wege. Am Rand einer Bombenbrache stand eine weinende alte Frau, ein Bursche in Reichsbahn-Uniform, sechzehn, vielleicht siebzehn Jahre alt, nahm die Alte beim Arm und führte sie weg. »Ich will zu meinem Datti«, bettelte die Frau, »lasst's mich heim zum Datti!«

An den Skeletten ausgebombter Wohnhäuser vorbei kämpfte sich der sieben- oder achtköpfige Hilfstrupp zum früheren »Kaufhaus Pazdera« vor. Hier waren Dutzende Menschen verschüttet, wie ihnen ein Volkssturmmann erklärte, der mit einem Spaten im Geröllberg herumstocherte. »Man hört sogar Klopfzeichen«, beteuerte der Alte, »kommt hierher, hier herüber, da hört man's gut.«

»Was zum Teufel macht ihr da?«, rief ein Blockwart. »Die Verschütteten müssen warten, zuerst hat die Straße freigemacht zu werden!«

»Spiel dich nicht auf«, rief einer der Männer aus Mahrs Gruppe. »Zuerst kommen die Verschütteten, dann kümmern wir uns um das andere.«

»Ja, Himmel, Arsch und hol's der Teufel! Kannst du mir verraten, wie die Feuerwehr da durchkommen soll, wenn die Straßen blockiert sind?«, schimpfte der Blockwart. »Macht die Straße frei, aber ein bisschen plötzlich!«

Mahr kletterte von der Halde, während der Blockwart zwischen den Brachen herumlief und alles, was eine Schaufel tragen konnte, zum Straßenräumen vergatterte.

Der Blockwart hatte recht, dachte Mahr, die Straße hatte Vorrang, den Verschütteten im Kaufhaus war ohnehin nicht zu helfen: Um die Schuttmassen abzutragen, hätte es schweren Geräts bedurft, und das hatten sie nicht. Er machte sich daran, zusammen mit den anderen die Bahnhofstraße von den Geröllmassen zu befreien.

Sie hatten nicht lange geschaufelt, eine Viertelstunde vielleicht oder zwanzig Minuten, als plötzlich ein neuer, durchdringender Sirenenton über den Ort hinwegdröhnte. Acht Sekunden Heulen, dann Pause, dann ein weiterer achtsekündiger Heulton: das Signal für »Akute Luftgefahr«.

Mahr wusste augenblicklich, was das bedeutete: Ein neuer Angriff stand bevor.

Wenige Sekunden später hörten sie auch schon das anschwellende Dröhnen eines herannahenden Bomberverbands. Mahr hob den Blick: Wieder waren es zwei Verbände gleichzeitig, die sich dem Ort in unterschiedlichen Flughöhen näherten. »In die Keller!«, brüllte der Blockwart. »Hört ihr nicht, lasst den Krempel liegen und verzieht euch in die Keller! Macht schon!«

Das war leichter gesagt als getan. Es gab keine Keller, in die man sich hätte flüchten können. Mahr packte seinen Tornister und setzte sich im Laufschritt in Richtung »Puchheimer Au« in Bewegung. Um ihn herum verschreckte Menschen, Soldaten und Zivilisten, die orientierungslos zwischen den Trümmerhaufen hin und her rannten. Da fielen auch schon die ersten Bomben, ein gellendes Dröhnen und Krachen lag in der Luft. In einiger Entfernung durchschlug eine Sprengbombe das Dach einer Lagerhalle, Eisentrümmer schwirrten umher, Teile des Dachs krachten in sich zusammen. Während die Angriffswelle mit zerstörerischer Wucht über den Ort hinweg orgelte, rannte und stolperte

Mahr in Richtung Südosten. Zwanzig, dreißig Meter von ihm entfernt detonierte ein Sprengkörper, er hechtete mit einem gestreckten Satz zu Boden, Rauch- und Staubfontänen schossen auf, Stahlteile und Kanaldeckel flogen durch die Luft, messerscharfe Splitter zischten über seinen Schädel hinweg. Er sprang auf, rannte weiter, warf sich erneut zu Boden und versuchte irgendwo etwas Deckungsähnliches zu finden. In letzter Sekunde, wie ihm schien – die Puchheimer Au war in unerreichbarer Ferne –, rettete er sich in den Keller eines vereinzelt stehenden Bauernhauses, das den Einschlägen bisher aus unerfindlichen Gründen getrotzt hatte; in der Nähe der Kate allerdings klafften bereits eine Reihe gewaltiger Krater. Ein paar Dutzend Menschen drängten sich im Halbdunkel des Gewölbes, Mahr machte eine Reihe von Frauen in Reichsbahn-Uniformen aus, dazu kamen mehrere Männer – Fremdarbeiter vor allem –, die rechts neben dem Eingang in einer Nische kauerten. In der hintersten Ecke des Kellers entdeckte er eine Flüchtlingsfamilie, eine Frau mit sechs oder sieben strohblonden Kindern, die sich im Zwielicht da hinten ängstlich aneinanderdrückten. Mahrs Blick fiel auf ein blasses, graziles Mädchen mit Gretelzopf, das sich verzagt an seinen Bruder presste, die Kleine war sieben, vielleicht acht Jahre alt und hielt eine armselige, aus Stoffresten gefertigte Puppe im Arm. Mahr versuchte ein Lächeln, aber das Mädchen schaute mit starrem, angsterfülltem Blick an ihm vorüber ins Leere. Jetzt waren in der Nähe des Hauses mehrere schwerere Einschläge zu hören, ein paar Leute schrien, das Mädchen fing zu weinen an, ebenso andere Kinder, das Haus schien zu wanken und zu schwanken, dann detonierte eine 300-Kilo-Bombe direkt über ihnen, das Dach des Hauses wurde weggerissen, wie man hörte, und in derselben Sekunde stürzte auch schon ein

Teil des Gewölbes auf die Schutzsuchenden herab. Mahr riss die Hände über den Kopf, dann blieb ihm die Luft weg. Er spürte, wie ein zentnerschwerer Druck auf ihm lastete. Er versuchte an sich hinunter zu sehen und stellte fest, dass er bis zur Brust mit Schutt bedeckt war. Er wandte den Kopf und bemerkte noch etwas anderes, Erschreckenderes: Die Flüchtlingsfamilie neben ihm war vollständig verschüttet worden. Wo eben noch das Mädchen mit dem Gretelzopf seine Puppe an sich gedrückt hatte, war nichts als ein Haufen Schutt und Steine.

Die Umstehenden begannen ihn hastig auszugraben. Er half mit, so gut es ging, obwohl er kaum Luft bekam, aber das galt für die anderen genauso. Alle rangen sie um Sauerstoff im stauberfüllten Dämmer des Gewölbes. Nachdem er aus seiner prekären Lage befreit worden war, bemühte sich Mahr zusammen mit den anderen um die Bergung der Flüchtlingsfamilie, aber schon nach einigen Momenten des Grabens und Buddelns stellte sich heraus, dass ihre Möglichkeiten nicht ausreichten. Sie hätten zentnerweise Mauerwerk und Schutt beseitigen müssen, um die Unglücklichen zu retten, ohne schweres Gerät war das nicht möglich. Zudem war keineswegs sicher, dass die Verschütteten noch lebten: Schwer vorstellbar, flüsterte einer, dass die armen Leutchen nicht erstickt oder von den herunterstürzenden Gesteinsmassen erschlagen worden waren.

Unterdessen ging das Bombardement mit unverminderter Heftigkeit weiter. Fünfzehn oder zwanzig Minuten lang erbebte der Keller immer wieder unter Einschlägen und Detonationen. Als eine 500-Kilo-Bombe unmittelbar über ihnen zu explodieren schien und ein weiterer Teil des Gewölbes in sich zusammenkrachte, schloss Mahr mit seinem Leben ab. Er war dabei von einem Gefühl vollständiger Gleichgültigkeit erfüllt.

Nach einer Ewigkeit drehten die Flieger ab. Spuckend und hustend kroch er zwischen den anderen ins Freie. Er klopfte sich den Ziegelstaub so gut es ging von den Kleidern und taumelte ein paar Schritte, mit dröhnendem Schädel, dann blieb er stehen und sah sich um: Vor ihm lag eine von Rauchschwaden überwölbte Mondlandschaft. Überall Tote. Vor einem brennenden Lastwagen schwelte ein dunkler, formloser Haufen, obenauf war etwas mit Haaren: die Reste eines Frauenkörpers.

Im Umkreis des Bahnhofs erstreckte sich eine von Bombenkratern und meterhoch aufragenden Schuttbergen durchzogene Trümmerwüste, nur das Hauptgebäude mit der Kassenhalle und den Wartesälen war wie durch ein Wunder stehen geblieben. Verwirrt und orientierungslos kletterte Mahr zwischen den Brachen herum. Die Bomben hatten die Lokomotivremise und sämtliche Werkshallen zertrümmert, Dutzende Lokomotiven waren demoliert und mit übereinandergetürmten Waggons verkeilt. Umgestürzte Fahrleitungsmasten und zerstückelte Tankwaggons formten zusammen mit einem Gewirr von Drähten, Achsen, Rädern, mit geknickten Signalen und bizarr aufgebogenen Schienen die absonderlichsten Gebilde. Das Netz der Fahrleitungen war zerrissen, tote Stromleitungen schleiften am Boden. Da und dort sah man menschliche Gestalten durch die Szenerie irren, mancherorts bemühten sich Helfer, Ansätze von Ordnung ins Chaos zu bringen. Mahr sah Feuerwehrleute, die sich an einem Schutthaufen zu schaffen machten, ein Trupp Hitlerjugend marschierte mit geschulterten Spaten an ihm vorüber, er bemerkte eine Reihe von Toten, die man auf einer freien Fläche nebeneinander auf den Boden gebettet hatte. Das alles wirkte seltsam surreal, so, als bildete Mahr es sich bloß ein oder als wäre er Mitwirkender in einem Hieronymus-Bosch'schen Albtraum. Ein großer, schwarzbraun gefleckter Hund trabte an ihm vorüber, zwischen den Lefzen einen länglichen Gegenstand. Mahr musste zweimal hinschauen, bis er erkannte, dass es sich um einen menschlichen Arm handelte.

Im tosenden Durcheinander der letzten Angriffswellen war Mahr seines Tornisters verlustig gegangen. Niemand scherte sich um ihn, als er den Leichnam eines von Eisentrümmern erschlagenen Wehrmachtsoffiziers zur Seite drehte und dem Toten seine P38-Heerespistole abnahm. Vollständig unbewaffnet wollte er nicht durch die Trümmerödnis gehen, in die sich der Eisenbahnerort in den letzten Stunden verwandelt hatte.

Ein Feuerwehrmann drückte ihm einen Spaten in die Hand. Mahr verstand erst nach kurzem Palaver, was der Mensch von ihm wollte: Er solle zum »Gasthaus Dallinger« mitkommen, sagte der Uniformierte, dort seien an die Hundert Leute verschüttet. Mahr folgte dem Mann. Sie bahnten sich ihren Weg durch die mit verkohlten Balken und zerborstenen Dachziegeln übersäte Schuttlandschaft. Vor einem qualmenden Steinhaufen machten sie halt. Hier waren bereits ein paar Dutzend Männer und einige Frauen mit den Bergungsarbeiten beschäftigt. Mahr ließ sich einem neu zusammengestellten Trupp zuweisen und begann seinen Spaten mit mechanischer Pflichtschuldigkeit in den Schutt zu rammen. Seite an Seite mit den anderen grub er sich in quälender Langsamkeit zu den Eingeschlossenen vor. An den Gott der Christen glaubte er ebenso wenig wie an höhere Mächte anderer Art, aber jetzt, während er mit zäher Verbissenheit Stein um Stein beiseite schaffte, flehte er die höheren Mächte, an die er nicht glaubte, in stummem Selbstgespräch um Rettung für Elsa an. Bitte, bitte, sagte er in die Leere in sich und über sich hinein, bitte, sie soll noch am Leben sein, sie soll den Zehn-Uhr-dreißig-Zug erreicht haben und wohlbehalten und unversehrt in Linz angekommen sein.

Ätzender Staub fraß sich in seine Lungen, während er schaufelte. Seine Muskeln schmerzten und brannten vor Anstrengung. Nach einiger Zeit legten sie den Leichnam eines acht- oder neunjährigen Mädchens frei, das Kind war von herabstürzenden Balken erschlagen worden. Eine Frau wandte sich weinend ab, als der Körper der Kleinen auf die Scheibtruhe gelegt und von einem Angehörigen der Feuerwehr-HJ zur Totensammelstelle gekarrt wurde.

Die Arbeit, die Mahr und die anderen Retter verrichteten, war schwer. Sie mussten Holzbalken zur Seite räumen und Strom- und Rohrleitungen aus dem Schutt entfernen. Die vielen Hindernisse machten es ihnen unmöglich, rasch und zügig zu den Verschütteten vorzudringen.

Ein Gewitter zog auf. Entferntes Donnergrollen, über den Bergen aufzuckende Blitze. Nach einigen Minuten begann es zu regnen. Verbissen gruben sie weiter, ohne Rücksicht auf ihre schwindenden Kräfte. So lästig der Regen auch war, einen Vorteil hatte er: Er löschte die letzten schwelenden Brände, er reinigte die Luft von Ruß und Staub.

Mahr trank aus einer blechernen Wasserflasche, die eine Rotkreuzschwester ihm reichte. Wenige Meter von ihm entfernt hatte man ein improvisiertes Lazarett eingerichtet. Auf einem mit Mauerschutt bedeckten Plumeau lag ein alter Mann, ein röchelnder Greis mit spindeldürren Beinen. Neben ihm die reglosen Körper zweier Frauen, Mahr hielt sie für tot. Plötzlich richtete eine der beiden sich auf und erbrach einen Schwall Blut, dann sackte sie in ungedämpftem Schwung zurück auf die Decke.

Am späten Nachmittag gruben sie weitere Leichen aus. Die Körper waren aufs Furchtbarste entstellt. Torsi ohne Kopf, abgerissene Gliedmaßen, Rümpfe ohne Arme. Von einigen Opfern war nichts übergeblieben als ein paar mit eingebrannten Kleiderfetzen verschmolzene Fleischstücke.

Um halb sechs bekamen sie Verstärkung. Die Freiwillige Feuerwehr Schwanenstadt rückte in voller Mannstärke an, um bei den Bergungsarbeiten zu helfen. Volle Mannstärke, das hieß: zwei Dutzend halbwüchsige Knaben und einige alte Männer.

Kurz vor Einbruch der Dunkelheit stießen sie endlich zum Bombenkeller vor. In einer Mauernische beim Eingang hockten zusammengekauert mehrere Dutzend Menschen, bis auf einen bärtigen alten Mann und einen halbwüchsigen Knaben sowie eine Reihe von Kindern ausschließlich Frauen. Der Luftdruck musste sie innerhalb weniger Sekunden getötet haben. Äußerlich unversehrt, sahen sie aus, als schliefen sie. Dahinter war das Kellergewölbe vollständig in sich zusammengekracht. Mahr und die anderen Helfer hatten sich während der letzten Stunden umsonst abgeschuftet: Kein Einziger der im Keller Eingeschlossenen hatte den Angriff überlebt.

Der Abendwind wirbelte Asche über die Landstraße, als Mahr mit kraftlosem Schritt in Richtung Schwanenstadt marschierte. Der schwelende Trümmerhaufen hinter ihm, Attnang-Puchheim, verschwand mit jedem Schritt tiefer in der Dunkelheit. Mahr hatte vor, sich zu Fuß nach Linz durchzuschlagen. Die Zugsverbindungen in die Gauhauptstadt waren unterbrochen, daran gab es keinen Zweifel, blieb ihm also nur der Fußweg. In Linz würde er sich zum Krankenhaus der Barmherzigen Schwestern durchfragen und sich nach Elsas Schicksal erkundigen. Anschließend wollte er das Treffen mit den Widerstandsleuten nachholen, das er heute Nachmittag verpasst hatte. Sein Plan sah vor, dass er morgen oder übermorgen zur selben Zeit mit seinen Kontaktmännern in Linz zusammentraf, wobei er sich keineswegs sicher war, dass das klappen würde.

Das Gehen fiel ihm schwer, seine Füße taten weh, die Kopfwunde, die er sich beim Einsturz des Kellers zugezogen hatte, war von einem Sanitäter am Ortsausgang mit gehetzter Routine verbunden worden, jetzt machte sich die Verletzung als scharfer, pochender Schmerz am oberen Scheitelbein bemerkbar. Dennoch kam er zügig voran. Nach fünf viertel Stunden Fußmarsch hatte er Schwanenstadt erreicht. So menschenleer die Landstraße hinter ihm gewesen war, so überfüllt war nun die Bahnstation der kleinen, zweitausend Einwohner zählenden Gemeinde. Der Zugsverkehr auf der Westbahn war vollständig eingestellt, genau, wie er vermutet hatte, Hunderte Passagiere waren auf dem Bahnhof gestrandet, der wegen der Stromsperre bloß von einigen wenigen dürftigen Karbidlampen beleuchtet war. Die Leute hatten sich so gut wie möglich eingerichtet. Viele Reisende campierten im Warteraum des Bahnhofsgebäudes, einige Panzerpioniere hatten Zelte auf der Wiese neben dem Bahnhof aufgeschlagen. Das NS-Frauenwerk schenkte Erbsensuppe aus und verteilte Brot und dünnen Tee. Mahr ließ sich ein Feldgeschirr mit Suppe füllen, er fasste Tee aus und stapfte auf den Hauptperron hinaus, auf dem er die Nacht über zu biwakieren gedachte. Er hockte sich in eine Ecke und löffelte die wässrige, so gut wie ungesalzene Erbsenbrühe in sich hinein.

Die Wolken rissen auf. Über den Hügeln jenseits der Gleise wurde ein schmales, kobaltblaues Stück Himmel sichtbar. Ein Soldat neben ihm zog eine Mundharmonika hervor, der Bursche – er war nicht älter als achtzehn oder neunzehn – legte das Instrument an die Lippen und begann zu spielen. »Geh ich einsam durch die schwarzen Gassen, schweigt die Stadt, als wär sie unbewohnt ...« Die Melodie griff Mahr ans Herz, obwohl sich alles in ihm dagegen sträubte. Er war offenbar noch nicht fertig mit der deutschen Romantik. Er stand auf und wischte das Feldgeschirr aus, dann schlug er sich abseits der Bahnstation in die Büsche, um sich einen Schlafplatz zu suchen.

Am nächsten Morgen brach er zeitig auf. Ein trüber, milchig weißer Himmel spannte sich über die Voralpenlandschaft, die sich, vom Kriege unberührt, im diesigen Frühlicht vor ihm ausdehnte. Auf der »Reichsstraße 31«, von Salzburg nach Linz führend, herrschte kaum Verkehr. Dann und wann wurde er von einem Kraftwagen überholt, manchmal rumpelte ein von Ochsen gezogenes Bauerngespann an ihm vorüber, sonst war Mahr so gut wie allein unterwegs.

Nach einer Weile erreichte er den Marktflecken Lambach. Am Ortsende erhob sich ein Benediktinerstift über den Wassern der Traun. Hier hatte Adolf Hitler einst als Sängerknabe gewirkt, wie die Zeitungen der »Ostmark« nach dem »Anschluss« in unzähligen Artikeln über die Jugend des Führers berichtet hatten. Heute war im Stiftsgebäude eine »Napola« untergebracht, eine »Nationalpolitische Bildungsanstalt«, wie Mahr einer Marmortafel vor dem Eingang entnahm. Er inspizierte das mit Säulen und kunstvoll gearbeiteten Heiligenfiguren ausgestattete Triumphportal des Stifts, als ein Trupp Jungmänner in Turnhosen und kurzärmeligen Leibchen aus dem Klosterhof getrabt kam. Unter Anleitung eines Übungsleiters mit Trillerpfeifchen rückten die Knaben zum morgendlichen Frühsport aus. In lockerer Laufordnung setzten sie sich in Richtung Traunauen in Bewegung. Mahr sah den Burschen nach. Sie würden den Krieg mit einiger Wahrscheinlichkeit überleben, dachte er, sofern es ihrem Herrn und Meister nicht noch einfiel, auch dreizehn- oder vierzehnjährige Kinder zum Kriegsdienst einzuziehen.

Während er auf der zusehends belebteren Reichsstraße auf die Stadt Wels zumarschierte, sah Mahr in großer Höhe ein, zwei alliierte Bombergeschwader den Himmel queren, im Anflug auf die letzten noch unzerstörten Industriezentren in Franken oder Oberbayern. Auf einer Anhöhe wenige Kilometer vor Wels, Mahr konnte hinter den Feldern bereits die Pfarrkirche der Ortschaft Gunskirchen ausmachen, legte er eine Rast ein. Er hockte sich auf einen der granitenen Kilometersteine und löste seine Feldflasche vom Taillenhaken; das Wasser, das er vor seinem Abmarsch auf dem Bahnhof Schwanenstadt ausgefasst hatte, war immer noch wohltuend kühl. Er beobachtete einen Schwarm Stare, der sich unter ohrenbetäubendem Gezwitscher auf einem Stoppelfeld auf der anderen Seite der Straße niederließ, Hunderte quecksilbrig schwarzer Vögel, die sich nach kurzer Rast wieder in die Lüfte erhoben und in Richtung Norden weiterzogen.

Mahr stand auf, er schraubte die Feldflasche zu und machte sich zum Weitermarschieren bereit, als er einen Kübelwagen mit zugeklapptem Verdeck in scharfem Tempo auf sich zufahren sah. Das Gefährt mit der zweifachen Siegrune auf dem Nummernschild bremste sich neben ihm ein. »Na, wohin geht's?«, schnarrte der Scharführer, der sich über den Beifahrersitz zu ihm herüberbeugte.

»Gefreiter Hans Bernersdorfer auf dem Weg zum Divisionskommando der 487. Division in Linz«, meldete Mahr.

»Willste mitfahren? Steig ein!«

»Ergebensten Dank, Herr Scharführer.«

Er hatte keine Wahl. Mahr musste das Angebot annehmen, wenn er den Argwohn des Fahrers nicht auf sich ziehen wollte. Mit einem Viertellächeln drückte der SS-Mann die Beifahrertür auf, Mahr sprang in den Wagen und schloss die Tür. Der Scharführer trat aufs Gas und fuhr los. In Attnang habe es ja mächtig Schabau gegeben, sagte er, während er den kleinen bernsteinfarbenen Winker über dem linken Rückspiegel ausschnappen ließ.

Ja, sagte Mahr, er sei in Attnang gewesen, als es gekracht habe. Kein Stein sei da auf dem anderen geblieben.

Sie überholten einen Holzvergaser-Lkw, der in gemächlichem Tempo vor ihnen in Richtung Wels fuhr, die nächste größere Stadt auf ihrem Weg in Richtung Nordosten. »Wo soll ich dich absetzen?«, fragte der SS-Mann.

»Ich kenne mich in Linz nicht aus«, entgegnete Mahr. »Heute Nachmittag habe ich, wie gesagt, im Divisionskommando vorzusprechen …«

»Dann wird's am besten sein, ich lass dich auf'm Bahnhof raus. Genehm?«

»Wunderbar, Herr Scharführer, ergebensten Dank.« Mahr fragte sich, ob er es mit der Unterwürfigkeit übertrieb, aber im Umgang mit SS-Angehörigen konnte man gar nicht unterwürfig genug sein, das hatten ihn dreizehn Monate Dienst in der deutschen Wehrmacht gelehrt.

Eine Zeit lang fuhren sie hinter einem ungedeckten Planwagen her, auf dem eine mit Netzen getarnte

Fliegerabwehrkanone montiert war. Dann bog der Planwagen ab, sie hatten freie Fahrt nach Wels hinein.

Mahr kannte die Stadt nur vom Durchfahren. Auf dem Weg in die Sommerfrische nach Strobl hatte sein Vater mitunter in einem Wirtshaus in der Nähe von Wels haltgemacht, Mahr konnte sich nicht mehr erinnern, wie genau das Bauerndorf geheißen hatte, auf jeden Fall hatten sie sich dort einige Male bei Surschnitzel und Limonade für die Weiterfahrt ins Salzkammergut gestärkt. Wels, so viel war ihm in Erinnerung geblieben, war eine unscheinbare Stadt mit einem schönen, spätmittelalterlichen Hauptplatz und einer schmucken, ehemals kaiserlichen Burg. Von diesen Sehenswürdigkeiten bekam Mahr an diesem Sonntagmorgen nichts zu sehen. Der SS-Mann umfuhr das Stadtzentrum und steuerte den 82er durch den dünnen Vormittagsverkehr in Richtung Bahnhof – hier registrierte Mahr beträchtliche Zerstörungen, vor allem an den Gleisanlagen –, dann fuhren sie an bescheidenen Wohnsiedlungen und Barackenlagern sowie einer zweitürmigen Kirche im neuromanischen Stil vorbei durch den Stadtteil Neustadt, wo die Szenerie ein eher ländliches Gepräge aufzuweisen begann, mit Feldern, Äckern und vereinzelten Gehöften. Ein mit Stacheldrahtresten umzäuntes Luftwaffenlazarett war durch einen Bombenangriff beschädigt worden, wie Mahr feststellte, Kinder spielten zwischen den Resten der Anlage.

»Wir müssen einen kleinen Umweg machen«, sagte der SS-Mann. »Ich hab noch was im Fliegerhorst da vorne abzugeben, bevor's weitergeht. Ich hoffe, das stört dich nicht.«

»Keineswegs, Herr Scharführer.«

»Vielleicht kriegen wir bei den Brüdern ja was zu essen«, knurrte der SS-Mann, während er ein mit Brennholz beladenes Pferdegespann überholte. Das weitläufige Areal des Fliegerhorsts tauchte vor ihnen auf. Ende der 30er-Jahre hatte die Luftwaffe vor den Toren der Stadt einen gewaltigen Flugplatz in die Landschaft betoniert: Hinter einem sogenannten »Flandernzaun«, einer Mischung aus Stachel- und Stolperdraht, erkannte Mahr ein mit Einschusslöchern übersätes Rollfeld sowie mehrere von Bombentreffern beschädigte Hangars und Werkstätten, daneben sah man halb zerstörte Kasernenanlagen und einige wenige unversehrte Gebäude. Vor dem Schlagbalken an der Einfahrt stand ein Posten, ein weiterer war vor dem Wachhäuschen postiert. Der SS-Mann reichte seine Papiere aus dem Wagenfenster, der Posten am Schlagbaum warf einen nachlässigen Blick hinein: »In Ordnung.« Der Schranken hob sich, sie passierten und fuhren über rumpeliges Kopfsteinpflaster vors Haupttor des Verwaltungsgebäudes. Zwischen den Offizierswohnhäusern und den Mannschaftsunterkünften im Hintergrund übte ein Häuflein Rekruten – das letzte Aufgebot, wie es schien – mit verkniffenem Ernst Exerzieren: »Augähn … rrächts!« – »Präsentiert das … Gewehr!« – »Erste Abteilung angetreten!«

Er solle was zum Beißen organisieren, sagte der SS-Mann zu Mahr, während er sich einen Packen Akten vom Rücksitz schnappte.

»Alles klar«, sagte Mahr. »Haben Sie irgendwelche Vorlieben?«

»Brot, Wurst, Käse – irgendwas.« Der SS-Mann schwang sich aus dem Wagen. Mit zwei, drei Sätzen sprang er die Treppe zum Verwaltungsbau hinauf. Während sein Chauffeur in der Tür verschwand, kletterte Mahr in aller Ruhe aus dem 82er. Er ließ sich Zeit mit dem Aussteigen, zumal er einen Blick auf die Flugzeuge werfen wollte, die vor den Hangars abgestellt waren. Er machte die Wracks mehrerer *Heinkel 111* und eine unbeschädigte *Dornier 17* aus, eine altersschwache Maschine, die aussah, als sei sie seit Monaten nicht mehr geflogen worden, dazu kamen eine zerbeulte *Messerschmitt* und zwei *Focke-Wulfs 190*, denen man die Reifen abmontiert hatte. Insgesamt machte die Belegung nicht den Eindruck, als müssten die »Army Air Forces« noch übertriebenen Respekt vor den kümmerlichen Resten der deutschen Luftwaffe haben. Von dem Rekrutenhäufchen abgesehen, das sich hinter ihm im Gleichschritt übte, machte der Flugplatz einen verlassenen Eindruck, gut möglich, dass so etwas wie ein regulärer Flugbetrieb hier überhaupt nicht mehr stattfand.

Mahr betrat das Verwaltungsgebäude. Hinter den geschlossenen Türen schien da und dort jemand zu telefonieren – »Den Reitmeier hat's erwischt, Herr Oberst. Jawohl. Genaueres weiß man nicht, Herr Oberst ...« –, mancherorts klapperten einsame Wehrmachtshelferinnen auf ihren *Erikas*, aber im Großen und Ganzen machte der Büroblock einen wenig belebten Eindruck – als sei ein Großteil des Personals bereits evakuiert oder anderswohin verlegt worden.

Mahr klopfte an eine der halb offen stehenden Türen: »Entschuldigen Sie«, sagte er zu einem Mädchen, das mit ausdrucksloser Miene vor einer Regalwand mit Leitz-Ordnern saß und etwas in seine Maschine tippte. »Wo kann ich hier Essen ausfassen?«

»Essen ausfassen?« Sie musterte ihn mit verständnislosem Gesichtsausdruck. Sie trug eine schwarze Krawatte unter ihrer Uniformjacke, ein hübsches Mädchen mit dichtem, schwarzem Haar und braunen Augen.

»Hab seit einer Ewigkeit nichts mehr zwischen die Zähne gekriegt«, sagte Mahr.

»Es ist noch nicht einmal zehn«, sagte sie in vorwurfsvollem Ton. »Um diese Zeit gibt's noch kein Essen.«

»Seien Sie nicht grausam«, sagte Mahr mit dem gewinnendsten Lächeln, das er zustande brachte. »Sie haben hier doch eine Mannschaftsküche, oder nicht?«

»Sie sind aber hartnäckig.« In ihren Augen leuchtete so etwas wie enervierte Belustigung auf. Sie zeigte auf eines der Fenster. »Da drüben – die Kantine. Aber sie werden nichts bekommen.«

»Ich werde sehen, was sich machen lässt«, sagte Mahr. »Wer bittet, dem wird gegeben.«

»Wenn *Sie* es sagen …« Die Luftwaffenhelferin bedachte ihn mit der Andeutung eines Lächelns.«

»Hier scheint aber ziemlich wenig los zu sein«, hakte Mahr nach. »Ist schon eine Weile her, dass die beiden *Focke-Wulfs* da draußen Feindkontakt gehabt haben, oder?«

Vor ein paar Wochen seien die letzten Einheiten des vierten Kampfgeschwaders in Richtung »Tschechei« verlegt worden, erklärte ihm die Luftwaffenhelferin. Seither sei der Flugbetrieb so gut wie zum Erliegen gekommen. Im Moment seien nur noch die Überreste einiger Panzerjagdstaffeln des Schlachtgeschwaders 9 in Wels stationiert, aber es mangle an allem, im Besonderen an Treibstoff, seit Wochen sei keine Maschine mehr aufgestiegen. Auch die Flugzeugführerschule, die hier früher Leben in die Baracken gebracht habe, sei im Februar aufgelöst worden. Traurige Zeiten.

»Das können Sie laut sagen«, bestätigte Mahr. Er deutete ein Salutieren an und verließ den Raum.

Eine Minute später stieß er die Tür zum Küchenbau auf. Hier roch es nach Putzmitteln und Kohl. Vor dem Spülraum traf er auf eine Küchenhelferin, eine füllige Person in schmutziger Kochschürze, die er um »ein paar Brote für zwei hungrige Krieger« bat.

Die Frau wollte ihm zunächst nichts geben, aber nachdem er ihr in brüskem Tonfall klargemacht hatte, dass sein Kamerad, Scharführer der SS in Linz, keinen Spaß verstehe, schlapfte sie doch mit kleinen, beflissenen Schritten in Richtung Vorratsraum.

Nach einer Minute kam sie mit einem Laib graugelben Brotes und einer halben Stange Wurst zurück.

»Besten Dank!«, sagte Mahr, als er die Marschverpflegung in Empfang nahm. Die Küchenhelferin murmelte einen devoten Gruß und machte, dass sie wieder in die Küche kam.

Mahr strebte dem Ausgang zu. Vor dem Küchenbau unterhielten sich zwei Unteroffiziere: »Habe freiwillig U.v.D. gemacht, der Stabsgefreite Müller ist mir in den Arsch gekrochen, mein lieber Herr Gesangsverein, das glaubst du nicht…« Die Männer verstummten, als Mahr an ihnen vorbeistiefelte. Mahr grüßte und machte, dass er zurück zum Wagen kam. Dort wartete der SS-Mann bereits auf ihn. »Na, dann wollen wir mal«, sagte er, als Mahr sich auf dem Beifahrersitz niederließ. Der SS-Mann warf den 82er an und legte den Rückwärtsgang ein. »Teufel, bin ich durstig. Gib mal die Wasserflasche rüber.«

»Wo ist die?«

»Im Fach an der Tür.«

Mahr langte ins Seitenfach und reichte dem SSler eine blecherne Feldflasche. Der Fahrer schraubte den Verschluss ab und trank. Dann legte er den Gang ein und gab Gas. Eine halbe Minute später hatten sie den Schlagbalken und die Kasernenausfahrt hinter sich gelassen.

»Sag mal, wie heißt du eigentlich?«, fragte der SS-Mann.

»Bernersdorfer, Herr Scharführer. Hans Bernersdorfer.«

»Den Scharführer kannst du weglassen.«

»Ergebensten Dank.«

Der SS-Mann gab Mahr die Flasche zurück, dann wendete er den Wagen. »Woher kommst du?«

»Meine Familie lebt in Wien«, sagte Mahr.

»Wien«, wiederholte der SS-Mann.

»Kennen Sie die Stadt?«

»War mal auf Schulung dort. Mai '44. Hab nicht viel gesehen von deinem Wien. SS-Kaserne Schönbrunn. Die hab ich gesehen. Kennste die?«

»Nein.« Mahr schüttelte den Kopf. Er kenne natürlich Schloss Schönbrunn, von Schulausflügen und dem einen oder anderen Sonntagnachmittag-Spaziergang in seiner Kindheit, in der Kaserne sei er allerdings noch nie gewesen.

»Und Sie?«, fragte Mahr. »Darf ich fragen, woher Sie kommen?«

»Märkisch-Oderland. Aus der Nähe von Bad Freienwalde. Kennst du die Gegend?«

»Tut mir leid. Nie dort gewesen.«

Vor ein paar Tagen habe die Rote Armee die Seelower Höhen genommen, sagte der SS-Mann. Damit sei leider auch seine märkische Heimat zum Kriegsschauplatz geworden. Das sei natürlich hart, zumal seine verwitwete Mutter noch im Heimatdorf lebe. Aber er zweifle keine Sekunde daran, dass es Wehrmacht und SS gelingen werde, die Kräfte neu zu bündeln und die russischen Brüder zurück in die Steppe zu jagen. Berlin würden die Bolschewisten nicht bekommen, das sei klar, an Berlin würde der Feind zerbrechen.

Mahr brummte etwas, das sich als Zustimmung deuten ließ. »Haben Sie auch Familie in der Gegend?«

Der SS-Mann schüttelte den Kopf. Familie? Das habe sich bis jetzt noch nicht ergeben. Er trat aufs Gas und beschleunigte auf sechzig, fünfundsechzig, mehr gab der Wagen nicht her. Mahr schaute aus dem Fenster. Auf einem Feldweg jenseits eines unbestellten Ackers zog ein Bauernfuhrwerk eine Staubfahne hinter sich her. Als sie die ersten Ausläufer des Stadtteils Neustadt erreichten, drosselte der Fahrer das Tempo, sie ließen das Krankenhaus und die sogenannte »Herz-Jesu-Kirche« hinter sich und querten die Bahngleise, dann hielten sie sich links, und nach ein, zwei Abbiegemanövern kamen sie schließlich zurück auf die Reichsstraße 31, die durch das flache, offene Gelände der Welser Heide nordostwärts in Richtung Linz führte. Die Landschaft war von Kiefernwäldern und ausgedehnten Ackerflächen bestimmt, dann und wann tauchten bescheidene Bauernhöfe, aber auch größere, von Mostbirnbäumen umstandene Gehöfte am Straßenrand auf, behäbige, für das oberösterreichische Alpenvorland typische Vierkanthöfe. Ein paar Hundert Meter hinter der Ortschaft Marchtrenk, einem uninteressanten Flecken mit einer hübschen, neugotischen Pfarrkirche, lag ein Bauernwagen mit gebrochener Achse im Graben. Ein halbes Dutzend Männer waren damit beschäftigt, den Wagen mithilfe eines Ochsen wieder manövrierfähig zu machen.

»Mann, hab ich einen Kohldampf«, sagte der SSler. »Schieb mal was zu essen rüber.«

Mahr griff ins Seitenfach und holte den Proviant hervor. Mit seinem Wehrmachtstaschenmesser säbelte er ein paar fingerdicke Scheiben Wurst von der Stange und reichte sie dem SS-Mann, zusammen mit einem Stück Brot.

»Bedien' dich!«, sagte der Fahrer. Auch Mahr begann zu essen. Die Wurst schmeckte nach Mehl und ranzigem Fett, das Brot war in Ordnung.

Hinter Hörsching kam ihnen eine Panzerkolonne entgegen, fünfzehn, zwanzig *Jagdpanther* mit dreckverschmierten Chassis. Der SS-Mann steuerte den Wagen an den Straßenrand, um die Kolonne passieren zu lassen. »Hast' den Rabatz in Attnang also aus nächster Nähe miterlebt?«, sagte er, während die Panzer mit ihren zerbeulten Flanken an ihnen vorbeirumpelten.

»Jawohl, Herr Scharführer.«

»Und?«

»Was soll ich sagen? Es war – nicht schön.« Der SS-Mann setzte den Wagen wieder in Bewegung, und während sie weiter in Richtung Linz fuhren, erzählte Mahr von seinen Erlebnissen in Attnang, von den fünf, sechs Angriffswellen, die am Vortag über den Ort hinweggegangen waren, er erzählte von den Rettungsarbeiten im »Gasthaus Dallinger« – und von den Toten, die sie geborgen hatten.

Der SS-Mann zog über die alliierten Luftgangster her, die es darauf anlegten, das deutsche Volk mit Terrorangriffen mürbe zu machen. Aber der Ami würde sich am Kampfeswillen Großdeutschlands die Zähne ausbeißen, so viel sei gewiss, denn das deutsche Volk würde niemals, unter keinen Umständen, vor dem Vernichtungswillen der Amerikaner kapitulieren.

Daran habe er nicht den geringsten Zweifel, sagte Mahr. Er warf einen Blick aus dem Seitenfenster. Sie befanden sich in einer Art Niemandsland zwischen Land und Stadt, er glaubte, am Horizont bereits die ersten Ausläufer der Gauhauptstadt Linz auszumachen. In einiger Entfernung duckten sich mehrere Bauernhäuser unter eine Gruppe hoher, weiß blühender Bäume. Der SSler trat aufs Gas und überholte einen Steyr 50er, dann schaltete er in die Dritte zurück. »Und bevor du nach Attnang gekommen bist, da warst du im Lazarett, sagst du?«

»Jawohl, Herr Scharführer.«

»Wo?«

»In Bad Aibling.«

»Bad Aibling«, sagte der SS-Mann. »Bad Aibling bei Rosenheim. Kenn ich. Ich hab dort mal ein paar Tage verbracht, im Frühjahr '40, bevor's an der Maginot-Linie so richtig losgegangen ist. Was macht das alte ›Kurhotel Wittelsbach‹?«

»Keine Ahnung«, sagte Mahr. »Ich bin aus dem Lazarett nie rausgekommen.«

»Haben fabelhaft gekocht im alten Kurhotel. Eins a Tellerfleisch. Nie dort gegessen?«

»Nein«, sagte Mahr. »Ich wünschte, ich hätte. Der Fraß im Lazarett war nicht hinunterzukriegen.«

Abseits der Straße wurde ein Wirtshaus sichtbar, daneben ein halb verfallener Schuppen. Mahr glaubte eine atmosphärische Veränderung im Wagen wahrzunehmen: Die Stimmung hatte einen deutlichen Zug ins Frostige bekommen. Der SS-Mann sah mit steinernem Ernst geradeaus, das Spiel seiner Kiefermuskeln ließ auf eine gewisse Anspannung schließen. Mahr tat, als merke er nichts davon: In kameradschaftlichem Tonfall begann er von der Lungenentzündung zu erzählen, die ihn ins Frontlazarett und dann ins Hinterland nach Bad Aibling gebracht hatte, von den schmerzhaften Hustenkrämpfen und den Fieberschüben, die ihn wochenlang geplagt hatten. Während er sich in bestimmte Einzelheiten seiner Erzählung hineinsteigerte, hatte er für einige Augenblicke das Gefühl, selbst daran zu glauben. Er redete und redete und schaute angestrengt geradeaus durch die Frontscheibe: Am Himmel, in einiger Entfernung, glaubte er eine Reihe silbergrauer Pünktchen zu erkennen. Nach und nach wurden die Pünktchen größer. Mahr spürte, wie sich sein Puls beschleunigte. »Sind das Tiefflieger?«, fragte er.

»Wo?« Der SS-Mann beugte sich vor und kniff die Augen zusammen. »Verdammt!« Er riss das Lenkrad herum, der Wagen preschte von der Straße und rumpelte mit sechzig oder siebzig Sachen über ein unbestelltes Feld. Der SSler trat das Gaspedal durch, er schien ein zwei- oder dreihundert Meter entferntes Waldstück erreichen zu wollen, das ihnen so etwas wie Deckung bieten würde – falls sie es erreichten. Mahrs Blick ging zum Horizont: Aus nördlicher Richtung raste ein Pulk von Jagdbombern mit Karacho die Reichsstraße entlang. Als die Tiefflieger aus einiger Entfernung die ersten Salven über die Felder jagten, änderte der SSler seinen Plan. »Raus hier!« Er trat hart auf die Bremse, der Wagen schlingerte ächzend durch das feuchtschwere Erdreich, Mahr wurde in Richtung Windschutzscheibe geschleudert. Er riss die Tür auf und warf sich, wie der SSler neben ihm, aus dem Wagen. Während die Tiefflieger, aus allen Bordwaffen feuernd, mit dröhnenden Motoren über sie hinwegrasten, presste sich Mahr gegen die Außenverkleidung des 82ers und suchte sich so gut es ging zu decken. Eine MG-Salve löcherte den Boden, Erdbrocken und winzige Steine spritzten hoch. Mahr beobachtete, wie sich die Jäger in westlicher Richtung entfernten. Die Gefahr war allerdings noch nicht vorüber. Nach einigen Sekunden legte sich eines der Flugzeuge auf die Seite, um aus dem Konvoi auszuscheren, der Bomber stieg steil in den Himmel, kippte, drehte tief brummend eine enge Kurve und stieß aufs Neue auf den ungedeckten 82er herab. Mahr presste die Arme an den Kopf, während die MG-Einschläge Dach und Unterboden des Wagens zerfetzten. Wenn die *Lightning* ihre Bordkanone zum Einsatz gebracht hätte und nicht bloß ihre MGs, hätte sie den Wagen mit einem einzigen gezielten Schuss in sämtliche Einzelteile zerlegen können, aber das tat sie nicht. Die Maschine drehte ab und flog in rasantem Tempo den übrigen Jägern hinterher. Von einer Sekunde auf die andere kehrte Stille ein. Mahr lauschte. Wo war der SSler geblieben? War er getroffen worden? Er atmete ein paarmal durch, dann rappelte er sich auf und schlich vorsichtig um die von Einschusslöchern durchsiebte Motorhaube. Er drückte sich gegen die Vorderfront des 82ers und spähte um die Ecke. Der SSler war gegen die Wagentür geschleudert worden, eine Salve hatte seine Uniformjacke aufgerissen. Aus einer Wunde am Bauch sickerte Blut. Mahr löste sich aus der Deckung und trat an den Verwundeten heran. Der Scharführer flüsterte irgendetwas.

Mahr taxierte die Verwundungen des Mannes, dann beügte er sich zu ihm hinunter.

Der Sterbende murmelte etwas, das Mahr nicht verstand.

»Es tut mir leid«, flüsterte Mahr, »ich … kann Sie nicht verstehen.«

»Du … bist in deinem ganzen Leben nicht … in Bad Aibling gewesen.«

»Ich verstehe nicht, wovon Sie sprechen.«

»Wenn du in Bad Aibling gewesen wärst … hättest du gewusst, dass das Lazarett … im ›Kurhotel‹ ist …«

»Wie in Himmels Namen …«

»Mann, das Lazarett ist *im* ›Kurhotel‹ … Das Lazarett und das Kurhotel, verstehst du … das ist ein und dasselbe.« Mit einem verzweifelten Grinsen presste der SS-Mann die krampfenden Hände gegen die Uniformjacke. Blut quoll zwischen seinen Fingern hervor. »Gib's zu: Du bist in deinem … ganzen Leben nicht … in Bad Aibling gewesen!«

»Ich habe nichts zuzugeben«, sagte Mahr. »Die Lungenentzündung habe ich mir im polnischen Winter eingefangen, und dann …« Er brach den Satz ab und tastete vorsichtig nach der P38, die er sich in Attnang organisiert hatte. Wobei ihm klar war, dass er auf Waffeneinsatz höchstwahrscheinlich verzichten konnte.

Die Kräfte des SS-Mannes schwanden rapide. Mahr versuchte festzustellen, ob das kaum hörbare Röcheln, das der

Sterbende von sich gab, noch irgendeine Art von Sinn ergab. Aber das war nicht der Fall.

Es begann zu regnen; kalter, matter Nieselregen. Mahr stapfte auf einem von Unkrautbüscheln überwucherten Feldweg dahin, er hielt, eine mit trübem Wasser gefüllte Lehmgrube passierend, auf die südwestlichen Ausläufer der Stadt Linz zu. Zwischen Bauernhäusern und nachlässig bestellten Äckern tauchten erste Barackenlager auf, dann folgten Ziegelbauten und größere Wohnsiedlungen.

Vor dem Portal eines Milchgeschäfts – die Rollläden waren heruntergelassen – überholte er einen spindeldürren, kleinen Mann, der am Ärmel seines Wollmantels eine Luftschutzwartbinde trug. Mahr fragte, wie er am schnellsten zum Krankenhaus der Barmherzigen Schwestern käme. Der Mann deutete in nordwestlicher Richtung. Das Spital sei in unmittelbarer Nähe des Doms, sagte er, drei oder vier Kilometer von hier entfernt, eigentlich nicht zu verfehlen, jeder in der Stadt kenne es. Mahr bedankte sich und ging seines Wegs.

Die Bombenschäden schienen in Linz noch um einiges massiver zu sein als in Salzburg, von den unversehrten Ortschaften des Salzkammerguts ganz zu schweigen. Kein Wunder, schließlich war die Stadt nach dem »Anschluss« zu einem der leistungsstärksten Zentren der deutschen Rüstungsindustrie ausgebaut worden.

Durch ein halb zerstörtes Viertel schlug er sich in Richtung Zentrum durch. Die ausgebrannten Skelette der Zinskasernen deprimierten ihn. Der Anblick war trostlos. Auf den Ruinengrundstücken zu beiden Seiten der Straße sprossen Disteln und Büschel von Unkraut, der Gestank zerborstener Abflussrohre lag in der Luft. Mahr war überrascht, wie belebt die Straße war. Frauen jeden Alters kamen ihm entgegen, jüngere mit Rucksäcken, mittelalte und ältere mit Reisigbündeln und kleinen Handwägen, auf denen Kohlen oder andere Arten von Heizmaterial transportiert wurden. Mahr lächelte einem Mädchen zu – die Kleine war nicht älter als drei oder vier –, das hingebungsvoll an einer vom Speichel aufgeweichten Brotrinde lutschte.

Das Krankenhaus der Barmherzigen Schwestern war leicht zu finden. Mahr betrat das Gebäude und nickte dem Pförtner hinter der Glasscheibe mit einem verbindlichen Lächeln zu. Er suche eine Schwester namens Elsa Kosík, sagte er in die kleine, ovale Sprechöffnung der Fensterscheibe hinein. Er wolle sich, da er morgen früh an die Front müsse, von seiner Cousine verabschieden.

»Cousine, so so.« Der Pförtner blätterte mit einem nachsichtigen Kopfschütteln in einem Ringbüchlein mit hausinternen Telefonnummern. »Sie glauben ja nicht, wie viele Cousins bei mir hier in den letzten Jahren schon vorgesprochen haben, mein Herr, das geht auf keine Kuhhaut, wie viele das waren … Kosík, Elsa, da haben wir sie schon … Chirurgische Station, zweiter Stock …« Der Alte griff zum Telefon und verlangte das Fräulein Kosík zu sprechen, und eine Minute später war Elsa in der Leitung und der Pförtner hielt Mahr den Hörer hin. »Fritzl, du lebst? Ich kann dir gar nicht sagen, wie erleichtert ich bin, deine Stimme zu hören.«

»Und ich erst«, sagte Mahr. »Du hast den Anschlusszug noch erreicht?«

»Ja, hab ich.«

»Gott sei Dank.«

»Hör zu, wir operieren hier oben wie am Fließband. Ich hab überhaupt keine Zeit im Moment. Wie lange bist du in Linz?«

»Bis morgen auf alle Fälle.«

»Ich muss bis sieben arbeiten, dann hab ich frei.«
»Du meinst, wir könnten uns heute Abend treffen?«
»Ja, könnten wir.«
»Du ahnst ja gar nicht, was für eine Freude du mir machst.«
»Hol mich um halb acht vorm Schwesternheim ab!«
Es war wider alle Regeln, was er da tat, aber er hatte nicht die Kraft, auf das Treffen zu verzichten. Dass er Elsa und sich in größte Gefahr brachte, war ihm klar, aber er schob diesen Gedanken mit der gleichen Bedenkenlosigkeit beiseite, mit der er entschlossen war, seinen militärischen Auftrag zu Ende zu führen. Manchmal musste man gewisse Risiken in Kauf nehmen.

Linz wirkte genauso trostlos wie die anderen Städte, die er im Lauf seines Einsatzes gesehen hatte, wenn nicht noch trostloser. Sogar der Hauptplatz machte einen elenden Eindruck. Die Pestsäule – eines der Wahrzeichen der Stadt – wirkte schäbig und heruntergekommen, ebenso die mehrstöckigen Bürgerhäuser, die dem Geviert seit Jahrhunderten sein ganz spezielles Gepräge gaben. Von Fahrrädern und einigen wenigen Militärlastern abgesehen, die mit geschlossenen Planen langsam in Richtung Donaubrücke rollten, herrschte so gut wie kein Verkehr.
Mahr wollte sich ein möglichst genaues Bild von den Zerstörungen machen. Aus diesem Grund legte er einen kleinen Umweg ein, bevor er sich zum vereinbarten Treffpunkt begab. Er wich einem Schupo aus, der vor dem Rathaus auf und ab patrouillierte, dann kehrte er dem Hauptplatz den Rücken. Auf der Landstraße, in Friedenszeiten so etwas wie die Flanier-Promenade der Stadt, trieben mit Flinten bewaffnete Volkssturmmänner einen Trupp sowjetischer Kriegsgefangener vor sich her. Vor einem Café saßen Männer und

spielten Karten, wie in den friedlichsten Friedenszeiten. Ansonsten: eine große Anzahl von Invaliden, viele Blinde.

Ein Teil des Volksgartens war von Bombentreffern zerstört. Entwurzelte und zersplitterte Bäume lagen quer über Wiesen und Beeten. Auf den gekiesten Spazierwegen suchten Kinder nach Granatsplittern. Die scharf geränderten, in den verschiedensten Farben schillernden Metallstücke waren begehrte Tauschgegenstände.

Auch das Bahnhofsviertel war stark in Mitleidenschaft gezogen. Ein Mann balancierte ein geschultertes Fahrrad über eine Geröllhalde. Da und dort, zwischen Ruinen, standen Frauen an Pumpbrunnen und tratschten, während sie ihre Blecheimer mit Wasser füllten. Auf einer Hausmauer prangte in übermannshohen Lettern die Parole »SIEG ODER SIBIRIEN«, auf den Resten einer Bombenruine standen die üblichen Losungen: »Mit dem Führer zum Sieg!«, »Wer leben will, muss kämpfen!«, »Dem Mutigen gehört die Welt!«

Mahr sah sich am Hauptbahnhof um. Die Bretterzäune vor der Kassenhalle waren mit Hunderten Suchzetteln übersät:

»Feldpostnummer 82176: Wer kennt den Obergefreiten Hermann Mahringer?«

»Wer kennt ihn: Leutnant Karl-Heinz Purtscheller, geb. 24. 3. 1919 in Innsbruck?«

»Wer kann Auskunft geben über meinen Sohn Reinhard Ofner, geb. 1927?«

»Wer kennt den Obergefreiten Karl Ehgartner?«

»Ernst und Hilde Wagner mit den Kindern Annemarie, Christelchen und Fritz: Alle leben!«

Die Zerstörungen auf dem Bahnhofsgelände waren enorm. Auf zwei oder drei Gleisen schien man eine Art Notbetrieb aufrechtzuerhalten, Rangierarbeiter koppelten eine fauchende Lokomotive an eine Güterwagen-Garnitur, auf einem Nebengleis wurde eine Tenderlok bekohlt.

Nachdem er sich ein Bild von den Schäden auf dem Bahnhofsareal gemacht hatte, verließ Mahr das Gelände und schlug sich – in der Nähe eines Friedhofs die Gleise querend – ins Makartviertel durch, wo er sich auf die Suche nach der Adresse machte, die ihm Leni in Ischl genannt hatte. Eine alte Frau schob einen mit Wachstuch bezogenen Kinderwagen voller Reisig vor sich her. Mahr sprach sie an und fragte nach der gesuchten Adresse.

Das sei ganz in der Nähe von hier, erklärte sie, keine drei Minuten, da vorne vor dem Kolonialwarenladen müsse er rechts abbiegen, dann zweihundert Meter geradeaus gehen und sich anschließend links halten.

»Schönen Dank!«

Wenige Minuten später stand Mahr vor einem halb zerstörten Zinshaus. Ein Teil der Außenfassade war in sich zusammengestürzt, in die Hälfte des Gebäudes konnte man hineinschauen wie in ein Puppenhaus, Tapetenfetzen hingen von den Wänden, die Reste demolierter Möbel kündeten von bürgerlicher Wohnbehaglichkeit vergangener Tage. Die zweite Gebäudehälfte, ein etwas kleinerer Mietskasernentrakt, war weitgehend intakt. Hier befand sich die Wohnung, in der er seine Kontaktleute treffen sollte. Mahr betete, dass die Genossen oben in der Wohnung auf ihn warteten, auch wenn er einen Tag zu spät kam. Nachdem er sich noch einmal vergewissert hatte, dass niemand ihn beobachtete, betrat er das Gebäude. Die Wohnung lag im dritten Stock, im Treppenhaus war keine Menschenseele zu sehen. Er nahm jeweils zwei Stufen auf einmal. Hinter einer Wohnungstür in der ersten Etage hörte er Kinderstimmen, aus der Wohnung daneben tönte Musik – irgend etwas von Hans Albers. Im dritten

Stock klopfte er an Tür Nr. 11, dreimal kurz, einmal lang. Eine halbe Minute passierte nichts, dann wurde ein Schlüssel im Schloss gedreht, ein Mann machte auf und fragte, was er wolle. Der Gesichtsausdruck des Mannes war weder freundlich noch unfreundlich. Mahr murmelte den verabredeten Codesatz, sein Gegenüber antwortete wie vereinbart, Mahr trat ein. Er fand sich im Vorraum einer wenig einladenden Zweizimmer-Wohnung wieder: Tapeten, die sich von den Wänden lösten, Schimmelflecken und faustgroße Staubfussel in den Ecken. An der Wand hing ein vergilbter Kalender des Jahres 1941. Sein Gastgeber bat Mahr in eine Art Wohnstube, die einen nicht minder verwahrlosten Eindruck machte: ein fadenscheiniger Flickenteppich, abgewetzte Möbel, eine unansehnliche Kommode, auf der ein altes Radio stand.

»Bitte!« Sein Gastgeber bot ihm einen Platz auf dem Diwan an, er selbst setzte sich auf einen Sessel. Der Mann machte einen ausgemergelten Eindruck, ein abgenutzter, etwas zu großer Anzug schlotterte an seinem Körper.

Wie es in Attnang-Puchheim aussehe, fragte sein Gastgeber, da scheine ja kein Stein auf dem anderen geblieben zu sein. Der Ort sei eine Trümmerwüste, sagte Mahr, es habe viele Tote gegeben. Ja, davon habe er gehört, sagte der Mann.

»Ich konnte gestern Nachmittag nicht rechtzeitig hier sein«, sagte Mahr. »Bin nicht mehr aus Attnang rausgekommen.«

»Wir haben uns das schon gedacht.«

»Zigarette?« Mahr hielt seinem Gegenüber eine angebrochene Packung hin.

Der Mann lehnte ab. »Ich habe selber«, sagte er mit schmalem Lächeln, während er eine Packung »Feinschnitt« aus der Tasche holte. »Was führt Sie zu uns?« Er legte ein Blatt Zigarettenpapier auf den Tisch und bröselte etwas Tabak darauf.

»Ich möchte Sie um einen Gefallen bitten.«

»Ich höre.«

Mahr trug seine Geschichte vor, wobei er sich auf den Kern der Sache konzentrierte und Nebensächlichkeiten wegließ. Er beendete seine Erzählung mit der Bitte, dem alliierten Hauptquartier in Caserta eine Nachricht zukommen zu lassen – seine Kontaktleute im Salzkammergut hätten ihm versichert, dass man in Linz über ein Funkgerät verfüge.

Das sei nicht so einfach, wie Mahr sich das vorstelle, sagte der Mann, nachdem er einen tiefen Zug aus der Selbstgedrehten genommen und die Asche umständlich in einem Behälter aus getriebenem Kupfer abgestreift hatte. Zunächst müsse er die Sache mit seinem Kommandanten besprechen, dann hätte man Mahrs Vertrauenswürdigkeit zu prüfen, und anschließend, falls es keine Einwände gebe, könne man sich über die Details seines Anliegens unterhalten. Der Mann machte sich während des Redens nicht die Mühe, die Zigarette aus dem Mund zu nehmen. Sie wippte zwischen seinen Lippen auf und ab, während er sprach, Asche fiel auf seine Anzugjacke, was ihm gleichgültig zu sein schien.

»Das klingt, als ob ich zwei, drei Wochen hier warten müßte«, sagte Mahr.

»So lange wird es nicht dauern.«

»Was schlagen Sie vor?«

»Ganz einfach. Sie bleiben hier in der Wohnung, bis Sie weitere Instruktionen bekommen.«

Der Mann stand auf und gab Mahr mit einer Handbewegung zu verstehen, dass er ihm folgen sollte. Sie gingen in die Küche. Dort standen auf einer mit splitterndem Lack versehenen Kredenz mehrere Packungen Nudeln, Grieß und Zwieback sowie einige Schweinefleischkonserven, zwei Päckchen Ersatzkaffee, vier Rollen Erbswurst, drei Dosen

Öl, eine Packung »Milei«, ein Glas Kunsthonig, eine Flasche »Allasch«-Likör und – Gipfel des Luxus – zwei Dosen »Scho-ka-kola«.

»Damit kommen Sie im Notfall drei Wochen durch«, sagte der Mann. »Aber wie gesagt, so lange wird es nicht dauern. Verlassen Sie auf keinen Fall die Wohnung, bis ich wieder Kontakt mit Ihnen aufnehme. Und achten Sie auf die Verdunklungsvorschriften, sonst kriegen Sie Probleme mit dem Luftschutzwart.«

Mahr zog es vor, dem Verbindungsmann nichts von dem abendlichen Ausflug zu sagen, den er plante. Dass er diesen Ausflug unternehmen würde, stand für ihn außer Frage.

Als der Fremde weg war, inspizierte Mahr sein Quartier. Die Fenstergläser straßenseitig waren samt und sonders zerbrochen, jemand hatte die Öffnungen notdürftig mit *Igelit* verkleidet, einer lichtdurchlässigen Kunststoff-Folie, die bei der nächsten stärkeren Luftdruckwelle wieder reißen würde. Die auf den Hinterhof gehenden Fenster waren bis auf ein paar Sprünge im Glas intakt. Durch einen Spalt zwischen den Vorhängen spähte Mahr nach hinten hinaus ins Freie. Der Ausblick war deprimierend: Zuerst kam der asphaltierte Hinterhof mit Gemüsebeeten, Hasenställen und einer einsamen Teppichklopfstange, dann folgten ein Geräteschuppen mit ramponiertem Dach und ein Zaun voller Löcher, dahinter tat sich eine riesige Bombenbrache auf, die in einiger Entfernung wiederum den Blick auf eine heruntergekommene Lagerhalle aus rußgeschwärzten Backsteinen freigab. Mahr zog den Vorhang zu und ging in die Küche. Er probierte den Wasserhahn aus. Ein dünner Strahl plätscherte ins Becken. Immerhin, es gab Fließwasser in der Wohnung, das ersparte ihm den Gang in die Bassena, wo er damit rechnen mußte, von Nachbarn mit misstrauischen Fragen behelligt zu werden. Auch ein Innenklosett mit funktionierender Spülung war vorhanden, auf einem Haken an der Wand war Zeitungspapier in handgroßen Stücken aufgespießt. Mahr durchstöberte die Wohnung. Das Radio auf der Wohnzimmer-Kommode funktionierte, wie er erleichtert feststellte. Er würde sich in den nächsten Tagen über den Kriegsverlauf auf dem Laufenden halten können. Und sich nicht zu Tode langweilen. Kaum hatte er das Gerät eingeschaltet, ertönte auch schon das vertraute Knattern und Knistern, ein melancholischer Slowfox schwebte durch den Raum, überlagert von Störgeräuschen und atmosphärischem Rauschen. Er drehte am Sendersuchknopf und arbeitete sich zu den bekannten Stationen vor: Der Sender Linz schien seinen Betrieb eingestellt zu haben – auf 1267 Kilohertz war nichts als seelenloses Rauschen zu hören –, dafür bekam er Salzburg, München und Prag problemlos herein, auch Radio Moskau – Kurzwelle einunddreißig Meter – war in akzeptabler Qualität zu empfangen, vom Auslandsdienst der BBC ganz zu schweigen, der über leistungsstarke Sendeanlagen von großer Reichweite verfügte, wie Mahr aus seiner Zeit als jugendlicher Radio-Amateur wusste. Er graste die ganze Skala ab und hörte englische, russische, deutsche, französische, rumänische, niederländische Stimmen, das seit Kindertagen vertraute Sprachengewirr, untermalt von Signalschwankungen und anheimelnden Interferenzstörungen.

Mahr ließ das Radio laufen – der »European Service« der BBC brachte Tanzmusik –, während er sämtliche Laden und Schränke in der Wohnung untersuchte. Dabei brachte er allerlei brauchbare Sachen zum Vorschein, Nähzeug, Bleistifte, Papier, einen halben Meter Draht, ein paar Nägel, einen Hammer, einen Stapel alter Zeitungen und nicht zuletzt ein Set Patience-Karten. Dann machte er sich etwas zu essen. Mit seinem Bunkermesser öffnete er eine der Fleischkonserven, er spießte das bröckelige, in Salz eingelegte Fleisch auf und aß es im Stehen zusammen mit ein paar Stücken Zwieback. Als er satt war, ging er in die Wohnstube hinüber, um sich auf der Sitzbank auszustrecken, die entsicherte Wehrmachtspistole legte er neben sich auf den Tisch.

Abends um sechs begann er den Marschbefehl zu fälschen, ohne den er sein romantisches Abenteuer nicht realisieren konnte. Er füllte das Dokument mit der Hand aus, was nicht optimal war, aber er hatte keine Alternative dazu: Schreibmaschine stand ihm keine zur Verfügung, und auf das Treffen mit Elsa zu verzichten, war keine Option. Mahr faltete das Dokument zusammen und steckte es, zusammen mit dem Soldbuch, in die Jackentasche. Dann machte er sich ein wenig frisch, um die Wohnung kurz vor sieben in Richtung Innenstadt zu verlassen.

Elsa wartete vor dem Schwesternheim. Sie trug ein langes, mattblaues Kleid und eine wollene Überjacke, das Haar hatte sie straff nach hinten gekämmt und zu einem Knoten gebunden.

»Was wollen wir heute Abend anstellen?«, fragte Mahr, der seine Befangenheit mit einem unternehmungslustigen Lächeln überspielte.

Elsa schlug einen Spaziergang vor, auf den Froschberg oder entlang der Donau.

»Einverstanden«, sagte Mahr. »Und was ist, wenn Fliegeralarm gegeben wird?«

»Ich kenne sämtliche Bunker hier in der Umgebung. Da musst du dir keine Sorgen machen.«

»Na, dann.«

Sie spazierten am Dom vorbei in Richtung Landhaus und unterhielten sich über alles Mögliche. Elsa erzählte von ihrer

Arbeit im Spital und den Problemen der geistlichen Schwestern, die unter der Bevormundung durch die NS-Funktionäre litten, Mahr erzählte von seinen Zukunftsplänen: »Der Krieg ist spätestens im Juni zu Ende, dann muss nicht nur Österreich, sondern ganz Europa neu aufgebaut werden. Dieser Wiederaufbau wird gewaltige Anstrengungen erfordern, keine Frage, aber er bietet auch Chancen …«

Mahr schickte sich gerade an, die wirtschaftlichen Verhältnisse im neuen, demokratischeren Europa zu skizzieren, so, wie sie ihm vorschwebten, als er – keine hundert Meter entfernt – eine motorisierte Wehrmachtsstreife vor einer vorschriftsmäßig verdunkelten Bierstube vorfahren sah. Einige Uniformierte sprangen aus dem Wagen und stürmten das Lokal. Mahr zog Elsa in den nächsten Hauseingang und bedeutete ihr, sich still zu verhalten. Sie schaute ihn erschrocken an. »Keine Angst«, flüsterte er. »Meine Papiere sind in Ordnung. Und wenn sie uns hier entdecken, dann … dann küsst du mich einfach.«

»Na ja, wenn du meinst.« Sie wandte sich mit einem Wimpernflattern ab, schaute verlegen zu Boden.

»Ich muss dir etwas sagen«, flüsterte Mahr. »Wahrscheinlich ist es keine gute Idee, dass wir hier so unbekümmert herumspazieren.«

»Hab ich mir auch schon gedacht.«

»Hast du vielleicht eine Idee, wo wir … ich meine …«

»Ich hab mit einer Schwesternkollegin gesprochen«, sagte Elsa. »Annegret hat Nachtdienst, ihr Mann ist an der Front. Sie borgt uns ihre Wohnung.«

Mahr schaute sie aus großen Augen an. »Ich muss schon sagen: Du verstehst es, einen zu verblüffen.«

»Ach, was soll's, Fritzl!« Ein selbstbewusster und zugleich leicht spöttischer Ausdruck lag in ihrem Blick. »Es ist Krieg, und morgen können wir tot sein.«

Es war noch dunkel, als er aufwachte. Elsas geschmeidiger, zart schwitzender Körper gab einen wunderbar herben Geruch von sich, ihr Gesicht war in die Beuge ihres rechten Arms geschmiegt. Mahr umschlang ihren Körper und drückte sich zutraulich an ihren Rücken, Elsa ließ ein benommenes Gurren vernehmen: »Wie spät?«

»Halb fünf«, antwortete Mahr. »Dein Dienst beginnt um sechs.«

»Oh Gott«, murmelte sie. »Ich will nicht in den Dienst. Sag, dass ich nicht in den Dienst muss!«

»Du musst nicht in den Dienst«, flüsterte er und drehte sie langsam zu sich herum, und dann versanken sie in einem verschwommenen, verschleierten Glück, einem Nebel aus Liebkosungen und Erregungen.

»Hör zu, Fritzl!« Sie standen an einer menschenleeren Straßenbahnhaltestelle und nahmen Abschied. »Wir können uns bis auf Weiteres nicht mehr sehen. Unsere Station wird Ende der Woche evakuiert.«

»Evakuiert? Wohin?«

»Nach Bad Hall. Die interne Abteilung ist schon dort, seit einem Jahr schon. Nach und nach soll jetzt die ganze Klinik nach Bad Hall übersiedeln. Ist zu gefährlich hier in der Stadt.«

»Kann man verstehen.«

Sie fasste Mahr am Unterarm und fixierte ihn mit einem eindringlichen Blick: »Versprich mir, dass du auf dich aufpasst!«

»Ich versprech's.«

»Ich meine es ernst, Fritzl.« Sie strich ihm mit einer hastigen Bewegung durchs Haar: »Schau auf dich!«

Es war noch immer dunkel, als Mahr in die Wohnung im Makartviertel zurückkehrte. Er zog die Vorhänge vor und machte sich im Schein einer derangierten Heerestaschenlampe ein Frühstück. Während er Zwieback mit Kunsthonig aß, las er die »Oberdonauzeitung«, das örtliche Parteiblatt, das er in einer Trafik auf dem Hauptplatz erstanden hatte.

Nach dem Frühstück widmete er sich der Körperpflege. Mahr hatte sich vorgenommen, während der Zeit, in der er hier in der Wohnung zum Nichtstun verurteilt war, peinlich genau auf Hygiene und ein Mindestmaß an körperlicher Ertüchtigung zu achten. Im Badezimmerschrank fand er eine hölzerne Zahnbürste und eine halb volle Dose Zahnpulver. Mit der abgenutzten Bürste malträtierte er seine Zähne. Auch ein Stück Karbolseife und ein Sicherheitsrasierer kamen zum Vorschein. Mit der stumpfen Klinge des Rasierers kratzte er sich die Bartstoppel von Kinn und Wangen, bis er aus einem Dutzend kleiner Wunden blutete. Gut, dass ihn Elsa nicht mehr so sah, dachte er.

In einem Wohnzimmerwandschrank fand er eine Handvoll Bücher, »Das Schicksalsbuch des deutschen Volkes«, von der Vrings »Spur im Hafen«, Mereschkowskis Leonardo-Biografie und ein paar zerlesene Historienschmöker. Er nahm den Da-Vinci-Band aus dem Regal und zog sich aufs Sofa zurück, um der Welt für ein paar Stunden abhandenzukommen. Zwischendurch stand er immer wieder auf, um an der Wohnungstür zu lauschen oder aus einem der Fenster zu schauen: In der »Greißlerei Zachhuber« – sie lag fünfzig Meter von seinem Wohnhaus entfernt auf der anderen Straßenseite – wurde eine Sonderration Grieß angeliefert. Er beobachtete das Entladen der Säcke. Zwei Frauen, die Greißlerin und eine Angestellte, wie er vermutete, schleppten die Lieferung von der Ladefläche des Kastenwagens ins Geschäft. Es dauerte keine fünf Minuten, bis sich eine Schlange vor dem Laden bildete.

Am Abend weckte ihn das dumpfe Bumm-Bumm-Bumm-Bumm, mit dem der deutsche Dienst der BBC seine Sieben-Uhr-Sendung begann: »Hier ist England, hier ist England, hier ist England«, schnarrte eine Männerstimme in überakzentuiertem Tonfall. Mahr rappelte sich hoch und schwang die Beine auf den Boden. Ein Sprecher namens Charles Richardson – Mahr kannte den Mann, die Stimme war ihm von vielen Sendungen her vertraut – verlas die Schlagzeilen des Tages. Die Rote Armee stoße mit einer Streitmacht von eineinhalb Millionen Mann auf Berlin vor. Sowjetische Panzerspitzen hätten bereits die Außenbezirke der deutschen Hauptstadt erreicht. An den Rändern der Stadtteile Reinickendorf und Pankow, aber auch in Lichtenberg, Weißensee und Karlshorst tobten Kämpfe. Der Großverband der ersten Weißrussischen Front unter Marschall Schukow greife die Reichshauptstadt von Osten her an, während die erste Ukrainische Front unter dem Befehl von Marschall Konew bereits die südlichen Stadtteile Lichterfelde, Lankwitz und Marienfelde eingenommen habe. Unterdessen sei auch Stuttgart von alliierten Truppen befreit worden: Die erste französische Armee unter General de Lattre habe die Stadt nach schwacher deutscher Gegenwehr eingenommen.

Mahr begab sich in die Küche. Die Kriegsnachrichten hoben seine Stimmung. Er öffnete die Allasch-Flasche, holte ein Glas aus dem Geschirrschrank und schenkte sich zwei Fingerbreit ein, dann ging er mit Glas und Flasche zurück ins Wohnzimmer. Während er den Meldungen vom pazifischen Kriegsschauplatz lauschte, leerte er drei, vier Gläser Kümmellikör.

Im Morgengrauen weckte ihn ein Jucken an den Beinen. Er machte Licht. Kleine, rötlich braune Tiere krabbelten zu Hunderten und Aberhunderten über das Leintuch: Wanzen. Mahr schaute an sich hinunter: Seine Beine waren von Bissen übersät, eine Unzahl juckender, roter Stellen bedeckte Knöchel und Waden. Er begann, so viele Viecher wie möglich zwischen Daumen und Zeigefinger zu zerdrücken, ein stilles, erbittertes Morden. Wo er hingriff, zerquetschte er eines der widerlichen, von Blut strotzenden Tiere, aber auch ihr Tod brachte keine Befreiung. Der Wanzengestank verpestete alles, womit sie in Berührung kamen. Umständlich säuberte er das Leintuch von den schwarz-braunen Kotkrümeln, die die Tiere dort hinterlassen hatten. Als er damit fertig war, versuchte er wieder einzuschlafen, obwohl er sich wenig Hoffnungen machte. Nach einigen Augenblicken spürte er erneut ein aggressives Kribbeln unter der Bettdecke. Fluchend sprang er aus dem Bett und übersiedelte auf die Sitzbank im Wohnzimmer.

Sobald er am nächsten Morgen aufgestanden war, begab er sich erneut auf Ungezieferjagd, diesmal systematischer. Er zog das Bett ab – die Bettwäsche war auf unbeschreibliche Weise verdreckt –, er untersuchte Leintuch, Polster, Decken und Matratze, fand aber kein Einziges der lichtscheuen Tiere, die sich überall in der Wohnung versteckt halten konnten, wie er wusste, in Ritzen, Spalten, Möbelfugen, auch hinter Kästen, Bodenleisten und Tapeten. Seufzend begann er die Bettwäsche zu waschen, mit kaltem Wasser in der winzig kleinen Küchenspüle – eine elende Arbeit, die ihm den Morgen vergällte. Die Bettüberzüge hängte er zum Trocknen über Türen und Stühle, dann brühte er sich eine Schale Kaffee, bestrich wie am Vortag ein paar Zwiebackscheiben mit Kunsthonig und setzte sich zum Frühstück an den Wohnzimmertisch.

Dass er die Wanzen wirkungsvoll bekämpft hatte, bezweifelte er.

Tagsüber vertiefte er sich wieder in den Mereschkowski. Am Nachmittag wurden Strom und Gas abgeschaltet. Am Abend – er hatte sich vorgenommen, Nudeln zu kochen – war das Gas wieder da. Er nahm eine Schachtel Streichhölzer vom Regal, riss eines davon an und hielt das Zündholz an den Herd. Trotz des niedrigen Gasdrucks schien es zu funktionieren. Eine blaue, schwach fauchende Flamme glühte auf. Er füllte eine Kasserolle mit Wasser, setzte den Topf auf den Herd und leerte, nachdem das Wasser kochte, eine Portion Nudeln hinein. Öl, Salz und eine Handvoll Trockenzwiebeln verrührte er zu etwas, das man mit einigem guten Willen als Soße bezeichnen konnte, dann vermengte er das Ganze zu einem freudlosen Abendessen. Er setzte sich an den Wohnzimmertisch und aß. Der »Deutsche Dienst« der BBC meldete die Eroberung Potsdams und des Berliner Vororts Döberitz durch Truppen der Roten Armee. Sowjetische Vorauseinheiten seien außerdem in den Berliner Stadtteilen Tegel und Friedrichshain in Straßenkämpfe verwickelt. Hitler habe den Artillerie-General Helmuth Weidling zum Kommandanten des Verteidigungsbereichs Berlin ernannt. Im Süden des »Deutschen Reichs« hätten Amerikaner und Franzosen in der Gegend von Donaueschingen die Donau erreicht, und im Norden hätten Briten und Kanadier den Angriff auf die Stadt Hamburg begonnen. Nach den Nachrichten machte sich ein BBC-Sprecher über Hitler lustig:

»Ich hatte heute Nacht 'nen Traum.
Es klang wie ein Te Deum.
Mir hat noch lang das Herz geklopft:

Ich sah Herrn Hitler ausgestopft
Im Britischen Museum.«

In der Nacht fielen erneut Heerscharen von Wanzen über ihn her. Er übersiedelte auf die Bettbank im Wohnzimmer, wo er sich mit seinem Wehrmachtsmantel zudeckte.

Am Morgen des 25. April, kurz vor neun, klopfte es an der Tür, das vereinbarte Signal. Mahr spähte durch das Guckloch in der Tür und öffnete. Der ihm bekannte Mann trat ein, in der Hand einen Pappkoffer. Er habe ihm Zivilkleider mitgebracht, sagte der Mann, während er hinter Mahr ins Wohnzimmer ging.

Mahr schloss das Fenster und zog die Vorhänge vor. Der Mann warf den Koffer auf die Bettbank und setzte sich. Er habe Kontakt mit seinem Kommandanten aufgenommen, sagte er, das mit dem Funkspruch gehe in Ordnung. Natürlich dürfe Mahr die Nachricht nicht selber absetzen, der Funker der Gruppe lasse keinen Fremden an sein Gerät, aber Mahr solle das, was er nach Caserta übermittelt haben wollte, auf einem Zettel niederschreiben. Er, der Kontaktmann, werde dafür sorgen, dass die Nachricht ihre Adressaten erreiche.

»Aufschreiben – muss das sein?«, sagte Mahr.

»Machen Sie sich keine Sorgen. Die Nachricht wird zuverlässig in Caserta eintreffen. Dafür garantiere ich.«

Mahr überlegte, ob er dem Mann vertrauen konnte. Vielleicht war sein Gegenüber ein Spitzel, ein Vertrauensmann der Geheimen Staatspolizei, der ihn dazu bringen sollte, den deutschen Behörden schriftliche Beweismittel in die Hand zu geben. Andererseits: Hatte er eine Wahl? Wenn seine Mission – der ganze selbstmörderische Dilettantismus der letzten Wochen – nicht gänzlich umsonst gewesen sein sollte, dann wäre es wahrscheinlich besser, auf den Vorschlag des Mannes einzugehen.

»Und die Sache hat auch keinen Haken?«, fragte Mahr. Er bedachte sein Gegenüber mit einem kühlen Blick.

»Es gibt keinen Haken«, sagte der andere. Irgendetwas – der Ausdruck in den Augen des Mannes oder der Klang seiner Stimme – veranlasste Mahr, ihn für vertrauenswürdig zu halten.

Er holte Schreibzeug und Papier aus einer Schublade, dann setzte er sich an den Wohnzimmertisch und brachte den Text in verschlüsselter Form zu Papier.

Die »Alpenfestung« sei eine Schimäre, notierte er in möglichst klarer, möglichst gut lesbarer Schrift, es gebe keine Hinweise darauf, dass im Raum Oberösterreich–Salzburg am Ausbau größerer Befestigungen gearbeitet werde. Einzig in der Region Bad Aussee seien Truppenmassierungen festzustellen, ein Fallschirmjäger- und ein SS-Regiment seien in der Gegend stationiert, außerdem beginne man den Pötschenpass mit Panzersperren und Minen zu sichern. Unter den Funkspruch schrieb er: »Mit der Bitte um Weiterleitung an OSS-SICE, Caserta, und das OSS-Detachment der 7. US-Army, CPT Davies.«

Er faltete den Zettel zusammen und gab ihn dem Mann. »Ich kann mich auf Sie verlassen?«

Der andere nickte. Er ließ das Papier in der Brusttasche seines Jacketts verschwinden. »Sie bleiben bis auf Weiteres in der Wohnung«, sagte er.

»Bis auf Weiteres?«

»Das wurde so beschlossen.«

»Was heißt das: ›bis auf Weiteres‹?«

»Bis der Krieg zu Ende ist.«

»Damit wollen Sie sagen, dass …«

»Keine Sorge, länger als eineinhalb, zwei Wochen wird es nicht dauern. Die Rote Armee ist schon in Sankt Pölten.«

Der Mann ging ans Fenster, schob den Vorhang beiseite und schaute vorsichtig auf die Straße. Dann verließ er mit einem gemurmelten Gruß die Wohnung.

Mahr inspizierte den Inhalt des Koffers. Die Kleider, die ihm der Kontaktmann gebracht hatte, waren etwas zu groß, aber brauchbar. Er zog seine Uniform aus und versteckte sie unter der verwanzten Matratze – ein nahe liegendes Versteck, aber ein besseres fand sich nicht, dann probierte er einen der beiden Zivilanzüge. Er schlüpfte in die Hose. Der Bund war ihm zu weit, aber das ließ sich korrigieren. Er fand ein Paar Hosenträger und knöpfte sie an den Hosenbund, dann streifte er sich ein Leinenhemd über und stopfte es in den Bund. Während er sich im Spiegel betrachtete – die Hemdsärmel fransten schon etwas aus –, dachte er, wie so oft in den letzten Wochen, über sein künftiges Leben nach. Wenn er Glück hatte und sich über die letzten Kriegswochen hinüberrettete, würde er mithelfen können, den Schutt beiseite zu räumen, im wörtlichen wie im übertragenen Sinn. Die Nazis würden aus allen wichtigen Positionen entfernt werden, das stand fest, man würde tüchtige, politisch unbelastete Kräfte brauchen, um ein neues, demokratisches Österreich aufzubauen. Er würde vielleicht eine Familie gründen. Nicht zu früh natürlich, aber in ein paar Jahren, da war das durchaus möglich … Die Spannweite seiner Möglichkeiten erschreckte ihn. Er verscheuchte die Tagträume, indem er die elastischen Hosenträger über die Schultern zog und die Schuhe auszupacken begann, die sich ebenfalls im Koffer fanden – rötlich braune Halbschuhe mit durchgetretenen, aber akzeptablen Sohlen. Er schaute nach der Größe: Sie schienen zu passen.

Er saß am Tisch und legte eine Patience, als die Luftschutzsirenen zu heulen begannen. Fliegeralarm. Er versuchte ruhig zu bleiben. Wenn er die Empfehlung des Kontaktmanns ernst nahm, die Wohnung nicht zu verlassen, brauchte er nicht darüber nachzudenken, in welchem Keller oder Bunker er sich in Sicherheit bringen konnte. Unten im Hof donnerte der Luftschutzwart mit einem Hammer gegen die Tür des Geräteschuppens, um die Hausbewohner in den Keller zu scheuchen. Das gellende Auf- und Abschwellen des Sirenen-Warntons ließ keinen Zweifel mehr: Vollalarm. Mahr blieb in Ruhe sitzen, um das Spiel fertig zu spielen. Er hob eine Karte vom Aufdeckstapel, eine Treff-Dame, die sich unter einem König anlegen ließ, dann deckte er eine unbrauchbare Karte nach der anderen auf, bis er endlich den Herz-Buben in der Hand hielt. In diesem Augenblick detonierten jenseits des Bahnhofs die ersten Bomben. Mahr stand auf und spähte durch die vors Schlafzimmerfenster gespannte *Igelit*-Folie: ein trüber Mittwochmorgen in einem zentrumsnahen, vom Krieg stark mitgenommenen Viertel in einer österreichischen Industriestadt. Keine Menschenseele war zu sehen. Er kehrte an den Tisch zurück und setzte das Patience-Spiel fort. Als in geringerer Entfernung als vorhin – immer noch ein gutes Stück entfernt – eine Sprengbombe niederging, 250 oder 300 Kilo schwer, legte er den Handstapel ab und stellte sich unter einen der Türstöcke: ein armseliger Schutz, wie ihm klar war, aber besser, als den Bomben völlig ungeschützt ausgeliefert zu sein. Er hockte sich auf den Boden und lauschte mit angehaltenem Atem. Die dumpfen Explosionen begannen ohne Unterbrechung ineinander überzugehen, die Luft war von wütendem, hämmerndem Grollen, Pfeifen und Krachen erfüllt. Von den Höhen des

Froschbergs herüber glaubte er das Bellen der Flak zu hören, aber das konnte genauso gut auch Einbildung sein. Die Amerikaner schienen nicht nur Brand- und Sprengbomben, sondern auch durchschlagskräftigere Luftminen einzusetzen, das Pfeifen der Riesensprengkörper war immer wieder deutlich zu hören. Jetzt schienen die Bomben in kürzeren Abständen einzuschlagen. Er registrierte es mit distanzierter Sachlichkeit, als ginge ihn das alles nichts an. Er lauschte den Detonationen und hoffte, dass der Spuk bald zu Ende sein würde. In diesem Augenblick wurde das Haus von einem gewaltigen Knall erschüttert. Das Gebäude schien in seinen Gelenken zu knacken, die Mauern begannen zu wackeln, der Boden vibrierte, eine gewaltige Druckwelle brachte die wenigen noch heilen Fensterscheiben zum Bersten. Mahr bedeckte den Kopf mit den Händen. Er spürte, wie der Verputz von der Decke rieselte. Wenige Augenblicke später war alles wieder ruhig.

Mahr kroch zwischen den Zargen hervor und klopfte sich die Verputzreste von den Kleidern. Die Bettbank im Wohnzimmer war, wie alle anderen Möbel in der Wohnung, von einer feinen Kalkstaubschicht bedeckt. Er trat ans Wohnzimmerfenster und schaute zwischen den Kringeln der zerfetzten Folie hinunter auf die Straße. Das Haus auf der gegenüberliegenden Straßenseite, ein dreistöckiges Mietshaus, hatte einen Volltreffer abbekommen. Flammen fraßen sich durch Dachstuhl und Mauern, ein aggressiver Gestank von Ziegelstaub, Teer und verkohltem Holz lag in der Luft. Mahr trat einen Schritt zurück, um nicht gesehen zu werden, während sich die Straße unter ihm mit Helfern und den Angehörigen des »Sicherheits- und Hilfsdiensts« zu füllen begann. Feuerwehrleute und Aktivisten des sogenannten

»Instandsetzungsdiensts« strömten herbei, um zu helfen, Trümmer wurden beiseitegeräumt, Verletzte versorgt, da und dort begann man Verschüttete auszugraben. Wie es aussah, waren auch zwei, drei andere Häuser, etwa fünfzig Meter stadtauswärts gelegen, getroffen worden. Mahr ging in die Küche und probierte das Licht aus: kein Strom. Auch Gas und Wasser waren ausgefallen. Er öffnete den Küchenschrank und leerte den letzten Rest Kümmellikör, dann postierte er sich erneut am Wohnzimmerfenster und beobachtete das Geschehen auf der Straße. Die Fahrbahn war mit einer dünnen Schicht von Schutt, Splitt und Glasscherben bedeckt. Auf Pferdefuhrwerken, Tragen und in Scheibtruhen wurden Verletzte in die Krankenhäuser der Umgebung transportiert – sofern die Krankenhäuser das Bombardement überstanden hatten, was er keineswegs für ausgemacht hielt. Er beobachtete ein paar kleine, uniformierte Gestalten – Feuerwehrleute, die einen ärmlichen Wasserstrahl in die lodernden Flammen spritzten. Eine alte Frau stand abseits und drückte sich ein Stofftaschentuch an die Augen.

Gut, dass Elsa nach Bad Hall evakuiert worden war, dachte Mahr.

In den nächsten eineinhalb Wochen blieb die Stadt von Bombardements verschont. Die Sirenen heulten zwar mehrmals täglich auf, aber diese Luftschutzwarnungen erwiesen sich allesamt als Fehlalarme.

Mahr freute sich fast über diese Alarme, brachten sie doch so etwas wie Abwechslung in die Monotonie seiner Tage. Das Gefühl tödlicher Langeweile, in dem er unterzugehen drohte, bekämpfte er mit Radiohören und exzessiver Lektüre. Einige Bücher – den Mereschkowski und den von der Vring – las er zweimal hintereinander. Morgens und abends widmete er sich den gymnastischen Übungen, die er sich verordnet hatte – Liegestütze, Kniebeugen, Klimmzüge am Wohnzimmertürstock –, abends kochte er sich etwas Warmes, sofern der Gasdruck ausreichte. Er hatte sich die Essensvorräte in drei Dutzend Tagesrationen portioniert, zur Not hätte er fünf oder sechs Wochen durchgehalten, vielleicht auch etwas länger. Ungelöst blieb das Problem mit dem Ungeziefer. Mahr fand sich damit ab, dass die Wanzen ihm Nacht für Nacht das Blut aus den Adern saugten; seine Arme und Beine waren mit rötlichen Flecken übersät. Aber das war, sagte er sich, letztlich nur eine Unannehmlichkeit, nicht mehr. Eine Unannehmlichkeit, die sich umso leichter ertragen ließ, als das Ende des Kriegs Tag für Tag näher rückte – dafür lieferten die Radionachrichten unwiderlegbare Indizien. Augsburg, München und das Lager Dachau waren von den Amerikanern befreit, Genua von den Alliierten besetzt worden. Aus Mailand wurde gemeldet, dass Mussolini am Comer See von Partisanen erschossen worden war. Wenn Mahr aus dem Fenster sah, stellte er fest, dass die Straßen der Stadt immer mehr verwahrlosten, was mit dem Ausfall der Straßenreinigung zu tun hatte. Da sich auch die Müllabfuhr nicht mehr blicken ließ, quollen die Coloniakübel im Hof mit Müll und Gerümpel aller Art über. Viele Leute schafften ihren Abfall einfach auf die Straße hinaus, sodass sich alle paar Meter stinkende Unrathaufen auftürmten.

Ende April mehrten sich die Anzeichen, dass der Krieg innerhalb der nächsten ein, zwei Wochen zu Ende gehen könnte. Er hörte praktisch den ganzen Tag über Radio, sofern er Strom hatte. Am Freitag, dem 27. April, berichtete der Sender Linz, der den Betrieb überraschenderweise wieder aufgenommen hatte, vom »heroischen Ringen um das Zentrum Berlins, das mit unverminderter Heftigkeit anhalte«. Am Samstag überschritten amerikanische Truppen die österreichische Grenze bei Tirol. Am Montag gab der Sender Linz bekannt, dass sich die Russen der Gauhauptstadt von Oberdonau aus östlicher Richtung näherten, Pattons Amerikaner rückten von Nordwesten her auf Linz vor.

Immer öfter fielen Gas und Wasser auch an den freigegebenen Stunden aus. Das Wasser, wenn es welches gab, war kaum mehr zum Kochen zu bringen; die seltenen Phasen, in denen noch ein bisschen Gas aus den Düsen strömte, nützte Mahr zur Produktion größerer Mengen Suppe, die er aus den letzten Resten Erbswurst herstellte. Zu rauchen hatte er längst nichts mehr.

Ein weiteres Problem war die Hygiene. Er hielt sich sauber, so gut es ging, an regelmäßiges Waschen und Rasieren war allerdings nicht mehr zu denken. Sein Seifenvorrat war zu Ende gegangen, und mit dem Sicherheitsrasierer, mit dem er in den ersten Tagen sein Kinn malträtiert hatte, war beim besten Willen nichts mehr anzufangen. Immerhin: Das Zeitungspapier auf dem Klo schien noch eine Weile zu reichen.

Am Dienstag, dem 1. Mai, vermeldete der Großdeutsche Rundfunk den Tod Adolf Hitlers. Der Führer sei in seinem Befehlsstand in der Reichskanzlei im Kampf gegen den bolschewistischen Feind gefallen, verkündete eine feierliche Stimme kurz vor halb elf, anschließend erklang das Adagio aus Bruckners Siebter. Mahr hätte den Tod des Tyrannen gern mit etwas Hochprozentigem begossen, leider hatte er keinen Alkohol mehr im Haus. Um 22.36 Uhr sprach Großadmiral Dönitz, Hitlers Nachfolger, über den Reichssender Hamburg zum deutschen Volk: In tiefer Trauer und Ehrfurcht verneigen wir uns … der Einsatz des Führers im Kampf gegen die bolschewistische Sturmflut ... geht der militärische Kampf ... jeder tue an seiner Stelle seine Pflicht ...

Am 2. Mai machte sich erhöhte Nervosität in der Stadt breit: Pioniertrupps transportierten schweres Gerät zum Flusshafen hinunter, Wehrmachtsfahrzeuge rasten in Richtung Innenstadt, eine halbe Volkssturm-Kompanie mühte sich unten auf der Straße mit dem Bau einer Panzersperre aus Pflastersteinen, Eisenschrott und Trümmerschutt ab.

Mahr hatte die Fensteröffnungen nach den Bombardements notdürftig mit Holzleisten und Pappe abgedeckt. Durch brillenglasgroße Löcher, die er mit dem Bunkermesser in die Kartons geschnitten hatte, konnte er Straße und Hinterhof im Auge behalten. Stundenlang ging er von einem Fenster zum anderen und starrte nach draußen, um sich ein Bild von der Lage zu machen. Die Brandruine auf der anderen Straßenseite bot einen trostlosen Anblick, mehrmals täglich durchkämmten ehemalige Bewohner die Trümmer auf der Suche nach Relikten ihres früheren Lebens.

Auch wenn die Amerikaner vor den Toren der Stadt standen: Der Alltag ging weiter wie immer. Die Menschen erledigten ihre Besorgungen, sie reihten sich in stumpfer Ergebenheit in die Warteschlange vor der »Greißlerei Zachhuber« ein, sie klaubten Holz in Parks und Friedhöfen, um ihre Öfen zu heizen, und am Abend verdunkelten sie vorschriftsmäßig ihre glaslosen Fenster.

Am Nachmittag des 4. Mai begannen amerikanische Artillerie-Batterien die Stadt aus ihren im südlichen Mühlviertel gelegenen Stellungen unter Feuer zu nehmen. Achtzehn Stunden lang wurden der Hafen und die Industrieanlagen am Ufer der Donau beschossen. Das dumpfe Grollen der Granateneinschläge schien sich vor allem auf die Gegend um den Bahnhof zu konzentrieren. Im Nordwesten, im Bereich Humboldtstraße–Bismarckstraße, stand eine graugrüne Rauchwand, so dicht, dass die Innenstadt fast völlig verdunkelt wirkte. Ein schwacher Wind trieb die Rauchwolken auch in Richtung Makartviertel, ein feiner Ascheregen ging auf Straßen und Dächer nieder. Am Abend um halb neun sprach Gauleiter Eigruber im Rundfunk: Er gab seinen Rücktritt bekannt. Die Linzer Innenstadt, so erklärte der Reichsstatthalter, werde kampflos übergeben, Oberbürgermeister Langoth habe entsprechende Verhandlungen mit den Amerikanern eingeleitet. Der Gauleiter forderte die Linzer Bevölkerung auf, alle Schmuckstücke und Wertgegenstände zu vergraben oder in Brunnen und Kellern zu verstecken, da sie von den Eroberern nach Einnahme der Stadt unweigerlich konfisziert werden würden. Zudem warnte er vor Plünderungen – auch in den letzten Stunden der Freiheit sei auf die strikte Einhaltung von Ruhe und Ordnung zu achten.

Mahr ließ das Radio die ganze Nacht über laufen. Er wechselte fieberhaft die Sender, um sich über den Fortgang der Ereignisse auf dem Laufenden zu halten, aber die Kämpfe um Linz – immerhin war es die »Jugendstadt des Führers« – waren nirgendwo Thema. Er lief in der Wohnung auf und ab, ruhelos und nervös; immer wieder spähte er durch die Gucklöcher in der Fensterpappe ins Freie. Die Stadtverwaltung hatte die Straßenbeleuchtung unter Missachtung der Verdunklungsvorschriften eingeschaltet gelassen, aus Angst vor Plünderungen, wie er vermutete. Unterdessen hielt der Artilleriebeschuss aus nördlicher Richtung unvermindert an. Kurz vor Mitternacht sah er einen Trupp von

Volkssturm-Männern, mit Schrotflinten und Panzerfäusten bewaffnet, in Richtung Innenstadt ziehen. Über der Donau zündeten Leuchtraketen, das ferne Gebrüll der Artillerie fand sein Echo im Sperrfeuer der deutschen Flak, die den Rückzug der Wehrmacht über die Donau herüber sichern sollte, wie Mahr vermutete. Um viertel nach fünf, als erste orangerote Schleier am Morgenhimmel den nahenden Sonnenaufgang ankündigten, streckte er sich auf der Bettbank lang. Während vorm Fenster die Vögel in den Lärm der Artilleriegeschütze hinein zu singen begannen, schlief er ein.

Er öffnete die letzte Fleischkonserve und schnitt das Fleisch in mehrere gleich große Stücke. Dann legte er ein Stück Zwieback dazu und setzte sich an den Wohnzimmertisch. Er begann mit zeremoniellem Ernst zu essen, als plötzlich Lärm und aufgeregte Stimmen von der Straße her in die Wohnung herauf drangen. Er stand auf und hastete ans Fenster. Ein Bursche rannte an der Greißlerei vorüber und rief: »Aus iss! Es is aus! Die Amerikaner sind da!« Aus einigen Fenstern in der Nachbarschaft, nicht aus allen, hingen Bettlaken und weiße Tücher. Fünfzig Meter stadtauswärts flatterte eine ausgebleichte rot-weiß-rote Fahne im Mittagswind.

Mahr verließ die Wohnung und mischte sich unter die Leute. Hunderte von Schaulustigen standen Spalier, als ein Konvoi von Sherman-Panzern von der Donau her in Richtung Bahnhof rollte. Das Rattern der Panzerketten hallte von den Hauswänden wider, da und dort ertönten verzagte Hurrarufe. Sie galten den GIs, die in dichten Trauben auf den Geschütztürmen hingen.

Mahr postierte sich vor dem Hauptportal der Ursulinenkirche auf den Resten einer beiseite geräumten Straßensperre.

Einige Tanks der 11. US-Panzerdivision wurden vom Straßenrand aus mit Blumen beworfen, da und dort traten Hausfrauen und Mädchen vor und beschenkten die Soldaten mit überschwappenden Mostkrügen, dazwischen Gruppen jubelnder Zwangsarbeiter, unrasierte, aggressiv wirkende Männer in Zivilkleidern, für die der lang ersehnte Tag der Befreiung gekommen war. Auf der anderen Straßenseite sah Mahr ein Grüppchen Kapuziner-Pater in kastanienbraunen Kutten; die Geistlichen erwiesen den Siegern als stumme Spaliersteher ihre Reverenz.

Die Straßenfront des Krankenhauses der Barmherzigen Schwestern war über und über mit weißen Fahnen beflaggt, über dem Eingang hing ein riesiges Rotes Kreuz. Mahr trat an die Pförtnerloge und fragte den Portier – es war ein anderer als der, den er kannte –, ob die Verlegung der chirurgischen Abteilung nach Bad Hall schon abgeschlossen sei oder ob sich Teile des Personals noch in Linz befänden.

»In Linz herrscht nur noch Notbetrieb«, beschied ihm der Pförtner. Neunzig Prozent der Patienten und ein Großteil des Personals seien auf Weisung der Reichsärztekammer in Berlin auf verschiedene Hotels und Sanatorien in Bad Hall aufgeteilt worden. Wen Mahr denn suche?

»Eine Bekannte«, erwiderte Mahr. »Aber … na ja, nicht so wichtig.«

»Da müssten Sie in Bad Hall nachfragen, wenn es pressiert. Aber das wird schwierig werden, die Verkehrsverbindungen aus Linz hinaus sind unterbrochen, und das Telefon funktioniert seit ein paar Tagen auch nicht mehr.«

Mahr schlug sich weiter zum Hauptplatz durch. Hier sammelten sich die geschlagenen Formationen der deutschen

Wehrmacht, bewacht von GIs, zum Abtransport in die Gefangenschaft. Die Landser hockten hinter improvisierten Absperrungen auf dem Boden, manche standen auch in kleineren Grüppchen beisammen und warteten auf den Befehl zum Abmarsch. Mahr blickte in müde, abgestumpfte Gesichter. Die Männer konnten von Glück reden, dachte er, dass sie nicht den Russen in die Hände gefallen waren. Die Amerikaner würden sie anständig verpflegen, zumindest das. Und in ein, zwei Jahren würden sie – sofern die Wechselfälle der Geschichte ihnen keinen Strich durch die Rechnung machten – zu ihren Familien zurückkehren können.

Vor dem Rathaus hatten sich mehrere Sherman-M4-Panzer postiert, umlagert von einer Horde Kinder. Ein sechs- oder siebenjähriger Knirps rannte an Mahr vorbei in Richtung Schmidttorstraße, in der Hand einen der Panzerbesatzung abgehandelten »Hershey's«-Riegel. Die fanatische Kampfbereitschaft der Hitlerjugend – von der Goebbels'schen Propaganda gern in leuchtenden Farben ausgemalt – war der prosaischen Gier nach Süßigkeiten gewichen.

Auf einer Litfaßsäule vor dem Hotel Wolfinger studierte Mahr eine »Amtliche Mitteilung«, die ein Plakatierer in mehrfacher Ausfertigung über eine Reihe älterer Kundmachungen gekleistert hatte. In neun Punkten gab Brigadegeneral Willard A. Holbrook, Kommandeur der Kampfgruppe A der 11. Panzerdivision, der Linzer Bevölkerung Verhaltensmaßregeln für die kommenden Tage bekannt. Punkt eins: Die Straßen der Stadt seien bis 16 Uhr zu räumen, von diesem Zeitpunkt an trete eine strenge Ausgangssperre in Kraft. Wer nach 16 Uhr aufgegriffen werde, werde ohne jedes Verfahren erschossen. Darüber hinaus hätten sich alle Wehrmachtsangehörigen im

Rathaus zu melden (Soldbücher seien mitzubringen), sämtliche Waffen seien abzugeben, und uniformierte Personen aller Art hätten ab sofort eine weiße Armbinde zu tragen.

Mahr schaute auf die Uhr: Bis zum Inkrafttreten der Ausgangssperre war noch etwas Zeit. Er beschloss, sich in den unbelebteren Gassen der Altstadt umzusehen, bevor er sich bei den amerikanischen Militärbehörden meldete (was er im Grunde schon längst hätte tun sollen). Am Fuße des Schlossbergs kam ihm eine Gruppe von zwanzig, dreißig befreiten Zwangsarbeitern entgegen, Serben, Russen, Italiener, vor wenigen Stunden aus deutscher Kriegsgefangenschaft entlassen. Einige schwangen Bierflaschen, andere hatten sich mit Wein und härteren Getränken eingedeckt. Mahr wich der Gruppe aus und drückte sich ins Halbdunkel einer Nebengasse, bis die Männer an ihm vorübergezogen waren.

Auf der »Promenade«, in unmittelbarer Nähe des Landhauses, verschaffte sich die Menge gewaltsam Zutritt zu einem Herrenausstattungsgeschäft. Der Ladenbesitzer versuchte sich den Anstürmenden entgegenzustellen. Kaum hatte er mit ausgebreiteten Armen im Eingangsbereich Position bezogen, war er auch schon überrannt. Rollläden wurden weggebogen, Auslagenscheiben gingen zu Bruch, ein Strom von Plünderern ergoss sich ins Innere des Geschäftslokals. Mahr staunte, wie schnell alles ging. Die Leute rafften zusammen, was sie zusammenraffen konnten: Straßenanzüge, Jacken, Mäntel, Hemden, Unterwäsche, auch Smokings und sogar Fräcke wurden aus dem Geschäft geschleppt. Und während eine Hundertschaft von Plünderern das Ergeschoss verwüstete, warfen andere schon Stoffballen aus den Fenstern der oberen Stockwerke. Das Ganze ging mit gespenstischer Schnelligkeit vor sich. Ein Mann drückte sich in einen Toreingang und zog sich ohne Scham den erbeuteten Anzug an. Den alten warf er in den Rinnstein.

Wenig später verschaffte sich die Horde auch Zutritt zu einem benachbarten Kolonialwarengeschäft sowie zu den Magazinen im Hof des Landhauses.

Eine Stunde vor Inkrafttreten der Ausgangssperre fragte sich Mahr zur amerikanischen Kommandantur durch. Sein Puls ging schneller, als er einen der baumlangen Stahlhelmposten vor dem improvisierten Hauptquartier der 11. US-Panzerdivision ansprach. Er stehe als Funkagent in amerikanischen Diensten, erklärte Mahr, in dieser Eigenschaft wünsche er einen der zuständigen Kommandeure zu sprechen. Der Posten sah ihn an, als hätte er nicht alle Tassen im Schrank. »Warten Sie hier!«, sagte er.

Eine Woche später verließ Mahr frisch gewaschen und rasiert und mit einem druckfrischen Identitätsausweis der US-Kommandantur versehen das Hotel, in das ihn Captain F., der für ihn zuständige Militärgeheimdienst-Offizier, einquartiert hatte. Er sollte sich, so lautete sein Auftrag, auf raschestem Wege nach Salzburg begeben, um eine der Fahndungsabteilungen der »War Crimes Branch« als Dolmetscher zu unterstützen. Der Krieg war zu Ende, Hitler und andere Nazi-Verbrecher waren tot, aber immer noch liefen Tausende Gestapo-Chefs, SS-Kommandeure und andere Massenmörder frei herum, die darauf warteten, ihrer gerechten Strafe zugeführt zu werden, von Stützen des Regimes wie Kaltenbrunner und Himmler ganz zu schweigen, über deren Verbleib im Augenblick nichts bekannt war.

Mahr hatte noch eine Stunde Zeit, bis ihn ein Lkw der Army, der nach Salzburg fuhr, vor dem Hauptbahnhof aufgabeln sollte. Er entschloss sich zu einem kleinen Erkundungsgang durch die Innenstadt, bevor er sich am vereinbarten Treffpunkt einfinden wollte.

Ein verheißungsvoller Frühlingsduft lag in der Luft. Er überquerte den früheren Adolf-Hitler-Platz, der nicht mehr so hieß, und schlenderte die Klosterstraße hinauf. Vor dem Landhaus, dem Sitz der Militärregierung, waren, wie an allen strategisch wichtigen Punkten der Stadt, amerikanische Soldaten postiert. In ihren olivgelben Uniformen, die Stahlhelme tief in die Stirn gedrückt, hielten die GIs Wache vor dem mit verknäueltem Stacheldraht gesicherten Gebäude, in dem vor einigen Wochen noch der nationalsozialistische Gauleiter amtiert hatte. Der Platz vor dem Landhaus war zu einem improvisierten Abstellplatz für Lastwägen und Panzer umfunktioniert, Fernmeldekabel wickelten sich um gewaltige Trommeln, eine Feldküche auf Rädern rumpelte über das Kopfsteinpflaster in die Hofeinfahrt.

Ein paar Hundert Meter weiter, im Schillerpark, türmte sich ein gewaltiger Haufen beschlagnahmter deutscher Waffen auf, Gewehre mit verbogenen Läufen und gesplittertem Schaft, auch einige Maschinenpistolen und eine nagelneue PAK. Wenige Meter entfernt, auf einer schmutzigen Grünfläche, hatte die Militärverwaltung ein Lager für geretteten Hausrat eingerichtet: Matratzen, Tische, Stühle, Teppiche …, alles beschädigt, zerschlissen, zu Abfall geworden. Wer sollte damit noch etwas anfangen?

Ein Mädchen mit verfilzten Zöpfen bettelte Mahr um einen Kaugummi an. Er habe keinen, sagte er, während er zerstreut in seinen Taschen kramte. »Aber da, vielleicht magst du das?« Er schenkte dem Zopfmädchen eine Packung Crackers, die er sich als Wegzehrung eingesteckt hatte, die

Kleine bedankte sich mit einem Freudenschrei. Mahr sah dem Mädchen nach, dann steckte er sich eine Zigarette an und setzte seinen Weg in Richtung Bahnhof fort.

Einen Tag später war er in Salzburg. Als Mitglied eines zwanzigköpfigen Ermittler-Teams aus Army-Juristen und ehemaligen Emigranten half er mit, NS-Verbrecher dingfest zu machen. Sie bezogen einige requirierte Büros in der Altstadt, von wo aus das »War Crimes Investigating Team«, dem er zugeteilt war, intensive Fahndungsaktivitäten entfaltete: Sie spürten regionale Gestapochefs, SS-Generäle, einen Gruppenführer des SD sowie einen flüchtigen KZ-Außenlager-Kommandeur auf und brachten die Gesuchten vor alliierte Militärgerichte. Fast noch schwieriger als das Ausfindigmachen von hochrangigen NS-Schergen war es, Zeugen zu finden, die bereit waren, vor Gericht auf juristisch verwertbare Weise gegen die Männer auszusagen. Immerhin gelang es der Salzburger Fahndungsabteilung, bis zum Frühjahr 1946, als Mahr aus der Einheit ausschied, drei Dutzend hochrangige NS-Täter hinter Schloss und Riegel und einen oder zwei an den Galgen zu bringen.

Mahr wohnte in einer beschlagnahmten Eineinhalb-Zimmer-Wohnung in der Nähe des Festspielhauses, von den Amerikanern vor Kurzem zum sogenannten »Roxy-Revue- und Filmtheater« umfunktioniert. Sobald er sich an seiner neuen Arbeitsstätte eingerichtet hatte, nahm er über einen in die sowjetische Zone reisenden Mittelsmann Kontakt zu seinem Vater auf: Der alte Mann war wohlauf, wie Mahr nach einigen Tagen erfuhr, auch seine Schwester und die Kinder hatten die letzten Kriegswochen unversehrt überstanden. Noch am selben Tag, als er Erkundigungen über seinen Vater einholte, begann Mahr auch Nachforschungen in Sachen Elsa und Willi anzustellen.

Er telefonierte mit diversen Außenstellen des »Krankenhauses der Barmherzigen Schwestern« in Bad Hall, konnte Elsa aber nicht ans Telefon bekommen, so sehr er sich auch bemühte. Niemand schien etwas über ihren Aufenthaltsort zu wissen, zumal in Bad Hall das reinste Chaos zu herrschen schien, zum einen wegen der Einquartierungen, zum anderen wegen der vielen Flüchtlinge.

Mahrs Recherchen in Sachen Willi waren erfolgreicher: Er nahm Kontakt zu vorgesetzten Dienststellen auf, schrieb Briefe und telefonierte, und nach einer Woche hatte er zu seiner Erleichterung herausgefunden, dass der Kamerad, mit dem er einige Monate zuvor in der Nähe des Chiemsees abgesprungen war, noch lebte. Soweit sich die Sache von Salzburg aus rekonstruieren ließ, war Willi der Gestapo unmittelbar nach ihrer Trennung in der Traunsteiner Bahnhofsgaststätte ins Netz gegangen, die letzten Kriegswochen schien er im KZ Dachau verbracht zu haben. Zurzeit, so teilte ihm ein OSS-Kollege in einem von atmosphärischem Knistern unterbrochenen Telefongespräch mit, war der Freund in einem Lager für »Displaced Persons« am Starnberger See untergebracht, wo er wieder zu Kräften kommen sollte. Mahr stellte auch Nachforschungen über das Schicksal des Uhrmachermeisters Altrichter an, der Willis und sein Ansprechpartner in Salzburg hätte sein sollen: Rudolf Altrichter war am Vormittag des 8. April 1945 in seiner Uhrmacherwerkstatt in der Neutorstraße 68 verhaftet und wenige Tage später von einem Sondersenat des Oberlandesgerichts München zum Tode verurteilt worden. Die Hinrichtung war am 16. April in der Justizvollzugsanstalt Stadelheim vollzogen worden.

Mahr spielte mit dem Gedanken, für einen Tag an den Starnberger See zu fahren, um Willi zu besuchen, aber seine Vorgesetzten verweigerten ihm die Erlaubnis. Während der nächsten Wochen werde er dringend hier in Salzburg gebraucht, hieß es, gut möglich, dass er im Juli oder August für ein paar Tage frei bekäme, aber jetzt sei an Urlaub nicht zu denken.

Eines Abends – Mahr hatte einen anstrengenden Tag als Verhör-Dolmetscher hinter sich – besuchte er das *Gollhoferhaus* in der Getreidegasse, wo das Militärkommando der US-Streitkräfte einen sogenannten »Post-Exchange-Store« eingerichtet hatte, einen Selbstbedienungsladen für die Angehörigen der Besatzungsmacht. Als Angehöriger der »United States Forces in Austria« hatte Mahr, im Gegensatz zur überwiegenden Mehrzahl der Einheimischen, das Recht, sich im PX-Store mit Gütern des täglichen Bedarfs einzudecken. Er drückte die Tür auf und trat ein. Auch wenn er hier schon seit mehreren Wochen einkaufte, staunte er immer noch über den obszönen Reichtum, der sich im Verkaufsmagazin vor ihm ausbreitete: Türme von Corned-Beef-Konserven, Mauern von Bohnenkaffee, Schmalzbüchsen-Zitadellen, Butter-, Wurst- und Käseburgen. Heute Abend wollte Mahr nur einen Wecken Brot und einen Dreierkarton Eier kaufen, damit er sich zu Hause ein Omelette machen konnte. Er blieb vor der Zeitschriften-Theke stehen, wo nicht nur »Stars and Stripes«, sondern auch die »Herald Tribune« und »Life«-Magazine auslagen. Er nahm ein »Life«-Exemplar zur Hand und blätterte sich durch eine zwanzigseitige Fotostrecke über die Einnahme der Pazifikinsel Okinawa, als er unerwartet eine altbekannte Stimme hinter sich vernahm: »Edelweiß, Mensch, was machst du hier?« Er drehte sich um, und hinter ihm stand, in der Uniform eines US-Army-Captains, niemand anderer als Ray, sein Ausbildner im französischen Schloss.

Mahr freute sich ein Loch in den Bauch, seinen früheren Vorgesetzten wiederzusehen. »Ray? Ehrlich, ich hätte nicht gedacht, dass wir uns noch mal über den Weg laufen!«

»Ich auch nicht, mein Junge. Wir waren uns offen gestanden sicher, dass euch die Gestapo beim Wickel gekriegt hat.«

»Hat sie auch … in gewisser Weise.« Mahr legte die Illustrierte zurück aufs Zeitschriftenbord. »Was macht First Lieutenant Swartz? Geht's ihm gut?«

»Swartz sitzt in Heidelberg im Hauptquartier der 7. Armee und schiebt Schreibstubendienst. Hat sich demobilisieren lassen. Geht wohl im Herbst zurück in die Staaten.«

»Kann man ihm nicht verdenken.«

»Nö, kann man nicht.«

Mahr rieb sich das Kinn. »Und du?«, sagte er. »Was machst du hier in Salzburg?«

»Vertraulich. Darf nicht darüber sprechen.«

»Oh.«

Ray griff sich ein Exemplar der »Herald Tribune« vom Stapel und klemmte sich die Zeitung unter die Achsel. »Sag mal, Edelweiß, wie ist es euch ergangen, nachdem wir euch in Dijon in den Bomber verfrachtet haben? Und was machen die anderen?«

»Lange Geschichte«, sagte Mahr. »Wenn du Zeit hast, erzähl ich sie dir.«

Im Hotel Pitter unweit des Mirabellgartens hatte im Frühsommer ein Jazzclub aufgemacht, der »Sky Haven Garden«. Mahr kannte den Laden nicht, aber Ray schien hier seit Wochen ein und aus zu gehen.

»Ich besorg mal was zu trinken«, sagte Ray, während Mahr sich in einen der abgeschabten Polstersessel fallen ließ. »Was darf's sein? Gin mit Eis?«

»Jep.«

Ray verfügte sich an die Bar und holte die Drinks, während Mahr sich im Lokal umsah. Die Clubräume waren gut gefüllt: An den Tischen saßen ausschließlich GIs, die meisten ohne Damenbegleitung. Mahr beobachtete ein Grüppchen Army-Dolmetscherinnen, das, wie es schien schon etwas angeschickert, den Raum betrat und sich an einem der Tische niederließ. Sofort waren sie von Privates und feixenden Corporals umringt.

Ray kam zurück. Er setzte sich, und sie stießen an, und Mahr begann seine Geschichte zu erzählen. Er berichtete vom Navigationsfehler der Air-Force-Piloten, die Willi und ihn in der Nähe des Chiemsees abgesetzt hatten statt an der Salzburger Stadtgrenze, er erzählte von Sigmund, dem dritten Mann, der sie bei den deutschen Behörden denunziert hatte, wie es schien, er schilderte, wie sie den Abwurfcontainer und das Funkgerät in einem verfallenen Bauernhof in der Nähe von Traunstein versteckt hatten und listete auf, was im Verlauf der Aktion alles schief gegangen war – im Grunde genommen alles –, am Schluss erzählte er vom Schicksal Willis, der sich zurzeit in einem Camp am Starnberger See aufhalte, um sich von den Folgen seiner Lagerhaft in Dachau zu erholen.

»Das ist die Art von Geschichten, die ich nicht gern höre«, sagte Ray. »Hast du eine Adresse von Willi? Ich würde ihm gern ein Lebensmittelpaket schicken lassen.«

»Ja, klar.« Mahr kritzelte die Adresse auf einen kleinen weißen Fleck auf der Titelseite der »Herald Tribune«, Ray faltete die Zeitung zusammen und ließ sie in der Seitentasche seiner Uniformjacke verschwinden. Dann angelte er eine Pfeife aus der Brusttasche, stopfte sie und riss ein Streichholz an. Während er mit übereinandergeschlagenen Beinen zu rauchen begann, erzählte er Mahr von seinen Erlebnissen während der letzten Monate. Ein, zwei Wochen, nachdem Mahr und die anderen sich aus dem Schloss verabschiedet hatten, hatte das OSS Swartz' Ausbildungslager in die Nähe von Kaiserslautern verlegt, 150 Kilometer nordwestlich von Lunéville gelegen. Dort hatten sie eineinhalb Dutzend weitere Kommandos ausgebildet, bevor er, Ray, zu einer anderen Einheit im Südwesten Deutschlands versetzt worden war. »Ich habe die Befreiung Münchens miterlebt. Mein lieber Freund, die Stadt war ein einziger rauchender Trümmerhaufen. Viel ist da nicht übergeblieben.«

Mahr hörte aufmerksam zu. Er nahm einen Schluck Gin und genoss den pfeffrigen Wacholdergeschmack des Gebräus, dann brachte er die Sprache auf ein Thema, das ihm am Herzen lag: »Weißt du, was ich gern wüsste, Ray?«

»Sag's mir!«

»Mein Funkspruch an das OSS-Quartier in Frankreich … ist der … ich meine, ist der jemals angekommen?«

»Na, du stellst Fragen.« Ray nahm die Pfeife aus dem Mund und begann mit dem Metallbesteck umständlich im Pfeifenkopf herumzustochern. »Ich meine, wir haben an die dreißig Kommandos losgeschickt, ich kann mich beim besten Willen nicht mehr daran erinnern … Außerdem bin ich ein paar Wochen nach eurem Abflug in den Südwesten versetzt worden … Also, keine Ahnung.«

»Wär nett von dir«, sagte Mahr, während er die Eiswürfel im Glas hin und hergleiten ließ, »wenn du rausfinden könntest, ob die Jungs in Frankreich meinen Funkspruch … Also, ob sie ihn bekommen haben. Wenn's nicht zu viel Mühe macht natürlich nur.«

»Ich werde sehen, was sich machen lässt, mein Lieber. Aber versprechen kann ich dir nichts.«

In diesem Augenblick betraten zwei Männer die Bühne, ein Saxophonist und ein Bassist, wie es schien; mit zeremonieller Bedächtigkeit packten die beiden ihre Instrumente aus. Wenig später folgte ein Pianist, ein gedrungener Corporal in

Uniform, der sich auf den Klavierhocker schwang und ein paar schnelle, perlende Läufe auf dem Bechstein probierte. Mahr leerte sein Glas und bedeutete Ray mit einem Nicken, dass die nächste Runde auf ihn ging.

An einem Mittwochmorgen, kurz nach neun, trafen sie sich wieder, diesmal im »Café Tomaselli« auf dem Alten Markt. Das Lokal hieß allerdings nicht mehr »Tomaselli«, auf Initiative der amerikanischen Streitkräfte war es vor Kurzem in »Fourty Second Street Café« umbenannt worden.

In den letzten eineinhalb Wochen hatte Mahr nicht nur Touren auf den Untersberg und ins Berchtesgadener Land unternommen, er hatte auch Agnes Pieczonka im Stadtteil Itzling besucht und ihr ein mit Milchpulver, Butter, Kaffee und anderen Nahrungsmitteln gefülltes Paket aus dem PX-Store mitgebracht. Lisbeth, die siebenjährige Tochter der Pieczonka, war mit Schokolade und einer Großpackung Candies bedacht worden. Außerdem hatte er weiterhin ergebnislos versucht, Elsa in Bad Hall aufzuspüren. Einen kleinen Erfolg konnte er auf diesem Fahndungsfeld immerhin verbuchen: Es war ihm gelungen, die Telefonnummer von Annegret zu erfragen, jener Freundin, in deren Wohnung Elsa und er ihre erste und bisher einzige Liebesnacht verbracht hatten. Bis jetzt hatte Annegret auf seine Anrufe noch nicht reagiert. Sie hob einfach nicht ab.

»Ein prächtiger Tag, mein Freund«, sagte Ray, als er sich in einen der geflochtenen Sessel auf der Kaffeehausterrasse fallen ließ. Die Morgensonne kündigte den Anbruch eines makellosen Frühsommertags an.

»Kannst du laut sagen!« Mahrs Blick fiel auf die Aktenmappe, die Ray schwungvoll vor sich auf den Tisch warf. »Was hast du denn da?«

»Erkennst du's nicht wieder?« Mahrs Ausbildner knipste die Mappe auf und legte mit feierlicher Miene ein Soldbuch der deutschen Wehrmacht sowie den mit Mahrs Fingerabdruck versehenen Vertrag auf den Tisch, den der Agent »Edelweiß« vor unvordenklichen Zeiten in Rays Büro im französischen Schloss unterzeichnet hatte.

»Das darf nicht wahr sein!«, seufzte Mahr, während er das Soldbuch zur Hand nahm und das Dokument mit melancholischem Gesichtsausdruck durchblätterte.

»Werd jetzt bloß nicht sentimental«, mahnte Ray. Er fischte ein Kuvert aus der Mappe und entnahm ihm eine Reihe von Fotografien: Mahr als Kind mit seiner Mutter im Böhmischen Prater, Mahrs Vater am Schreibtisch, Hilde und Victor vor der Skihütte auf der Raxalpe …

Mahr ergriff das Bild seiner Geschwister und betrachtete es mit einem traurigen Lächeln. Wie jung Hilde auf dieser Aufnahme noch war … Und sein Bruder, sein toter Bruder… auf dem Bild lachte ein vor Lebensfreude strotzender junger Mann in einem verschossenen Norwegerpulli in die Kamera. Mahr steckte die Fotos ins Kuvert zurück und deponierte den Packen in seiner Jackentasche. Er hob die Hand und winkte den Ober herbei. »Wie schaut's aus? Hast du in Sachen Funkspruch irgendwas herausgefunden?«, fragte er.

»Hab ich«, sagte Ray. »Die Sache hat mich einiges an Nerven gekostet, mein Lieber. Musste mich einen halben Nachmittag hinters Telefon klemmen.«

»Und?«

»Willst du die ausführliche Version oder die kurze?«

»Ray, spann mich *bitte* nicht auf die Folter!«

»Also gut, dann kriegst du die kurze.« Ray legte eine halb volle Packung »Pall Mall« auf den Tisch. »Also, Edelweiß, dein Funkspruch ist angekommen. Alles bestens, alles genau so, wie's sein soll. Und die in Caserta haben die Nachricht auch ordnungsgemäß ans OSS-Detachment in Frankreich weitergeleitet.«

»Ich kann dir gar nicht sagen … Also, das geht mir jetzt runter wie Butter, Ray.«

»Das glaub ich dir gern.«

Der Kellner trat an den Tisch. »Was darf's sein?«, fragte er, während er mit dem Geschirrtuch hastig über die Tischplatte wedelte.

»Für mich Kaffee«, sagte Mahr. »Schwarz, mit Zucker.«

»Das Gleiche für mich.« Ray streckte die Füße von sich und blinzelte genießerisch in die Sonne.

»Dann hat mein Kontaktmann in Linz ja wirklich gute Arbeit geleistet«, sagte Mahr. »Ich war mir, ehrlich gesagt, nicht sicher, dass der Genosse das hinkriegt.«

Rays Blick folgte einer Frau in sommerlichem Leinenkleid, die mit unnahbarem Lächeln an ihnen vorüberging. »Oh Mann«, seufzte er, »einmal wieder Champagner aus einer Nabelgrube schlürfen … ich kann dir gar nicht sagen, wie ich das vermisse. Wo waren wir stehen geblieben?«

»Kaum zu glauben, dass die Sache mit der Alpenfestung nur ein Bluff war«, murmelte Mahr. »Wenn man bedenkt, wie lange sich die alliierten Stäbe von diesem Gerücht haben täuschen lassen …«

»Haben sie ja gar nicht«, sagte Ray.

»Wie meinst du das?«

»Na ja, das alliierte Oberkommando war über die wahren Sachverhalte schon im Bild, als wir alle noch im Dunkeln getappt sind.«

»Was soll das heißen, sie waren schon im Bild? Ich verstehe überhaupt nicht, wovon du sprichst.«

»Ich zäume das Pferd von der anderen Seite auf, Edelweiß. Also, es war wirklich eine starke Leistung, die du da hingelegt hast. Ich bin stolz auf dich, ehrlich. Aber: Es ist nun mal so, dass dein Funkspruch nicht mehr entscheidend war. Als du ihn abgesetzt hast, wussten Eisenhower und die OSS-Führung längst Bescheid.«

»Sie wussten schon Bescheid?«

»Ja, was meinst du denn?«

»Willst du damit sagen, mein Funkspruch war ohne Bedeutung?«

»Ohne Bedeutung, mein Gott, so würde ich das nicht sagen. Auf regionaler Ebene war deine Meldung absolut noch, ja, von Bedeutung. Das war wichtig, was du da durchgefunkt hast, keine Frage. Aber im größeren Zusammenhang …« Ray zuckte mit den Achseln. »Im größeren Zusammenhang ist dein Funkspruch um mindestens zwei Wochen zu spät gekommen.«

»Das war mir nicht klar«, sagte Mahr mit tonloser Stimme. »Da habe ich … das muss ich erst einmal verdauen.«

»Schau bitte nicht so belämmert aus der Wäsche, Edelweiß. Hast du wirklich gedacht, Ihr wart die Einzigen, die wir losgeschickt haben?«

»Nein, natürlich nicht, aber …«

»Mensch, wir haben zweieinhalb Dutzend Kommandos im Einsatz gehabt. Zwischen Anfang März und Mitte April waren mindestens fünfzig OSS-Männer zur Lageerkundung im Alpengebiet unterwegs. Für so naiv, dass wir alles auf ein Pferd gesetzt hätten, wirst du uns wohl nicht halten.«

»Nein, natürlich nicht.«

Der Kellner brachte den Kaffee. Mahr versenkte einen Zuckerwürfel in der schwarzen Brühe und begann darin umzurühren. Eine Zeit lang herrschte beklommenes

Schweigen am Tisch, dann sagte Mahr: »Na ja, Was soll's? Ich bin mit mir im Reinen. Ich hab das Meinige getan für die Befreiung der Heimat vom Faschismus, auf alles andere hatte ich keinen Einfluss, oder?«

»Das ist die richtige Einstellung, Edelweiß. So muss man das sehen.«

Mahr nahm einen Schluck Kaffee. »Man hat einzustehen für das, was man für richtig hält, oder nicht? Auch wenn die Dinge nicht immer so laufen, wie man sich das vorgestellt hat.«

Ray ließ ein zustimmendes Grunzen vernehmen. Er schüttete den Kaffee in einem Zug hinunter und gab dem Kellner ein Zeichen, dass er noch etwas bestellen wollte: »Jimmy, bring meinem Freund hier einen Cognac. Und für mich auch einen.«

Mahr protestierte halbherzig: »Was heißt da Cognac? Willst du mich schon am Vormittag mit harten Sachen ...?«

»Ach, komm, Edelweiß. Mach kein Theater.« Ray setzte ein nachsichtiges Lächeln auf. »Ich kann dir eine Menge Gründe nennen, warum du dir an einem Tag wie diesem ein paar Cognacs genehmigen darfst.«

»Tatsächlich?«

»Aber ja doch. Ich an deiner Stelle würde mich heute hemmungslos besaufen.«

Am späten Nachmittag, irgendwann zwischen fünf und sechs, erwachte Mahr aus verworrenen Träumen. Sein Hirn, ein Haufen Glasscherben, klirrte schmerzhaft in seinem Schädel. Er mühte sich aus dem Bett und tastete sich mit zittrigen Schritten ins Bad. Vor dem Waschbecken hielt er einen Augenblick inne, um das kreidebleiche Gesicht in Augenschein zu nehmen, das ihm aus dem Spiegel entgegenblickte.

Er drehte den Hahn auf und besprenkelte sich Stirn und Wangen mit eiskaltem Wasser, was ihn erfrischte und das Scherbengerassel in seinem Kopf ein wenig dämpfte.

Nach dem Abendessen – Ham and Eggs und hartes Brot – versuchte er zum sechsten oder siebten Mal in dieser Woche, Annegret anzurufen.

Diesmal hatte er Glück. Nach einmaligem Läuten hob Elsas Freundin ab. »Ja, bitte?«

»Wir kennen uns nicht persönlich«, stellte Mahr sich vor. »Mein Name ist Mahr, Fritz Mahr. Ich bin ein Freund von Elsa. Vor ein paar Wochen haben Sie uns … ich weiß nicht, ob Sie sich erinnern, Sie haben uns ihre Wohnung …«

»Ja, ich erinnere mich.« Die Stimme am anderen Ende der Leitung klang neutral, weder besonders freundlich noch in irgendeiner Weise unfreundlich.

»Die Sache ist die, dass ich schon länger nichts von Elsa gehört habe«, erklärte Mahr. »Und da wollte ich fragen, ob Sie etwas über ihren Verbleib …, ob Sie wissen, wo Elsa ist.«

Für einige Sekunden herrschte Schweigen.

»Wissen Sie denn nichts von dieser unglückseligen … Hat man Sie nicht verständigt?«, fragte Annegret.

»Verständigt? Nein, man hat mich nicht verständigt. Wovon hätte man mich verständigen sollen?«

Ein Jagdfliegerangriff. Wenige Tage vor dem Einmarsch der Amerikaner waren Elsa und eine ihrer Schwesternkolleginnen mit dem Privatwagen von Oberstabsarzt Konrad nach Gmunden gefahren, um Medikamente zu besorgen, wie Elsa es früher auch schon öfter gemacht hatte. Auf dem Rückweg nach Bad Hall, wenige Kilometer von der Ortschaft Scharnstein entfernt, war der *Borgward* des Oberstabsarztes zum Ziel eines Tieffliegerangriffs geworden.

Ein Volltreffer. Die beiden Frauen hatten keine Überlebenschance gehabt.

Mahr war wie betäubt, als er den Salzachkai in Richtung Kapuzinerberg entlangging. Er hatte es in seiner Wohnung nicht mehr ausgehalten, hatte sich ins Freie geflüchtet, in der 40-Quadratmeter-Garçonnière, die ihm die »War Crimes Branch« zur Verfügung gestellt hatte, wäre ihm die Decke auf den Kopf gefallen.

Es war ein Sommerabend wie aus dem Bilderbuch, Liebespaare flanierten die Promenade entlang, Kinder spielten am Flussufer, vor dem »Café Bazar« stand ein Drehorgelspieler und kurbelte an einem altersschwachen Instrument. Das zivile Leben begann allmählich in die Stadt zurückzukehren, ein Hauch von Zuversicht und Optimismus lag in der Luft. Mahr hatte keine Augen für all das. Er setzte sich auf eine Bank und schaute mit ausdruckslosem Gesicht in den Fluss. Jede Empfindung in ihm war erstorben. Er fühlte sich ausgeweidet, ausgebrannt, leer.

Mit dieser Leere würde er fortan leben müssen.

WIEN, 30. APRIL 2011

Es war ein Frühlingstag voller Wärme und Licht, als Christine vom Krematoriumsparkplatz kommend das Hauptgebäude der »Feuerhalle Simmering« ansteuerte. Im Arkadengang zu ihrer Linken waren eine Reihe prominenter und halb prominenter Künstler und Schriftsteller sowie einige Politiker aus den 1920er- und -30er-Jahren in schattigen Urnennischen beigesetzt. Das Krematorium, ein wuchtiger, expressionistischer Bau von festungsartigem Charakter, erinnerte von fern an ein maurisches Kastell; in ihrer altväterlichen Modernität wirkte die Anlage wie das architektonische Relikt aus einer anderen Epoche – einer Epoche, so dachte Christine, die mit der Maurer'schen Familiengeschichte und ihren Verästelungen in Vielem zusammenhing.

Sie hatte die letzten Tage wie in Trance zugebracht. In mechanischer Pflichtschuldigkeit hatte sie die Dinge erledigt, die zu erledigen waren – Behördenwege, Termine mit dem Bestatter, lange, nicht enden wollende Telefonate mit Verwandten und ehemaligen Kollegen ihres Vaters. Sie hatte, seit sie vor einer Woche am Sterbebett Carl Maurers gewacht hatte, wenig geschlafen und kaum gegessen. Jetzt trat sie mit zeremonieller Freundlichkeit auf die kleine Schar von Trauergästen zu, die sich bereits vor der Freitreppe der Feuerhalle eingefunden hatte. Sie schüttelte Hände, machte Small Talk, nahm Beileidsbekundungen entgegen. Timo war nirgends zu sehen; aber es war ja noch Zeit bis zum Beginn der Zeremonie.

Christine entschuldigte sich bei den Wartenden: Sie brauche noch ein paar Minuten für sich selbst, erklärte sie, wofür sie allseits Verständnis fand. Sie schritt die Stufen zur

Aussegnungshalle hinauf und trat in die größte der drei Aufbahrungshallen. Hier stand, unter einem farbenprächtigen, künstlerisch ausgestalteten Monumentalfenster, der Sarg mit den sterblichen Überresten ihres Vaters.

Sie betrachtete die Fotografie des Verstorbenen, die, flankiert von flackernden LED-Kerzen, auf einem Metallständer angebracht war. Die Aufnahme, vor zehn oder fünfzehn Jahren entstanden, zeigte ihren Vater in einem der für ihn typischen Tweed-Sakkos, lachend und trotz der 70 oder 75 Jahre, die er damals zählte, immer noch sportlich und weltzugewandt wirkend. Ein einnehmendes Bild. Sie hatte es selbst ausgewählt. So wollte sie ihren Vater in Erinnerung behalten: zielbewusst und humorvoll.

Eine Zeit lang stand sie vor dem Sarg. Sie hätte gern geweint, aber es ging nicht. Sie fühlte sich wie versteinert. Sie betrachtete die Kränze, die zu beiden Seiten des Sarges angeordnet waren. Das Gebinde aus weißen und roten Rosen hinter dem Porträt ihres Vaters stammte von ihr, dazu kamen jede Menge Kränze mit schwarzen und violetten Schleifen; die Inschriften verrieten, wer die Spender waren: das Rektorat der Universität, die Lehrenden des Instituts für Volkswirtschaftslehre, der Verein für Gesellschafts- und Wirtschaftswissenschaften, Rudolf Marehardt und Familie, Onkel Kurt aus Bad Goisern, »in Liebe: Deine Schwester Hanni mit Kindern«, die »Hausgemeinschaft Karolinengasse 8a« sowie, neben einer Reihe anderer Institutionen, der »Bund Sozialdemokratischer Freiheitskämpfer«, in dessen Bundesvorstand Carl Maurer immerhin 62 Jahre lang gesessen war.

Christine schaute auf die Armbanduhr: Der Beginn der Trauerfeier war für elf angesetzt. Es blieben noch etwa zwanzig Minuten. Sie ging hinaus in den Kuppelsaal, wo sich einige von Vaters Kollegen aus dem Institut versammelt hatten. Kurt Eicher, der Institutsvorstand, ein netter, umgänglicher Norddeutscher, der sich mit der Bewertung von Finanzderivaten auseinandersetzte, gab ihr die Hand und sprach ihr sein Beileid aus, Dozent Plank, einer von Vaters Schülern, hielt sich einige Schritte abseits und blätterte in einem Manuskript, vermutlich dem Text der Trauerrede, die er auf Christines Bitte hin in einigen Minuten halten würde. Christine trat auf Plank zu und bedankte sich für den Freundschaftsdienst, den er ihr und ihrem Vater erweise. »Aber, Frau Maurer ...« Er klemmte sich das Manuskript unter den Arm und umfasste ihre Rechte mit beiden Händen: »Das ist doch wirklich das Mindeste ...«

Sie tauschten ein paar Höflichkeiten aus, dann trat Christine hinaus auf den Vorplatz. Timo war endlich da, er trug den dunklen Anzug, den sie ihm vor einem Jahr zur Matura gekauft hatte, und stand, an seiner Krawatte herumnestelnd, etwas abseits von den anderen.

»Timo«, sagte sie, während sie auf ihn zuging und ihn an sich drückte. »Tu mir einen Gefallen: Bleib an meiner Seite, sonst steh ich das hier nicht durch.«

»Mach ich, Mama.«

Vor der Feuerhalle hatten sich inzwischen schon ein paar Dutzend Menschen versammelt. Christine und ihr Sohn gingen reihum und schüttelten Hände. Frau Tichy, Vaters Nachbarin, und das Ehepaar Weiss waren ebenso gekommen wie mehrere andere Mieter des Hauses in der Karolinengasse, auch Herr Robert, Zahlkellner des »Cafés Goldegg«, hatte es sich nicht nehmen lassen, seinem Stammgast »die letzte Ehre zu erweisen«, wie er sich ausdrückte. Christine begrüßte einige weitschichtigere Verwandte, die den Weg heraus nach Simmering gefunden hatten – Großneffen und Großcousins des Verstorbenen, die sie nur drei- oder viermal in ihrem

Leben gesehen hatte. Tante Hanna, die greise Schwester ihres Vaters, hatte sich entschuldigen lassen: die Anreise aus Wiener Neustadt hatte sie ihrer angegriffenen Gesundheit wegen nicht mehr auf sich nehmen wollen. Dafür waren Hans und Christel da, Hannas Kinder, beide auch schon über siebzig.

Ein Angestellter der städtischen Bestattung teilte die kleinformatigen Totenzettel aus, die das Institut in Christines Auftrag hatte drucken lassen. Neben einem Porträt und den Lebensdaten ihres Vaters standen zwei Marc-Aurel-Sätze, die Christine aus der voluminösen Mappe mit Zitaten ausgewählt hatte, die man ihr im Büro der »Bestattung Wien« vorgelegt hatte:

»Scheide heiter von hinnen,
gleich der gereiften Olive:
sie fällt ab,
die Erde, ihre Erzeugerin, preisend
und voll Dank gegen den Baum,
der sie hervorgebracht hat.«

Das Zitat kam ihr passend vor. Es brachte, so fand sie, die Lebenshaltung ihres Vaters auf den Punkt.

Christine war froh, dass Timo während der Abschiedsfeier neben ihr saß. Seine Anwesenheit beruhigte sie, zumal ihr schon seit gestern Abend ein flaues Unwohlsein zu schaffen machte. Zu Beginn der Trauerzeremonie sang eine Sopranistin, Studierende an der Musikuniversität, Eislers »Ballade vom Wasserrad«. Dann würdigte eine Sprecherin des »Republikanischen Clubs«, den ihr Vater ein Vierteljahrhundert lang mit namhaften Geldspenden unterstützt hatte, den

Verstorbenen als »herausragenden Intellektuellen«, der in einem »Land der Krämer und Kleingeister das Fähnlein des weltoffenen Denkens hochgehalten« habe. Dann sprach Peppi Gelber von den »Freiheitskämpfern«. Peppi, Theresienstadt-Überlebender und ein Rhetoriker der alten Schule, war ein klein gewachsener Mann von Ende achtzig oder Anfang neunzig; er tastete sich, auf einen hölzernen Gehstock gestützt, zum Rednerpult vor. In seiner Gedenkrede erinnerte Peppi Gelber an die Verdienste Carl Maurers als Kämpfer gegen den nationalsozialistischen Terrorstaat. Dass Österreich nach 1945 in den Kreis der zivilisierten Nationen zurückgekehrt sei, dass »unser Land nach der Katastrophe des Zweiten Weltkriegs zu einem wirtschaftlich und kulturell prosperierenden Gemeinwesen aufgestiegen« sei, trotz aller Probleme und Unzulänglichkeiten, das sei Männern wie Carl Maurer zu verdanken, von dem es heute Abschied zu nehmen gelte ... Gelber sprach etwa zehn Minuten, dann hielt er mit einer kurzen Verbeugung vor dem Sarg inne und kehrte, von seiner Tochter geführt, an seinen Platz zurück.

Christine warf einen Seitenblick auf ihren Sohn. Was ging wohl in ihm vor, fragte sie sich, angesichts der Reden, die er sich hier anhören musste? Harald Landsberg und die anderen Führungskader der »Sezessionistischen Front« wären mit Sicherheit nicht erfreut über die Inhalte, die hier geboten wurden.

Nun erhob sich Herbert Plank, Vaters Schüler, und trat nach vorne ans Rednerpult: »Nichts fällt uns so schwer wie das Abschiednehmen von einem geschätzten und geliebten Menschen, von einem Freund und Kollegen, mit dem wir ein Stück des Weges gemeinsam gegangen sind ...« Planks Rede begann konventionell, aber nach einigen Sätzen wurde sie ambitionierter, auch persönlicher: Plank würdigte

Christines Vater als international bestens vernetzten Wissenschafter, der zusammen mit einigen Kollegen mitgewirkt habe, den Wirtschaftswissenschaften in Österreich wieder jenen Stellenwert zu geben, den sie in diesem Land vor Jahrzehnten schon einmal innegehabt hätten. Carl Maurer habe Positionen vertreten, die im Mainstream heutiger Nationalökonomie als minoritär zu gelten hätten, leider, wie er persönlich anmerken müsse, aber das ändere nichts daran, dass Professor Maurer seinem Institut ein Stück internationale Anerkennung zurückgebracht habe, zu einer Zeit, da dies nicht selbstverständlich gewesen sei … Zum Schluss, bevor er an seinen Platz zurückkehrte, sprach Plank mit warmen Worten über die Liebe und Zuneigung, die der Verstorbene, für jeden spürbar, zeitlebens seiner vor dreieinhalb Jahren verstorbenen Frau Marjorie und seiner Tochter Christine entgegengebracht habe.

Als die Sängerin Mozarts »Abendempfindung« anstimmte, spürte Christine, wie etwas in ihr aufbrach, etwas, das sich während der organisatorischen Aktivitäten der letzten Tage in ihr eingekapselt hatte. Es war, als lösten sich die Anspannungen der vergangenen Tage in einer Woge des Schmerzes auf. Timo hielt ihr ein Taschentuch hin. Sie nahm es und presste es gegen die Lippen. Als der Sarg mit dem Leichnam ihres Vaters in der dafür vorgesehenen Versenkung verschwand, um im Keller des Krematoriums weitgehend rückstandsfrei zu zweieinhalb Kilo Knochenasche verbrannt zu werden, hatte sie für einen Augenblick das Gefühl, den Boden unter den Füßen zu verlieren.

In diesem Moment war sie froh, ihren Sohn neben sich zu wissen.

Wien, 6. Mai 2011

Christine kam kurz nach halb neun in die Buchhandlung. Sie startete den Computer, öffnete die diversen Programme, fuhr die Kasse hinauf, säuberte die Kinderecke, machte eine Müllrunde und checkte wie jeden Morgen ihre Mails, bevor sie die Drehständer mit den Gesundheitsratgebern nach draußen auf den Gehsteig schob.

Kurz vor neun kam Gaby, zwei Minuten später das Lehrmädchen.

Christine zog sich in das mit staubigen Aktenordnern und Remittenden vollgestopfte Kabuff zurück, das ihnen als Büro diente. Sie ließ sich in ihren Schreibtischsessel fallen und öffnete seufzend die oberste Schublade, in der sie das Testament ihres Vaters verwahrte. Sie faltete das handschriftliche Schreiben, das Carl Maurer seinem Letzten Willen beigefügt hatte – »Im Falle meines Todes zu öffnen« – auseinander und las es noch einmal gewissenhaft durch.

In diesem Dokument legte ihr Vater zweierlei fest:

Erstens: Er wollte kremiert werden.

Zweitens: Seine Asche sollte, so seine letztwillige Verfügung, nach der Kremierung an jenem Ort verstreut werden, »an dem ich in den vielen wunderbaren Sommern meines Lebens immer ganz besonders glücklich gewesen bin: auf der Hütteneckalm bei Bad Goisern«.

Seufzend steckte sie das Schreiben ins Kuvert zurück. Sie kannte das von Bergen und stillen Wäldern umgebene »Hütteneck«, wie es die Einheimischen nannten, nur allzu gut. Das Almplateau bot einen eindrucksvollen Ausblick auf den Dachsteingletscher und die umliegenden Gipfel des inneren Salzkammerguts. Ein würdiger Platz. Es gab nur ein Problem: Von Gesetzes wegen war es in Österreich nicht erlaubt, die Asche Verstorbener zu verstreuen. Christine durfte sich die Urne mit den Überresten ihres Vaters zwar auf den Kaminsims stellen, das ja, aber in Feld und Flur ausbringen: Da schob der Gesetzgeber einen Riegel vor. Das hieß: Sie würde dem letzten Wunsch des Verewigten auf illegale Weise nachkommen müssen, wie es Tausende andere auch taten. Man musste nur diskret zu Werke gehen, hatte sie sich sagen lassen – von einer Freundin, die die Asche ihrer Mutter vor einiger Zeit den Fluten des Attersees anvertraut hatte –, dann würde sich der Gesetzesbruch schon irgendwie bewerkstelligen lassen.

Der Tag in der Buchhandlung verging wie immer. Am späten Nachmittag fuhr Christine dann zum Krematorium, um sich eine schwarz-grau marmorierte Pappkarton-Schachtel mit der Urne ihres Vaters aushändigen zu lassen. Es war ein makaberes Gefühl, das Päckchen zum Auto zu tragen. Auf dem Rückweg schaute sie auf einen Sprung in der Wohnung in der Karolinengasse vorbei, wo sie einen Buchhändlerkollegen traf, der sich auf Bibliotheksauflösungen und Nachlässe wie den ihres Vaters spezialisiert hatte. Der Mann machte ihr ein Angebot, das ihr – auch bei Nachsicht aller Taxen – deutlich zu niedrig vorkam. Sie feilschten ein bisschen herum, bevor Christine dem Kollegen beschied, sie würde sich noch einmal melden, nachdem sie zwei, drei zusätzliche Angebote eingeholt habe. Dann fuhr sie in die Buchhandlung, um Gaby bei der Abrechnung zu helfen.

Als sie den Wagen abends um sieben in der Einfahrt parkte, fühlte sie sich abgespannt und müde. Sie öffnete die Haustür und warf den Schlüssel in den Bastkorb auf der Kommode. Bobby wieselte an ihr vorbei ins Wohnzimmer, wo er sich auf seiner Hundedecke zusammenkringelte und die Schnauze unter den Hinterpfoten verbarg. Christine stellte die Schachtel mit der Urne auf den Wohnzimmertisch. Sie betrachtete das Behältnis noch einmal mit einer Mischung aus Ehrfurcht und sanftem Gruseln, dann ging sie zur Bar, um sich mit einem Glas Sherry auf andere Gedanken zu bringen. Sie nahm das Messingtablett von der Abstellfläche, stellte den Sherry und ein Schälchen mit gesalzenen Pistazien darauf, legte das Handy daneben und trug das Tablett in den Garten hinaus. Dort schob sie den Gartensessel unter den Ringlottenbaum und lagerte die Beine hoch.

In Bad Goisern, überlegte sie, würde sie natürlich Onkel Kurt besuchen, der Christine einige Tage vor der Kremationsfeier angerufen und sich mit stockender Stimme für die Parte bedankt hatte, die sie ihm geschickt hatte. Er sehe sich außerstande, zur Abschiedsfeier zu kommen, hatte Onkel Kurt erklärt, seit seinem Schlaganfall vor eineinhalb Jahren sei an eine Reise nach Wien nicht mehr zu denken, aber Carls Tod gehe ihm nahe, sehr nahe, er bedauere, dass er seinen Freund und Kampfgefährten seit letztem Sommer nicht mehr gesehen habe, seit Carl seinen Urlaub, wie jedes Jahr, bei ihm in Bad Goisern verbracht habe … Und dann hatte der alte Mann hemmungslos zu weinen begonnen.

Christine nahm einen Schluck Sherry. Der Nachmittag verdämmerte, und während sie eine Hummel beobachtete, die behäbig über dem Narzissenbeet kreiste, kehrten ihre Gedanken zu den Aufzeichnungen ihres Vaters zurück. Vieles an der Geschichte war ihr neu gewesen: dass ihr Vater die letzten Kriegswochen als »U-Boot« in Linz verbracht hatte zum Beispiel oder die Episode mit der oberbayerischen Bäuerin, auch wenn sie sich dunkel daran erinnerte, dass ihr Vater vor undenklichen Zeiten bisweilen von einer Bauernfamilie gesprochen hatte, der er jedes Jahr zu Weihnachten ein Paket schicke, weil er den Leuten etwas schuldig sei. Aber der Hintergrund des Ganzen war ihr unbekannt gewesen. Auch vom Bombenangriff auf Attnang-Puchheim und seinen katastrophalen Folgen hatte sie noch nie etwas gehört. Allerdings war an der Geschichte auch etwas, das sie irritierte. Es gab eine Leerstelle, so kam ihr vor, einen abgebrochenen Handlungsstrang, irgendetwas, das ihr Vater übergangen, verschwiegen, ausgespart hatte. Etwas Wichtiges, das ungesagt geblieben war. Sie kam bloß nicht darauf, was es war.

Die Hummel über dem Narzissenbeet arbeitete sich gewissenhaft von Blüte zu Blüte in Richtung Gartenhäuschen vor. Christine griff noch einmal nach dem Handy, um Timos Nummer zu wählen. Sie ließ es zweimal läuten, ihr Sohn hob ab: »Hör zu, Timo, du musst mir … Ja, dein Großvater hat verfügt … wir sollen seine Asche auf einer Alm … ja, über Bad Goisern … Du musst mitkommen. Da gibt's keine Ausreden … Lass mich nicht hängen, verstehst du?«

Nachdem Timo aufgelegt hatte, rief Christine Onkel Kurt in Bad Goisern an, um ihren Besuch für das kommende Wochenende anzukündigen.

Bei der Abfahrt Regau fuhr sie von der Autobahn ab. Timo saß auf dem Beifahrersitz und schaute aus dem Seitenfenster. Er spielte mit seinem Sturmfeuerzeug, indem er die Verschlusskappe mit ruckartigen Bewegungen auf- und zuschnappen ließ.

»Warum nennt ihr euch eigentlich ›Sezessionistische Front‹?«, fragte sie, während sie die Sonnenblende über dem Fahrersitz herunterklappte. »Ich meine, ›Sezession‹ heißt doch ›Ablösung‹, ›Loslösung‹, ›Abspaltung‹. Wovon wollt ihr euch abspalten?«

»Warum fragst du das?«

»Rein aus Interesse.«

»Na, vom ganzen herrschenden System … langfristig. Kurzfristig natürlich von der EU.«

»Ach so, klar.«

»Du brauchst das nicht so ironisch zu sagen.«

»Tu ich gar nicht.«

»Tust du doch.« Timo begann am Autoradio herumzutippen, um einen anderen Sender zu suchen, Radio Oberösterreich ging ihm auf die Nerven.

Im Sonnenlicht hinter der Windschutzscheibe tauchte die silbergraue, immer wieder eindrucksvolle Felswand des Traunsteins auf – ein Anblick, der nostalgische Gefühle in Christine weckte, denn der Traunstein, der »Wächter des Salzkammerguts«, war jahrelang zuverlässig der erste Berg gewesen, den sie auf den sommerlichen Urlaubsfahrten mit ihrem Vater zu Gesicht bekommen hatte.

»Ich geb's zu, hier ist es wirklich schön«, sagte Timo, während er sich mit ein paar versierten Handgriffen eine Zigarette drehte. Er bröselte etwas Tabak ins Zigarettenpapier und leckte es ab, dann rollte er das Papier zusammen und zupfte den überstehenden Tabak von beiden Enden ab.

»Ich bin mir übrigens eh nicht mehr sicher …« Timo kurbelte das Fenster herunter und zündete sich die Selbstgedrehte an. »Ich meine, ob das das Richtige ist mit der … ›Sezessionistischen Front‹.«

Christine warf ihm einen erstaunten Seitenblick zu. »Was bringt dich denn zu *der* Erkenntnis?«

»Na ja, wir haben uns gestritten, Landsberg und ich. Okay, gestritten ist vielleicht zu viel gesagt. Wir hatten einen … Disput.«

»Gut so. Auseinandersetzungen sind wichtig. Auseinandersetzungen klären die Standpunkte. Man darf doch unterschiedliche Standpunkte haben bei euch? Oder denkt ihr alle dasselbe?«

»Nein, natürlich nicht, aber Landsberg hat … er meint, dass … Großvater so etwas wie ein Verräter war. Großvater habe den Fahneneid gebrochen, meint Landsberg, er habe sein Volk im Stich gelassen und …«

»So ein Unsinn. Der Eid auf Hitler ist den Wehrmachtssoldaten abgepresst worden. Ein solcher Eid ist nichts wert. Und die Nazis waren nicht ›das Volk‹, das darfst du auch nicht vergessen, sie waren nur ein Teil des Volks, vielleicht ein erheblicher Teil des Volks, aber sie waren nicht ›das Volk‹. Und deshalb kann dein Großvater ›sein Volk‹ auch nicht verraten haben, im Gegenteil …«

»Wer seine Gemeinschaft im Stich lässt, lässt sich selbst im Stich, sagt Landsberg. Der Deserteur verrät das Volk, das ihn ernährt und schützt – und deshalb muss er der allgemeinen Verachtung verfallen. So ungefähr ist sein Standpunkt.«

»Und deiner?«, sagte Christine. »Was ist dein Standpunkt?«

»Ich stehe weltanschaulich ganz woanders als Großvater, das ist klar. Aber ich … na ja, ich kann das respektieren, was er getan hat. Er hat seine Prinzipien ernst genommen … wie immer man diese Prinzipien jetzt im Einzelnen bewertet … und er ist für diese Prinzipien eingestanden … Das ist für mich nicht verachtenswert. Im Gegenteil …«

»Dein Großvater ist seinem Gewissen gefolgt«, sagte Christine. »Daran ist nichts Falsches.«

Timo zog an seiner Zigarette, den Rauch blies er schräg aus dem Fenster. »Ja, finde ich eh auch.«

Bad Goisern war wenig belebt an diesem Samstagnachmittag. Da und dort ein paar Kurgäste, vor der Kirche zum Heiligen Martin, sie war frisch restauriert, hatte sich ein Grüppchen Einheimischer versammelt. Sonst war im Ortszentrum kaum jemand zu sehen. Der Brenntenkogel und der Hohe Kalmberg waren auch jetzt noch, Anfang Mai, meterhoch mit Schnee bedeckt, wie es schien. Christine lenkte den Wagen im Schritttempo durch den Ortskern, ein bisschen gerührt, weil sich so wenig verändert hatte. Der Marktflecken hatte sich den bodenständig-rustikalen Charakter bewahrt, den sie schon als Kind so an ihm gemocht hatte.

Sie parkte vor einem Familienhotel am Rande des Kurparks und ließ den Hund aus dem Wagen. Timo kümmerte sich um das Gepäck, während Bobby eine Erkundungsrunde auf dem Parkplatz drehte. Der Hund trabte folgsam hinter ihnen her, als Mutter und Sohn, die Rollköfferchen im Schlepptau, die Rezeption betraten. Eine Angestellte im Dirndl begrüßte sie mit routinierter Freundlichkeit.

Christine absolvierte die Anmeldeformalitäten, dann bestiegen sie den Lift. Die Rezeptionistin hatte ihnen ein Zimmer im zweiten Stock zugewiesen. Mit Bergblick. Christine schloss die Tür auf, wuchtete den Koffer aufs Bett und trat mit einem Seufzer auf den Balkon. Timo folgte ihr. Ein paar Meter unter ihnen schossen die Wassermassen des Mühlbachs dahin – in früherer Zeit, vor zwei, drei Jahrhunderten, hatte das Anwesen einmal als Mühle gedient. Christine schloss die Augen und lauschte dem Rauschen und Tosen, das eine unschlagbar beruhigende Wirkung auf sie ausübte.

Nach einer Weile ging sie zurück ins Zimmer, Timo blieb auf dem Balkon, um sich noch eine Zigarette zu genehmigen, wie er sagte. Christine ließ die Kofferschlösser zurückschnappen und entnahm dem Trolley den Karton mit der Urne. Sie stellte den Behälter auf die alte, bemalte Bauernkommode unter dem Spiegel und betrachtete ihn mit einer gewissen Feierlichkeit. Dann rief sie Onkel Kurt an, um ihm zu sagen, dass sie morgen Vormittag bei ihm vorbeischauen würde.

Spätabends im Zimmer, nachdem sie im Hotelrestaurant zu Abend gegessen hatten, entdeckte Christine, während sich Timo im Bad die Zähne putzte, auf seinem Nachtkästchen die beiden Bücher, die er als Bettlektüre mit ins verlängerte Wochenende genommen hatte: »Wir und die Anderen«, das Werk eines französischen Philosophen, dessen Name ihr nichts sagte, und eine Broschüre – druckfrisch, wie es schien – mit dem Titel: »Was will die Sezessionistische Front?« Christine schüttelte Decke und Polster auf, machte es sich mit der Broschüre im Bett bequem und schlug sie an einer beliebigen Stelle auf.

»Unser Ziel ist die geistige Verschärfung«, las sie. »In uns versammelt sich das ewig unzivilisierbare, urdeutsche Fieber, das uns aus germanischen Urwäldern wie aus gotischen Kathedralen entgegenstrahlt …«

»Oh Gott!« Sie stieß einen verdrossenen Seufzer aus. Mit einer Mischung aus Beklemmung und Faszination blätterte sie sich durch die Broschüre. War es zu fassen, dass sich für völkischen Kitsch dieser Art im Zeitalter von Quantenmechanik und avancierter dekonstruktivistischer Architektur immer noch ein Publikum fand? »Die Multi-Kulti-Spinner spüren, dass niemand ihre Träume mehr ernst nimmt«, las sie. »Jetzt gilt es, ihnen die Macht zu entreißen. Wir müssen eindringen in die liberalistische Wohlfühlzone …«

Timo kam aus dem Badezimmer, er setzte sich auf die Bettkante und warf einen ironischen Blick auf das Buch in Christines Händen. »Leidest du sehr?«

»Leiden ist gar kein Ausdruck. Ich bekomme gleich Schnappatmung.«

»Übertreib es nicht, Mama!« Ihr Sohn knipste das Nachttischlämpchen an und schwang die Beine ins Bett. »So wichtig sind die Sezessionisten nun auch wieder nicht.«

Ein intensiver Fliederduft lag in der Luft, als sie am nächsten Morgen das Hotel verließ. Sie hatte sich entschlossen, zu Fuß zu gehen, das Altenheim, in dem Onkel Kurt seit Tante Gretes Tod vor ein paar Jahren lebte, war nur ein paar Hundert Meter von ihrer Unterkunft entfernt. Timo war im Hotel geblieben, er habe Mails aufzuarbeiten, und im Übrigen kenne er Onkel Kurt nicht gut genug, um sich um einen Besuch bei ihm zu reißen, hatte er beim Frühstück verlauten lassen. Bobby war aufgeregt wegen der vielen Gerüche, die ihm in die Nase stiegen, er hechelte von einem Busch zum anderen, beschnüffelte Bänke, Bäume und Laternen.

Als Christine den Eingangsbereich des Seniorenheims betrat, nahm sie den Hund an die Leine. Sie passierte die gläserne Automatiktür und fand sich in einem belebten Foyer wieder. Weißhaarige Damen mit onduliertem Haar saßen in der Cafeteria und spielten Rummy oder Canasta, ein junger Mann – Zivildienstleistender, wie es schien – schob einen leeren Rollstuhl in Richtung Lift, ein Greis in Trainingshose und Wollstrickjacke saß beim Eingang und begutachtete Christine und ihren Hund mit lethargischem Interesse. Sie ging zum Empfangsbüro und erkundigte sich bei der diensthabenden Schwester nach Onkel Kurt.

Herr Oberhummer sei im ersten Stock untergebracht, erklärte die Betreuerin, Zimmer 108, die Treppe hinauf, dann links.

Kurz darauf stand Christine vor dem gesuchten Zimmer. Sie klopfte an und trat ein. Onkel Kurt saß in einem mächtigen, mit einer Fernbedienung justierbaren Fernsehsessel und döste; auf dem Fernsehschirm sah man einen vierschrötigen Hauptkommisar ins Gespräch mit einer jungen Frau vertieft über eine oberbayerische Bergwiese stapfen.

»Ach, du bist es, Christine«, sagte Onkel Kurt, aus seinem Vormittagsschlaf hochschreckend. »Jetzt bin ich … also … hab gar nicht bemerkt, dass ich …, dass du schon da bist.« Er rückte die Brille zurecht, die ihm auf die Nase gerutscht war und schaltete den Fernseher aus, dann brachte er den Sessel mit surrendem Motor in eine Position, die ihm das Aufstehen erleichterte.

»Mein Gott, Onkel Kurt, wie lange ist das jetzt her, dass wir uns das letzte Mal gesehen haben?« Christine half dem alten Mann beim Aufstehen, unter Mühen quälte er sich aus dem mit einer abgenutzten Felldecke belegten Ledersessel.

»Ich weiß es nicht, Christine. Zehn, fünfzehn Jahre. Sowas, oder?«

Sie küsste ihn auf die Wange und drückte ihm die Bonbonniere in die Hand, die sie gestern vor ihrer Abreise in einer Wiener Innenstadt-Konditorei besorgt hatte. »Aber geh, das wär doch nicht nötig …« Er legte die Bonbonniere auf dem Fernsehtisch ab und drückte ihre Hände mit der gleichen Herzlichkeit, die sie schon als Kind so für ihn eingenommen hatte.

»Es ist schön, dass du deinen alten Onkel besuchen kommst. Und wen seh ich da, da ist ja auch der Bobby!« Onkel Kurt beugte sich hinunter und kraulte den Hund hinter den Ohren, eine Zuwendung, die sich Bobby gern gefallen ließ.

»Willst du Kaffee? Ich hab alles vorbereitet.« Christines Gastgeber zeigte auf den mit weißem Leinentischtuch und frischen Frühlingstulpen vorbildlich gedeckten Tisch: »Ich kann dir auch Kuchen anbieten. Die backen hervorragend hier im Haus.«

»Das glaub ich gern«, sagte Christine, »aber ich habe gerade gefrühstückt, Onkel Kurt ...«

»Na, einen Kaffee wirst du doch wohl trinken?«

»Ja, freilich, einen Kaffee nehm ich gern.«

Sie setzte sich. Bobby fläzte sich auf den Teppich vorm Fernseher, er schien sich ausgesprochen wohlzufühlen.

»Schön hast du's hier«, sagte sie mit Blick auf den winzigen Balkon. Sie machte zwei Gartensessel und ein kleines, aus Lärchenholz gezimmertes Vogelhäuschen aus.

»Das ist jetzt halt mein Reich.« Onkel Kurt setzte die Kaffeemaschine in Gang und arrangierte ein paar Mignon-Waffeln auf einem Teller aus Gmundner Keramik. »Weißt du, Christine, seit ich vorvergangenes Jahr den Schlaganfall gehabt hab – war eh nur ein kleiner –, bin ich nicht mehr gut zu Fuß. Aber ich dreh trotzdem noch meine Runde draußen auf dem Hauptplatz, täglich, da kenne ich nix. Wer rastet, der rostet.«

Onkel Kurt zeigte auf den Rollator neben dem Badezimmereingang. »Schaut nicht besonders sportlich aus, weiß ich eh, aber damit geh ich jeden Tag spazieren, eisern, da hab ich so meine Rituale, zuerst zum ›Café Maislinger‹ auf der Marktstraße, dort trink ich einen ›Verlängerten‹, ratsch mit der Bedienung, tu ein bisschen Schmähführen, du weißt, wie das ist, dann geh ich in die Trafik und hol mir die Zeitung, und rechtzeitig zum Mittagessen endet mein Spaziergang wieder hier im Heim. Das Wichtigste ist, sag ich immer, dass man in Bewegung bleibt.«

»Du sagst es, Onkel Kurt. In Bewegung bleiben hält fit.«

»Na ja, gar so fit bin ich nimmer, Christine.«

Sie schaute sich um. Das Zimmer war hell und zweckmäßig eingerichtet: ein Bett, ein Tisch, zwei Sessel, ein paar Topfpflanzen und einige Familienfotos an den Wänden, dazu ein paar Dutzend Bücher und ein Zeitschriftenstapel auf der Kommode. Christine erkannte das Cover des aktuellen »Profil«, darunter schaute das Titelblatt des »Neuen Mahnrufs« hervor, der Zweimonatszeitschrift des österreichischen KZ-Verbands.

Onkel Kurt schenkte ihnen Kaffee ein. Christines Blick wanderte zur schmalen, bläulichroten Narbe auf seiner Wange, die ihn einst – es musste in einem anderen Leben gewesen sein – der Feldgendarmerie verdächtig gemacht hatte. Und da, wo ihm der SD-Schläger das Jochbein gebrochen hatte, glaubte Christine auch heute noch eine leichte Asymmetrie in seinen Gesichtszügen auszumachen. Aber das konnte sie sich genauso gut auch einbilden.

Sie tranken Kaffee und erinnerten sich alter Zeiten. Onkel Kurt, bis zu seiner Pensionierung Fahrdienstleiter der »Österreichischen Bundesbahnen«, hatte sich nach dem Krieg ein solides bürgerliches Leben aufgebaut, von Kriegstraumen oder psychischen Krisen oder etwas in der Art hatte Christine nie etwas mitbekommen – es konnte allerdings sein, dass er solche Dinge vor ihr verheimlichte. Sie hatte Onkel Kurt immer als freundlichen älteren Herrn erlebt, der angenehme Umgangsformen mit einem ausgeprägten Hang zum »G'schichtldrucken« verband; und so ließ sie sich zum Hundertsten Mal die Uralt-Story erzählen, wie Onkel Kurt zusammen mit Christines Vater nach einer Wanderung beim »Wes'n-Wirt« drüben in Lauffen eingekehrt war, und wie die »beiden alten Deppen«, als die Tante Grete sie beschimpft hatte, zwei, drei Bier getrunken hatten, und dann noch eins und noch eins – bis sie nicht mehr genügend Geld dabei gehabt hatten, um die Zeche zu bezahlen, und so hatte Tante Grete sich aufs Fahrrad schwingen und nach Lauffen hinüberfahren müssen, um sie auszulösen. Christine wiederum erzählte von den Stollwerck-Zuckerln, die ihr Frau Egger im Gemischtwarenladen immer zugesteckt hatte, wenn Tante Grete sie in den Fünfziger- und frühen Sechzigerjahren mit zum Einkaufen genommen hatte, und von den Bergtouren auf den Dachstein, die sie so gern unternommen hatten, sie alle vier zusammen. Christine kam auch auf den letzten Wunsch ihres Vaters zu sprechen: auf den Karton mit der Urne – und auf die Wanderung auf die Hütteneckalm, die sie heute Nachmittag in Angriff nehmen wolle, um ihrer letzten töchterlichen Pflicht nachzukommen.

»Also, verbrennen käme für mich nicht in Frage«, sagte Onkel Kurt. »Da war ich mir mit Tante Grete immer einig. Wir haben unser Familiengrab drüben am Friedhof, da ist auch ein Platzerl für mich reserviert …« Er hustete trocken und rieb sich die von Arthrose gezeichneten Finger. »Dabei haben sich die meisten Genossen verbrennen lassen«, fuhr er fort. »Zuletzt der Schober Pepi, der nach dem Ungarnaufstand mit mir zusammen – der Walkolbinger Karl war auch dabei, glaub ich – aus der KPÖ ausgetreten ist. Zur Verabschiedung vom Schober Pepi hab ich schon nicht mehr nach Urfahr fahren können. Ich schaff's nicht einmal mehr nach Linz, Christine. Das ist schon ein Jammer.«

Der alte Mann erhob sich und schlapfte umständlich zum Kühlschrank. Er öffnete die Tür und brachte eine Flasche Mineralwasser zum Vorschein.

»Darf ich dich etwas fragen, Onkel Kurt?«

»Aber ja!«

»Ich habe in Vaters Nachlass Aufzeichnungen gefunden, ein paar Hundert Seiten, er schreibt da über eure Kriegserlebnisse, über die Zeit, als ihr im '45er-Jahr mit dem Fallschirm …«

»Ich erinnere mich. Er hat mir die Notizbücheln einmal zum Lesen gegeben. Ist mindestens fünfzig Jahre her.« Onkel Kurt stellte das Mineralwasser auf den Tisch und ließ sich wieder in seinen Sessel fallen. Er schraubte den Verschluss von der Flasche und füllte Christines Glas. »Ich weiß noch, dass ich mir damals gedacht hab: Ja, er hat's ganz gut getroffen. So, wie er das beschreibt, so hat sich die Sache im Großen und Ganzen abgespielt.«

»Das heißt, die Geschichte, die Papa da erzählt, die ist … So war's wirklich?«

Onkel Kurt nickte. »Du kannst davon ausgehen, dass er da wenig dazuerfunden hat.«

»Du hast mir eigentlich nie erzählt, wie es dir damals … in Dachau gegangen ist.«

»Darüber red' ich nicht gern, Christine.«

»Das kann ich … verstehen.« Der alte Mann nahm die Brille ab und rieb sich mit den Fingern die Augen. »Ich hab ja heute noch Albträume von dem Ganzen. Da wach ich mitten in der Nacht auf …, weil ich … weil ich wieder von den Typhustoten geträumt hab, die wir Tag für Tag aus den Quarantänebaracken geschleppt haben … Vom Evakuierungsmarsch nach Tirol träum ich auch immer wieder, bis heute träum ich von dem. In den letzten Kriegstagen hat die SS ja das Lager geräumt, da sind wir mit wundgescheuerten Füßen durch Schlamm und Dreck bis an den Starnberger See … An solche Sachen erinnert man sich nicht gern, Christine.«

Onkel Kurt warf einen Blick aus dem Fenster. »Natürlich ist es wichtig, dass man den jungen Leuten das alles erzählt«, fuhr er fort. »Ich hab's ja auch immer wieder gemacht, in vielen Hauptschulen hier in der Gegend, auch bei Führungen im Zeitgeschichtemuseum in Ebensee. Aber dass mir diese Vorträge Freude gemacht hätten, nein, das kann ich nicht behaupten.«

Der alte Mann schenkte seinem Gast und sich Kaffee nach, während Christine ihren Gedanken nachhing. Als Onkel Kurt die Porzellankanne auf den gehäkelten Untersetzer zurückstellte, wusste sie mit einem Mal, was sie in den Aufzeichnungen ihres Vaters vermisste. Auf einen Schlag war ihr klar, wo die Leerstelle war, die sie während des Lesens so irritiert hatte. Natürlich, dass sie nicht früher draufgekommen war …

»Darf ich dich noch was fragen?«

»Ja, natürlich.«

»Was ist eigentlich aus Sigmund geworden?«

Ihr Gegenüber schaute sie aus geistesabwesenden Augen an. »Aus wem?«

»Na, aus dem dritten Mann, der in Vaters Aufzeichnungen ›Sigmund‹ heißt. Aus dem Lumpen, der euch der Gestapo ans Messer geliefert hat?«

Die Frage war Onkel Kurt offensichtlich unangenehm.

»Der Kerl hat in Wirklichkeit anders geheißen«, sagte er nach einem Moment des Zögerns. »Er hieß nicht Sigmund. Sein Name war Esch.«

»Esch?«

»Ludwig Esch.«

»Also gut, Ludwig Esch«, sagte sie. »Was ist aus Ludwig Esch geworden?«

»Hat dein Vater dir das nicht erzählt?«

Christine schüttelte den Kopf.

Onkel Kurt seufzte.

»Na, komm schon, Onkel Kurt, die Sache ist fast siebzig Jahre her. Du kannst ruhig darüber reden. Was ist aus ihm geworden? Hat er den Krieg überlebt? Was weißt du über ihn?«

Onkel Kurt seufzte. Es war offensichtlich, dass er über Esch und sein Schicksal Bescheid wusste, allerdings schien er keine Lust zu haben, sich intensiver über das Thema zu verbreitern.

»Onkel Kurt, ich werde jetzt gleich ganz, ganz böse«, sagte sie mit derselben Schmollmiene, mit der sie ihn schon als Sieben- oder Achtjährige immer herumgekriegt hatte, wenn es darum ging, ihm im Gemischtwarenladen Egger ein Tüteneis oder eine Packung »Dixi«-Traubenzucker abzupressen.

»Also gut«, sagte er. »Aber die Geschichte … muss unter uns bleiben.«

Christine nickte. »Ja, klar.«

»Also, ich habe deinen Vater im August 1945 in Salzburg wiedergetroffen. Er hat damals immer noch für die Amerikaner gearbeitet, war Mitglied irgendeiner Spezialeinheit, die sich mit der Verfolgung flüchtiger NS-Verbrecher beschäftigt hat. Durch Eschs Verrat – so viel hatte dein Vater zu diesem Zeitpunkt schon herausbekommen – war auch unser Salzburger Verbindungsmann aufgeflogen, der Uhrmacher Altrichter, die Gestapo hat ihn noch Ende April '45, wenige Tage vor Kriegsende, an irgendeiner Kasernenhofwand in München erschossen. Wir hatten eine Mordswut auf Esch, das kannst du dir vorstellen, und so haben wir begonnen, weitere Nachforschungen anzustellen, wir wollten wissen, ob er noch lebt und wie wir ihn zu fassen kriegen könnten. Über einen Kontaktmann in München hat dein Vater dann erfahren, dass die NS-Behörde den Scheißkerl im April '45 aus der Gestapohaft in München-Stadelheim entlassen hat, offenbar hatten ihm auch die Nazis nicht so recht über den Weg getraut, aber das war dann auch schon alles, was wir über ihn rauskriegen konnten. Wochenlang gab es nicht den geringsten Anhaltspunkt, wo der Bursche untergetaucht sein könnte. Esch war wie vom Erdboden verschluckt.«

»Und dann?« Christine spürte, wie der unter dem Tisch schnarchende Bobby seinen Körper gegen ihre Beine drückte.

»Dann haben wir über meine KPÖ-Kontakte in Wien doch noch einen Zund bekommen, das lief über eine Gruppe von Tito-Partisanen in Kärnten, die Kontakt zu gewissen Leuten im ZK in Wien hatten, da hat es dann plötzlich geheißen, dass Esch angeblich unter falschem Namen als Knecht auf einem Bauernhof in der Nähe von Arnoldstein an der österreichisch-italienischen Grenze arbeitet. Dein Vater und ich haben nicht lange nachgedacht. Wenn wir herausfinden wollten, ob der Kerl da unten an der Grenze tatsächlich unser Mann war, gab es nur eine Möglichkeit – wir mussten hinfahren und ihn uns anschauen. Das war allerdings nicht ganz so einfach, wie es heute klingt: Kärnten lag in der britischen Besatzungszone, und im Sommer '45 war es nicht so einfach möglich, zwischen den Besatzungszonen hin und her zu fahren. Das ging nicht so ohne Weiteres. Da trat dein Vater auf den Plan. Seine Beziehungen zum OSS scheinen Wunder gewirkt zu haben. Er organisierte einen Jeep und die nötigen Papiere, frag mich nicht, wie, und Anfang Oktober '45 sind wir über das Salzachtal und den Lungau hinunter nach Villach gefahren, wo wir Kontakt zu einem Genossen aufnehmen konnten, der mir von meinen Gewährsleuten im ZK in Wien empfohlen worden war. Dieser Genosse wiederum stellte den Kontakt zu einer verdeckt operierenden Organisation innerhalb der britischen Armee her.«

»Eine verdeckt operierende Organisation?«, fragte Christine. »Was meinst du damit?«

»Na ja, das waren Angehörige der ›Jewish Brigade Group‹. Auf gut Deutsch: österreichische und deutsche Juden, die in Palästina in die britische Armee eingetreten waren. Die sind vor den Nazis nach Haifa oder Tel Aviv geflohen, als das noch möglich war, die meisten haben enge Familienmitglieder in den Vernichtungslagern der Nazis verloren, du kannst dir die Stimmungslage dieser Leute in etwa vorstellen. Und im Frühjahr '45 sind sie als bestens ausgebildete Kämpfer in britischen Uniformen in die alte Heimat zurückgekehrt und haben die Sache ... na ja, selbst in die Hand genommen.«

»Die ›Jewish Brigade Group‹ hat euch geholfen, Ludwig Esch zu finden?« Christine begann langsam zu ahnen, worauf die Geschichte hinauslief.

Onkel Kurt nickte. »Die wollten nicht Däumchendrehen und warten, bis die Nazi-Verbrecher irgendwann im Jahre Schnee vor deutsche und österreichische Gerichte kommen. Die wollten selbst aktiv werden.«

»Verständlich.« Christine drehte die Kaffeetasse in ihrer Hand. Sie betrachtete das zartrosa Blümchenmuster von allen Seiten und stellte die Schale vorsichtig auf den Unterteller zurück.

»Es gab allerdings ein Problem«, fuhr Onkel Kurt fort. »Dein Vater und ich, wir wussten: Die ›Jewish Brigade Group‹ würde bei der Fahndung nach Esch nur mitmachen, wenn der Kerl sich irgendwann und irgendwie auch an der Verfolgung und Ermordung von Juden beteiligt hatte, sonst wäre die Sache für unsere Freunde in der britischen Armee nicht interessant gewesen. Und der Punkt war: Esch *hatte* in dieser Hinsicht Dreck am Stecken, das hat dein Vater über seine OSS-Verbindungen herausgefunden. Offenbar war der Mistkerl schon vor dem Krieg Mitglied irgendeines SA-Trupps in Graz gewesen, und da hat er wohl – im Umfeld der Reichskristallnacht – bei der Ermordung eines jüdischen Pelzhändlers und seiner Frau mitgemacht, die beiden sind von Nazi-Schlägern in ihrem Haus in einem Grazer Villenvorort misshandelt und zu Tode geprügelt worden. Ich glaube, dein Vater hat sogar noch Zeugenaussagen aufgetrieben, die das belegt haben – das war ein echtes Kunststück, so kurz nach dem Krieg.«

Christine schaute aus dem Fenster und beobachtete einen zerrupften Spatzen, der im Vogelhäuschen auf dem Balkon ein paar Körner aufpickte. »Und weiter?«, fragte sie. »Ihr konntet denen von der ›Jewish Brigade‹ also beweisen, dass Esch … dass er Dreck am Stecken hatte. Wie ist es weitergegangen?«

»Na ja, wir sind spätabends in Villach angekommen und haben die Nacht in einem Wirtshaus verbracht. Am nächsten Morgen sind dann zwei Jeeps vor dem Haustor vorgefahren, in denen saßen kampferprobte Burschen in sauberen englischen Uniformen. Dein Vater und ich haben uns mit den Kameraden bekannt gemacht, die meisten von denen waren in Palästina in irgendwelchen linken Gruppen organisiert gewesen, der Großteil in der ›Mapai‹, einige auch in der Kommunistischen Partei. Wir haben unseren Wagen gestartet und sind hinter den beiden Jeeps zwischen Wiesen und bewaldeten Hügeln die paar Kilometer zu dem Bauernhof hinausgefahren, in dem Ludwig Esch als Knecht gearbeitet hat. Wir mussten ihn nicht lange suchen. Die von der ›Jewish Brigade Group‹ hatten die Lage schon vorab erkundet. Esch war gerade mit dem Ausmisten des Kuhstalls beschäftigt, vielleicht hat er auch den Hof gekehrt, ich erinnere mich nicht mehr genau, auf jeden Fall: Er ist kreidebleich geworden, als er deinen Vater und mich erkannt hat. Das kannst du dir ja vorstellen. Der hat sofort gewusst, was es geschlagen hat. Der Kommandant unserer Gruppe, ein Captain namens Friedman, hat sich vor ihm aufgepflanzt und ihn geradeheraus gefragt, ob er der ehemalige Wehrmachtsangehörige Ludwig Esch sei. Esch hat es nicht abgestritten, hätte ja auch keinen Sinn gehabt. Ja, er sei Ludwig Esch, hat er zugegeben. Dann müsse er ihn auffordern, zur Vernehmung ins britische Hauptquartier nach Klagenfurt mitzukommen, sagte der Captain, der Militärstaatsanwalt erwäge, Anklage wegen Verstößen gegen die Haager Landkriegsordnung gegen ihn zu erheben. Esch fragte nicht weiter nach, er grummelte irgendetwas, dass er nichts von Verstößen gegen die Haager Landkriegsordnung wisse, das war's aber auch, er hat sich der Festnahme in keiner Weise widersetzt. Er bat nur um die Erlaubnis, eine Zahnbürste und Wäsche zum Wechseln mitnehmen zu dürfen, was Friedman ihm gestattete, dann wurden ihm Handschellen angelegt und er musste in einen der Jeeps steigen. Kaum waren wir hinter der nächsten Biegung verschwunden, haben ihm die Burschen im Wagen vor uns auch schon eine Decke über den Kopf geworfen und ihn zu Boden gedrückt, und wir sind ohne Probleme über die Grenze hinunter nach Italien gefahren. Dort hatten die von der ›Jewish Brigade Group‹ eine kleine Hütte eingerichtet, irgendwo im Wald in der Nähe der Ortschaft Malborghetto, soweit ich mich erinnere, und dorthin haben wir ihn gebracht.«

»Und dann?« Christine war nicht sicher, ob sie die Fortsetzung der Geschichte hören wollte, aber sie wusste: Das hier, das Gespräch mit Onkel Kurt, war vermutlich die letzte Gelegenheit, etwas über das Leben ihres Vaters ans Licht zu bringen, das ihr Vater, wäre es nach ihm gegangen, am liebsten vor ihr verborgen hätte.

»Wir haben Esch in die Hütte geführt und ihm die Handschellen abgenommen. Und dann … na ja, dann haben wir ihm den Prozess gemacht.«

»Den Prozess? Wie ist der abgelaufen, dieser – Prozess?«

»Friedman hat den Vorsitz übernommen, die anderen waren so was wie Schöffen, und dein Vater und ich, was soll ich sagen, wir waren die Ankläger. Wir haben uns um ihn versammelt, zwei oder drei sitzend, die anderen stehend, und dann haben dein Vater und ich ihn mit seinem Verrat konfrontiert. Am Anfang hat er noch versucht sich rauszureden, frag mich nicht, mit welchen Argumenten, er hat halt irgendwelche Ausflüchte gesucht, aber natürlich war ihm zu diesem Zeitpunkt längst klar, dass ihm die Erklärungen, die er da abgab, nichts helfen würden.«

»Ihr habt ihm also den Prozess gemacht, wie du das nennst. Und dann habt ihr ihn … schuldig gesprochen, oder was?«

Onkel Kurt nickte. »Das Urteil war einstimmig. Wir haben ihm gesagt, dass er bezahlen müsse für das, was er getan hat, dass er die Konsequenzen zu tragen hat für den Tod von Rudolf Altrichter, aber auch für das, was er deinem Vater und mir angetan hat. Er hat es einigermaßen gefasst aufgenommen, muss ich sagen.«

»Mit einem ernst zu nehmenden Gerichtsverfahren hat das natürlich nichts zu tun gehabt, das ist dir klar, oder?«

»Ja und nein. Es waren andere Zeiten damals, so kurz nach dem Krieg. Für uns war der Krieg im Herbst '45 einfach noch nicht zu Ende, verstehst du? Das heißt, faktisch war er schon zu Ende, aber da drinnen, in unseren Köpfen …«, Onkel Kurt klopfte sich mit den Fingerknöcheln gegen die Stirn, »… da ist der Krieg noch eine Zeit lang weitergegangen. Wir waren einfach noch nicht fertig mit dem Krieg: Und er nicht mit uns.«

»Und deshalb habt ihr euch das Recht herausgenommen, ihn zu ...«

»Esch war ein Verräter, Herrgott nochmal. Und dafür hat er bezahlt.«

Christine musste schlucken. »Wie?«, fragte sie leise. »Wie hat er bezahlt?«

»Das kannst du dir doch denken.« Der alte Mann fuhr sich mit einer müden Bewegung durch die dünnen, weißen Haare. »Friedman hat das Urteil verkündet, und dann ist alles ganz schnell gegangen. Wir haben Esch in die Mitte genommen, und dann sind wir mit ihm hinaus vor die Hütte gegangen, und dort ... ungefähr hundert Meter von der Hütte entfernt, haben wir die Sache zu Ende gebracht.«

»Wie ... habt ihr ...?«

»Wir haben ihn gezwungen, ein Loch auszuheben ... dann haben wir ihm noch eine Zigarette bewilligt ... aber das kann ich mir genauso gut auch einbilden, ich weiß es nicht mehr genau, es ist schon so lange her ... und dann ...«

»Er hat sich sein eigenes Grab schaufeln müssen?« Christine fixierte Onkel Kurt mit einem fassungslosen Blick.

»Das hat man damals so gemacht ... Glaubst du, er an unserer Stelle hätte etwas anderes getan? Sicher nicht. Der Kerl war in Russland, bevor er an die Westfront gekommen ist, was meinst du, wie viele Zivilisten der auf dem Gewissen hatte – Dutzende? Hunderte? Ich gehe jede Wette ein, dass der Dreckskerl in der Sowjetunion auch bei Geiselerschießungen und ähnlichen Schweinereien mit dabei war. Der war der Typ dazu. Mitleid hat der keines gekannt. Der hätte mit uns das Gleiche gemacht wie wir mit ihm, das kannst du mir glauben.«

Der alte Mann schaute aus dem Fenster. »Eines muss ich zugeben«, fuhr er nach einer Weile fort. »Beherrscht ist er schon gewesen, die ganze Zeit über. Er hat sich gut im Griff gehabt, der Saukerl. Als er fertig war mit dem Schaufeln, hat er den Spaten ins Gras geworfen, und dann, nachdem er den Tschick geraucht hat, na ja ... dann hat er halt bekommen, was er verdient hat.«

»Herrgott, Onkel Kurt, ich kann einfach nicht glauben, dass ihr das getan habt.«

Christines Gastgeber stand auf und ging zum Kühlschrank, um das Mineralwasser ins Flaschenfach zurückzustellen. »Ich hab gewusst, dass dich die Geschichte aufregen wird, Christine. Und, ehrlich gesagt, bis zu einem gewissen Grad kann ich dich ja auch verstehen. Deine Generation ist im Wohlstand aufgewachsen. Krieg, Faschismus, das Grauen der Lager, das kennt ihr alles nur aus Büchern. Da ist man natürlich leicht schockiert, wenn man so eine Geschichte hört. Aber dein Vater und ich – wir haben den Hitler-Dreck vom Anfang bis zum Ende miterlebt, verstehst du ...?«

»Ja, ich weiß, Onkel Kurt ...«

»Wenn man es mit der Gestapo zu tun bekommen hat, legt man sich eine gewisse Härte zu, weißt du? Du kannst es Rohheit, Kaltschnäuzigkeit oder Brutalität nennen. Ja, wahrscheinlich waren wir brutal und roh, dein Vater und ich. Aber eines darfst du mir glauben: Der Faschismus – die ganze Hitlerei und der Krieg –, das alles ist nicht durch gutes Zureden beendet worden.«

»Ich verstehe, was du meinst, Onkel Kurt. Trotzdem, es war nicht richtig, was ihr gemacht habt. Im Grunde war es Mord. Ein Lynchmord war's, ihr habt einen Wehrlosen umgebracht.«

»Ich mag dich, Christine, das weißt du, ich hab dich wirklich gern, für Tante Grete und mich warst du immer wie eine zweite Tochter. Aber jetzt wäre es mir lieber, du würdest nicht diesen besserwisserischen Ton an den Tag legen. Du weißt wahrscheinlich nicht einmal, wie selbstgerecht das klingt, was du da sagst.«

»Selbstgerecht? Wie kommst du darauf, dass ich selbstgerecht …?«

»Verstehst du das nicht, Christine? Ich bin wegen dem Sauhund in Dachau gesessen, nicht du. Mich haben sie im Gestapokeller bewusstlos gedroschen, nicht dich. Mir haben sie die Nase zertrümmert, nicht dir. Wie kannst du es wagen, mir Ratschläge zu geben?«

»Ich gebe dir keine Ratschläge, Onkel Kurt. Ich bin nur … mein Gott, ich bin einfach fassungslos, dass ihr den Mann umgebracht habt.«

Onkel Kurts Gesicht war feuerrot angelaufen. Das Gespräch setzte ihm zu, das war deutlich zu sehen. Er schaute aus dem Fenster, schwer atmend, die linke Hand, zur Faust geballt, lag schwer auf der Tischplatte. »Was hätten wir denn tun sollen, deiner Ansicht nach?«

»Ihr hättet Esch der Justiz übergeben müssen.«

»Damit sie ihn freisprechen? Wie sie's mit Hunderten von diesen Sauhunden getan haben? Muss ich dich an den Prozess gegen Franz Murer erinnern? Der Name Murer ist dir ein Begriff, nehme ich an. Franz Murer – ›der Schlächter von Wilna‹, verantwortlich für den Tod von 80.000 Menschen. Sein Freispruch 1963 ist vor dem Grazer Gerichtsgebäude mit volksfestartigem Jubel gefeiert worden, ich hab das damals in der Presse verfolgt, die ›Arbeiterzeitung‹ und die ›Volksstimme‹ haben ja groß berichtet. Ich darf dich an Herrn Novak erinnern – den ›Fahrdienstleiter des Massenmords‹.

SS-Hauptsturmführer Franz Novak hat für Eichmann den Transport von eineinhalb Millionen Juden nach Auschwitz organisiert. Wie oft ist der Mistkerl freigesprochen worden? Zweimal? Dreimal? Ich glaube, noch öfter. Und Erich Rajakowitsch, der Leiter des Judenreferats in den besetzten Niederlanden? Nach zweieinhalb Jahren ist der Schuft aus der Haft entlassen worden. Muss ich dich daran erinnern, mit was für einer unverschämten Nachsichtigkeit die österreichische Justiz jahrzehntelang gegen die NS-Verbrecher vorgegangen ist? Ist ja auch kein Wunder, die meisten Richter und Staatsanwälte waren schließlich selber alte Nazis. Und du willst mir jetzt erklären, dass wir Esch der Justiz hätten ausliefern sollen? Ich kann dir sagen, was passiert wäre, wenn wir das getan hätten, Christine: Wir, dein Vater und ich, wären in Wirklichkeit vor Gericht gestanden. Wir hätten uns rechtfertigen müssen als Vaterlandsverräter und Kameradenschweine, nicht er. Und das haben wir uns erspart, indem wir ihn im Wald bei Malborghetto exekutiert haben. Ich sehe nicht ein, warum ich das bedauern soll. Keine Sekunde bedauere ich das!«

Christine gab ein leises Stöhnen von sich. »Habt ihr keine Angst gehabt, Vater und du, dass ihr wegen der Sache irgendwann vor Gericht landet? Das hätte euch doch blühen können?«

Onkel Kurt schüttelte den Kopf. »Wer hätte gegen uns aussagen sollen? Die jüdischen Genossen in der britischen Armee? Keinesfalls. Außerdem hat die Renner-Regierung in Wien im Dezember '45 eine sogenannte ›Kämpfer-Amnestie‹ erlassen. Damit waren wir aus dem Schneider.«

»Eine Kämpfer-Amnestie?«

»Alle Straftaten, die bis Ende Dezember 1945 im Kampf gegen den Nationalsozialismus begangen wurden, sind nicht weiter verfolgt worden. Das war die Renner-Amnestie. Deinem Vater und mir konnte nichts passieren.«

»Wahrscheinlich hast du recht«, seufzte Christine, »wahrscheinlich ist es anmaßend, wenn Leute wie ich, die nie den Kopf für irgendetwas von Bedeutung hingehalten haben, im Nachhinein die Klugscheißer spielen. Aber die Geschichte, die du mir erzählt hast, na ja, die … hat mich einfach schockiert.«

»Ich versteh's ja, Christine.«

Sie spürte, wie ein feiner, stechender Kopfschmerz sich vom Nacken her zu den Schläfen hinaufzog. »Ich wollte dir keinesfalls …«, sagte sie. »Entschuldige, wenn ich dir zu nahe getreten bin.«

»Schon gut, Christine.«

»Aber eins würde mich noch interessieren.«

»Ja?«

»Habt ihr euch besser gefühlt, Vater und du, nachdem ihr … nachdem Esch tot war?«

Onkel Kurt dachte nach. Dann schüttelte er den Kopf. »Nicht besser und nicht schlechter.«

Eine Zeit lang herrschte Schweigen am Tisch, dann sagte der alte Mann: »Wenn's nach mir gegangen wär, hätt ich dir die Geschichte am liebsten erspart. Ich hab dir das alles nur erzählt, weil du gefragt hast.«

Am Nachmittag fuhren Christine und Timo vom Ortsteil St. Agatha aus auf einen Waldparkplatz in der Nähe der sogenannten »Halleralm«, wo sie den Wagen stehen ließen, um den restlichen Weg aufs »Hütteneck« zu Fuß zu absolvieren. Die Aschekapsel mit den sterblichen Überresten ihres Vaters hatte Christine – in ein Frotteehandtuch gewickelt – in ihrem Rucksack verstaut, zwischen der Wasserflasche und einer Plastikbox mit in Spalten geschnittenen Äpfeln.

Eine Zeit lang marschierten sie auf einem schmalen Schottersträßchen dahin, zwischen Obstbäumen und blühenden Wiesen, während der Hund, unentwegt an Zaunpfählen und Baumstämmen schnüffelnd, den Sonntagnachmittagsausflug nach Kräften zu genießen schien. Nach einer Weile tauchte die Forststraße in einen mit Farnbüscheln und moosbedeckten Felsen durchsetzten Nadelwald ein. Von fern war das Rauschen eines Bachs zu vernehmen. Christine setzte – wie sie es von ihrem Vater gelernt hatte – langsam und konzentriert Schritt vor Schritt, Timo folgte mit ein paar Metern Abstand. Dann und wann blieben sie stehen, um zu verschnaufen oder einen Schluck aus der Trinkflasche zu nehmen. Zwei oder drei Mal keuchten abgekämpfte Mountainbiker an ihnen vorüber, die grellbunten Outfits der Sportler schienen nicht so recht in die Waldeinsamkeit hier oben zu passen.

Die Geschichte, die Onkel Kurt Christine erzählt hatte, beschäftigte sie mehr, als sie sich eingestehen mochte. Das, was sie da gehört hatte, vermochte sie mit dem Bild, das sie sich seit Kindertagen von ihrem Vater und seinem ältesten Freund zurechtgelegt hatte, nicht in Einklang zu bringen. Onkel Kurts Erzählung hatte ihr deutlich gemacht, wie wenig sie im Grunde von ihrem Vater wusste. Während sie in gemessenem Tempo Höhenmeter um Höhenmeter hinter sich brachte, ging Christine eine Reihe von Fragen durch den Kopf: Hatte ihr Vater Schuldgefühle gehabt nach dem Mord an Sigmund? Hatte er so etwas wie Erleichterung verspürt, nachdem er getan hatte, was er geglaubt hatte tun zu müssen? Warum hatte er über eine Tat, die sein Gewissen belasten musste, jahre- und jahrzehntelang geschwiegen?

Über die Gründe dafür konnte Christine nur spekulieren. Vielleicht wollte ihr Vater seinen Ruf als akademischer

Lehrer nicht beschädigen? Oder er hatte sich geschämt, weil er ja letztlich doch nichts anderes gewesen war als ein Rachemörder, wie nachvollziehbar seine Motive im Einzelnen auch immer gewesen sein mochten.

Als sie auf die Hütteneckalm hinaustrat, kam sie noch einmal gehörig ins Schwitzen: Das letzte Wegstück war das steilste. »Komm, Bobby«, hörte sie sich seufzen, »jetzt haben wir's gleich geschafft.«

Die Aussicht, die Timo und sie wenig später vom Almplateau aus auf den Dachsteingletscher und die umliegenden Berge genossen, entschädigte sie für sämtliche Aufstiegsmühen: Vor ihnen erhob sich der berühmte Dreitausender in seiner ganzen, blendend weißen Pracht, darunter die schwarzblau gekräuselte Fläche des Hallstätter Sees. Rechts waren die Goiserer Hausberge zu sehen, überragt von den gezackten Gipfeln des Gosaukamms.

Christine schaute sich um. »Wohin?«

»Da drüben?« Timo zeigte auf ein mugeliges Stück Almwiese am südwestlichen Rand des Plateaus.

»Ja, das könnte gehen.«

Und so machten sie sich auf den Weg auf die gegenüberliegende Seite des Hüttenecks. Die Wiesen waren feucht, die Sohlen ihrer Bergschuhe versanken immer wieder im Gras. Als sie die vereinbarte Stelle erreicht hatten, setzte Christine den Rucksack ab und ließ einen erinnerungsschweren Blick über die Landschaft gleiten. Wie unvergleichlich schön es hier war, und wie gut sie ihren Vater verstehen konnte, dass er seine Asche ausgerechnet hier, auf diesem Fleckchen Erde, verstreut wissen wollte.

Sie bückte sich, um die Verschlussschnallen des Rucksacks zu lösen. Bobby hatte sich auf dem Almboden langgestreckt.

Er ließ ein sanftes Knurren vernehmen, während dicke, zähflüssige Sabberfäden von seinen Lefzen tropften. Glücklicher Hund, dachte sie, wie wenig er verstand von dem, was hier vor sich ging.

Vorsichtig wickelte Christine die Aschekapsel aus dem Handtuch, dann entnahm sie dem Rucksack einen Schraubenzieher mit dickem, transparentem Griff.

Sie hatte sich sorgfältig auf diesen Nachmittag vorbereitet. Auf »youtube« fand man eine Reihe von Videos, auf denen man mit Tipps für den fachgerechten Umgang mit Bestattungsurnen versorgt wurde. Die größte Herausforderung war diesen Filmen zufolge das Abmontieren des Deckels, der üblicherweise felsenfest unter den Rand der Kapsel eingepresst war. Diese Herausforderung galt es zu meistern, bevor man ans Verstreuen der Asche überhaupt nur denken konnte.

Christine drückte Timo den Schraubenzieher in die Hand, während sie sich mit knackenden Kniegelenken auf den Boden kauerte. Sie umklammerte die Urne mit eisernem Griff. »Jetzt du!« Timo schob die Schraubenzieherspitze unter den Deckel und drehte den Griff einige Male mit Krafteinsatz um. Es dauerte eine Weile, bis sich der Deckel löste.

»Ohne dich wär ich aufgeschmissen«, lobte Christine, während sie einen beklommenen Blick in das Gefäß warf. Obenauf, auf zweieinhalb Kilo weißlich grauem Pulver, lag ein feuerfester Schamottestein mit der Identifikationsnummer ihres Vaters. Sie stand vorsichtig auf, fischte den Schamottestein aus dem Behälter und blies ihn sorgfältig sauber, dann steckte sie ihn in die Hosentasche.

»So«, sagte sie. »Bringen wir's hinter uns!« Sie schaute sich um, um sich zu vergewissern, dass sie nicht beobachtet wurden – da und dort waren Wanderer unterwegs, aber die waren weit entfernt und schienen sich für ihre Aktivitäten nicht zu interessieren. Als Christine sich überzeugt hatte, dass sie ungestört waren, hob sie die Aschekapsel und kippte ihren Inhalt nach kurzem Zögern mit zwei, drei gravitätischen Schlenkerern über den Abhang. Eine Windböe erfasste die staubgraue Fahne und verteilte sie in luftigen Wirbeln über den Weiden. Christine schaute zu, wie sich das Geriesel über den Almwiesen verteilte.

»So, das war's«, sagte sie, während sie das Handtuch wieder um die Aschekapsel wickelte. Bobby gab ein kurzes, desinteressiertes Winseln von sich.

Christine ließ die Kapsel zurück in den Rucksack gleiten, dann hob sie den Blick, um die Feierlichkeit des Augenblicks ein paar Sekunden nachklingen zu lassen. Von den sterblichen Überresten ihres Vaters war nichts mehr zu sehen. Dafür bauschten sich über dem Dachstein dichte Haufenwolken zusammen, der Himmel über dem See war klar und unverschleiert. In großer Höhe zog ein Flugzeug ein Paar weißer Bänder durch die blassblaue Leere.

NACHBEMERKUNG

Die Handlung dieses Romans beruht auf historischen Fakten. Am 17. Februar 1945 sprangen drei österreichische Fallschirmagenten im Auftrag des britischen Geheimdiensts SOE in deutschen Uniformen in der Nähe des Zirbitzkogels in der Steiermark ab. Nach Komplikationen – im Roman werden sie in fiktionalisierter Form beschrieben – wurden zwei der drei Agenten, Hans Prager und Josef Hemetsberger, von den NS-Behörden gefasst und ins Gestapo-Hauptquartier am Wiener Morzinplatz überstellt. Nachdem man die Gefangenen wochenlang gefoltert und verhört hatte, wurden sie am 1. April 1945 ins KZ Mauthausen gebracht. Dort erlebten Prager und Hemetsberger wenige Wochen später die Befreiung des Lagers durch die 11. Panzerdivision der 3. US-Armee.

Emil Fuchs, der dritte Mann, überlebte den Krieg in Gestapohaft.

Die Geschichte von Hans Prager, Josef Hemetsberger und Emil Fuchs verdanke ich Peter Pirkers Buch »Subversion deutscher Herrschaft – Der britische Kriegsgeheimdienst SOE und Österreich« (Vienna University Press), das sich – neben anderen Themen – auch mit dem Schicksal österreichischer Fallschirmagenten im Zweiten Weltkrieg beschäftigt.

Insgesamt, so Pirker, stellten sich in den Jahren des Zweiten Weltkriegs etwa 150 österreichische Widerstandskämpferinnen und -kämpfer den Alliierten als Funk- und Fallschirmagenten zur Verfügung. Die Militärgeschichtsschreibung geht davon aus, dass 70 bis 80 Prozent der Männer und Frauen, die sich für diese Einsätze meldeten, von der Gestapo gefasst wurden.

Als Inspiration für das Schlusskapitel des Romans – das mit den realen Erlebnissen Pragers und Hemetsbergers nichts zu tun hat, wie betont werden muss – diente mir die Geschichte des Wiener Juden Chaim Miller, die der Journalist Andreas Kuba recherchiert hat.

Außerdem habe ich folgende Bücher als Quellen verwendet:

George Howe: »Entscheidung vor Morgengrauen«

Hans Schafranek und Johannes Tuchel (Hrsg): »Krieg im Äther – Widerstand und Spionage im Zweiten Weltkrieg«

Patrick Martin Smith: »Widerstand vom Himmel – Österreicheinsätze des britischen Geheimdiensts SOE 1944«

Manfried Rauchensteiner: »Der Krieg in Österreich 1945«

Dokumentationsarchiv des österreichischen Widerstandes (Hrsg.): »Widerstand und Verfolgung in Oberösterreich 1934–1945«

Dokumentationsarchiv des österreichischen Widerstandes (Hrsg.): »Widerstand und Verfolgung in Salzburg 1934–1945«

Roland Floimaier (Hrsg): »Nationalsozialismus und Krieg – Ein Lesebuch zur Geschichte Salzburgs«

Florian Traussnig: »Militärischer Widerstand von außen«

Albrecht Gaiswinkler: »Sprung in die Freiheit«

Sepp Plieseis: »Vom Ebro zum Dachstein«

Sepp Plieseis: »1913–1966 – Eine Dokumentation«

Fritz Mayrhofer und Walter Schuster (Hrsg): »Nationalsozialismus in Linz«

Günter Kalliauer und Michael Kitzmantel (Hrsg): »Nationalsozialismus in Wels – Bände 1–3«

Josef Schöner: »Wiener Tagebuch 1944/45«

Helmut Böhm: »1945. Der Tag der Tränen – Attnang-Puchheim im Bombenhagel zweier Luftflotten«

Christian Hawle, Gerhard Kriechbaum und Margret Lehner: »Täter und Opfer – Nationalsozialistische Gewalt und Widerstand im Bezirk Vöcklabruck«

Harry Slapnicka: »Oberösterreich, als es ›Oberdonau‹ hieß«
Josef Goldberger und Cornelia Sulzbacher: »Oberdonau«
»Erlebte Geschichte – 90 Jahre Oberösterreich, erzählt von seinen Menschen«
Raimund Zimpernik: »›Der rote Strähn‹. Dokumentation über den antifaschistischen Widerstand im Salzkammergut«
Klaus Kienesberger, Michael Kienesberger, Wendelin Pressl und Franz Riedl: »Unsichtbar – Widerständiges im Salzkammergut«
Olga Mühlbacher: »Man sperrte uns einfach ein – Überleben einer Ischler Jüdin im Dritten Reich«
Christian Topf: »Auf den Spuren der Partisanen – Zeitgeschichtliche Wanderungen im Salzkammergut«
Karin Berger, Elisabeth Holzinger, Lotte Podgornik und Lisbeth N. Trallori: »Der Himmel ist blau. Kann sein. – Frauen im Widerstand – Österreich 1938–1945«
Agnes Primocic: »Nicht stillhalten, wenn Unrecht geschieht«
Lisa Rettl und Magnus Koch: »Da habe ich gesprochen als Deserteur – Richard Wardani – Eine politische Biographie«
Fritz Molden: »Die Feuer in der Nacht«
Fritz Molden: »Fepolinski & Waschlapski auf dem berstenden Stern«
Joseph T. Simon: »Augenzeuge«
Ernst Koref: »Die Gezeiten meines Lebens«
Franz Langoth: »Kampf um Österreich«
Franz X. Rohrhofer: »Oberösterreich 1945–1955 – Wiederaufbau und Neubeginn«
Norbert Haase und Gerhard Paul: »Die anderen Soldaten – Wehrkraftzersetzung, Gehorsamsverweigerung und Fahnenflucht im Zweiten Weltkrieg«
Bertrand Michael Buchmann: »Österreicher in der deutschen Wehrmacht – Soldatenalltag im Zweiten Weltkrieg«
Luis Raffeiner: »Wir waren keine Menschen mehr – Erinnerungen eines Wehrmachtssoldaten an die Ostfront«

Hellmut Butterweck: »Nationalsozialisten vor dem Volksgericht Wien«
Günther Nollau und Ludwig Zindel: »Gestapo ruft Moskau – Sowjetische Fallschirmagenten im 2. Weltkrieg«
Heinz Voßke (Hrsg): »Im Kampf bewährt – Erinnerungen deutscher Genossen an den antifaschistischen Widerstand 1933 bis 1945«
Major-General Sir Kenneth Strong: »Geheimdienstchef in Krieg und Frieden«
Wilhelm von Schramm: »Der Geheimdienst in Europa 1937–1945«
Victor Klemperer: »Tagebücher 1945«
Gerd Evers: »Traunstein 1918–1945«
Gerd Evers: »Ich habe doch nichts als meine Pflicht getan – Eine Dokumentation zur politischen Geschichte Traunsteins 1918 bis 1949«
Luise Rinser: »Gefängnistagebuch«
Stanislav Zámečník: »Das war Dachau«
Martin Wolff: »12 Jahre Nacht«
Hans-Magnus Enzensberger: »Europa in Ruinen – Augenzeugenberichte aus den Jahren 1944–1948«
Oliver Lubrich (Hrsg): »Reisen ins Reich – 1933 bis 1945«
Lothar Günther Buchheim: »Die Festung«
Felix Hartlaub: »Kriegsaufzeichnungen aus Paris«
Erich Loest: »Jungen, die übrig blieben«
Uwe Timm: »Am Beispiel meines Bruders«
Vinzent Porombka: »Mit Funkgerät im Hinterland«
Ernst Jünger: »Zur Geiselfrage«
Walter Kempowski: »Das Echolot – Abgesang '45«
Walter Kempowski: »Uns geht's ja noch Gold«
Heinz Rein: »Finale Berlin«
Alfred Neven DuMont (Hrsg): »Jahrgang 1926/27 – Erinnerungen an die Jahre unter dem Hakenkreuz«
Melvin J. Lasky: »Und alles war still – Deutsches Tagebuch 1945«

Sönke Neitzel und Harald Welzer: »Soldaten – Protokolle vom Kämpfen, Töten und Sterben«

Ich habe mich bei der Arbeit an diesem Buch um größtmögliche historische Authentizität bemüht. Da und dort habe ich mir kleinere Freiheiten erlaubt. So hat es Mitte April 1945 keinen Bombenangriff auf die Stadt Salzburg gegeben, sehr wohl aber mehrere Angriffe zwischen Herbst 1944 und Februar 1945 und auch später noch, am 25. April und am 1. Mai 1945.

Die Beschreibung des Luftangriffs auf Attnang-Puchheim hingegen orientiert sich an der historischen Faktenlage.

Am 21. April 1945 flogen Verbände der 9. und der 15. US-Luftflotte insgesamt 33 Angriffswellen gegen Attnang-Puchheim. Eigentlich hätten die bayerische Stadt Rosenheim und Bahnanlagen am Brenner angegriffen werden sollen. Wegen Schlechtwetters waren die alliierten Bomber auf Attnang-Puchheim umgeleitet worden. Keine der beiden Luftflotten dürfte davon gewusst haben, dass auch die jeweils andere einen Angriff auf die Eisenbahnergemeinde plante. Nur so ist nach Ansicht des Historikers Helmut F. Böhm die gewaltige Bombenlast erklärbar, die am 21. April über der 6000 Einwohner zählenden Ortschaft abgeladen wurde. Der Angriff machte Attnang-Puchheim zur Stadt mit der höchsten Todesrate Österreichs während des Zweiten Weltkriegs.

Grundsätzlich gilt bei Abweichungen zwischen historischen Ereignissen und dem Plot des Romans: Der literarische Text ist der Fiktion verpflichtet.

DANKSAGUNG

Für Rat und Hilfe bei meinen Recherchen bin ich folgenden Personen zu Dank verpflichtet:

Thomas Weidenholzer (Stadtarchiv Salzburg)
Univ.-Prof. Robert Hoffmann (Universität Salzburg)
Sepp Forcher (Salzburg)
Hannes Heide (Bad Ischl)
Doris Kainzner (Stadtamt Bad Ischl)
Franz Xaver Mannert (Bad Ischl)
Günter Kaindlstorfer sen. (Bad Ischl)
Herbert Kaindlstorfer (Bad Ischl)
Helmut Böhm (Attnang-Puchheim)
Peter Ganhör (Hofkirchen im Traunkreis)
Hannes Leidinger (Altmünster, Wien)
Josef Mayer (Heimatmuseum Bad Goisern)
Florian Traussnig (Graz)
Peter Pirker (Wien)
Hans Schafranek (Wien)
Eva Menasse (Berlin, Wien)
Susanne Schaber (Wien)
Roland Schaufler (Wien, Laaben)
Petra Hartlieb (Wien)
Martina Pferscher (Wien)
C. S.
Erika Karner (Rainfeld, Wien)
Wolfgang Rabitsch (Wien)
Franz Fleischhacker

Ich widme dieses Buch meinen Kindern Julia, Jan und Katharina. Dass sie in einem freien, demokratischen Österreich aufwachsen durften und dürfen, verdanken sie Menschen wie Hans Prager und Josef Hemetsberger.